追寻文学流变的轨迹

Rheological literature to trace the trajectory

文学史理论研究

温潘亚/著

变

江苏省哲学社会科学十五规划基金项目　盐城师范学院教授博士基金项目

人民出版社

责任编辑:刘丽华
文字编辑:刘 群
版式设计:鼎盛怡园

图书在版编目(CIP)数据

追寻文学流变的轨迹——文学史理论研究/温潘亚著.
-北京:人民出版社,2009.9
ISBN 978-7-01-008191-5

Ⅰ.追… Ⅱ.温… Ⅲ.文学史-理论研究 Ⅳ.I109

中国版本图书馆 CIP 数据核字(2009)第 157139 号

追寻文学流变的轨迹
ZHUIXUN WENXUE LIUBIAN DE GUIJI
——文学史理论研究

温潘亚 著

人民出版社 出版发行
(100706 北京朝阳门内大街 166 号)

北京瑞古冠中印刷厂印刷 新华书店经销

2009 年 9 月第 1 版 2009 年 9 月北京第 1 次印刷
开本:710 毫米×1000 毫米 1/16 印张:19
字数:300 千字 印数:0,001—3,000 册

ISBN 978-7-01-008191-5 定价:36.00 元

邮购地址 100706 北京朝阳门内大街 166 号
人民东方图书销售中心 电话 (010)65250042 65289539

目 录

绪 论 文学史元理论 …………………………………… (1)

    第一节 文学史 ……………………………………… (3)

    第二节 文学史实践 ………………………………… (7)

    第三节 文学史理论 ………………………………… (22)

第一章 文学史观论 ……………………………………… (29)

    第一节 重新解读伟大的传统

        ——建构一种科学的文学史观 ……………… (33)

    第二节 在诗学视野中的重构

        ——建构一种多元化的文学史观 …………… (39)

第二章 文学史模式论之一 …………………………… (46)

    第一节 刘勰的文学史思想 ………………………… (49)

    第二节 鲁迅的文学史理论 ………………………… (64)

第三章　文学史模式论之二 ································· (77)

 第一节　泰纳的文学史理论 ································· (77)
 第二节　勃兰兑斯的文学史理论 ··························· (88)
 第三节　卢卡契的文学史思想 ······························ (99)

第四章　文学史模式论之三 ································· (112)

 第一节　社会批评的文学史模式 ··························· (112)
 第二节　进化论的文学史模式 ······························ (125)

第五章　文学史模式论之四 ································· (135)

 第一节　形式主义的文学史模式 ··························· (135)
 第二节　新批评的文学史模式 ······························ (149)
 第三节　结构主义的文学史模式 ··························· (167)

第六章　文学史模式论之五 ································· (182)

 第一节　接受美学的文学史模式 ··························· (182)
 第二节　范式理论与文学史建设 ··························· (198)

第七章　文学史家论 ··· (214)

 第一节　一般素质 ··· (215)
 第二节　特殊素质 ··· (223)

第八章　文学史方法论 ······································ (230)

 第一节　基本方法 ··· (230)
 第二节　具体方法 ··· (235)
 第三节　走向综合 ··· (245)

第九章　文学史教学论之一 ································ (252)

 第一节　体例范型 ··· (252)
 第二节　传统反思 ··· (258)

  第三节　现实重构 …………………………………… (261)

第十章　文学史教学论之二 ……………………………… (264)

  第一节　回归自身 …………………………………… (265)

  第二节　困难与超越 ………………………………… (270)

  第三节　拓展空间 …………………………………… (276)

主要参考文献 ……………………………………………… (284)

后　记 ……………………………………………………… (293)

绪论　文学史元理论

对每一个文学研究者和文学爱好者而言，文学史的重要性是不言而喻的，因为我们对文学的理解大多来自文学史著作。然而，"文学史"作为一个概念或名词在《辞海·文学卷》和《现代汉语词典》中均未见专门的词条，在当前我国通行的各种文学理论教材中也是付之阙如。包括韦勒克、沃伦的《文学理论》虽然花了近两章的篇幅谈"文学史"，却仍未见其对"文学史"概念加以专门的界定和阐释。究其原因，当是人们以为"文学史"作为一个耳熟能详的概念，其意义似乎是人所共知、不证自明的，这显然是一种误解。

法国结构主义批评家托多罗夫鉴于"文学史"这一概念的复杂性，在其《文学史》一文中首先以否定的方式对其加以界定："1. 文学史的对象不是作品的起源。""2. 必须把文学史和社会史清楚地区分开来。""3. 文学史也不和内在性研究——人们称之为释读或说明——同步，后者致力于恢复作品的体系。"然后，他提出："文学史应当研究文学话语而不是作品，在这方面文学史被确定为诗学的一部分。""文学史应当致力于不同体系间的转变，就是说是历时性的研究。"[1] 瑙曼则提出在德语里"文学史"一词至少有两种意义："其一，是指文学具有一种在历时性的范围内展开的内在联系；其二，是指我们对这种联系的认识以及我们论述它的本文。"[2] 陶东风在《文学史哲学》中说："如果要最简单地

---

[1]　[法国] 兹·托多罗夫：《文学史》，《涪陵师专学报》1999 年第 1 期。
[2]　[德国] 瑙曼等：《作品·文学史与读者》，范大灿编，文化艺术出版社 1997 年版，第 180 页。

概括一下文学史的构成层面（维度），那么，可以说文学史是由文学史的本体与人们对这一本体的主观认识和评价构成。我们把尚未进入主体视野之内的客观的文学的发展演变及其规律算为文学史的本体，而将对这一发展规律的认识、揭示、评价算为文学史的认识或文学史研究。"①还有人认为"文学史本来就是文学家基于各自的文学史观和美学观对历史作出的主观评价"。②"文学史是对文学历史状况的叙述，它应该尊重史实的记录"。③等等。

其实，文学史作为一个概念可分为三个层次：一是客观存在的文学发展过程，它由具体的文学活动如作者的创作、作品的产生与流传、读者的阅读等构成。此乃文学史建构的基本材料，是文学史认识的起点和历史叙述的基础。二是以文学发展的客观过程为基础撰写出来的以书面形式出现的文学史，它包括各种体例，如分类合编体、作家纪传体、作品评论体、史话体、编年体、表解体、目录体，及运用西方文艺批评模式撰写的文学史，如进化史模式、精神史模式、接受史模式、形式主义模式、结构主义模式等。三是从书面文学史中凸现出来的理论构架，即如何建构一部文学史，它是蕴含在每一部文学史著作中的抽象观念，也表现在文学史家们日常关于文学史的言论与研究之中，这是任何一个文学史家无法回避的，不论他标榜自己的文学史研究是如何客观，亦即没有也不可能有独立于文学史实践和文学史主体的哲学观点、美学趣味、知识水平、生活阅历、情感气质，以至某种理论框架的文学实践史。作为一种原生态的文学史，唯有经过带着特定价值目标和价值取向原则的文学史家的选择并被纳入到某种思想规范和文学史框架之中，才能呈现出自身的意义和价值。上述三个层次可分别称为文学实践史，即客观存在的原生状态的文学发展史；文学史实践，也就是文学史的研究与撰写工作；文学史理论，即文学史的内在关联性，是关于文学史学科的理论体系，也就是所谓的文学史学。④

三者之间的关系如下：文学实践史，更多的文章称为文学史本体，

---

① 陶东风：《文学史哲学》，河南人民出版社 1994 年版，第 3—4 页。
② 胡大浚：《杜甫、盛唐诗风与文学史规律》，《西北师范大学学报》2002 年第 7 期。
③ 张荣翼：《论文学史的可能性框架》，《求索》1996 年第 3 期。
④ 王建：《论文学史作为历史——从盖尔维努斯的文学史观看近代文学史的形成》，《国外文学》1995 年第 4 期。

它自始至终客观存在着，不以人的意志为转移，它构成了另两个层次的基础。"文学史理论是从文学实践史中抽象出来的，它体现出对文学发展规律的某种见解。"① 文学史实践则是文学史家们在某种文学史理论指导下研究分析与描述文学实践史的过程。所以，文学史的写作过程是形成深刻的历史体验、历史理解的过程，是价值参与、建构和实现的复杂精神活动。

第一节　文学史

客观存在着的文学史现象（或称文学事实）是如此纷繁杂乱，"犹如物理学所说的'紊流'。文学的历史发展进程离不开文学创作者们的活动，而每一个作家都有自己独特的生活道路、独特的个性和风格"。② 从内容到形式再到语言，总之，在文学领域内"到处充满了特殊性、偶然性、随机性和可变性"。③ 王钟陵先生认为原生态的文学史具有这样一些特点：

首先它是多发的、多方向的，因而是非规范的。"文学的发展是众多其他的因素伴生着的，文人们往往以块团的形式崛起。块团与块团间，依据多重关系，构成一种既竞争又沟通的文化网络。"④ 其次是同空间上的多发性、多向性相一致是文学史的发展在总体上是无目的的、进退往往是随机选择的特点。文学史的发展有其内在的逻辑进程，但却不是预成或可以预感到的，更非决定论的。第三是文学史某一新方向的开辟往往是在偶然性、机遇性中，经过艰难的代代相承的努力而曲折地完成的，在总体上无目的的文学史运动中，每一个阶段的进程往往又会自成首尾，它是由民族思维的发展、文学自身发展的内在要求、社会条件的许可、杰出文学家和理论家的作用等因素叠合而成。第四则是由于每一个时代文学家们的活动在整体上是一种浑沦的勃动，因而文学史是生

---

① 王建：《论文学史作为历史——从盖尔维努斯的文学史观看近代文学史的形成》，《国外文学》1995年第4期。
② 董乃斌：《文学史家的定位》，《江海学刊》1994年第5期。
③ 董乃斌：《文学史家的定位》，《江海学刊》1994年第5期。
④ 王钟陵：《文学史新方法论》，苏州大学出版社1993年版，第84页。

成的，但又是非线性的，等等。

那么，文学发展到底有无规律呢？只要我们实事求是地深入到文学史实中去，就不难看到许多在一定条件下反复出现、相互联系，甚至表现为因果关系的文学现象，对这种种现象进行归纳和概括，人们的认识往往就接近了客观规律。

一

应当说，文学史的发展是有规律可循的，但绝非单一的、平面的。文学史的他律论模式注重从文学的外部因素出发追寻文学发展的动因，诸如政治、经济、自然、环境、种族、文化、社会心理等，认为文学的产生与发展总是与一定的社会物质生产以及被它制约着的精神生活所达到的水平有关，总是与人类文明的发展阶段有着某种对应的甚至同步的关系。文学的内容即使再曲折隐晦，也总是这样那样、或多或少地反映着社会不同阶段的面貌。包括文学的形式，从体裁样式到技巧规范，也与整个社会的经济、文化乃至传媒工具有着不可分割的联系，且随着社会生产力的发展，文学形式清晰地呈现出由粗糙简约到精细繁复的演进趋势。具体到文学的每一种样式，如诗词曲赋、散文小说，乃至戏剧文学，均有其独特的生长演进史，都需经历从孕育到萌芽，从诞生到发育成熟，又到内部发生变异，乃至新生的过程；都有一个从文坛的边缘逐渐向中心迁移，渐至占据中心地位，然后又不断走向边缘的循环往复的过程。在这种种文学现象之中自有其内在规律在起着主导作用。所以，正如人类社会的历史进程是受内在的一般规律支配一样，作为人类精神生活产物的文学，它的历史进程也自有其不以人的意志为转移的内在规律。

文学史的自律论模式则从另一个角度来肯定文学史有着一定的内在规律性。在19世纪，布吕纳介认为是体裁发生了变化，俄国形式主义认为是文学手段发生了变化，因为每个文学时代、每个文学流派都有一套特有的手段作为其特征，这些手段体现了文学体裁或者潮流的风格。梯尼亚诺夫认为是形式和功能的重新分配构成了文学的可变性，形式改变其功能，功能改变其形式，文学史最迫切的任务便是研究这种可变性。因而他断言，文学史的基本概念就是体系替代的概念。托多罗夫用三个隐喻来表示文学史的内在规律性：第一个是植物模式，即文学机体也像一个有生命的机体一样诞生、开花、衰老并且最终死亡，可变性的规则就是有生命的机体的规则。第二个是万花筒模式，它假定构成文学作品的各种要素是一次给定的，而作品变化的关键仅在于这些同样的要素的新组合。第三个是白天和黑夜模式，文学史的变化就是昔日的文学与今日的文学之间的对立运动。①

上述众多的对文学史发展动因的归纳均有其特定的立足点和独特的内涵。其实文学史现象是纷繁复杂、丰富多彩的，我们很难从中抽象出一种放之四海而皆准、验之百代而无讹的规律，但规律是客观存在的，不断地对此加以认识、归纳和总结，努力追寻科学的文学史规律便是文学史家们义不容辞的任务。

二

人类历史是一条不见首尾的滔滔长河，历史、现实与未来仅是人们习惯的、相对的划分，其实并没有绝对的界限。因此，文学史其实就是文学昔日的生态史，是文学在一定时代、一定文化体系中的生存状态，具体包括三个层次：首先是最具体的文本，是后人可见的物化态的文学，其次是由作品深入到人，到作家、读者和一切人的心灵，再就是宏观地涵盖一切文学现象、文学运动、文学思潮、文学流派的文学氛围。三个层次呈现出由实到虚、由窄到宽、层层深入、浑然一体的关系，进而决定了文学史本体的相对性和无限性的性质。所谓相对性是由文学生态中无数的偶然性和文学研究者的主观性所决定的，纷繁复杂的文学生态犹如变化万端的人类社会生活一样充满了偶然性、突发性，任何一个文学史家想穷尽文学史本相的愿望都是无法实现的，所以在相对性之中又蕴含着文学史本体的无限性。文学虽然只是大文化体系中的一个子系统，但由于它牵涉到人，牵涉到人的全部生活和思想感情，因此它的生存状况便只能是无限的了。这就为文学史研究的不断发展、永无止境，及不断重写文学史提供了广阔的施展空间。

文学发展的连续性表现为一种动态的时间序列，其自然发展的过程

---

① ［法国］托多罗夫：《文学史》，《涪陵师专学报》1999年第1期。

大致可归纳为以下几种：首先是时间序列。文学史的继承性决定着文学发展不可能全部抛弃以前的艺术积累和文学传统，无论是渐进的演变还是飞跃的变革都是"抽刀断水水更流"。任一历史时代的文学都是有源之水、有本之木，总有其来龙去脉，文学历史的长河永远奔腾不息，文学的总体发展是连续的、一脉相承、藕断丝连的，包括其各个局部。它既是社会发展大系统中的一种运动，又是文学系统的自身运动。自古至今，文学的情理、文体、潮流、风格、派别、作家、读者都发生了历史性的变化，文学演变的历程总是在历史时间的行程中显现出来，存在着依次变更的时间序列。长期以来，不同的学者从各自的历史意识和观察视角出发，分别提出以下几种时间序列：朝代时序、社会形态时序、世代时序、时代时序、世纪时序等，其实，它们之间既有区别也有叠合交叉，其目的仅有一个，就是为了展现文学依次更替、向前发展的历程；其次是艺术序列，文学发展同时还是一种艺术的发展，一定的艺术序列总是显示着艺术的不断变化、创新、进步，不断进入新的境界，这就使艺术序列呈现出多种多样的形态，如艺术进化序列、文体演化序列、文风演变序列、文学潮流序列等。

  这一切均明确地告诉我们，仅从他律论或自律论的模式出发归纳文学史流变的规律是不够科学、辩证的，同时，把文学史流变视作一个又一个向上的螺旋或文学发展是一个新事物战胜旧事物、代代更替的进程的观点也是片面的、主观的。这就需要我们在对文学史发展规律的归纳中处理好本体论和认识论、必然性与偶然性的关系，把握好一般与特殊，长时段、中时段与短时段规律之间的层次性。

  文学史的发展总是随着时代的不同而展现出不同的面貌，真实的文学史是存在的，但其面貌是变化的。从总体上说，不存在永恒不变的文学史面貌，所以，文学史研究可以一代又一代无止境地进行着，既然文学史总是在一定的视角上被认识，那么每一个时代人们视角的变化必然导致对文学史的认识发生变化，文学史家们当然应该既有继承又有创新，这就好像绝对真理与相对真理的关系，每一个时代对文学史的理解都是相对的，但在这种相对的理解中又有着历史真实的绝对。

第二节 文学史实践

文学史的存在是两重的,首先,文学史存在于过去的时空之中,也就是它的客观的、原初的存在,尽管它已消失在历史日益增厚的层累之中,但在书籍、文物、人类的生活与思维方式以及民族的文化——心理结构中仍然留存着过去的足迹。其次,真实的文学史依赖文学史家们对这些存留物的理解来复现,所以,文学史便获得了第二重存在,这就是我现在所说的文学史实践。"一切被保存下来的历史遗存,在它离开了产生它的环境背景之后,往往会变成一个封闭的复合的没有指称的意义总体,从而为阐释学留置了广阔的空间。"[①] 而后人对文学史的种种诠释与复现的努力,即文学史实践必然表达着文学史家们的种种理解。

一

法国批评家阿尔贝·蒂博代在《批评生理学》一书中把文学批评分为三种:自发的批评、职业的批评和大师的批评。所谓职业的批评指的是讲坛上的或教授的批评,其最高成就便是文学史研究。在西方,为文学修史的历史不算太长,大约滥觞于欧洲浪漫主义时期,其中法国似乎略早一些,美国文学批评家韦勒克指出:"叙述性的文学史在浪漫主义运动之前并不存在。施莱格尔兄弟是近代文学史的鼻祖,西斯蒙弟、弗里埃、安贝尔和维尔曼接踵而至,草创了法国文学史的编撰。"[②] 但在起初的半个世纪文学史实践中,由于史学界对历史究竟是艺术还是科学的性质纠缠不清,进而影响到对文学史属性的理解。历史学家朗鲁瓦和瑟涅博斯在著名的《历史研究引论》一文中明确指出:"直到1850年,在历史学家和公众看来,历史仍然是文学的一种体裁。"泰纳也以不明确的口吻写道:"历史是一种艺术,是的,但它也是一种科学。……历史是一种艺术,它的描写应该像诗的描绘那样生动,但也应该像自然史那

[①] 王钟陵:《文学史新方法论》,苏州大学出版社1993年版,第6页。
[②] 雷纳·韦勒克:《近代文学批评史》第三卷,杨自伍译,上海译文出版社1991年版,第2页。

样文笔准确,分类清楚,规律确凿,归纳精密。"① 直到1888年,历史学家弗斯特尔·德·古朗日才明确地指出:"历史不是艺术,而是一种纯粹的科学。它不在于轻松地叙述,也不在于深刻地论证。它像其他科学一样,在于确认事实,分析对照事实,指出它们之间的联系。"② 历史终于脱去了文学这层令人愉悦的外衣,成为一门独立的学科,它标志着历史学的成熟。这就为在当时仍作为文学批评一种形态的文学史研究厘清与历史学及正在兴起的社会学的关系打好了基础,也为它走出文学批评的荫蔽、取得自己独立的学科地位提供了可能。在这方面,《法国文学史》的作者居斯塔夫·朗松功不可没,他继承了圣伯夫追求"真实"的方法,抛弃了在文学史中把文学作品置于次要地位,却专注于作家奇闻逸事的传记研究法,部分接纳泰纳的文学史三动因说,却批评泰纳的研究取消了个人,部分肯定布吕纳介的体裁演化理论,在此基础上提出了自己的文学史观,即文学史既是文学研究的一种形式,又是文学研究的一种方法论,即历史的方法。他认为文学史是文明史的一部分,其最高任务就是引导读者,如通过蒙田的一页作品、高乃信的一部戏剧、伏尔泰的一首十四行诗认识人类、欧洲或法国文明史上的某些时刻。这就使文学的历时性研究具有了必要性、可能性和坚实的基础。他还对文学史与历史学加以区别,认为两者的对象即历史事实虽同是"过去",但文学作品的"过去"是一种与读者的"现在"有联系的"过去",即文学史的对象永远具有现实性,因此不能把文学作品当作一种"历史文献"来看待。是文学作品的内在本质决定了文学作品具有艺术的意图或效果,具有美或形式的魅力,能够在读者身上激起想象的回忆、感情的冲动和美的感觉。因此,文学史研究虽然也采用历史的方法,但与历史学有着根本的区别,它在触及一般的事实,揭示有代表性的事实,指出两者关系的同时,更着重于在文学表现中研究人类精神和民族文化的历史,更为关注具体的作品和作家的独特性。

朗松虽然也承认文学是社会的表现,但他又指出文学作品当是一种

---

① 转引自郭宏安、章国锋、王逢振:《20世纪西方文论研究》,中国社会科学出版社1997年版,第4页。

② 转引自郭宏安、章国锋、王逢振:《20世纪西方文论研究》,中国社会科学出版社1997年版,第4页。

个人的社会行为,文学史的目标是"个人",是对"文学个体的精确描写"。而社会学却本能地不是取消个性就是回避个性,所以文学史和社会学是两种完全不同和相互独立的研究。较之作为文学的一种体裁的文学批评,文学史乃是对文学现象进行历史层面的叙述和评论,所使用的方法从根本上说是"区别知性与感性",此乃文学史开始脱离以鉴赏和趣味为宗旨的文学批评的根本标志,并具有了某种科学性。总之,朗松的工作为使文学史实践脱离历史学、社会学和文学批评的束缚,进而成为"一种运用历史社会文化的方法认识文学及文学现象的独立的学科"① 做出了巨大的贡献。

我国的古代文论中一直零星地散见着各种关于文学史的观点和认识,但始终未能形成较为系统、完整、严密的学科理论体系。而真正对文学史的著述与实践仅开始于上世纪初,而且是在西方包括日本的文学史实践的直接启示和影响下开始的,众多的文学史家们虽勤奋耕耘,不断探索,著述亦丰,但真正能做到成一家之言的并不很多,对文学史的认识能形成体系的则更是少之又少。1926年,郑宾于在其所著的《中国文学流变史·前论》中说:"我国文学的著述自来无所谓'史',有之,亦只是文学的材料与选集;这种现象,不特是文学如此,其他的一切学术思想也是一样。""然而近三十年来受了'洋化'之后,作'中国文学史'的人竟不知有多少,所以'中国文学史'也就不知有多少了。然而他们那种'文学史'的作物都是包罗万象,无奇不有!举凡是前乎此者之用文字写出来的东西,不管它是属于'文字学'的也好,属于'哲学思想'的也好,属于'图录''谱牒'的也好,属于……的也好,在他们的'文学史'中,都统统地把它搜罗起来,凌乱杂沓地都说他是'中国的文学',都说它是前此'中国的文学'。据我的眼光看来,似这般'杂货铺式'的东西,简直没有一部配得上称为'中国文学史'的作品!"1932年6月,郑振铎在其所著的《插图本中国文学史·自序》中说:"我写作的这部中国文学史,并没有多大的野心,也不是什么'一家之言'。老实说,那些式样的著作,如今还谈不上。因为如今还不曾有过一部比较完备的中国文学史,足以指示读者们以中国文学的整个发

---

① 郭宏安、章国锋、王逢振:《20世纪西方文论研究》,中国社会科学出版社1997年版,第9页。

展的过程和整个的真实的面目的。中国文学自来无史，有之当自最近二三十年间始。然这二三十年间所刊布的不下数十部的中国文学史，几乎没有几部不是肢体残废，或患贫血症的。易言之，即除了一二部外，所叙述的几乎都有些缺憾。"1962年8月，台湾东海大学梁容若在其所著《中国文学史提要》中说："总览中国文学史研究之历程，五十年来进步之迹显然。以范围言，则由泛滥庞杂之学术史，进而至纯正文学史。以史料言，则由真伪不分，笃信传说，进而至明辨时代，探求真相。以史观言，则由退化论，变为进化论，由主观之印象批评，进而至客观之事实阐释，精深正确，极有意义。然新趋势亦有可议者：求珍异于残篇断简，忽家弦户诵之书；夸新奇于截搭食豆食丁，弃年经事纬之规。虽耸观听，难成定论。亦或自负三长，宏篇立就。心不细而胆大，理不直而气壮。盖有文采斐然，莫知所裁者。"

陶东风在其所著的《文学史哲学》一书中还将20世纪50年代以后至今占主导地位的文学史模式存在的问题归纳为五个方面：（1）机械的他律论。支撑我国现有文学史研究的文学观、文学史观是不够辩证的、相对忽视文学自身规律的社会决定论。文学史成了社会政治史、经济史等的附庸；（2）传统文化与治史模式。即机械的他律论也与我国传统的文论体系、治学方式、治史模式的影响有关，所谓"文史不分家"，最终却是"史"吃掉了"文"，用治史的方法治文，对传统的东西缺少更新机制；（3）自律性的失落与形式研究的贫乏。相对忽视文学自身的特殊规律，轻视对文学形式的研究，偶有涉及也不是在文艺学范围内进行，而是从外部因素中寻找形式变化的原因；（4）系统观念的失落与流变研究的贫乏。极度忽视作家的个体性，用阶级属性、社会群体属性替代作为文学活动主体的作家个人的生命特征、个性特征。孤立罗列作家作品，满足于从社会历史而非文学环境的现象方面串连文学史，忽视文学史内部的流变、交叉、比较研究，缺乏整体观和系统观；（5）体例的僵化与研究主体性的失落。即我国已有的文学史著作不但在文学史观、研究方法上是大致雷同僵化的，而且其体例和编写模式也是如此。社会环境、作家介绍、作品分析（思想分析加艺术分析）三者机械的拼贴相加便成了通行几十年的编写模式，堪称"文学史八股"。看不到文学史研究者的个性特征与自由创造性，也就谈不上个人的独立思考和独到发现。① 这说明我国的文学史实践存在着深刻的危机，必须在深入把握文学史学科属性的基础上，以文学史哲学为指导进行全面彻底的反思。

二

对文学史性质的探讨其实是文学史理论建构中一个带有根本性的问题。文学史究竟是历史的事实呢，还是一种审美的事实，两者之间的关系又是如何的呢？

马克思主义哲学原理对此是这样表述的，历史是人类社会生活实践的总和，文学的审美活动是人类实践的一个方面，它们之间是部分与整体、部分从属于整体、审美活动不能不受到整个历史进程制约的关系。有人曾把文学史研究内容分成三个部分："（一）'文本'与'前文本'的关系，也就是文学作品与产生这些作品的作家、社会的关系。""（二）'文本'与'后文本'的关系，也就是文学作品与接受这些作品的读者、评论者的关系。""（三）是如何在'文本'与'前文本'和'文本'与'后文本'之间的关系中来确定文学史的研究角度、研究方法等问题。"② 其实，在具体的研究中，三者是一个不可分割的整体，只是侧重点不同而已，如果仅谈一点不及其余，这样的文学史必然是片面的、教条的，当然也就谈不上科学性。传统的社会批评一般都从社会历史的角度来批评文学，着重阐发文学作品中包含的历史内容与历史意义，相对忽略文学史自身的审美经验与审美价值，对这一模式不断强化的结果便是走向了庸俗的社会学。新时期以来，我国的文学史界努力突破将文学作品用来图解政治的陈腐观念，注意从多方面、多角度、多层次地阐发文学与社会生活之间的联系，诸如文学史与文人心态、社会风尚、科举制度、市民生活、外来影响，以及与佛教、道教、儒学、玄学、音乐、美术等的关系，拓宽文学史观照的视野，但不论是心灵史、习俗史、思想史、文化史、精神史等，这些终不属于文学审美的历史。

从文学史的自律论模式出发，有些文学史家则把注意力集中到对"文本"自身的价值、意义、结构方式、语言形态等的研究上，尽可能

---

① 陶东风：《文学史哲学》，河南人民出版社1994年版，第12—20页。
② 陈炎、王维强：《近年来文学史学研究述评》，《文学评论家》1991年第6期。

多地从形式主义、新批评、结构主义、符号学等理论中汲取营养，以期在"文本"自身的更迭关系中寻找文学史内在的演进规律。他们认为文学史研究的目的就是要从系统的结构出发，揭示系统的变化与发展，进而揭示文学发展与演变的整体风貌。一部具有结构意义的文学作品、一个相对独立的文学时代，它为文学史的发展与进化所提供的实际上是一个具体的意义单位或称个体意义，代表着一个相对独立的审美规范，这个意义单位同时又被整体观念或整体意义，亦即文学史的系统质所规范。文学史进程的实质就是具有相对独立意义的审美规范的历史转换，文学史研究就其本质而言，属于审美研究范畴。这一界定对纠正他律论模式的偏颇意义重大，但在否定传统模式中由"因"及"果"的线性关系的同时，几乎在客观上又割断了"前文本"与"文本"的关系，从而有着从一个极端走向另一个极端的倾向。

针对上述情况，为了弥补两种模式各自存在的缺陷，有人提出了对"他律"与"自律"的超越论，当然这种超越也不是内因与外因的简单叠加，而是要找出内因向外因转化的中介，这一中介便是作家的"审美心理结构"。[①] 文学史的直接存在形态是作品形式结构的不断交替演变，而这种交替演变是人类审美心理结构演变的物质对应物。审美心理结构是一种美的形式感，是对世界的审美感受方式，它受人类的生存状态、生存方式的影响和制约，同时人类在特定的生存状态中所产生的种种经验、感受只有经过它而得以内形式化，并最终在创作活动中通过外在的语言符号而外形式化。这一观点明显受到了戈德曼"发生学结构主义"理论的影响。

其实，我认为文学史实践的历史与审美属性是辩证统一的关系。历史作为人的整个社会实践本来就包含审美活动在内，而审美虽有其自身的特殊性，但仍不能不在历史的时空中进行。原生态的文学史系由历史上曾经出现过的种种文学活动所构成，而文学活动的主体正是从事审美创造的人，包括文学的接受也是一种创造，是人通过其审美心灵的创造活动建构起文本的艺术世界，"人本"决定了"文本"。同时，作为原生态历史的人的审美创造活动已消逝不复现，今天人所能感知的除了残存

[①] 陈炎、王维强整理：《近年来文学史学研究述评》，《文学评论家》1991 年第 6 期。

于典籍中的零星记载外,主要依靠当年审美创造的结晶。因此,通过文本来了解人们的文学活动,剖示其审美心灵,便成了文学史实践的必由之路。而文本所由构成的词语、声韵、体裁、格律、材料、布局、主题、形象、意象等诸要素的选择与组合,无一不是作家审美经验的积淀,文本的总体艺术结构更是作者审美心灵结构的映现。文学史实践就是要在"文本"与"人本"的双重建构、双向作用中勾画文学系统、结构、范式、功能、文体、风格的变更,进而探求其内蕴的审美心理结构,亦即审美感知、想象、情趣、观念等活动方式总和的演化痕迹。可见文学是人学,同时又是文学,两者原来并不矛盾。历史与审美并非二元,历史制约着审美,同时也在审美心灵活动中留下了自己的印记。一部文学作品大体由三个层面构成:文本艺术结构是表层,审美心理结构是里层,历史文化结构则为深层。表层显形为"文",里层与深层均隐含着"人",这"人"当然是指审美的和历史生活中的人。文学史实践就是要透过文本结构以领会审美心理结构,甚至要透过审美心理结构来窥探和把握特定时期的历史文化结构,发掘其中的历史与文化精神内涵。由人及文,由文及人,将静态的作品架构转化为动态的历史流程,文学作品的三个层面便在这历史与审美、人本与文本相统一的流程中结成互涵互动的关系,进而组成文学史的总体进程。

三

文学史研究总是要把文学现象置于特定的时空之中,叙述它的生存、运动、发展、蜕变。恩格斯指出:"一切存在的基本形式是空间和时间。"[①] 豪泽尔在申明他的艺术史理论的主导原则时认为:"历史中的一切统统都是个人的成就;而个人总会发现他们处于某种确定的时间和地点的境况之中。"[②] 时间与空间是文学史研究中重要的概念范畴,因为"历时性地审视文学活动是文学史研究与一般文学研究的最根本区别"。[③]

[①] 马克思:《反杜林论》,《马克思恩格斯选集》第3卷,人民出版社1995年版,第392页。
[②] 豪泽尔:《艺术史的哲学·前言》,陈超南、刘元华译,中国社会科学出版社1992年版,第3页。
[③] 佴荣本:《论文学史的三维时间》,《扬州大学学报》1999年第5期。

文学史在时间维度中始终处在一个矛盾的位置上，它是对过去写作出的文学的记录，而这种记录又是在撰史者此时的视野中来勾勒的。文学史当时与当前的两重时间坐标之间的时差所体现的不只是一个时间数字上的差异，更是一种时代间隔上的性质区别，因为文学史实践如果不能重现出当时写作的意义，则大多不能揭示出文学作品在文学史中的意义。反之，如果文学史家不能在撰史中体现出当前的理论视点，就不能表白出史识，就没有当代人与古代作品的一种思想上的碰撞和对话，那么古代的作品仍是古代的，它便是一种文物而非艺术。这就需要文学史家们把握住文学史的两个三维时间：一是作为历史存在的"当时"的文学现象的特定时间所包含的文学传统的过去、文学活动的当下（现在）、文学发展的未来的三维时间。"当时"是一个过去时，无论后人如何去复述它都难以接近也不可能等同于它的本体，"此情可待成追忆，只是当时已惘然"，当时的惘然是现在来看的，更确切地说它是对于现在才显现出来的，但并不能因此就回避当时的时间维度，仅仅列出一些著述或作家的生卒年表就可了事，文学史实践必须努力复现出文学作品的文学史意义，这种意义单从作品本身是无从体现的，只有将该作品置于它所处的创作环境中，既理解和追溯它的源，也追寻它在当时的意义和对后世的作用，也就是流，这样的文学史考察才堪称环节完备。姚斯这样说："每一共时系统必然包括它的过去和它的未来，作为不可分割的结构因素，在时间中历史某一点的文学生产，其共时性横断面必然暗示着进一步的历时性以前和以后的横断面。"① 即是此意；二是"如果把文学史研究主体活动的时间定位为现在，那么，文学史的时间之维就会出现一个新的过去、现在、未来的三维视界"。② 克罗齐曾说"一切历史都是当代史"，就是说文学史家以他所处时代的眼光来观照历史，评述历史，在历史撰述中体现史家的当代人眼光，这一观点如在纯粹的历史学领域可能还有争议，但在文学史领域却是不争的事实。文学史不是文物展示，它还应把对当代人已显得陌生、隔膜的过去时代创作的作品重新激活起来，成为能够开启当代人心灵门扉的审美之钥。所在，同样处

---

① 姚斯：《文学史作为向文学理论的挑战》，[德国] H. R. 姚斯、[美] R. C. 霍拉勃：《接受美学与接受理论》，周宁、金元浦译，辽宁人民出版社1987年版，第47页。
② 佴荣本：《论文学史的三维时间》，《扬州大学学报》1999年第5期。

于生生不已的时间之流中的文学史研究也应是个人视界，在时间三维中应称现在或当代视界与历史视界、未来视界相互融合。文学史研究如果仅强调作家作品不变的客观地位和价值，这不仅不符合文学发展的客观规律，也会严重窒息作家作品能够生成和创造现在与未来的文学和文化无限可能性的生命力。可以说三者融合是文学史家追求的最高境界，"文学史家不仅要超越当代文化的拘囿，而且要超越传统文化的束缚，他要站在时代的高度，以过去、现在、未来融会的三维视界审视文学的发展"。①

"文学史空间是自然空间的特殊形式，具有一般空间的自然属性，又具有文学活动的审美属性。"② 较之时间的永恒流动及不可逆性，空间则具有凝固性特点。"在空间范畴中，审美能量不仅不会随着自然时间的流动而耗散，相反会得到不断的积淀而在量上积累，质上增强。"③ 于是，遗留态的文学史，如文学作品、作家书信、手札、日记等有形的历史资料便成为原生态历史的"替代者"；文学史的空间运动在其内部有一定的方向性，可以区分为不同的团块，此乃文学史区域观念得以建立的基础，文学史上的京派与海派、大陆文学与台港澳文学等的划分即属于此；文学史的空间又是一个动态系统，"在其内部审美分布具有不均衡性的同时，又具有趋向均匀，不断寻求内部平衡，保持系统稳定的特征"。④ 这使文学史的静态分析成为可能，因为文学发展的流程正是在非均衡性中保持某种相对稳定性的。由此可见，"文学史研究必须将宏观空间的整体性状的分析奠基于区域微观空间发展的不均衡性及能量互动研究的基础上，从细致入微地分析不同区域文学发展的不同状况入手，研究文学区域间的相互影响，通过对文学审美能量的空间交换规律的揭示，对文学史流变做出动力学、发生学的科学解释"。⑤ 文学史空间具有三个维度，作家与作品，此乃文学史审美构成的基本单元，是基础维度；思潮与流派，这是文学主体审美活动之间的关系标尺，正是在这种关系中，单个文学主体才获得了社会与历史属性；激情与实践则是文学

---

① 佴荣本：《论文学史的三维时间》，《扬州大学学报》1999 年第 5 期。
② 葛红兵：《论文学史空间结构》，《江苏社会科学》1996 年第 4 期。
③ 葛红兵：《论文学史空间结构》，《江苏社会科学》1996 年第 4 期。
④ 葛红兵：《论文学史空间结构》，《江苏社会科学》1996 年第 4 期。
⑤ 葛红兵：《论文学史空间结构》，《江苏社会科学》1996 年第 4 期。

主体由自然人向社会人再向审美人过渡的最终标志维度。三维之间的内在关联性要求文学史家们必须具有宏大的整体意识和流动的历史情怀。

四

文学史有两条叙史线索,即"文学线索和思想线索"。① 前者是指文学发展的自然脉络,提出文学是什么,即它由谁创作,写于何时,写作意图如何,有何反响等问题,主要是为文学史实践提供材料。后者则是指建构文学线索的思想框架,解决文学如何,即怎样看待文学,所选观察角度的依据和意义是什么等问题,它使用文学线索提供的材料,建构出材料中蕴含的意义,提出对所述作家、作品的评价和说明等。这些不是由文学史对象本身所表征出的,而是体现了撰史者自己的或转述的某种思想见解,及其对文学的历史与哲学观念。西方著名史学家柯林武德主张"一切历史都是思想史","历史知识就是以思想作为其固定的对象的,那不是被思想的事物,而是思维这一行动的本身"。② 这一观点明显有轻视史料的倾向,但同时也有其深刻的洞见性。由于文学史主体思维的差异及思想观念的不同,对文学事件的描述可以有不同的方式和角度,即可有不同的思想线索,也就是述史秩序。它主要包括原型的、进化的、规范化——反拨的、经典的、社会史的、形式史的、接受史的,包括综合的等各种模式的述史秩序。而其"基本形态可以概括为以下三个方面:原型秩序、经典秩序和进化秩序"。③

原型秩序注重文学原型在文学史发展中的延续和变异。汉语中的原型一词有创作所依凭的原初形象之意,西方文学批评中的原型却是指"在文学评论中,一个原始的形象、性格或者模式在文学与思想中一再浮现,从而成为一个普遍的概念或境界"。④ 英国的人类文化学派是较早在文学批评中使用这一概念的,其中尤以弗雷泽及其著作《金枝》为代表,此后荣格、弗莱都在他们的研究中广泛使用这一名词,尽管对这一名词的界定各不相同,但都强调其最核心的含义是重复、循环。从原型

---

① 张荣翼:《思想线索:文学史研究的核心议题》,《洛阳师专学报》1996年第6期。
② 柯林武德:《历史的观念》,何兆武译,中国社会科学出版社1986年版,第346页。
③ 张荣翼:《文学史的述史秩序:原型、经典和进化》,《齐鲁学刊》1999年第1期。
④ 《简明不列颠百科全书》,中国大百科全书出版社1986年版,第263页。

的观点来看待文学史,即肯定文学史有变化,但变化却是循环式的,因为每一变化的因素在更早时的文学中已有端倪。由于它强调早先出现的文学对后世文学中的影响及其变异,立足点却是晚近的文学,在时间上是由先到后,从逻辑上看是由后溯先,所以,这种文学史被称为是倒过来写的文学史。弗莱在其著名的《批评的解剖》一书中曾提出三种著名的文学史原型模式。首先是从对小说主人公行动力量的分类出发进入文学史,认为欧洲一千五百多年的文学史都可以纳入下面这张原型表中:中世纪以前——神话;中世纪——传奇;文艺复兴时代——高级模拟文学:悲剧、史诗;从笛福到19世纪末——低级模拟文学:喜剧与现实主义小说;最近一百年(19~20世纪)——讽刺文学。根本而言,五种文学原型都是神话,第一种是狭义的、原生的,后四种则是移置的。文学史就是这五种原型在纯文学的封闭系统内永恒的循环。第二种模式认为,文学史可以被看成四种依次出现的神话模式和原型象征模式:A.未经移置的原生神话模式;B.传奇模式;C.写实模式;D.讽刺文学。其实它与第一种大同小异,区别只是将"写实"模式分为高级模拟(悲剧与史诗)和低级模拟(喜剧和现实主义文学)两种罢了。弗莱还将文学史的原型与神的仪式及自然四季的循环相对应,为我们开出了第三种模式:喜剧——春天的神话——神的诞生和恋爱;传奇——夏天的神话——神的历险和胜利;悲剧——秋天的神话——神的受难和死亡;讽刺文学——冬天的神话——神的死而复生。尽管与前两种模式在顺序上有所变化,但有一点是不变的,即都是循环的,由这种模式建构的文学史述史秩序对体现文学的整体感,显示当代创作与过去文学创作的有机联系极为有利,但却不能很好地揭示当下阶段文学进程的内在动因,且有削足适履之嫌。

经典秩序虽然也高扬文学传统对后世影响的大旗,但它更为注重经典的成长历程。在文学史实践中,人们经常思考的两个问题是文学史如何行使现实的权力,文学史如何将某些文学知识固定下来,使之成为恒定的范式不断传承。通过对经典的形成及其效果的考察我们可以找到答案。文学史著作中罗列的种种价值尺度、观念系统是抽象的、空洞的、教条的,文学经典的出现使它们具有了可触摸的质感。其实,文学史的叙述就是将一系列的经典连缀为一个体系,它包括一批作品的篇目及其成就判断以及它们相互之间的联系。文学史原生态中的作品浩如烟海、不计其数,从中删繁就简,精选经典之作进入文学史是一个复杂而有意义的工程。对经典的崇拜表明,这些著作中寓有某种不可移易的终极真理,因而,经典体系通常被称为社会文化的宝藏,是主流文化的代表。许多时候,个人是无法独享确认经典的权力的,它往往经由一个文学制度的共同运作,文学的生产、传播和接受均属制造经典的一系列环节。按照斯蒂文·托托西的观点,"文学制度"由一些参与经典选拔的机构组成,包括教育、大学师资、文学批评、学术圈、核心刊物编辑、作家协会、重要文学奖等。尽管多数"文学制度"的运作并没有进入正规的历史叙述,但文学史著作中给出的结论已经积累了这种运作的分量。经典一经确认,权威随之产生,同时也就具备了规范、指导、影响甚至支配等多种作用,另一方面也起着某种束缚与限制作用,既束缚别的创作和对作品的阐释,也束缚了自己。当然,由于时代、阅读主体、文学机制等的差异,不同时代对经典的衡量标准有着一定的差异,即便是同一种经典,不同时代的接受者注意的侧重点也会不同。由此可见,文学史的经典秩序具有双重性质,一方面它尊崇经典作品,以此显示出文学秩序的整合统一,并显示出自己时代的创作与经典作品之间的嗣传关系及合法性;同时,它又改写经典作品的意义,使古代的作品能有合乎自己需要的价值,使得自己时代的创作能够适应历史的变迁,而不必受制于既定的格局中。

规范化——反拨模式的述史秩序认为,文学发展的过程是逐渐树立规范同时又不断地反拨规范的过程。俄国形式主义的"陌生化"理论就表达了这种思想,库恩的范式理论所描述的科学革命的过程与此也有着某种对应关系。

此外还有比较文学模式的述史秩序,从共时的角度看待文学史现象,从中整合出一种叙事维度。碎片模式述史秩序认为文学史发展是不连续的、多样的,并无统一的循环、进化、反拨等可需概括的东西。文学审美活动在各个时代、社会间的相互碰撞,其作用机制是断裂的,并不存在统一的文学目标,文学史不是人们审美活动的线性进化的历程。俄国文学批评家普洛普分析俄国民间故事的31种单元,法国解构主义者福柯的"知识考古学"否定传统历史形式的可能性,即认为不存在什么"理性进步"、"时代精神"、"假设的整体"、"主导的世界观",只存在不连续的话语领域等,均运用的是碎片模式述史秩序。

上述众多的述史秩序对文学史的整合作用是巨大的,它包括对文学史上的主题、文体、发展规律、作品意义等方面,它是我们从众多的文学史著作或理论中梳理出来的,既是客观的存在,也为文学史家们建构自己独特的文学史述史秩序提供了选择的可能性。

五

一般来说,文学史著述的形态和语式主要有三种:

首先是重历史学派,认为文学史是一种历史,是历史学的一个分支,强调史的形态,表现出一种尚实的理论倾向。这种理论在我国传统的史学观念中有着悠久的历史,且对后世的史学产生了极为深远的影响,特别是乾嘉传统。陈一舟在《文学史的形态与语式》一文中谈到"狭义的文学史,无论人们要如何去界定它的学科特征,它仍然不过是全部历史的一个侧面,如同政治史、经济史、科技史、艺术史一样只是人类史的某一分支。它不可能逸出历史的基本属性和时空结构"。[1]所以文学史家所有的工作归根结底就是对过去时代的文学现象进行历史性的追寻与把握。当然他也不排除主观的介入,只是更为强调史的特性罢了。

同是重历史学派的代表,许总更强调文学史的"丰富本相",他说:"我们文学史学的误区大概正在于偏重建构规律圈与逻辑圈的一端,因此理论意识的强化使我们从资料堆积的文学史迷途中走了出来,但是简单化的理论概括往往以舍弃具体文学现象为代价,使丰富生动的文学史变成干瘪的一串串圈圈和链条,无疑又走入另一个极端。"[2] 同样他并不排除主体思维的积极介入。但对于主体表现许总认为:与机械的客体反映论一样,完全的主体表现论同样不能规定文学的全部本质,因而心灵史、人性史或精神史也不可能构成文学史本质的最完整表述。他说:"极为明显,这种以主体性为原则,以当代意识为基点的文学史观,在强化研究主体创造性与个性化的同时,往往容易导入以偏概全、随心所

---

[1] 陈一舟:《文学史的形态与语式》,《社会科学辑刊》,1991年第3期。
[2] 许总:《多元的存在与深层的流动》,《社会科学辑刊》1991年第3期。

欲的误区，其表现形态固与'文革'前那种机械反映论截分两撅，但在从特定角度与需要有意或无意地改变或忽视文学史本相的意义上却恰恰走入同一轨辙。"① 许总又提出"文学史二律背反"的著名命题，他说"文学史既受制于社会历史进程与文化思潮嬗递，又往往表现出与社会文化史发展不同步、不平衡的关系。也正因此，以社会文化史为参照，文学史的发展似乎合乎某种规律，而从个体作家自由创造的角度着眼，文学史进程又无一定规律可循，更多地带有偶然性特征。这种矛盾不仅表现在文学史的历史属性与审美特征的关系上，即使在文学活动自身的意义上也有突出体现"。② 文学史二律背反现象的产生根本原因就在于这一学科本身所具有的史学与文学的双重属性，以及文学史家偏倚一端的观察角度。为解决这一矛盾，许总设计了一种建构科学的文学史形态的模式：主体思维积极介入，充分尊重客体实际，努力接近文学史原生态的把握原则与阐述方式，即"与其抽象地找寻规律，不如实在地描述现象，在文化背景的铺展、作家心态的显微、文学史整体的结构与叠合中立体地展示文学史的轨迹与进程，在动态地把握其运行方向的基础上，进而窥探文学史的丰富本相"。③ 这"丰富本相"便是文学史的原生态。

第二就是重逻辑学派，注重文学史理论形态的建构，认为文学史研究不仅是一种客观规律的总结，而且也是作者本人的一种理论创造，是一种依托于历史的理论创造。该派表现出一种尚虚的理论倾向，注重主体即文学史家的理论创造和主体精神。王钟陵在其《文学史的理论形态化》一文明确宣称："我所期望的文学史著作是一种具有理论形态的文学史著作，或者说，我们的任务是使文学史理论形态化。"④ 他认为真实的历史存在于人们的理解之中，最高境界的文学史著作应是历史的真实内容和个人才华的合璧。当然，为了避免无限的相对主义，他也提出了原生态的把握方式。

与尚实的文学史形态论的反映论哲学依据相对应的是，重逻辑学派强调文学史研究的当代性，文学史研究的对象是过去，但其自身却是当

---

① 许总：《唐诗史》，江苏教育出版社1994年版，第5页。
② 许总：《文学史观的反思与重构》，《文学评论》1995年第2期。
③ 许总：《多元的存在与深层的流动》，《社会科学辑刊》1991年第3期。
④ 王钟陵：《文学史的理论形态化》，《社会科学辑刊》1991年第3期。

代学术的一部分，是当代思想文化精神的凝结。该派重视主体的作用和文学史家的素质与才能，司马迁作《史记》"欲以究天人之际，通古今之变，成一家之言"。这"一家之言"便是高扬主体精神的理论。这一派还认为复现或还原历史是不可能的，也没有必要，历史研究的实在意义在于重构历史，反映文学史家自身对历史的理解与判断。陈伯海先生就指出："重构历史就是重新发现历史"，一方面要在"现象层面上逼近历史"，另一方面"它更要从历史与现实相沟通的角度来探索历史嬗变的内在规律，寻求历史自身新的意义"。①

至于重逻辑派的语式，如果说重历史派的是描述的、再现的，那么它就是阐述的、表现的，更强调抽象与综合。

第三种就是历史与逻辑相统一的文学史形态。该派认为文学史是人类用语言艺术反映客观世界，表现主观世界，所以文学史实践应是研究主观与文学史客观两方面的结合。这一派的观点表现出中间性与兼容性，兼顾了历史与逻辑方法的特点与长处，是规律论与现象论的统一。而上两种文学史形态均有可取之处，也有局限性。一方面，文学史的编纂不能不注重其内在的逻辑，注意文学现象之间的因果关系，但又不能搞"唯逻辑论"，仅以逻辑为出发点和归宿点就会使文学史趋于简单化，甚至会出现削足适履的情况。所以另一方面则要充分认识到文学史上大量存在的随机的、偶发的现象，及某些"突变"的因素，要努力反映出文学史的复杂、丰富与多姿多彩。当然在这些现象的背后也存在深刻的需要揭示的规律。陈伯海在这方面有过深入的分析，他说："文学史自然是历史的存在，但历史不可能没有逻辑。所谓逻辑，无非是历史的内在联系。如果连内在的联系也不承认，那么历史的长河里除了一大堆纷繁流转的泡沫，更剩下了什么呢？"这是第一层意思。同时他又提出了第二层意思："我并不以逻辑为万能或者叫做不'唯逻辑'。我的理由是：在历史与逻辑的统一之中，历史毕竟是第一性的，历史比逻辑更丰富得多。……"② 基于此，他提出"历史与逻辑"或者"逻辑与随机"的有机统一。并且这种历史与逻辑的统一不是一种固定的模式，而是"有法而无定法"。

---

① 陈伯海：《文学史观念谈》，《江海学刊》1994年第6期。
② 陈伯海：《文学史观念谈》，《江海学刊》1994年第6期。

这种虚实并重、中和兼容的文学史形态理论本体论上的根据就是"辩证统一",按照辩证法的思想,事物总是由相互对立又彼此联系的两个矛盾方面构成。文学史实践中的主体(文学史家)与客体(文学史实)也是一种对立统一的关系。在语式上应是表现与再现的统一,既有理论的逻辑建构,树立起概念、范畴、体系,同时又不舍弃丰富的文学史具象,且这种逻辑建构就是从无限丰富的文学史流程中抽象与归纳出来的,而不是一种主观的先验图式。较之上两种形态,这种中和式形态论似乎更加稳妥、周到、全面,在理论上避免了走极端的嫌疑。"这在自古以来就服膺中庸之道、欣赏中和之美、熟稔辩证思维的中国,自然会得到较多人的认同,易于被接受。"[1]

任何一种理论都有其自身的适用范围、适用层次和局限性,上述三种文学史形态理论也不例外。重历史学派如果走向极端,强调过头,就可能导致"只见树木不见森林",缺少宏阔的视野与统摄,缺乏"史"的发展脉络的把握,文学史便会成为史料的堆砌。重逻辑派如果处置不当,则会导致理论与史实的脱节,或为圆自己的理论成一家之言而"改造"史实。第三种理论的建构比较周详,但实际操作难度较大,理论的完美与实践的完美,也就是说的和做的毕竟是两回事。

第三节 文学史理论

最初阶段,也就是我国古代的文学史实践似乎毫无理论根基,至多只是对文学史实进行空间与时间上的归类,因而可称为准文学史理论或前文学史时代。从上世纪初开始,中国文学史作为一门独立的学科诞生了,渐趋深入的文学史理论与实践并行,产生了一系列至今仍被视为经典的文学史著作,这一时代又称为文学史时代。进入新时期以来,我国思想文化界兴起了两大热潮,一是文化热,二是方法论热,西方的种种新思潮、新观点、新方法陆续地被介绍引进到中国,在此背景下,我国文学史界掀起了文学史理论的讨论与建构热潮,人们开始以怀疑、批判

---

[1] 徐公持:《评文学史形态理论倾向及其意义》,《江海学刊》1994年第5期。

的眼光关注以往的文学史实践,面对已经诞生且不断有新著问世的几千种各体文学史著作,人们不禁要问:既然有了这么多的著作,为什么还要不断地写下去?文学史实践怎样才能冲破旧有的僵化模式,进行新的建构?于是文学史理论研究应运而生,且对建构这一学科的必要性和重要性的认识渐成共识。其实每一门成熟的学科均应有其自己的哲学,具有百年实践历程的文学史也不例外,它需要建立一门科学而系统的文学史学来帮助人们认识文学史学的定义、性质、目的、对象、任务、方法、意义及研究主体等问题,对传统的文学史实践加以总结,给试图进入文学史研究领域的学者以启示,进而构成文学史实践的理论基础和指导原则,决定文学史实践的走向,它并非可有可无,其理论指导意义毋庸置疑。首先是有利于澄清对文学史的各种模糊认识;其次是有利于改变我国目前文学史著作公式化、单一化的局面,促进其形成多样化、多元化的繁荣局面;再就是为文学史家们借鉴和学习国外文学史研究的最新成果,把握文学史学科的未来走向提供必要的理论参考依据。

一

关于文学史学的定义一直是近年来学术界讨论的一个热点。董乃斌先生认为:"所谓文学史学,是对文学史研究的理论研究,是以文学史这门学科为对象的理论性学科,是由实践学科向理论学科的升华。"[1] 徐公持先生认为:"文学史学,就是文学史学科的理论体系。"[2] 陶东风则认为"是对文学史(此亦指文学史著作)本身的研究,即是对于一种研究的研究,对于一种思维的思维","可称之为元文学史或文学史哲学"。[3] 莫砺锋先生则定义为"是探讨如何研究、撰写文学史,或是对已有的文学史著作进行分析、总结的一门学科"。[4] 等等,不一而足,各具特色。

我认为,简单而言,文学史学就是对文学史实践的总结、研究和建构。其研究对象绝非"文学的本来面目"即文学本体或原生态的文学史

---

[1] 跃进整理:《关于文学史学若干问题的思考》,《文学遗产》1993 年第 4 期。
[2] 张昌、白振奎:《近年来文学史观与文学史理论讨论述评》,《社会科学战线》1996 年第 1 期。
[3] 陶东风:《文学史学的性质、对象与意义》,《文学评论家》1992 年第 2 期。
[4] 莫砺锋:《"文学史学"献疑》,《江海学刊》1998 年第 2 期。

实，而是已有的文学史实践，包括各种文学史著述和研究，总结其特征与规律，研究其态势与走向，在此基础上建构更为科学而系统的文学史理论用以指导今天及以后的文学史实践。可谓是对文学史研究的再研究，对文学史主体思维的再思维，因此，在这个意义上也称为"文学史哲学"。《韦伯辞典》对"哲学"一词是这样界定的：它的主要含义之一就是对人的基本信念与基本知识之基础的批评性反思，以及对这些知识、信念所使用的概念的反思。这说明哲学的研究对象不是知识与信念本身，而是知识与信念得以建立的可能性、有效性、价值性等，这一切均可称为"基础"。它是一种思维方法而不是具体学科，其普通性决定了它与任何一门具体学科结合都可以产生某种哲学。文学史学所关注的不是具体的作家作品、文学发展过程及其演变规律，而是文学史实践所坚持的基本原则、基本概念、理论框架、思维模式等具有普遍性和广适性功能的东西，作为一种思维方法与哲学的含义基本吻合，自然可以称为文学史哲学。

对文学史学的具体内容学术界的看法也多种多样。董乃斌先生认为由三个部分构成：一是文学史学史，其任务是对已有的一切文学史著作和研究活动进行史的梳理；二是文学史学原理，可以从史观、史料、史纂等方面来对文学史研究实践作理论的剖析和概括；三是文学史批评，即依据一定的理论对文学史研究的学者和他们的论著进行批评。[①] 蒋寅则主张"可分为文学史原理、文学史理论史、文学编撰史三部分。"[②] 徐公持先生强调包括文学史哲学、文学史一般理论问题、文学史操作理论问题三方面。其实，文学史学包含的内容是极为广泛的，我认为首先应进行文学史理论的研究与建构，包括"什么叫文学史？""原生态文学史的演进规律及其特征？""什么叫文学史实践？""它的性质是什么？""文学史实践的时间与空间建构及述史秩序"，"对已有文学史实践的总结与反思"，"何谓文学史学？""它的定义、内容、性质、目的、对象是什么？""建构文学史学的必要性与可能性是什么？"等问题；其次是文学史理论研究，包括各种文学史观及历来存在的文学史学说、理论命题、基本概念的历史考察与总结，对各种文学史模式的梳理、整合、反

[①] 蒋寅：《近年中国大陆文学史学鸟瞰》，《文艺理论研究》1999 年第 2 期。
[②] 蒋寅：《近年中国大陆文学史学鸟瞰》，《文艺理论研究》1999 年第 2 期。

思，对文学史主体的研究；再就是文学史的操作理论，包括文学史研究的方法论及经验、成果问题，文学史撰写与教学问题等。由于自感本书在体系建构上尚不完备，离一部完整而科学的文学史学尚存较大的距离，故以"文学史理论研究"名之，而不称"文学史学"。本书在章节安排上可分为十章六个板块，即文学史元理论、文学史观、文学史模式、文学史家、文学史方法和文学史教学论。

二

文学史学这门学科的性质是丰富而复杂的。韦勒克、沃伦的《文学理论》明确把文学史视为其中的一个组成部分，由于文学史学研究内容的规定性，因而我们认为它是文学学科中的一个分支，属于文学理论的范畴。另一方面，文学史学从整体上说又与历史学科有着密切的联系，因为它们研究的对象文学史本来就隶属于历史科学，是历史学的一个分支。撰写文学史的目的不外乎三种，一是还原历史，那它就属于历史的范畴。二是解释历史，即今天的情感、思维水平对文学史进行综合研究，高度概括并总结出某些带有普遍意义的规律，这又属于科学的范畴。三是还原与解释并重，那它又是历史与科学统一。按照埃斯卡皮《文学史的历史》中的说法，可以根据作者更愿意成为一名历史学家还是更想成为一名批评家来决定文学史的叙述中心，这就提出一个问题，文学史这一本体实际上有可能沿着两种不同的方向展开：一种方向认为只有在历史的既定时序框架内对文学史实的梳理和描述才是可能的；另一种方向主张必须寻找并确证文学自身发展的时序框架。不言而喻，后者体现了对文学史应属于历史科学这一观念的质疑。但问题在于文学史能否在舍弃既定历史框架的情况下对文学自身的发展轨迹进行描述？回答恐怕是否定的。所以文学史学强调客观描述与主观评价相统一的原则正是历史科学精神的体现。

文学发展的历史相对来讲永远处在流动状态之中，若要客观准确地如实还原，事实上是绝不可能的。文学史学作为一门理论学科，它与严格意义上的科学概念不同，它并不以提供某种普遍规律为己任。所以它本身又兼有历史与科学的双重特性，是介于两者之间的中介理论，是一门综合性的学科。

从理论形态上说，文学史学应是逻辑与经验的统一，既需要从文学史的丰富现象和文学史实践的既有经验中总结出带有普遍意义的问题和方法，也应从文学原理的认知结构出发建立理论模型。实际上，关于角度和方法的模型，任何人均可依照艾布拉姆斯的理论框架或者其他理论模式去构思，关键在于是否需要或是否有可能实现。它与文学原理相比具有某种经验性质，并具有一定的可操作性，较之文学史研究又更强调历史的逻辑性，所以应是逻辑与经验的统一，而不是非此即彼的关系。

文学史学基本性质还有就是它的理论性与实践性。作为一种学科理论体系，它在不断完善自身的同时，还必须努力解答文学史实践中提出的带有普遍意义的问题，只有这样才能避免陷入玄学或沙龙之学的境地，因而它具有一定的理论性和思辨性。同时，没有文学史及文学史实践的支撑，文学史学便是无本之木、无源之水，失去了存在的价值。实践是理论形成的基础，同时又指导着实践。二者应是辩证统一的关系。

文学史学不是实践的简单总结，实践也不能完全取代理论，它有其自身存在的必然性和发展的规律，所以文学史学是自足性的。但文学史学同时又是一种开放体系，这不仅是因为文学史原生态和文学史研究实践的不断发展、生生不息，同时还需要文学史学的建构者应具有开放的、宏阔的视野，时时把握并吸收国内外文学史理论和实践的最新成果，包括其他学科的最新成就，用以充实和丰富自己的研究。两者同样是辩证统一的关系。

除此以外，文学史学尚有综合性、当代性等特点，限于篇幅，在此不再一一展开。

三

回溯文学史理论研究的发生可以自文学史著作产生之日为其原点，但从学科的自觉意识来说，其象征性起点当是1983年7月至10月《光明日报》开展的文学史编写问题的讨论，论题主要集中于关于文学史的目的和宗旨等方面。1990年《文学遗产》开辟"文学史与文学史观"专栏，并在同年十月与广西师大共同举办"文学史观与文学史"讨论会，讨论的中心是关于文学史原理的一些基本问题，显示出思考的深度在不断强化，此后多次召开的关于文学史理论的研讨会渐次触及了文学史学的建构问题。特别是1997年12月在福建莆田召开的"文学史学研讨会"标志着对文学史学的建构进入了操作性层次。

在新时期的文学史理论建构过程中产生了一大批极具创新意义的文章和专著,如王钟陵的《文学史新方法论》(苏州大学出版社1993年版)、陶东风的《文学史哲学》(河南人民出版社1994年版)、邓敏文的《中国多民族文学史论》(社会科学文献出版社1995年版)、陈伯海的《中国文学史之宏观》(中国社会科学出版社1995年版)、陈平原和陈国球主编的《文学史》(共三辑,北京大学出版社1993年、1995年、1996年版)、王瑶主编的《中国文学研究现代化进程》(北京大学出版社1996年版)、陈平原的《文学史的形成与建构》(广西教育出版社1999年版)、姚楠的《文学史学探索》(中国文联出版社1999年版)、钱理群的《返观与重构——文学史的研究与写作》(上海教育出版社2000年版)、葛红兵和温潘亚的《文学史形态学》(上海大学出版社2001年版)、陈平原主编的《中国文学研究现代化进程二编》(北京大学出版社2002年版)、戴燕的《文学史的权力》(北京大学出版社2002年版)、董乃斌陈伯海刘扬忠的《中国文学史学史》(共三卷,河北人民出版社2003年版)、陈国球的《文学史的书写形态与文化政治》(北京大学出版社2004年版)等。1998年《上海文论》杂志开辟的"重写文学史"专栏及一大批极具个性的文学史著作均为建构一门科学而系统的文学史学打下了坚实的基础,提供了现实可能性。但是我们还应看到,目前的文学史理论研究还存在着一定的缺陷与不足,主要有:

引进国外新观点、新方法多,自己创见少。由于我国的文学史理论中不太重视方法论的研究,而国外又对此积累了不少经验,在此情况下积极引进和吸收国外的科研成果不仅是必然的,也是必要的。问题是各民族的文学既有共同性的一面,更有其自身发展的特殊规律,国外流行的每一种文学史理论和方法均有其特定的产生背景和内部规定性及其适用对象,如果我们不加选择与鉴别地全盘照搬,必然会出现张冠李戴的情况。而要想真正建立起具有中国特色的文学史理论体系,就需要我们不能仅停留在对国外研究成果的引进与借鉴层次上,而应在融会贯通、消化吸收的基础上有新的建树。这一点正是我国近年的文学史理论研究中做得不够的。

宏观把握多，微观分析少。目前的文学史学研究还基本停留在原则性的总体把握上，介绍性文章多，结合具体作品分析的少，提出问题的多，解决问题的少。有些研究显得过于笼统，不够具体，缺乏应有的可操作性。

理论高谈多，实际应用少。当前我国文学史理论的研究人员主要来自文艺理论和文学批评的队伍，有着较高的文学理论素养，易于接收新的东西，创新精神强，但多数人缺少治史的经历和经验。反之，许多的撰史者有着扎实的史学功底，但对新理论与新方法又掌握不够，于是就造成了"史"与"论"的脱节，构成了推动文学史发展的巨大障碍。

这一切均充分表明作为一门学科的文学史学所要关注的问题实在太多，鉴于目前的学术背景和我个人理论水平的欠缺，想创立一种极具普遍指导意义且完美无缺的文学史学对我来说既不现实，也不可能，对此，我的研究思路是先耐心地对可以解决的一些问题研究透彻，多点突破，以点带面。我相信只要我们注意到文学史的任何理论思考都能主动地与人文精神的价值定位相联系，都能与历史反思和民族前瞻的思维大课题相联系，能深入到民族文化审美心理的建构和走向文化、思想、哲学层次，并向社会涵盖，就能建构出一种体系完整、内容深刻、实用性强且具有独立品格的文学史学。

第一章 文学史观论

　　文学史就是把文学按照历史的线索整理和排列出来,以显示文学的来龙去脉。但文学史的作用绝非一般的文学知识启蒙和材料的积累罗列,文学史家的首要任务在于研究文学在历史上的发展过程,研究作品的思想和艺术结构为什么是这样而非那样,以及文学家在解决他们与时代生活的审美关系问题上的方向性。因而,文学史的写作不可能没有理论和批评成分的介入,它在选择、解释和评价时有个标准的问题,而标准的确定是由文学观和历史观,亦即文学史观所决定的。西方近代著名史学家迈耶在其《历史学说及方法论》一书中说:"如果作为一个历史学家,竟然不能完成这种任务——确定曾经在现实中存在过的事实这一历史学家首要的根本任务。并且不知道实际的事物及具体的事件,那么他的全部劳作犹如空中楼阁。"可见建构一种科学的文学史观对文学史的研究与著述至关重要。所以,研究文学史观的目的之一就在于为文学史研究提供自觉的理性意识和自主的人文方法,从而使文学史研究构成人类文学活动的终极关怀,有效地探寻文学发展的自由之路。

　　文学史观实际上包括两个层面,一是文学观,即如何看待文学的问题:它是依附于政治、经济的婢女呢,还是独立不羁的艺术精灵?是个人心灵的彻底解放呢,还是囚禁于语言牢笼中的超越精神?等等;二是历史观,即如何看待历史的问题:它是线性的延续呢,还是断层的构造?是古老史迹的陈列呢,还是现代视野中的历史性重建?等等。所谓文学史观其实就是指人们对文学史总的认识和看法,属于文学史治史操作中的元思维,它需要回答:什么是文学史?什么是文学史流变?文学史认识的目的是什么？文学史的对象是什么？等问题。其中，文学观的建构应是文学史研究的逻辑起点，只有弄清了这一点，才可能真正把握文学史形态的展开。且文学史研究工作的种种实践均已表明，关于文学和有关文学现象的认识既规定了文学史研究的框架，又决定了文学史著作的体例甚至章节安排。长期以来，由于我国的许多文学史家把文学观念当作了不言自明的公理，文学的特性问题被搁置了起来，多以文学以外的东西为视角观照文学，结果使得许多文学史著作不能真正把握文学的个性特质，也未能发现恩格斯所说的合力作用下文学自身的演变轨迹。同时，谈论文学又不能不跨入历史的领地，因为文学又是一种历史现象，甚至研究文学的人就处在历史之中，他的观念（即便是反历史主义的）本身就是历史的产物，思考文学就意味着身处历史之中面对历史，离开历史来空谈文学，无异于像鲁迅先生当年所说的那样，是想拔着自己的头发离开大地。所以，文学史观是广义的文学观念不可或缺的一个重要组成部分。

文学史观还是一个具有历时性的、开放性的观念系统。陈伯海先生在《中国文学史学史编写刍议》① 一文中将我国文学史观的演进大致分为十个阶段：（1）先秦两汉是我国传统文学史观的萌生期。（2）魏晋南北朝是其演进期。（3）隋唐五代是其初步综合期。（4）宋金元是其转型期。（5）明代是其大发展期。（6）清代是其终结期。这六个段落又可归并为两个周期：从先秦两汉到隋唐五代为第一周期，文学史观研究基本上围绕"质文代变"的命题展开，"质胜"还是"文胜"成为时代注目的焦点；从宋元到明清为第二周期，文学史观研究的主旨逐渐移向"诗体正变"，"崇正"或"主变"转为争议的热门。其中心线索便是文学发展中的"源流正变"，而那种以"源"为"正"，以"流"为"变"，进而辨源别流，力求返本归源的态势，因亦构成传统文学史观的思维定式。它同传统文学观念的"杂文学"中心内涵共同成为 20 世纪文学史学科建设所要更新的目标。（7）20 世纪前 20 年，是作为独立学科的中国文学史学的草创期，文学史观在此呈现出传统与出新二重变奏的过渡痕迹。（8）1920 至 1940 年代，进化的文学史观深入人心，此为文学史

---

① 董乃斌、薛天纬、石昌渝主编：《中国古典文学学术史研究》，新疆人民出版社 1997 年版，第 10—16 页。

学科的成长期。(9) 1950 至 1970 年代,是文学史学科的演变期,社会学的文学史观大普及。(10) 1970 年代末至本世纪初,文学史学科的创新期,文学史观进入多元化时期。归纳起来主要有三种文学史观,一是循环论的,二是进化论的,三是以阶级分析为中心的两极对立的。徐公持先生则认为文学史观可分为三种倾向,一是史学家性格的文学史观,尚实。二是理论家或史论家性格的文学史观,尚虚。三是中和或调和性格的文学史观,虚实并重。① 第一种文学史观强调文学史的客观性、本体性,认为文学史是历史学的一个分支学科,研究者应采取相对客观的态度去把握其运动形态,应提倡一种尊重历史、以史实为基本出发点的历史主义的文学史。第二种认为文学史有三种存在态:原生态、遗留态、评价态,原生态早已消逝,遗留态并不等于原生态,今人的文学史编写实际上只能是一种评价态。因此,文学史的研究和写作不仅是一种客观规律的总结,而且也是作者本人的一种理论创造,是一种依托于历史的理论创造。第三种则认为文学史是人类用语言艺术地反映客观世界、表现主观世界的历史,所以文学史研究应是主客观两方面的结合。

而科学的文学史观是建立在对"文学本质"全面而正确的理解与把握之上的。如今的文学理论由于对文学本质认识角度的不同和深浅的差异形成了复杂多样的文学观念,如果从方法论上加以区分不外乎两大类,一是以人本主义思想为指导的文学观念如表现主义、存在主义、精神分析的文学观念、社会批评、进化论的文学观念以及接受美学等;二是以科学思想为指导的文学观念,如形式主义、新批评、结构主义、阐释学的文学观念。以这些观念观照文学史,便形成了不同的文学史观念系统,本书从中选择了具有典型意义的、影响较大的几种文学史观进行分析介绍。对这些文学史观我们既不必盲从,也不应排斥。文学在本质上是一种多层次现象,很难用一个简单的定义说明它,也不能用一种简单的态度对待它,应从多层面上对它们进行阐述与分析,找出其中合理的东西为己所用。

所谓层次就是事物整体所表现出的不同层面,层次建立在差别基础上,且不同层次又有其量和质的规定性,因而从不同层次可以见到不同

---

① 参见两篇文章:徐公持:《评文学史形态理论倾向及其意义》,《江海学刊》1995 年第 4 期。《94 漳州文学史观与文学史学研讨会纪要》,《文学遗产》1994 年第 5 期。

质的表现。文学观念的第一个层次从审美哲学的角度看是总体文化系统中的一种审美文化现象,可抽象为一种审美意识形态;第二个层次从文学本体来看,文学作品是文学的核心,必须从审美本体论出发分析作品的本体特征,即作品的存在形式,接着进入审美的创造系统,研究审美的反映结构、结构功能以及审美反映的动力源与主客体关系,继而进入审美价值功能系统,研究文学的接受与欣赏以及它的历史存在形态;第三个层次从历史角度看应探讨文学本体发展演化而形成的各种形态,它与历史同步或不同步发展所呈现出的规律性现象,它在世界范围内发展的总趋向,及其与审美文化系统、非审美文化系统的关系。因此,文学发展的动力主要来自其审美特征永远趋向于求新与独创的内在变化,这种内动力的外显与发展构成了文学运动,而各种外在文化因素构成的外力与内力结合形成合力,左右着文学发展历史的进程。基于上述考虑,就需要我们建立全方位的文学史观,从纵向上说,要有利于在历史、社会、文化的总体背景系统上理清文学主潮的流变轨迹、特殊规律以及重大转换所显现出的历史阶段性或螺旋性,特别要抓住文学本体审美系统,充分有力地展示出文学理论观念的发展过程,文学主体的创作发展过程和文学接受的发展过程。从横向上说应有利于从以下五个层面对文学史做深入的开掘:"一是在世界文学的格局中探索中外文学的关系以及中国文学的独到特征和特殊形态。二是从文学自身系统与外部整个社会系统的直接或间接联系上揭示文学形成和发展的多种原因以及文学本身的内在基因。三是文学活动作为一个独立完整的审美实践系统,它由多种相关的因素构成,应认真分析其内部各要素的组合方式及其有机联系。四是对同时代的作家作品应从比较的角度进行共时性的考察,探究其各自不同的创作个性、艺术风格和美学世界以及他们的共同特征。五是文学作品作为一个独立的审美实体,应从多角度特别要从心理学角度进行剖析,深入挖掘其思想意蕴与审美特征,从前后左右的对照比较中突出其独特的价值和地位。"[①] 这种把文学史多系统的纵向发展与多层面的联结组合起来的方法实际上反映出一种全方位的文学史观,纵向考察能使文学史骨架清晰而健全,横向探索能使文学史筋络血肉丰满。文学

---

① 朱德发:《主体思维与文学史观》,山东教育出版社1997年版,第328页。

史作为人类历史的一个重要组成部分，历来是中外思想家们进行历史探索的重要领域之一。其实，每一代读者对过去的文学文本的阅读不但是进入了一般的过去历史，同时也介入了文学自身的历史。

第一节 重新解读伟大的传统

——建构一种科学的文学史观

文学史作为某一历史时代、某一地域、民族或国家文学发展历史的记录，在具有不同史学观念的文学史家笔下可以从不同角度编写出不同类型的文学，有的以年代为标志，有的以流派为基准，有人侧重文学运动、文学思潮，有人偏好创作方法、文体形式等等，但归根结底应以文学观和文学史观为理论依据，由一定的价值观念和批评标准来决定。因此，建构一种科学的文学史观对文学史的研究和编写是至关重要的。

一

历史过程是参照不断变化的价值系统来描述的，而价值本身却不是从历史中抽象出来的。"文学史的写作应当在生产和作用史的广阔视野中观照文学作品，应当架设一座联结过去与现在的桥梁。它应当把文学既看作是一种审美构造，又理解为一种历史产物。"[1] 文学史当然只能建构一种框架，设计出一幅镶拼画，还有许多色彩斑斓的石头应当填补到这幅画中去，这种暂时性和不完整性是任何一部文学史著作都无法避免的。正如一位历史工作者所言：如果我们考察一个民族世世代代活动组成的历史长河就可以发现，虽然每一代人均有自己的明确目的，但在千百个整体上却表现出某种盲目性，历史就深藏在这种盲目性之中，揭示这种盲目性并让更多的人认识它是每一个历史学家的责任和良心，我们唯有站在今天的高度才能宏观整个历史过程。所以，文学史的写作不应当把最终的价值判断作为首要的任务，而是应当引导人们做出批判的评价，启发人们进行历史的思考，培养人们独立学习的能力。如果能达到

---

[1] ［德国］赫尔穆特·绍伊尔：《文学史写作问题》，转引自《重新解读伟大的传统——文学史论研究》，社会科学文献出版社1993年版，第151页。

这一目的，它的使命便完成了，一种新的文学史观察方法便建立起来，"只有当读者在创造性的接受过程中，扩大了他自身的阐释视野，而这种视野又能对他的生活实践提供启示，科学才能证明自己的有效性，认识也才能取得某种进步。唯有如此，过去对现在（并间接地对将来）才会有所帮助和裨益"。① 事实上我们不能不以一个21世纪的人的眼光去评价已成过去的文学发展过程，站在今天的高度去俯视和认清以往，并进行动态的考察，这并不意味着无视历史，而恰恰是对历史最为尊重的表现。正如别林斯基所指出的："要写作一部俄国文学史，这就是意味着要显示出：俄国文学，作为彼得大帝所进行的社会改革的后果，怎样从盲目模仿外国范本，采取纯粹雕琢词藻的特点开始；后来，怎样逐渐地力求从形式主义和雕琢词藻中摆脱出来，为自己获得生命力因素和独立性，最后怎样发展到十足艺术性的高度，成为社会生活的表现，变成俄国的东西。"② 所以，不论站在何种高度，我们均应以文学为基点。

文学的演进是一个复杂的过程，既有内在的原因诸如其既定规范的衰退和对变化的渴望，也有外在的原因。而我国解放后出版的一系列文学史教材多强调与社会史、政治史、革命史等的分期划一，按照年代编排和缕述作家、作品、流派、思潮的演进序列。所谓"文变染乎世情，兴废系乎时序"，③ 文学史既然主要着眼于"文变"与"兴废"，自然不能完全撇开"世情"与"时序"。这种体例作为文学史研究中一个不可偏废的视角明显是受纪传体正史和前苏联文学史模式的影响，所谓"以时代为序，以人物为纲"，在具体论析中基本采用社会的、历史的观照角度和以叙为主、叙中有议的方法，较之重考据、校勘、注释以及材料的收辑、辨析的乾嘉传统，这种方法在勾勒文学史的基本轮廓、描画文学史的发展线索方面是有其长处的，它打破了传统的以王化政教推演文学兴衰的单向思维模式，将经济因素引入文学史研究领域，以二元对立的思维方式（如人民性与反人民性、进步与反动、现实主义与形式主义等）取代线性单一的思维方式，学术视域和理论分析也有所拓宽与深

---

① [德国] 赫尔穆特·绍伊尔：《文学史写作问题》，转引自《重新解读伟大的传统——文学史论研究》，社会科学文献出版社1993年版，第151－152页。
② 别林斯基：《文学一词的一般意义》，《别林斯基选集》第3卷，满涛译，上海译文出版社1980年版，第160页。
③ 范文澜：《文心雕龙注》，人民文学出版社1958年版，第675页。

化。其局限性在于史实的叙述与理论的评析不易结合得好,"以论带史"往往流于空泛,在文字表述上易形成"一时代、二生平、三思想、四艺术"的僵化模式和呆板套路,忽略了从生活到文学需要经过文化心理这一中介以及作家心灵折射而不可避免的扭曲变形的复杂心路历程,把丰富纷繁的文学史化成了有数的几张标签。其实,丰富复杂的文学史现象绝非陈列在博物馆里的无生命的东西,或是丧失灵性、供人崇拜的"神圣的遗物"(阿多尔诺语),而是在每一个个别读者的阅读活动中起作用的活生生的影响者。我们当然不能像历史主义那样为研究历史而研究历史,因为那样一来,过去的文学作品必将变成毫无生命力的"神圣的遗物",相反,人们必须有一种真正的历史意识,接受过去的东西是为了更好地认识现在。因为对于一般读者来说,他们关心的只是作品的价值,几乎意识不到它们与现代之间的"时差",好的作品更使这种"时差"消弭于无形。

文学史犹如一条镶嵌着无数精品的艺术长廊,永远向现代游人开放,无论是莎士比亚抑或是曹雪芹似乎仍与我们生活在同一片蓝天下,所以艾略特会说:"从荷马以来的欧洲整个文学及其本国整个的文学有一个同时的存在,组成一个同时的局面。"[1] 韦勒克也说:"文学史并不是恰当的历史,因为它是关于现存的、无所不在的和永恒存在的事物的知识。"[2] 所谓某部文学作品的"超时代性"是指这部作品蕴含了一种异常丰富的可解释潜能,经历了岁月的侵蚀仍能够激起人们的好奇和兴趣,在历史性与现实性之间建立了一种独特的张力关系。它们既是历史文明的见证,又对未来时代发挥着持续的影响,既是反映,又在建构,是特定意识形成和流变过程的媒介,肩负着塑造特殊历史环境的重要使命,是各个历史时期的自我确定和意义构成的表现形式,是影响历史发展进程的重要力量。

只有这样,我们才能抛却"文学是静止的、被动的"的观念,承认文学的动态发展本质及其能动作用。今后的问题不是要抛弃这种类型的文学史编撰方式和惯用的社会——历史批评方法,既然文学史的任务是描述变化与发展以及某些文学题材与品种的变化、兴起或衰落,并说明

---

[1] 王恩衷编译:《艾略特诗学文集》,国际文化出版公司1989年版,第2页。
[2] 韦勒克、沃伦:《文学理论》,刘象愚等译,三联书店1984年版,第293页。

文学作品的结构,那就需要将"文学序列"与文学之外的发展序列联系在一起,把不同的"语语层次"视为一个相关的整体,正如每一个人既是个体又是社会生物一样,每一部文学作品也从属于一个相关的整体,这就需要我们进一步弄清文学史的编写涉及非文学领域的历史叙述扩展到何种范围、占多大的比重、哪些历史过程、事件和史实应当顾及等问题。所以文学研究的视野当然不能仅仅局限于文学自身,它必然展示广阔的社会"关联",将内在与外在研究妥善地结合起来。

二

文学史有其自然生长的年轮和流变的轨迹。朱自清赞赏林庚的《中国文学史》成功之处就在于"将文学的发展看作是有生机的,由童年而少年而中年而老年"。① 著名的文学史家勃兰兑斯曾在他的巨著《十九世纪文学主流》引言中断言:"文学史,就其最深刻的意义来说,是一种心理学,研究人的灵魂,是灵魂的历史。"而人的灵魂唯有进入文学,升华为文学的形式才能成为文学。

形式探索是文学自觉意识的表现,文学形式的成熟与否标志着文学的成熟与否,文学史研究的出发点应是文学自身,文学史就是文学进化的过程。马克思在《〈政治经济学批判〉导言》中论及艺术发展的一定阶段并不与社会经济发展成比例地相适应,艺术发展同物质生产的发展有着一种不平衡关系时,一再强调艺术"在艺术本身的领域内部"的情形。雨果在《秋叶集·序》中明确宣称"艺术有它自己所遵循的法则,就像其他事物有各自的法则一样,本书的作者从来也没有改变这个看法"。② 长期以来,由于对唯心主义文学史观的批判和反拨,出现了另一种片面的观点,强调文学与社会、作家与生活的对应关系,忽视或轻视文学自身的特点,推崇甚至独尊泰纳的文学总是受到种族、环境、时代三要素制约的理论,忽视文学是人与世界的双向关系和文学必须以人的情感体验为中介这两个方面。这就十分自然地导致我们重点分析和高度

---

① 朱自清:《什么是中国文学史的主潮?——林庚著〈中国文学史〉序》,朱乔森编:《朱自清全集》第3卷,江苏教育出版社1988年版,第209页。
② 雨果:《秋叶集·序》,《雨果论文学》,柳鸣九译,上海译文出版社1980年版,第98页。

评价的主要限于反封建的、具有进步意义的作家作品，即便是他们也大多着眼于直接反映和讴歌人民革命方面的作品，而把中国文学发展史当作一个连续的、具有趋向性的序列，揭示各种文学现象出现的历史必然性，在其内在联系中看到文学发展的趋势，从而归纳出其中所具有的规律性和中国文学的特质，这是许多中国文学史著作严重忽略的问题。

即如中国文学为什么现实主义发达，而浪漫主义不发达？为什么抒情诗特别发达，而叙事诗却相对不发达？为什么审美观念以意境说为主，而欧洲是摹仿说、典型说？为什么中国文学具有鲜明的政治功利性和教化观念？以及古代散文的表现由实用性向文学性发展的轨迹如何？……等等，一系列问题都未能得到很好的阐释和研究。现代文学史上许多客观存在的丰富内容和光辉成就被贬低甚至遗忘了，诸如老舍先生的长篇小说《四世同堂》，作者多次表示此乃他解放前所写作品中最为满意的一部，日本有些学者甚至比之于托尔斯泰的《战争与和平》，视为日本国民进行"历史反省"不可多得的读物，解放后在诸多现代文学史教材中却受到冷遇。巴金的现实主义力作《寒夜》的艺术功力绝不逊色于《家》、《春》、《秋》。还有被郭沫若称为"中国左拉"的李劼人，1930年代初的左翼作家彭家煌的乡土小说，骆宾基富有特色的短篇，姚雪垠另辟蹊径的《长夜》，王统照、蹇先艾、李健吾等人的创作，还有"七月诗派"、"九叶诗人"等等，在大多数的现代文学史教材中几乎不占任何篇幅，这显然是一种文学史观念指导的结果。所以老托尔斯泰积自己长达半个世纪之久的文学创作经验得出这样的结论："作者所体验过的情感感染了观众或听众，这就是艺术。"在他的《艺术论》里该否定的是至高无上的宗教意识而非文学的"情感说"。亚里士多德也认为：诗（指史诗和戏剧）比较起来更接近哲学，而不是历史。因此，文学史的编写更不应忽视文学本身的研究，对文学规律的探寻。

三

客观发生着的历史与对历史的描述毕竟不能等同，描述就是一种选择、取舍、删削、整合、归纳和总结。任何历史的描述都依据一定的历史哲学，依据一定的参照系统和一定的价值标准，采取一定的方法，文学史的描述也是如此。一个文学史家如果在深入历史之后，又在某种程度上超越历史，整合不同的批评模式，然后选择一个前辈文学史家未曾运用过的特殊视角再深入历史，描绘出自己所感受到的文学过程，那么他的著作就可能获得了自己的个性。

即以中国现代文学为例，尽管在其三十年的曲折历程中时时闪烁着两岸世界的倒影，投射着政治的风云，但是，若要把握这一段历史，我们至少应从以下三个视角进行观照：现代文学是白话文学，其意义远远超出了语言本身，"语言是文学的生命，是文学生存的世界；文学的全部内容都包括在书写活动之中，再也不是在什么'思考'、'描写'、'叙述'、'感觉'之类的活动之中了"；[①] 现代文学是自觉的文学，它挣脱了长期形成的桎梏，以自由、自在的面貌登上了历史舞台，进入接受者的视野；现代文学是人的文学，在其多样而复杂的主题中，最重要的当是人的启蒙，恢复人格尊严。

司马迁创作《史记》的宗旨是"究天人之际，通古今之变，成一家之言"，《史记》也就成了"史家之绝唱，无韵之《离骚》"。黑格尔把巨大的历史感带进了他的美学和艺术发展庞大而精深的逻辑体系之中，建构了象征型——古典型——浪漫型的艺术史模式，哀叹世界进入了散文时代。勃兰兑斯的文学史名著《十九世纪文学主流》"努力按照心理学的观点来处理文学史，并尽可能深入下去，以图把握那些最幽远、最深邃地准备并促成各种文学现象的感情活动"。没有把文学史变成陈列历代作家作品的枯燥长廊，而是站在历史之巅，在宏观俯瞰流域壮阔的文学思潮的同时，微观地透视各个作家的创作心理。鲁迅先生在《中国小说史略》中把六朝文学一章定名为"酒、药、女、佛"，这四个字指的都是重要的文学现象，酒和药同文学的关系在《魏晋风度及文章与药及酒的关系》一文里已讲得很清楚了，女和佛当然是指弥漫于齐梁的宫体诗和崇尚佛教以及佛教翻译文学的影响。这四个字既和时代、思潮、文化心理有联系，又和文人的生活方式与作品有联系，一下子就把中古文学史的特征点了出来。他把唐代文学一章取名为"廊庙与山林"，就是根据作家在朝或在野而对现实取不同态度而影响及文学来概括的，准确、形象、生动。美国哲学家柯伦达1982年发表的《文学中的哲学》

[①] ［法］罗兰·巴尔特：《符号学美学》，董学文、王葵译，辽宁人民出版社1987年版，第4页。

遵循狄尔泰以来的精神史传统,把文艺复兴以来的西方文学分为四个历史阶段,通过对12位代表作家的观念分析,揭示了西方人意识的历史变迁,这四个阶段为:充满生机活力的"正午"(莎士比亚、歌德、陀思妥耶夫斯基),忧郁和怀疑的"黄昏"(麦尔维尔、康拉德、托马斯·曼),绝望与否定的"夜半"(加缪、萨特、贝克特),希望复苏的"黎明"(奥登、艾略特、里尔克)。这种从哲学观念演变的角度来分析文学历史进程的研究模式既扩大了文学史观的外延,又深化了它的内涵。柯氏与司马迁、黑格尔、勃兰兑斯、鲁迅等一道均获得了富有历史感的表述。

不了解文学的特点就无法认识它的发展历史,或者说认识研究文学史必须以掌握它为基点,否则,一切叙述与分析都将是苍白无力的。建构一种科学的文学史观既不要放弃外在的批评,更应贯彻审美的、内在的批评,入乎其内,出乎其外,犹如面对一座艺术宫殿,既要走进去细细欣赏,又要退出来进行外在的观照,不能把文学史仅仅视为是人类政治、经济甚至理智发展史的消极摹本,因为文学史是诗学的一个组成部分。当今,欧美文学界要求重读文学传统的呼声很高,基于这一文化革命的气氛,1982年彼得·威德逊编辑的一本《重读英国文学》就明确提出向传统的文学批评实践及其认识前提挑战。一个民族灿烂的文化是值得子孙后代骄傲自豪并加以继承学习的,但绝不可因之而沾沾自喜,历史的脚步已迈进21世纪,文学史的研究同样开始面临许多新的问题,所以,我们也需要重新解读伟大的传统,以理论为基点,以方法论为指导,去追寻文学史这棵大树生长的年轮、前行的轨迹。

第二节　在诗学视野中的重构

——建构一种多元化的文学史观

文学是民族心灵的结晶,一部中国文学史便应是中华民族心灵动荡变化的纪实,它反映着我们民族的喜怒哀乐、好恶爱憎,昭示着人民对生活与美的感受才能。"研究文学史的目的,就是要从中发掘民族的心理素质,探讨民族的审美经验,把握在这种审美心灵支配下民族文学传统的生成和演进规律,藉以指导文学的未来运行。"① 纵观我国解放后出版的一系列文学史著作,很难说有几部生机灵动、构思独特的,社会发展论、政治中心论取代了一切非政治的如文化、心理的研究,使我们的文学史研究面临着深刻的危机,为此就必须打破以往单一的文学史模式,建构一种审美的、现代的、多元化的文学史观念系统。

多元化孰非多样化,后者是指围绕着某个中心的形态多样、繁复,而多元化则是指中心的多元,每一个中心又表现出不同的形态、不同的选择。文学是"人学",作为一种社会现象,同时还应是一种文化学、人类学、美学、心理学……现象。它可以是娱乐的,又可以是教化的,既可是传播真理的有力工具,亦有诲淫诲盗夹杂其中。因为"艺术具有多方面的本性,它既可以认识世界,又唤醒人的良知,还使人们的灵魂接近,也赋予无可比拟的享受……当然,也可以在认识论的截面中考察艺术,但如果你认为这是唯一可能的截面,就意味着把多面的现象压成为一个平面"。② 所以说文学史不等于政治史、社会史,而是一定文化背景之下文学自身发展的历史。下面我们将从社会学标准与审美研究相结合、建构文学史研究的整体观以及多视角、多层次地把握文学史现象这三个方面进行一些必要的阐释。

一

文学史,故名思义,它在对象、内涵等诸方面有其质的规定性,即研究文学现象的内在发展规律及其与政治、经济、伦理、宗教、哲学、艺术、社会思潮、民族的审美习惯、审美心理等的关系,在文学的盛衰嬗变中揭示出规律性的东西藉以指导文学的未来运行。我国目前行世的文学史著作绝大多数处于社会学批评模式之中。社会学的批评有其独特的长处,它将作品置于特定的社会环境之中来评估相互之间的关系,可以揭示出作品的内在价值、作品美感反映的社会根源以及批评者自己的道德立场,然而把它推之独尊,以之为唯一接近真理的途径则未免取消了文学选择的无限可能性。即以宋诗和宋词为例,它们所处的时代与历

---

① 陈伯海:《通向宏观文学史之路》,《语文导报》1987年第3期。
② [苏]斯托洛维奇:《审美价值的本质》,凌继尧译,中国社会科学出版社1984年版,第14页。

史条件、社会与政治环境是完全一致的，若按社会学批评模式从外部关系进行研究，它们二者该是一致的，可事实上，宋诗与宋词的发展趋向、艺术特征是各不相同的，这该如何解释？显然，社会学评论无法胜任这一切，因为它需要考察不同的文学样式自身的审美特性及其各自所继承的文学传统，所关联的具有不同侧重点的文人生活和哲学思潮对宋诗的巨大影响。再如新时期十年文学中，与现实主义这一创作主潮相对应地出现了现代主义和后现代主义等创作方法，出现了惶惑、惆怅、苦闷、荒诞等不和谐的心理状态，令人目不暇接，对此，评论者如果仅仅着眼于外界势难说清这一切。所以他律论批评模式作为一种外部研究把大量精力倾注于非文学现象是不可能深刻地把握对象固有的审美特性和审美价值的，这就需要引进内在的审美的批评。

所谓审美的批评是指从文学作品的形式结构、它所产生的美感效应等入手，从微观上审视作品的美学价值。文学作品的认识、教育功能均是通过审美价值实现的，社会学评论重客观，审美批评重主体，不同的文学观对文学有着不同的解释，它可以是一种人性现象、一种文化现象、一种语言结构，甚至是心智活动的特殊产物。所以说文学史研究应建立一种开放的体系，努力涵盖各种不同的文艺观与批评方法，使文学得到最终的解释。仅以社会学批评这一种方法去指导文学史的研究和写作是很难穷尽几千年来中国文学史上纷繁复杂的文学现象的。

所以说文学史研究既要运用外在的批评，也应贯彻审美的批评，入乎其内，出乎其外，内外并重，缺一不可。外在的批评能从一个更深的层次和更为宏观的背景上来评价作品，而任何创作又离不开审美的观照。文学评论就其广义来说是一种审美活动，审美是艺术体发生的前提，艺术创作又是以创造审美价值为主的活动。作为艺术创作自始至终的核心因素，要想把握住文学的根本性特征，追寻其特有的意蕴，审美批评可谓是打开艺术之门的金钥匙。为艺术而艺术的创作犹如手抓着自己的头发想脱离地球，为宣传而艺术则损坏了艺术的本来面目，创作应是社会性因素融合到美的形象之中。文学史研究犹如面对着一座艺术宫殿，既要走进去细细欣赏，又要退出来进行外在的观照，只有这样才能得到全面、客观、切合文学史特点的结论。

二

黑格尔在他的《哲学史讲演录·导言》中声称,"将哲学史认作一个有机的进展的整体,一个理性的联系,唯有这样,哲学史才会达到科学的尊严"。如何把握研究对象的整体性,建构文学史研究的整体观,这也是一项极为必要的工作。系统论的整体性原则认为应把一切研究对象作为一个整体来考察。而我们的许多文学史著作往往是把每个具体的历史时代及其所决定的文学现象拼加在一起的"汇集",是缺少内在联系的作家、作品等表面现象的积累。其实,将批评的任何一方从整体中孤立出来,就好比切断它与母体联结的血脉,最终导致肌体的坏死。手离开了人体就失去了手的功能,不能再叫手。"欲穷千里目,更上一层楼"这句诗一旦独立开来就成了格言。所以,对事物本质的认识不能机械分割,必须从整体入手考察其结构功能,对要素的分析重点是在要素之间的联系上。所谓文学史研究的整体考察包括这么几层含义:将作家作品放在整个文学发展的长河之中考察,将作家作品放到整个历史背景中加以考察,把作家作品当作一个有机的整体进行研究。勃兰兑斯认为,一部作品如果仅从美学观点来看,它可以是一个独立存在的整体,似乎与周围世界不发生联系,但如果从文学史的角度考虑,再完美的作品都"只是从无边无际的一张网上剪下来的一小块"。刘勰亦十分强调批评家的"博观","凡操千曲而后晓声,观千曲而后识器"。[①] 所以,对某一具体对象的研究应以对整体的把握为基础,这样才能准确地标定其在文学坐标上的位置,进而找到评论者自身。

整体观的形成首先当具有联系的、发展的眼光,就这一点来说,回顾鲁迅先生的文学史观我们或许能得到更多的启示。鲁迅先生绝少孤立地考察某一文学史现象,他认为:"我们想研究某一时代的文学,至少要知道作者的环境、经历和著作。"[②] 在《汉文学史纲要》中,他是这样分析屈原《离骚》的,"然则骚者,固亦受三百篇之泽,而特由其时代游说之风而恢宏,因荆楚之俗而奇伟;赋与对问,又其长流之漫于后

[①] 周振甫:《文心雕龙今译》,中华书局1986年版,第432页。
[②] 鲁迅:《魏晋风度及文章与药及酒之关系》,《而已集》,人民文学出版社1973年版,第80页。

代者也"。短短几句话就准确标定了《离骚》之源流、风格及其对后世之泽被,令人叹服。并以《诗经》为分析《离骚》风格的参照系,"较之于诗,则其言甚长,其思甚幻,其文甚丽,其旨甚明,凭心而论,不遵矩度。故后儒之服膺诗教者,或訾而纳之,然其影响于后来之文章,乃甚或在三百篇之上"。在比较中揭示出各自的特质与对后世的影响,而文中类此者举不胜举,这一切均显示出鲁迅先生所具有的联系的、发展的眼光及其深刻而全面的整体观。但我们不能不遗憾地指出这一传统在解放后诸多文学史著作中的严重失落。

注意宏观与微观研究相结合,把中国文学发展史当作一个连续的、具有趋向性的序列,揭示各种文学现象出现的历史必然性,在其内在联系中看到文学发展的趋势,从而归纳出其中所具有的规律性和中国文学的特质,是许多中国文学史著作严重忽略的问题。而宏观研究对总体把握文学史规律是极为重要的。当然,我们又不能仅仅热衷于寻找单纯的统一性,热衷于异中求同,如果把所有最具艺术魅力的差异、个性、独创性和种种不可再造的复杂性统统蒸发完毕,那么这种分解必然会取消文学的全部本性,列宁说过"现象比规律丰富",为注意并科学地揭示尚未被认识到的文学规律,宏观研究还应顾及具体,回到个别,回到微观。换言之,整体观不仅是宏观式的,也是微观的。就如鲁迅先生研究魏晋的文学,并不仅仅着力于时代与社会历史环境的变迁,却选择了药与酒这一小小的观察点进行细致入微的考察,从而揭示出时代风尚对魏晋诗文的巨大影响,深刻而独特。

建构文学史的整体观还应引进比较研究的方法,由于社会关系的类似及因之文化发展类似的结果,交换着的民族双方都能从另一民族取得一些东西。比较文学的研究既可以揭示出各民族文化之间的交互作用,又能够准确地标定某一研究对象自身所处的座标系及其审美特质。元曲在中国戏剧史上成就最大,在世界戏剧史上也具有很高的地位,为什么?纵横观之,一是国内的原因,与唐宋相比,元代不重视文化与文学创作,又长期停止科举,致使大量文人与演员或下层人民为伍,学习民间文艺,从事戏曲创作,元曲因而具有了深刻的批判性、人民性;二是国外原因,13世纪后期到14世纪初,欧洲正值文艺复兴前的中世纪后半期,戏曲水平低下,文学创作萧条,而元曲正处在鼎盛期,相形之下,元曲的成就与价值得到了凸现。

所以说要写一部优秀的文学史,整体观该是不可或缺的,史家们既应具有联系的、发展的眼光,又要做到微观宏观相结合,还应进行纵向横向的比较研究,否则是绝然反映不出色彩斑斓、头绪纷繁的文学历史来的。

三

真正的艺术品是一个有生命的整体,它像一尊雕塑可以让人们从不同的角度观赏,而文学现象、文艺思潮的出现往往有着多方面的原因,因而,文学批评可以从不同的角度加以考察。也只有将批评对象从不同角度加以立体的展示,呈现在人们眼前的,才是一座完整的艺术宝库。刘再复就曾说过:"如果一个文学史家,他在深入历史之后,又在某种程度上超越历史,然后选择一个前辈文学家未曾运用过的特殊视角,这之后又深入历史,描绘出自己所感到的文学过程,那么他的著作就可能获得自己的个性。"[1] 文学史大致可分为两种:一种是把文学发展过程当作实体性的知识来思考历史,也就是叙述性历史;另一种是对文学发展历程进行"理性重组",对其演进做理论上的解释和说明,历史的叙述在这里又包含了第二级的评说,可称为解释性历史。我们的文学史基本上属于前者,它注重史的线索,力求勾勒出一个清晰而可靠的文学史轮廓,充实这个框架的是这么几个环节:产生作家作品的时代环境,作家作品的地位排列,史家力求中肯、周详的政治与艺术评价。叙述性历史能给人以丰富的文学史知识,然因其主要任务是"记载"和"叙述",所以,"思想"太少,更少独创与个性。解释性文学史则并不严格地按照"物理时间",而是运用自己独特的贯穿性线索对文学史进行"理性重组"。司马迁的《史记》、勃兰兑斯的《十九世纪文学主流》、李泽厚的《美的历程》、黑格尔的《美学》第二卷等均属于这一类型的著述。

按接受美学的基本观察点来写文学史,我们称为接受视角。一般理解的文学过程是从作家到作品,而接受美学认为还有第二个过程,即从作品到读者的过程,"阅读不再是被动的感知,而成为一种参与创造的

---

[1] 刘再复:《文学的反思》,人民文学出版社1986年版,第169页。

积极的活动,这种读者角色的转变无疑是一种划时代的重大的转折"。①对接受美学所建构的作家——作品——读者(或评论家)的三维空间,文学史的写作无疑应吸收这种审美再创造的成果。

四

文学不是孤立的现象,文学史研究应是一个开放的系统,不只要注意阶级性、政治性,而且要和思想史、经济史、艺术史、宗教史等等领域的研究相结合,进行全面的考察。同时,文学史研究还可引进邻近学科作为参照系,切入文学本体,如哲学、美学、心理学、社会学、自然科学等等。当然,方法的多元、视角的多样绝非标新立异、故弄玄虚,而是为了更好地接近真理,其目的只有一个:探求我们民族的精神、性格、心理特征和审美习俗等,在此基础上揭示中国文学的民族化传统的产生、发展以及各阶段的特征,描述中国文学的发展轨迹和发展趋向,最终揭示中国文学发展的特殊规律。

法国结构主义批评家托多罗夫认为:"必须把文学史和社会史清楚地分开来,区分并不意味着割裂。文学史也不和内在性研究——人们称之为释读或说明——同步,即'共时性'角度来研究文学,文学史应当致力于不同体系间的转变,即历时性的研究。"② 而"历史只能参照一个不断变化的价值系统而写成,而这一个价值系统必须从历史本身抽象出来,因此一个时期就是一个由文学的规范、标准和惯例的体系所支配的时间的横断面"。③ 不应把文学史仅仅视为人类政治、经济甚至理智发展史的消极摹本。因为文学史是诗学的一个组成部分!

---

① [德]伊瑟尔:《隐在的读者》,《文艺报》1987年9月26日。
② 托多罗夫:《文学史》,《外国文学报道》1985年第5期。
③ 韦勒克、沃伦:《文学理论》,刘象愚等译,三联书店1984年版,第306页。

第二章　文学史模式论之一

所谓模式，杨义先生认为是"学术成型时的模样，包括它的操作程序、体例形态、学术立足点和焦点的选择，以及对整个体系进行逻辑贯穿的形式，就是使学术定型化的东西"。① 文学史治史模式则是"文学史研究主体借助于积极的想象与抽象能力，对文学史事实从内在的深层结构上进行全面把握的整体性设计和构思"。②它包括两方面内涵：一是理论的假设，即依赖于一种理论上的先定预设。二是文学史事件的整合，将文学史上的偶然事件统一为一个历时性与逻辑性相统一的过程，将原先零散的历史碎片整合为一个一维的连续体。葛红兵认为，一个有效的文学史治史模式必须具有"原生性"、"简单性"、"可操作性"、"不可通约性"③ 等特点。从时间的演进角度可以分为：中国传统治史模式、西方古典治史模式、现代主义治史模式、后现代主义治史模式；从历时的角度而言，文学史治史模式可分为"传述模式、述评模式、反思模式"④ 三种。传述模式是一种以传续史实为目的的较原始的以述介为方法的治史模式，它的基础是朴素的真实论，认为文学史以再现"真实"的"过去"为己任，以编年体式为主。述评模式是一种"史"、"论"结合的模式，论从史出，立足于史事的传述。反思模式强调以史家个性化的思想与风格整合历史，史料仅构成史论的基础。从共时性角

---

① 杨义：《中国现代学术方法通论——模式派生》，《海南师范学院学报》1998 年第 2 期。
② 葛红兵：《文学史模式论》，《扬州大学学报》1998 年第 3 期。
③ 葛红兵：《文学史模式论》，《扬州大学学报》1998 年第 3 期。
④ 葛红兵：《文学史模式论》，《扬州大学学报》1998 年第 3 期。

度，文学史治史模式可分为社会功利主义模式、审美接受模式、心理分析模式、精神史模式、进化史模式、形式史模式等。社会功利主义模式来源主要有三种：一是孔德的实证主义；二是马克思主义学说；三是19世纪后期兴起的人类学。按西方学者的一般看法，现代的文学社会学有三个主要领域，即所谓的生产社会学、文本社会学和观众社会学。其中又有两种方法论上的不同倾向一种是实证性的经验研究，二是较为抽象的理论研究。前者较多地涉及共时性调查分析，后者则较为关注文学的历史方面，主要有四种文学史研究类型，即政治形态型、经济形态型、社会文化型、社会功能范畴型。[①] 审美接受模式又称效果史模式，源于伽达默尔的阐释学，其中心论点是以读者为中心，在期待视域的融合中透视文学的效果史，它实现了20世纪西方文学史观思考中心的转移，即把片面考察作家作品生产的倾向挪移到作品与读者接受关系的基座上来，读者不再是被动的角色。心理分析模式则把弗洛伊德的精神分析理论应用于文学史研究，考察作家的个人心理与作品之间的关系，作家的潜意识在作品中的流露，反对把人看作环境和自然的奴隶，尽可能地向作家的内心深处下潜，揣摩作品中蕴含的作家个人的心理情绪，寻求作家个人经历在作品中的印记，挖掘作家塑造人物形象特别是虚构形象的深层微妙意图。与心理分析治史模式有着密切联系的是神话原型批评，亦可称为一个特殊的分支，因其在文学史实践中运用不够充分，在此不再赘言。精神史模式认为文学的历史性就是作家在其作品中通过其世界观而展现的时代精神的演变发展，这种模式又称文化史或思想史模式，它既拓展了文学史观的外延，又深化了它的内涵。进化论模式的主要特征是用有机体（如植物等）初生——成长——兴盛——衰亡的生命过程来类比文学史的演进。形式史模式则断言文学作品是纯形式的，文学之所以成为文学，就在于它的语言形式、技巧和风格等，恪守文学是独立自足的完整系统，文学史就是文学形式演化的历史，而非文明史、思想史等，努力突出文学自身的审美特征。按文学史治史思维的哲学基础可分为认识论模式、存在论模式、语言论模式。认识论模式以经典哲学的物质本性论为基础，重视文学的认识——社会教化意义和社会功能。存

---

① 葛红兵：《文学史模式论》，《扬州大学学报》1998年第3期。

在论模式则以现代人本哲学的存在本体论为基础，重视文学的体验——诗化生存意义和超越功能。语言论模式则以现代语言哲学的语言论阐释为根基，去除认识论模式的理性主义、存在论模式的感性主义，将文学的符号性放在首位，集中于语言分析。按文学史关注倾向又可分为以关注文学与外部世界关系为主的他律论和以关注文学史内部多种元素之间互动流变机理为中心的自律论模式及将自律与他律相结合的二元论模式。他律论模式强调必须在文学话语与社会历史语境的关系中寻找文学发展的动因，重视对社会历史语境的考察，试图阐明社会历史语境对文学话语流变的决定性影响及这种影响得以发生的机制，社会学批评方法就属于这种模式。自律论则认为文学史变迁的特殊性在于它内部各种形式要素的结构组织，文学史就是文学语言与形式的演化史。二元论则认为文学是两种相应事实的产物，一是外部条件，即客观的、物质的社会现实；二是内部因素，即形式的、自发的、创造的意识力量。英国艺术史哲学家阿诺德·豪泽尔在《艺术史哲学》一书中就运用了这一模式。按照治史关注中心，文学史治史模式又可分为"社会中心模式、作者中心模式、读者中心模式、文本中心模式"[1]等四种。社会中心模式主张从文学的外部寻找对文学历史的解释，而外部条件包括社会的政治、经济、时代、环境等方面，主要有四种形态：以泰纳为代表的"种族、环境、时代"的文学史三动因说，以马克思主义唯物史观为哲学基础的历史——审美模型，新历史主义文学史理论所倡导的文化——权力模型，认为文学史不是由事实所构成的一种稳定不变、结成一体的东西，而是文化——权力的动态实现物，其意义也是在这些功能、运动和关系中产生。女权主义模型基于西方后现代主义中的女权主义理论进入文学史，视角独特，但偏颇之处很多。作者中心模式指认作者是文学史意义的发生地，因而极为重视对作者的研究，并以之为中心。对作者本质的认识可分为三种，即社会学的作者中心论，将作者视作一定社会环境制约下的社会的人，是社会生活和文学作品之间的中介；人格学作者中心论，以影射论为依据，认为文学创作是作家人格的投影，作家的人格影响了创作；心理学作者中心论，将文学史现象看成是作者的心理事实而加以

---

[1] 葛红兵：《文学史模式论》，《扬州大学学报》1998 年第 3 期。

研究，用心理学的眼光为文学史撰述和研究寻找依托，关注作家的创作动因和创作过程中作家心理意识的作用机制。读者中心模式的典型形态是接受美学，以读者对文学作品的接受为出发点，以审美为中介来勾勒文学史的流程。文本中心模式源于本世纪西方兴起的本体学文艺方法，从"俄国形式主义"、"英美新批评"到"结构主义"，强调从语言形式、语言语义的文本分析或文本的深层结构去研究文学史。上述众多的治史模式均是基于不同文学史观而产生的，它为文学史家们提供了广阔的施展空间。而我国文学史在1930、1940年代仅运用进化论模式，1950、1960年代仅运用社会史模式，这种单一化的趋势显然无视文学史治史模式的多元化存在，其结果也必然是文学史著述的单调一元，使文学史研究丧失了丰富性。

为此本书在众多文学史理论中遴选了具有典型性的刘勰、鲁迅、泰纳、勃兰兑斯、卢卡契的文学史理论，社会批评、进化论、精神史、形式主义、新批评、结构主义、接受美学、范式理论的文学史模式等加以阐述。

本章所选的刘勰与鲁迅的文学史理论，前者作为中国古代文学史理论的代表，有一定的体系建构性，既是对此前各种文学史理论的集大成，又启发并影响了以后的文学史理论发展；后者出现在中国20世纪二三十年代，实际上是对已有一定实践的文学史著述和研究的总结，由于鲁迅先生特别深邃的历史眼光，因而他的文学史理论在中西结合的基础上闪耀着许多新思想、新观点、新方法的光辉。

第一节 刘勰的文学史思想

文学史作为一门学科的建立在我国是近代以后的事。其实，在我国的文学史上，早已有过许多文人学者试图阐释我国文学发展的历史现象，探索历代文学之间的发展、继承与革新的关系，提出了许多精辟的见解，为今人研究中国文学史提供了大量弥足珍贵的历史资料。从孔子在《论语·述而》中提出"述而不作，信而好古"，以夏商周三代文化的发掘整理者和继承者自居，司马迁、班固所著的《史记》、《汉书》中提供的丰富的文学史资料，到东汉王充在《论衡》中反对贵古贱今、主张今胜于古的文学史观的出现，这些零星、粗略且缺乏系统性的观点为后人的研究提供了具体的启迪，刘勰的《文心雕龙》正是在此基础上建立了自己独特的文学史理论，并比较系统地探索我国古代文学发展的历史。虽然《文心雕龙》不是一部文学史专著，但他的文学理论是在对文学史进行广泛深入研究的基础上建立起来的，他自成系统的文学史理论又构成了他的文学理论体系的重要组成部分，因此对其做一系统的梳理是极有必要的。

《文心雕龙》共五十篇，在以下几个方面涉及文学史问题：首先在《原道》、《征圣》、《宗经》诸篇中，刘勰论述了我国文学的产生，探究我国文学史的渊源；其次，文体论各篇是刘勰论述文学史比较集中的篇章。按照"原始以表末，释名以章义，选文以定篇，敷理以举统"（《序志》）的要求，论述各种文体的产生和发展，探其源流，并列举代表作家作品，勾画文体发展简史。在《神思》以下论创作和文学批评各篇中，亦多论及各时代的作家作品，从中也可看到对历代文学的评价；再次，在《通变》、《时序》等篇中，刘勰从理论上阐述了文学的发展史观，阐述了我国古代文学发展的源流正变、盛衰升降诸问题，为研究文学史提供了理论依据。

一

如何理解文学的起源是文学史研究中首先需要解决的问题，也是文学史理论建构中一个重要的组成部分。《文心雕龙》五十篇，《原道》篇冠其首，开宗明义提出了"文源于道"的观点。汉代《淮南子》首篇名《原道训》，刘勰此篇的题名明显受此书影响，但《原道训》探究道之体用，《原道》则说明文之根源为道，角度不同。刘勰指出天色玄而地色黄，天地本身即有色采。天上的日月、地面的山川自是富有文采。作为万物之灵，天地之心的人类，发为言语文章，当然更有文采，旁及各种动物、植物以及灵霞泉石等，无不有文采，有的表现为形文，即形态色彩，有的表现为声文，即声韵，这些文采都是自然而然呈现出来的，都是道的体现，亦即道是文的根源。这明显接受了《老子》的道为万物之母、道似万物之宗、道法自然等观点的影响，魏晋南朝时期，玄学盛行，人们喜欢援引老庄之说谈论本体的道，刘勰的观点明显带有时代的色彩。

在《原道》篇中，刘勰认为人类文章开始于易象，太古伏羲氏根据天地之文制八卦，为《易经》之肇始，后来孔子作《十翼》，完成《周易》。孔子对乾坤两卦（代表天地）独制富有文采的《文言》加以阐发，也说明人文是根据天地之文制作的。相传八卦出自《河图》，九畴出自《洛书》，刘勰认为这类古代文化起源现象都是由神理，亦即道或道心主宰着的。自从文字产生以后，文章逐步发展，至商周而大盛，陆续产生了《诗经》、《周易》等经典。到孔子整理编订《六经》，成为万世楷模，充分体现了天地之文的光辉，起到了教育生民的目的。《原道》在最后一段与赞辞中论述了《六经》与道的关系，着重指出《六经》的根源是道，并以"道沿圣以垂文，圣因文而明道"二句概括全篇的主旨，指出道通过圣人之手体现为人文，圣人以制作人文来明道，从而阐明了道、圣、文三者的关系。

长期以来，学术界对刘勰的文与道的关系即"文源于道"的理解向无异辞，但由于刘勰运用了中国古代含义最为抽象复杂的"道"的概念，由此引起研究者对"道"理解的不同，至今仍然歧义纷陈，莫衷一是。分歧的焦点主要有三种：一是指具有实体意义的宇宙本根，还是指事物的本质和规律；二是带有普遍规律性的抽象的道，还是特指个别性的具体的道；三具体是儒道、佛道、道家之道，还是兼而有之的综合之道。根据《原道》篇对"道"和"文"的分析，我认为，《原道》中的"道"正如文有广义和狭义之分那样，它也有抽象和具体之异。广义的"文"所体现的"道"，是宇宙万物的本质和规律的抽象之道；而狭义的"文"，即"人文"所体现的则是具体的儒家的社会政治之"道"。并且，也正如刘勰讲广义的"文"是为了突出狭义的"文"那样，他也要从抽象的"道"上来证明儒家的社会政治之"道"就是宇宙万物普遍规律的具体体现、运用和发挥。

二

刘勰不但对历代文学做了广泛深入的评论，而且有他系统的文学发展史观。在《时序》篇中，他精辟地论述了对文学发展的基本看法，并十分清楚地梳理出从先秦到魏晋文学发展史的脉络。在《通变》篇中，他又根据发展的观点提出文学发展史中继承与革新的关系。《物色》篇则讨论文学与自然现象的关系。《时序》云："时运交移，质文代变"，又云："故知文变染乎世情，兴废系乎时序"，篇末赞语云："质文沿时"，这些语句表达了刘勰对文学史发展的纲领性看法，即：一、文学随着时代的发展而变化，其风貌有时偏于质朴，有时偏于华艳；二、文学面貌的变化是受到时代、社会情况影响的。

在刘勰以前，对文学史有人看作是固定不变的孤立现象，有人则把文学传统的继承看作是简单的重复，有人把某一时期的文学看作是绝对停滞的真空，割断了历史的赓续性，有人承认文学是发展变化的，但似乎没有什么规律可寻，只是一些偶然现象，这一切都不能正确地认识和说明文学发展的历史。而刘勰认为"时运交移，质文代变"，文学随着时代的推移，从内容到形式不断变化，这是合乎规律的现象。各个时代的文学如何发展？是前进还是倒退？都是可以提出原因并加以说明的，所以他说："古今情理，如可言乎！"以质文为标准来评论文学，刘勰以前早已有之，孔子《论语·雍也》云："子曰：质胜文则野，文胜质则史。文质彬彬，然后君子。"文质指的是人们的文化修养、礼义节文等，含义较广，但也包括文学。后来，人们在儒家思想影响下，渐重以质文这对概念来评论文学。如班固评司马迁《史记》说："善序事理，辩而不华，质而不俚，其文直，其事核，不虚美，不隐恶，故谓之实录。"[1] 刘宋檀道鸾《续晋阳秋》说："逮乎西朝之末，潘陆之徒，虽时有质文，而宗归不异也。"[2] 与刘勰同时的文人如沈约用"以情纬文，以文被质"[3] 赞美建安文学，钟嵘在《诗品》中以"体被文质"赞美曹植的诗，均有文质彬彬之美，可见以文质这对概念来评论文学到南朝时已相当流行。《文心雕龙》中运用文质这对概念评论文学之处颇多，多指作品的风格特色。《时序》、《通变》篇则着重通过质文变化来说明文学的历史发展。这种思想明显受到了秦汉以来政治、历史学说方面文质论的

---

[1] 班固：《汉书·司马迁传》第九册，中华书局1962年版，第2738页。
[2] 刘孝标：《世说新语·文学注》，徐震堮：《世说新语校笺》，中华书局1984年版，第143页。
[3] 沈约：《宋书·谢灵运传论》，郭绍虞主编：《中国历代文论选》第1册，上海古籍出版社1979年版，第215页。

影响。《礼记·表记》载孔子曾云："虞夏之质，殷周之文，至矣！"《尚书大传》云："王者一质一文，据天地之道。"后来董仲舒《春秋繁露·三代改制质文》、班固《白虎通德论·三正》等对此均有阐述发挥。其所谓质，主要是指为政简易，崇尚质朴，较少礼节法令制度；文则多指设人为的礼法制度，崇文化（包括文学）。

早在建安时代，阮瑀、应场各撰《文质论》，就从这个角度进行论辩。阮瑀尚质，主张"少言辞，政不烦"，"不至华言"，"意崇敦朴"。应场尚文，批评阮瑀"弃五典之文，暗智礼之大，信管望之小，寻老氏之蔽"，认为"质者不足，文者有余"。应场尚文的言论得到刘勰的重视，在《序志》篇中评述前代文论也予以论列，应场的质文代变论很可能直接影响了刘勰的文学发展史观。在《通变》篇中，刘勰对历代文学质文代变的情况做了概括的叙述："权而论之，则黄唐淳而质，虞夏质而辨，商周丽而雅，楚汉侈而艳，魏晋浅而绮，宋初讹而新。从质及讹，弥近弥澹。何则？竞今疏古，风末气衰也。"从中可见从上古到宋齐时代文风的发展过程是曲折反复的，大致说来有三种情况：一是质胜于文，黄唐虞夏、曹魏后期、东晋属之；二是文胜于质，楚、西汉、西晋、宋齐属之；三是华实相扶，文质结合得较好，商周、东汉、曹魏前期属之。刘勰认为儒家的《六经》为文质彬彬的优良文风树立了准则，东汉文学受儒学影响深，所以文风也就雅正。为了矫正宋齐的浮靡文风，达到文质彬彬，他大力提倡征圣宗经。这就是刘勰的中国文学发展趋势观，以及在总结文学史经验基础上提出来的今后创作方向，其中带有浓厚的历史循环论色彩，这反映了在我国古代长期的封建社会中，政治制度、社会形态、文学创作等都缺少剧烈的变化，因而人们在总结历史经验、指陈发展趋向时，往往会被质文代变这一类狭窄的观念所束缚，刘勰以后，直到明清，一直有人从文质变化的角度来评述文学的发展变化，如《隋书·文学传序》评论南朝文学，卢藏《陈子昂文集序》赞美陈子昂的文学业绩，还有胡应麟的《诗薮》、刘大櫆的《论文偶记》等，可见质文代变论的源远流长，它成为我国古代文论中探讨文学发展变化的一种重要理论。

在文学发展过程中，除文学本身风貌的变化外，还有一个重要方面，那便是它与时代、社会、自然等的关系。刘勰认为："文变染乎世情，兴废系乎时序。"这两句名言集中反映了刘勰的文学发展史观，即文学是随着时代的发展而发展变化的。在《时序》篇里，刘勰以风和水的关系生动而形象地阐明了时代对文学发展的影响，他说："故知歌谣文理，与世推移，风动于上，而波震于下者。""风动于上"当指时代的变迁，"波震于下"指的则是文学受时代变迁而发生的变化。没有风动于上就不会有波震于下，因此，只有现实的世情有了新的变化，文学发展才会出现新的姿态，它既影响到文学创作的思想内容和风格特征，又关系到文学的繁荣和萧条。如建安时期战乱频仍，社会经济遭到严重破坏，人民流离失所，苦不堪言，这种特定的社会生活使这一时期的诗歌既表现了动乱的现实，又表现了诗人的胸怀和抱负，在艺术风格上就形成了爽朗刚健、慷慨激昂、气势雄浑的特点。所以，刘勰认为"建安风骨"的形成正是由建安时代所造就的，"观其时文，雅好慷慨，良由世积乱离、风衰俗怨，并志深而笔长，故梗概而多气也"（《时序》）。刘勰还通过对西汉从刘邦到汉武帝时期不同的社会特点形成不同的文学状况的分析，说明时代对文学的作用和影响又在于它既能促进文学的繁荣，又能导致其萧条。刘勰在《物色》篇中，还生动地描绘了自然环境对作家的影响，所谓"物色之动，心亦摇焉"，又说"物色相召，人谁获安？"就是这个意思。但是自然景物一旦引起作家的某种情思时，它就在不同程度上涂上了社会色彩。无论是"悦豫之情"或"郁陶之心"，是"阴沉之态"或"矜肃之虑"，反映到作家作品中，必然蕴含着社会的内容，作家总是或明或暗、或隐或现地赋予景物以社会性质，诗歌中的比兴、寓意无不如此。可见，刘勰强调文学与现实的关系是以社会现实生活为核心的。那么，究竟是哪些"世情"和"时序"决定和影响着文学的"文变"和"兴废"呢？从《时序》篇中对起自上古迄止齐宋文学的分析来看，归纳起来，主要有以下几个方面：

首先是政治的盛衰和社会的治乱。刘勰指出，唐虞时代，政治清明，民生安定，因而产生了《击壤歌》、《南风诗》等"心乐而声泰"的作品。但到了西周末年厉王、幽王时期，政治腐败黑暗，至平王东迁，国力已衰微，于是"幽、厉昏而《板》、《荡》怒，平王微而《黍离》哀"。诗歌发展到了变风、变雅的时代。政治的治乱影响着诗歌的内容与风格，刘勰的这一分析明显地沿袭了《礼记·乐记》的观点，即

"治世之音安以乐，其政和；乱世之音怨以怒，其政乖；亡国之音哀以思，其民困。声音之道，与政通矣"。这是对《诗三百篇》与政治关系最为扼要的概括。与政治盛衰密切相关的是社会的治乱，它常常影响到人们（包括作家）的生活、思想和感情，进而影响到文学。《时序》明确指出建安文学"梗概多气"的风格特征是由于当时社会的动乱。在《才略》篇中，刘勰认为"刘琨雅壮而多风，卢谌情发而理昭，亦遇之于时势也"，也是着眼于从社会动乱来解释刘、卢二人诗歌的风格特征的。此前谢灵运在《拟魏太子邺中集诗八首》的小序中评王粲云："家本秦川，贵公子孙，遭乱流寓，自伤情多。"评应玚云："汝颍之士，流离世故，颇有飘泊之叹。"《时序》、《才略》中的论述当受到谢灵运的影响，但分析更为具体深刻。

其次是学术思想的风貌。《时序》指出，战国时代群雄纷争，诸子百家风起云涌，游说盛行，屈原、宋玉艳丽的辞赋"炜烨之奇意"乃"出乎纵横之诡俗"。到了西汉、魏晋南北朝时期，我国的学术思想曾经历了几次大的变迁。西汉前期统治者采用黄老之学作为"治国安民"的指导方针，取得了"文景之治"的实际效果。而在思想领域内，以黄老之学的新道家为主，同时，儒、道、法三家既相互排斥，又相互吸收；到汉武帝时，"罢黜百家，独尊儒术"使儒家思想成为统治思想的理论重心；东汉末年，儒家思想开始衰弱，代之而起的是玄学和佛学。这些学术思想的变化对文学发展产生了很大的影响。因而东汉文学表现出"华实所附，斟酌经辞"、"渐靡儒风"的特色。晋代文学深受玄学影响，多阐发老庄哲理，东晋尤盛，"诗必柱下之旨归，赋乃漆园之义疏"，导致当时政治局势虽极艰难，但作品的内容却很平淡空洞，出现了大量的玄言诗，玄学弥漫魏晋诗坛前后达两百年之久。当然，玄学对文学的影响也有积极的一面，如山水诗的产生，它是借山水的意境来体现玄理，注意到了诗歌的审美特征，对此，刘勰未能论及。此外，玄学的形神论、虚实论、言不尽意论等对我国古代文学民族传统的形成和我国古代文学批评的发展也有着十分重要的影响，说明学术思想对文学的影响是极为复杂的。

再就是帝王的提倡。在封建社会中，君王是最高统治者，具有至高无上的权力，其意志和要求往往表现为某种政治力量和制度，产生巨大作用。君主爱好和提倡文学，礼遇文学之士，使他们获得较好的生活条件和社会地位，专心从事创作，彼此还可以在一起切磋琢磨，互相启发，作品的艺术性容易得到提高。《时序》指出，战国时期的齐楚两国，君主重视文学，招集了不少文学之士，因此两国文学发达，产生了孟子、荀子、屈原、宋玉等杰出作家。汉武帝崇尚儒术，提倡文学，招揽文人，许以高官厚禄，由此造成了汉赋的繁荣局面。建安时期，由于曹操父子的倡导和参与创作，形成了邺下文学集团，在我国文学史上具有重要的地位和影响。南朝宋、齐的帝王也多爱好文学，以致人才辈出，文学繁荣。比较而言，政治上的治乱和学术思想对文学的影响主要表现在文学作品的思想内容和风格特征上，而帝王的重视和提倡对文学的影响则主要表现在为文人的创作活动提供有利的条件。至于作品内容的充实和进步则更多地依赖作家的生活经历和进步的思想，刘勰对这一点的认识是不足的。

刘勰在《物色》篇中说："古来辞人，异代接武，莫不参伍以相变，因革以为功。"实际上讲的是文学发展历程中继承和革新的关系。在《通变》篇中又说："夫设文之体有常，变文之数无方，何以明其然耶？凡诗赋书记，名理相因，此有常之体也；文辞气力，通变则久，此无方之数也。名理有常，体必资于故实；通变无方，数必酌于新声。故能骋无穷之路，饮不竭之源，然绠短者衔渴，足疲者辍涂，非文理之数尽，乃通变之术疏耳！"在上两段引文中，刘勰提出了几个基本概念："有常之体"、"无方之数"、"因革"、"通变"等。所谓"有常之体"和"无方之数"，是指文学史中的一些不变与能变的因素，这好比一切事物处于不断的发展变化之中，但每一事物又都具有不变的基因，形成新旧事物之间连续的关系。"有常之体"就是指这些不变的因素，这里的"体"字包含有基本规矩、法则的意思。"设文之体有常"就是说写作总是有一些共同遵守的普遍的规矩规则，各种文体的写作又有各自比较特殊而又固定的一些法则，这些法则就叫做"名理"。而"变文之数无方"则是要求作家们在创作实践中，无论是在内容和形式上，或是风格特征和创作方法上要不断创新，变化多样。此两者是对立的统一，以不变应万变才合乎通变的原则。此论为研究文学史中的继承与革新的问题奠定了理论基础。"通"与"变"讲的是继承与革新的关系，侧重于文学史中各个时代之间的关系来谈。"通变"一词来自《易·系辞》下,原文说:"刚柔者,立本者也;变通者,超时者也。"又云:"穷则变,变则通,通则久。"其中包含有朴素的辩证思想。刘勰借用"通变"二字,实际上就是按这种辩证的思想去解释文学史。"通"当指文学发展过程中的继承关系,历史是不能割断的,文学史当然也不例外。另外,各个时代的文学尽管不尽相同,但也有一些共同的原则,或者说是普遍的规律。而文学内容和形式一代比一代丰富,一代比一代完美,不断地变化发展,就是"变"。"通"是"有常之体","变"是"无方之数",通则历史不至断裂,变则历史不至停顿,所谓"变则其久,通则不乏",这就构成了文学史的辩证法。"因"与"革"也是讲继承与革新的问题,但侧重于历代作家之间在创作方法和技巧方面的相互影响和各自创新。刘勰在《物色》篇中谈到从《诗》、《骚》到汉赋,在描写自然景物方面,有因的一面,有革的一面。之所以如此,是因为"物有恒姿,而思无定检",虽然"《诗》、《骚》所标,并据要害",但是后人仍可以"因方以借巧,即势以会奇,善于适要,则虽旧弥新矣"。即诗人们要继承优良传统,又要不断革新,"参伍以相变,因革以为功",有因有革,创作才能获得成功。在《通变》篇中,刘勰还就文学的夸张形容描写问题以几位汉赋作者为例说明因革的关系。枚乘《七发》形容天地之大云:"通望兮东海,虹洞兮苍天。"司马相如在《上林赋》中进一步描写:"视之无端,察之无涯,日出东沼,月生西陂。"而杨雄《羽猎赋》则云:"出入日月,天与地沓。"这样的"广寓极状",有相同之处,也不尽相同,正应验了刘勰的"诸如此类,莫不相循,参伍因革,通变之数也"。黄侃先生在《文心雕龙札记》中说:"彦和此言,非教人直录古作,盖谓古人之文,有能变者,有不能变者,有须因袭者,有不可因袭者,在人斟酌用之。"这样的解释很有道理。

综上所述,刘勰运用质文代变的观点来分析文学史,从政治与社会、学术思想、君主提倡等几个方面探讨文学发展变化的历史原因,采用"通变"这一原则解释文学史中继承与革新的关系。其中的一些理论或观点,从单个看已见诸前人,并非刘勰的独创,但他把前人比较零星或局部的理论观点加以具体化、系统化,并运用到实践中,形成了较为完整的体系,可以说他是我国文学批评史上最早把文学史描述为一个变化、发展的过程，并企图揭示这一过程的内在联系和规律的一位文艺理论家。正如恩格斯评黑格尔的那样："黑格尔第一次——这是他的巨大功绩——把整个自然的、历史的和精神的世界描写为一个过程，即把它描写为处在不断的运动、变化、转变和发展中，并企图揭示这种运动和发展的内在联系。"[①] 极为难能可贵。

三

可以说，《文心雕龙》的前半部分就是一部文学史，或者说，我们可以把它当作一部文学史看。从刘勰对各体文章进行历史考察的过程中，我们可以清楚地看到其中有着完整的文学史方法论。

首先，这种方法论明显带有我国史学传统的浓厚色彩，带有从史学到文学的清晰轨迹。《序志》说："若乃论文叙笔，则囿别区分，原始以表末，释名以章义，选文以定篇，敷理以举统。"这实际上就是刘勰分论文体流变的方法，他论及文章体裁三十四种八十一细目都用这种方法。原始以表末是叙渊源，索流变，描画史的完整脉络；释名以章义是正名；选文以定篇是对各体文章的代表作做出论断；敷理以举统则是从文体的发展探讨其特征进而提出各体文章的规范，可以看作是文体史与文术论的衔接点。这种方法明显受到了诸如稽古征圣、原始察终、辩章学术、考镜源流等传统史学方法的影响。司马迁在《史记·自序》中说他著十二本纪是"原始察终，见盛观衰"。班固《汉书·艺文志》的基本方法即为辩章学术、考镜源流。很显然，刘勰承继了这一传统，但又有了新的发展，即他不仅叙述各种文体发展的历史，阐明其渊源流变，勾勒各体文章发展的面貌，而且指出其发展趋势，这是史学方法所没有的，即"敷理以举统"的方法，在对各体文学史的回顾之后，提出各种文章的规范性写法，如《明诗》提到诗的理想风貌，"至于四言正体，则雅润为本；五言流调，则清丽居宗"。明显不同于儒家论诗的兴讽怨刺标准，接受了魏晋之后文学新思潮的影响。《诠赋》篇提到赋的理想风貌："原夫登高之旨，盖睹物兴情。情以物兴，故义必明雅；物以情观，故词必巧丽。丽词雅义，符采相胜，如组织之品朱紫，画绘之著玄

[①] 恩格斯：《反杜林论》，《马克思恩格斯选集》第3卷，人民出版社1995年版，第362页。

黄，文虽新而有质，色虽糅而有本，此玄赋之大体也。"其有两点有别于汉人对赋强调仁义讽谕的要求，即把情置于很重要的位置，认为赋之作是睹物兴情，还重视赋的辞采之美。事实上，东汉后期出现的抒情小赋变大赋之铺张扬厉为一抒情怀。建安之后，抒情似已成为赋的一种自觉追求，曹丕所谓"诗赋欲丽"就是针对其艺术风貌而言的，这一切在刘勰所论中得到了充分的体现。还有《诔碑》、《铭箴》、《颂赞》、《论说》、《奏启》诸篇中所论碑、铭箴、颂、论、奏等文体的理想风貌，处处可见刘勰是稽古征圣的，又表现出对文学发展所带来新变的宽容接受，从史志的目录学方法进入了文学史的法则探讨。

其次是从"博观"到"见异"的方法。刘勰认为文学史家要想对作品做出全面、正确的评价首先要有广博的知识，既要阅读大量的文学作品，又要熟悉各种各样的文学现象，掌握文学发展的趋势，所谓"凡操千曲而后晓声，观千剑而后识器；故圆照之象，务先博观"（《知音》）。"博观"的目的在于丰富批评者的审美经验，避免井蛙之见，在综合和比较各家思想和艺术特点的同时，对批评对象做出分析和评价。有了"博观"的基础就能够"阅乔岳以形培楼，酌沧波以喻畎浍"，做到"平理若衡，照辞如镜矣"（《知音》）。刘勰进而提出文学史家应掌握的批评方法，即"将阅文情，先标六观：一观体位，二观置辞，三观通变，四观奇正，五观事义，六观宫商。斯术既形，优劣见矣"。一观体位是指要考察文学作品体裁和风格与它所表现的情理是否吻合；二观置辞是指文辞运用是否能准确地表达内容；三观通变是考察文学作品在继承和创新方面是否做到了在继承传统的前提下有所创新发展；四观奇正则看作品的内容是否纯正，形式是否华美；五观事义是考察作品中所描写的客观内容与作家的主观情志是否协调；六观宫商则考察作品的声律是否和谐，具有声韵之美，因为"声含宫商，肇自血气"，"标情务远，比音则近"（《声律》），声律也是紧紧地同人的情感联系起来的，声律的运用体现着作家的情感状态。很显然，刘勰是从作品的形式方面着手，即从"披文以入情"的"文"开始，通过对"文"六个方面的考察，以达到"入情"的目的。最后，刘勰对批评者提出了更高的要求，即"见异"，认为批评者如能看出作品与众不同的异处，那么，他就是作家的"知音"了。确实，一部优秀的作品必定有自己独特之处，有不同于其他作品的"异彩",能够发现作品的"异彩",并非一般人所能为之,必须具有"识深鉴奥"的能力。对于文学艺术来说,异就是特质,没有异就没有艺术,因此,批评者须具备"见异"的能力,可以说"见异唯知音"是刘勰的一个非常深刻的命题。尽管在《知音》篇中所提出的有关鉴赏和批评的理论极其简约,点到辄止,但对我国古代文学批评形成比较客观、科学的批评方法起到了积极的作用,有力地纠正了从先秦到魏晋文学批评中的两种偏向,即主观随意性和依经立义的教条影响。

再就是刘勰在《序志》篇中所提到的"擘肌分理,唯务折衷"的方法,即将批评对象剖条分缕,做精到细致的分析,以"唯务折衷"作为判断、概括、综合的理论依据。所谓"折衷"又名"折中"、"制中",此语古已有之,其本意是"取正",即对事物的正确、恰当的认识,本是儒家学派的基本方法,即以孔子的学说、圣道作为"折中"的最高标准。刘勰则不囿于儒家学说,甚至有所突破,吸收了玄、道、佛的一些思想观点,且以是否符合客观的"势"和"理"来作为立论的依据。所谓"势"和"理"都是指事物本身的一种客观规律、自然之理,它是不以人的主观意志为转移的。《定势》篇"势"为:"势者,乘利而为制也。如机发矢直,涧曲湍回,自然之趣也。"而"理"则是《原道》篇中被称为"神理"的自然之道,是"心生而言立,言立而文明"的一种自然的客观的道理。因此,刘勰著《文心雕龙》的宗旨首先是"文心之作也,本乎道",即力图根据人文的自然发展规律来论文。当然刘勰也强调"征圣",以圣人为师,"宗经",依据经典,因为圣和经是对自然之道的一种正确的、典范的运用。只是在自然之道和圣人之道之间,刘勰首先看重自然之道,当圣人之道符合、体现自然之道时,刘勰就服从之,反之,则不然。这说明,刘勰的"折衷"方法虽源于儒家的"折中"说,但不等于"折中"于孔子的学说,而是"折中"于事物的客观规律,是一种对事物的公正、客观、全面、深入而切忌主观性和片面性的研究方法,具体表现在对文学史现象做纵贯和横通的研究。

首先是从历史的源流出发对文学史现象做纵贯的考察。注重宏观研究,从历史发展中寻根溯源,所谓"务先大体,鉴必穷源"(《总术》)。他由上而下地从"道"出发考察"文"的起源和发展,进而研究各种文体和创作，在文的发展变化之中揭示出文学史发展的客观规律。他指出文学是一个不断发展、日新其业的历史过程，"文辞气力，通变则久"，"文律运周，日新其业"（《通变》），且这个发展过程永无穷尽，"枢中所动，环流无倦"（《时序》）。这种发展变化不仅表现在文学的形式上，诸如体裁、风格、章句、结构等都没有凝固不变的程式，也表现在文学的内容上，《时序》、《明诗》等篇对此均有论述。而变化的原因就外部条件而言，首先取决于时代的发展，所谓"时运交移，质文代变"，"文变染乎世情，兴废系乎时序"。就文学自身来说，则取决于"通"和"变"，即继承与革新的统一，外因与内因的共同作用推动了文学史的发展。其次是从"文"的构成上对文学史现象做横通的研究。"折衷"本有扣其两端而取其中、兼顾各面的含义，刘勰在运用这一方法时，重视对文学史现象的各个部分以及它们之间的关系做微观的横向的研究。这一点我们可以《文心雕龙》的创作论为例，《神思》篇论述艺术构思，《养气》篇谈作家的精神面貌。《体性》、《风骨》、《定势》等篇论述作家创作个性和所选择的体裁对艺术风格的影响。《情采》篇论述了"情"与"采"、"质"与"文"的关系。《通变》篇谈继承与革新。还有《声律》、《丽辞》、《比兴》、《隆秀》、《夸饰》、《事类》等篇谈艺术技巧和表现手法。最后《总术》篇综述。纵贯横通，纵横交错，历史地全面地研究了创作论问题。

这种方法处处表现出朴素辩证法的特点，既看到文学史现象中的诸多矛盾，又认识到这些矛盾之间对立统一的关系，这就使得刘勰的文学史研究不仅比较客观全面，而且具有一定的理论深度，揭示出文学史发展的自身规律和特点，也使《文心雕龙》成为一部"体大滤周"的文学理论巨著。

四

刘勰的基本文学思想是宗经酌骚，执正驭奇，认为文学的主要任务应当在政治教化方面发挥积极作用，且有助于提高人的思想道德修养。他在《宗经》篇所提出的"情深而不诡"、"事信而不诞"、"义直而不回"，作为文学史评价的政治标准，从"情"、"事"、"义"三个方面要求文学创作思想感情必须深挚、真实和纯正，"情深而不诡"主要是衡量文学史上以抒情为主的诗赋，要求作品必须有真挚深切的感情，情发于深衷，反对浮诡和造作。刘勰认为文学创作是由于"人禀七情，应物斯感"而产生的，是"吟咏情性"的，因此他强调"为情而造文"，反对"为文而造情"，《诗经》是为情造文的典范，楚辞、汉代《古诗》、建安文人诗等大体符合这一标准；"事信而不诞"主要用以衡量史传文等记事之作，要求作品所写的事实必须真实可靠而不应荒诞无稽。"情深"是对主观感情的要求，"事信"则是对客观写实的要求。刘勰认为"事信"很重要，甚至看作作品的"骨髓"，所谓"事义为骨髓"，主要就是把确凿有力的事实作为"骨髓"。他极为反对把缺乏事实根据的道听途说写进史传，反对依据"世情利害"的世俗观点对历史人物做违反真实的褒贬，主实崇真的思想异常鲜明。他赞美《史记》"实录无隐"，同时又批评它存在"爱奇反经"的缺点，在《辩骚》篇中批评屈宋作品的一部分内容诡异诘怪，在《诸子》篇中批评《庄子》、《列子》、《淮南子》等书多采神话、传说和寓言，赞扬《管子》与《晏子》"事核而言练"，《封禅》篇赞美《泰山刻石文》是"事核理举，华不足而实有余"，《夸饰》篇批评汉赋的某些描述不合事理，对魏晋南北朝小说很轻视，甚至不加论述，原因就在于其内容荒诞不可信，这种种评价均可谓是从这一标准出发的；"义直而不回"则是要求作品的思想内容必须纯正无邪。"义直"就是"义贞"或"义正"，即"观奇正"的"正"。刘勰肯定那些具有劝戒规谏作用的作品，特别是那些"抒下情以通讽喻"的作品，这一思想与儒家文艺观中的美刺讽喻传统一脉相承。在刘勰看来这一传统自汉以来已被抛弃，至六朝尤甚，认为"诗刺道丧"是汉至魏晋南北朝形式主义文学的主要弊病，为了匡正这一文弊，就必须大力倡导恢复《诗》、《骚》的美刺讽谏传统，因而在许多篇中对此做了大量论述，反复强调。他认为《诗经》内容如孔子所说是思无邪的，楚辞虽然表现了屈原高尚的忠贞品质和思想，但已有"狷狭之志"、"荒淫之意"等缺点，汉魏以来的乐府更多淫荡之辞、郑卫之音，魏晋以来的不少俳谐文章也是"空戏滑稽，德音大坏"。他充分肯定有益劝戒、有所匡正的作品。在上述三条标准中，"义直"一条是核心，但"情深"和"事信"两条也很重要，它们共同构成一个颇为严密完整的文学史评价的政治标准。

《宗经》提出的"风情而不杂"、"体约而不芜"、"文丽而不淫"三项则是刘勰文学史评价的艺术标准。《文心雕龙》主要是探讨"为文之用心",即探讨文艺创作的规律和方法,因此论述艺术形式的内容在书中亦占有很大的比重,且构成了刘勰文学史思想中最有创见的一个部分。"风清而不杂"是按照通变的原则,针对文学作品的艺术风格而提出的既有继承又有革新的一条艺术标准。"风清"其实就是指"风骨",在刘勰看来,包括"意气骏爽"、"结言端直"、"析辞必精"、"述情必显"、"骨劲气猛"、"刚健既实"等方面,突出的是"直"、"显"、"爽"、"猛",强调的是显豁明朗、劲健有力,因而是一种阳刚壮美的风格。与"义直而不回"相适应,刘勰不满汉魏六朝文学背弃儒家讽喻传统,在艺术风格上必然也就会对六朝文学柔弱绮靡的风格加以指责,认为文学作品如果片面追求文采,堆砌大量华辞丽藻,那就会"振采失鲜,负声无力",缺乏风骨了;"文丽而不淫"当是三条艺术标准中最重要也是刘勰使用最频繁的一项,他认为经书文风的特征是既雅且丽,且丽而不淫。所谓"文丽"就是要求文学作品要富于文采,形式完美,作家要善于运用恰当的艺术表现方法和生动、准确、符合韵律的语言去写作。因而是否富于文采是刘勰评判作品优劣的又一重要尺度,他在《征圣》、《时序》、《宗经》诸篇中对历代富有文采的作品都备加推崇,反之,对缺少文采的作品则毫不隐讳地加以批评。当然,"文丽"是为了更好地表达思想,达到讽谏目的,如果损害这个目的,作品只是一味堆砌一些浮艳淫滥的华丽辞藻,妨碍思想的表达,刘勰又是反对的,这就是他要求"不淫"的意义,它与"文之枢纽"中提出的宗经酌骚、执正驭奇的宗旨是密切相联的;"体约而不芜"是要求能以精练的艺术形式和语言去表达丰富深刻的思想内容,即能达到"辞约而旨丰,事近而喻远","以少总多,情貌无遗","称名也小,取类也大",作品体制规模简约而不芜杂。刘勰在《铭箴》篇中批评潘尼的《乘舆箴》"体芜",在《诔碑》篇中批评曹植的《文帝诔》"体实繁缓"及陆机作品文辞太繁等均是运用这一标准。他还批评汉魏六朝繁侈芜杂的文风及"为文而造情"文章的"淫丽而烦滥","采滥辞诡",对"为情而造文"的《诗经》等作品所表现出来的"要约而写真"的特色则给予高度评价。这与我们今天所说的通过有限的形式反映无限的内容,通过个别反映一般的思想是很相近的。

当然，刘勰所提出的六条文学史评价标准也有一定的局限性。从思想内容方面而言，他不重视反映民生疾苦和下层社会生活的作品，对作品思想性的要求有时过于狭窄教条；就艺术方面来说，他重骈体文而轻散体文，不太重视刻划人物形象的作品和质朴通俗的民间文学，带有明显的阶级偏见和时代之限。但这一切并不能掩盖其独特的价值，它作为一条文质并重、思想和艺术统一的完整而全面的文学史评价标准，所谓"志足而言文，情信而辞巧，乃含章之玉牒，秉文之金科"，对匡正当时文坛的形式主义文弊，建立健康进步的新文风起到了积极作用。

综上所述，刘勰在文学起源论、文学发展论、文学史方法论及文学史评价标准等方面均形成了他深刻全面而独到的观点，从而构成了一个比较完整的文学史理论体系，它对今天的文学史理论研究及文学史学科建设当仍具有深刻的启迪和借鉴意义。我们切不可以后人的标准苛求前人，毕竟在1500年前，刘勰的文学史思想已达到当时的高峰。

第二节　鲁迅的文学史理论

在20世纪以前，中国传统的史著形式不外乎纪传体、编年体、纪事本末体、典志体、会要体等多种。大家所熟悉的分编、分章、分节写的文学史著作样式在当时是没有的。随着西学东渐及五四新文化运动的蓬勃兴起，我国学术文化的发展进入了一个崭新的历史阶段，也使我国的文学史研究取得了划时代的突破。鲁迅先生在这方面劳绩甚大，建树颇多，他写下的一系列文学史研究的专著和文章开辟了中国文学史研究的新途径、新方法，其中所蕴含的丰富的文学史理论对走向新世纪的文学史学科建设仍具有深刻的启迪和借鉴意义。[1]

鲁迅先生最先从事的是中国小说史的研究，大约从1920年起就开始多方收集中国小说史料，并在大学里开设这门课程。1923年12月到1924年6月，他根据自己的教课讲义出版了《中国小说史略》，该书初

---

[1] 参见甘竞存主编：《鲁迅研究概论》，江苏教育出版社1987年版，第242—252页。

版后极受欢迎，一直到 1936 年 10 月，共印了八版，是我国第一部系统论述 2000 年小说发展史的专著，是奠基之作，它的诞生结束了小说研究中长期止于零散评点或评论的状况，改变了中国小说自来无史的局面。1926 年 9 月间，鲁迅先生为厦门大学讲授中国文学史课，开始准备编写一部"中国文学史"，最初定名为《中国文学史略》，共完成了 10 篇，由于他不久就辞去厦门大学和中山大学的教职，所以该书只编写到先秦至西汉前期部分，即《汉文学史纲要》一书，对西汉至唐代的文学可从《魏晋风度及文章与药及酒的关系》、《帮忙文学和帮闲文学》两篇讲演中得到反映，内容相当丰富。鲁迅先生对近现代文学也很关注，1931 年所写的《上海文艺之一瞥》及其对许多现代作家作品所做的小传、序跋等均可看作是其对中国现代文学的研究。上述著述为文学史研究提供了丰富翔实的材料和精彩独到的观点、见解，鲁迅作为中国文学史研究的大家之一而永载史册。其丰富的文学史思想主要体现在以下几个方面。

一

鲁迅先生的文学史观深刻而独特。

首先是鲁迅"特别注重文学发展规律的探讨，即充分显示其'史'的特点"。[①] 在《中国小说史略》中，他在深刻而具体地向人们说明中国小说发展从神话传说、志怪小说，到唐代传奇、宋人话本，再到明清小说的发生、发展、成熟、兴盛的全过程同时，努力揭示其中所蕴含的中国小说发展自身的特殊规律。一方面是从微观出发透视宏观，如从具体的作家、作品、流派、思潮等纷繁繁杂的文学史现象出发概括隐含于其中的小说发展运行规律，另一方面又从规律的高度俯视流域壮阔的小说史进程，观照和把握具体的文学史现象，即从宏观反观微观。这就使他的小说研究显得深刻而辩证，"史"的特点极为鲜明。另外，鲁迅先生还极为注意选取最能代表某一时代的作品来加以论述，既不面面俱到地做史料堆砌与排列，又能充分显示某一时代的文学总体特征，提纲挈领，要言不繁，不为史料与史实的丰繁所困，如他在六朝文学中突出

---

① 甘竞存主编：《鲁迅研究概论》，江苏教育出版社 1987 年版，第 247 页。

志怪和《世说》，在唐代则突出传奇与杂俎，在宋代则专讲传奇与话本，元明着重讲"讲史"小说，明代讲神魔与人情小说，点面结合，演进之迹清晰可辨。

第二，"在鲁迅的文学史研究中，充满了现代意识。鲁迅是为了当时新文化运动的需要而从事中国文学史的研究的。鲁迅意在通过研究文学史，一方面批判封建主义文化，另一方面能从旧文化中批判地继承一些有利于新文化发展的因素。所以，鲁迅研究的虽然是历史，但其中却到处闪烁着'五四'的时代精神。"① 例如，在《汉文学史纲要》中，鲁迅努力发掘现代所需要的精神传统，同时，也可以看到反抗一切，重新估价一切，追求真理，敢于反潮流，爱国进取，个性主义等等五四的时代精神、现代意识在古典文学史的研究中起着核心和灵魂的作用。这在《中国小说史略》以及《魏晋风度及文章与药及酒的关系》等论著中也有较突出的体现，从而避免了使文学史研究沦为钻故纸堆。

第三是敢于冲破儒家的正统观念，在文学史研究中"充满了革命的批判精神"。② 如鲁迅文学史研究开始并重视小说史的研究，这本身就是对儒家视小说为"小道"、"末流"、"闲书"甚至"邪书"的传统文艺观的挑战与批判。对这一点，朱晓进先生在《鲁迅研究概论》中认为，鲁迅批判的锋芒涉及哲学、宗教、伦理、文艺等许多方面，其中既有对孔孟之道、封建礼教、宋明理学的批判，有对佛家因果报应、道教的方士迷信的批判，也有对形式主义、教条主义创作方法的批判。由此出发，鲁迅深刻而精辟地指出《诗经》的主要倾向不是温柔敦厚，其中不乏"怨愤责数"、"甚激切者"。"思无邪"是束缚文学发展、禁锢诗人思想感情的教条，宋元理学提倡的"提挈经训，诛锄美辞"的主张是扼杀文学生机的。一些"侠义"小说中的所谓的英雄无非是些以"为王前驱"为乐，以甘为隶卒为荣的"心悦诚服"的奴才。而《儒林外史》之所以在小说史上地位较高，正是因为它能突破传统思想的限制，有独立的是非见解，敢于"指摘时弊"、"抨击习俗"，能"洞见所谓儒者之心肝"，等等。这一切均使鲁迅的文学史研究有别于当时别的文学史著

---

① 甘竞存主编：《鲁迅研究概论》，江苏教育出版社1987年版，第246页。
② 甘竞存主编：《鲁迅研究概论》，江苏教育出版社1987年版，第245页。

作，呈现出一种全新的面貌。

第四，就是鲁迅极为重视文学作品的艺术分析，加强作品的风格分析，注重艺术上的独创性。他曾指出屈原作品不同于《诗经》处是在"其言甚长，其思甚幻，其文甚丽，其旨甚明，凭心而言，不遵矩度"；宋玉作品和《离骚》的不同是："'九辩'本古词，玉取其名，创为新制；虽驰神逞想，不如'离骚'，而凄怨之情，实为独绝。"在鲁迅的《中国小说史略》中，对作品艺术性的分析更可见出鲁迅的美学敏感。例如论《汉书·艺文志》所载小说，"托人者似子而浅薄，记事者近史而悠缪"；论《会真记》："述其亲历之境，虽文章尚非上乘，而时有情致，固亦可观，惟篇末文过饰非，遂堕恶趣"；论《隋唐演义》："叙述多有来历，殆不亚于'三国志演义'。惟其文笔，乃纯如明季时风，浮艳在肤，沈着不足，罗氏轨范，殆已荡然，且好嘲戏，而精神反萧索矣"；论《封神演义》："较'水浒'固失之架空，方'西游'又逊其雄肆"；论《金瓶梅》："作者之于世情，盖诚极洞达，凡所形容，或条畅，或曲折，或刻露而尽相，或幽伏而含讥，或一时并写两面，使之相形，变幻之情，随在显见，同时说部，无以上之，故世以为非王世贞不能作。至谓此书之作，专以写市井间淫夫荡妇，则与本文殊不符，缘西门庆故称世家，为搢绅，不惟交通权贵，即士类亦与周旋，著此一家，即骂尽诸色，盖非独描摹下流言行，加以笔伐而已"；论《聊斋志异》："明末志怪群书，大抵简略，又多荒怪，诞而不情，'聊斋志异'独于详尽之外示以平常，使花妖狐魅，多具人情，和易可亲，忘为异类，而又偶见鹘突，知复非人"；……这都是用语简括而能中肯地道出各书的艺术特点的。所以，鲁迅对缺乏艺术性的作品便不能容忍。对模仿《阅微草堂笔记》的小说就说："貌如志怪者流，而盛陈祸福，专主劝惩已不足以称小说"；对于《刘公案》、《李公案》以及《施公案》续书、《彭公案》续书、《七侠五义》续书就说："千篇一律，语多不通，甚至一人之性格，亦先后顿异，盖历经众手，共成恶书，漫不加察，遂多矛盾矣"；对"黑幕小说"就说："徒作谯诃之文，转无感人之力……其下者乃至丑诋私敌，等于谤书，又或有谩骂之志而无抒写之才。"鲁迅特别反对那些以说教为主而压倒了艺术性的书，用鲁迅的话说，就是那些不足称为"赏心"、"娱心"的作品，例如："记人间事者已甚古，列御寇韩非皆有录载,惟其所以录载者,列在用以喻道,韩在所以论政。若为赏心而作,则实萌芽于魏而盛大于晋。"又如:"宋市人小说,虽亦间参训喻,然主意则在述市井间事,用以娱心;及明人拟作末流,乃诰诫连篇,喧而夺主,且多艳称荣遇,回护士人,故形式仅存而精神与宋回异矣。"反之,他对《儒林外史》的推崇理由之一即在"虽非巨幅,而时见珍异,因亦娱心,使人刮目矣"。在艺术性中,鲁迅特别重视现实主义精神,鲁迅当时用的名词叫"写实"。所以他对《红楼梦》的批评是:"正因写实,转成新鲜","据本书自说,则仅乃如实抒写,绝无讥弹,独于自身,深所忏悔,此因常情所嘉,故《红楼梦》至今为人爱重,然亦常情所怪,故复有人不满,奋起而补订圆满之。此足见人之度量相去之远,亦曹雪芹之所以不可及也";他对模仿《海上花列传》的作品不满的是:"终未有《海上花列传》之平淡而近自然者";他对《二十年目睹之怪现状》惋惜的是:"惜描写失之张皇,时或伤于溢恶,言违真实,则感人之力顿微,终不过连篇'话柄',仅足供闲散者谈笑之资而已。"他对现实主义精神的重视以及对现实主义之不能因夸张失实而损害艺术性上,所论极为正确。

二

鲁迅先生所运用的文学史评价标准也有其独特价值。在《花边文学·批评家的批评》一文中,鲁迅指出"我们曾经在文艺批评史上见过没有一定圈子的批评家吗?都有的,或者是美的圈,或者是真实的圈,或者是前进的圈。没有一定圈子的批评家,那才是怪汉子呢"。这里所谓的"圈子"就是批评的标准,以不同的标准来评价文学史现象就会得出不同甚至截然相反的结论,如称《红楼梦》,"革命家看见排满,道德家看见淫",那是事出必然,这就要看谁的标准对,谁的标准错。文艺批评的发展史表明,只有"对"的"圈子",亦即前进的、真实的、美的、符合历史发展和艺术创造规律的标准才能为大众所接受,成为经典性的标准。而鲁迅先生的文学史研究就运用了这样的一些标准:

第一是"前进"的标准。鲁迅多次要求作家"与革命共同着生命,先成为革命的人,然后有革命的文",对批评家更是如此。他评价文学史现象时十分注重思想意义,以及对社会进步、改变人们的精神有价值的作家作品，主张批评要"注意的是我们为社会的战斗的利害"。① 要看批评对象是否"对于时代有所助力和贡献"。至少在思想价值上"有益无害"，即除了政治标准之外，也可以有陶冶性情，了解民风、社会、历史文化等认识作用的标准，只要"无害"，便有存在的价值，实际上也在某种意义上有着"前进"的意义。

第二是"真、善、美统一的标准。即思想性与艺术性，内容与形式完美结合的标准，结合得越好，作品艺术价值便越高"。② 鲁迅总是把"内容的充实和技巧的上达"相提并论，认为二者不可偏废。他论述"美"与"功用"的关系道："美的愉乐的根柢里，倘不伏着功用，那事物也就不见得美了。并非人为美而存在，乃是美为人而存在的。"③ "鲁迅对唯美主义是一向不大赞成的，然而并非不重视美感作用。相反，他十分强调'作品的美'，而且不遗余力地反对'打打打'、'杀杀杀'的标语口号式作品；要求文艺在'有益'的同时，还要'有味'，即有美感特点，给人以美感享受。鲁迅还曾提出'诗美'与'诗趣'统一的要求。"④

第三是实事求是，知人论世的标准。简单地说就是"好处说好，坏处说坏"。鲁迅在一系列文学史研究著述中，不囿于传统的偏见，也不受时兴理论的左右，以科学分析的态度去区分中国古代文学中的精华与糟粕，显示了卓越的史识。我们在这些著述中所看到的不仅是大量丰富翔实的史料，而且是鲁迅基于对史料的科学分析所做出的种种深刻的价值评判和精到的结论。例如在《魏晋风度及文章与药及酒的关系》中，鲁迅一反"史家成见"，肯定了曹操"至少是一个英雄"。又如在《中国小说的历史的变迁》中，鲁迅对《红楼梦》所做的价值评判推翻了"诲淫"的历史旧案，通过对作品的具体分析做出了独具史识的评价："《红楼梦》的价值，可是在中国底小说中实在是不可多得的。其要点在

---

① 鲁迅：《两封通信（复魏猛克）》，《集外集拾遗》，人民文学出版社1973年版，第394页。
② 复旦大学中文系文艺理论教研室编著：《马克思主义文艺理论发展史》，中国文联出版公司1995年版，第452页。
③ 鲁迅：《〈艺术论〉序言》，《鲁迅全集》（五），中国人事出版社1998年版，第3355页。
④ 复旦大学中文系文艺理论教研室编著：《马克思主义文艺理论发展史》，中国文联出版公司1995年版，第452页。

敢于如实描写,并无讳饰,和从前的小说叙好人完全好,坏人完全坏的,大不相同,所以其中所叙的人物,都是真的人物。总之自有《红楼梦》出来以后,传统的思想和写法都打破了。"又如《中国小说史略》中对《儒林外史》的评价等等,此类例子俯拾即是,不胜枚举。

第四是略古详近的原则。略古详近本是一般历史及文学史的一个共同要求,因为,时代越近,历史上的经验教训就越对我们亲切有益,可实行起来就不一定能够符合这个要求了。过去,大学里讲授的文学史往往是略近详古的,先秦讲得很充分,六朝就简略,明清只是蜻蜓点水似的,甚而还讲不到明清,而鸦片战争之后简直不大过问了。鲁迅的文学史著作却执行了略古详近的原则。就是在《汉文学史纲要》中,上古到春秋只占二篇,战国独占二篇,秦时间短,只一篇,西汉却是五篇。在《中国小说史略》中,汉代小说只占二篇,六朝、唐代、宋代各三篇,专讲明代的是六篇,而清代是七篇,这就体现了"略古详近"的原则。关于鸦片战争后的文艺现象以及光绪庚子后的文艺现象,鲁迅更特别加以勾画。鲁迅说:"时势屡更,人情日异于昔,久亦稍厌,渐生别流,虽固发源于前数书,而精神或至正反,大旨在揄扬勇侠,赞美粗豪,然又必不背于忠义。"①"凡侠义小说中之英雄,在民间每极粗豪,大有绿林结习,而终必为一大僚隶卒,供使令奔走以为宠荣,此盖非心悦诚服,乐为臣仆之时不办也。"② 这正说明中国人在半殖民地半封建社会时的文艺特点。鲁迅又接着说:"光绪庚子(1900年)后,谴责小说之出特盛。盖嘉庆以来,虽屡平内乱(白莲教、太平天国、捻、回),亦屡挫于外敌(英、法、日本),细民暗昧,尚啜茗听平逆武功,有识者则已翻然思改革,凭敌忾之心,呼维新与爱国,而于'富强'尤致意焉。戊戌变政既不成,越二年即庚子岁而有义和团之变,群乃知政府不足与图治,顿有掊击之意矣。其在小说,则揭发伏藏,显其弊恶,而于时政,严加纠弹,或更扩充,并及风俗。"③ 这正是帝国主义时代的中国社会情况在文艺上的反映。在"略古详近"的原则下,鲁迅已经指出了近百年的文学史主要轮廓了。

---

① 鲁迅:《中国小说史略》,上海古籍出版社1998年版,第195页。
② 鲁迅:《中国小说史略》,上海古籍出版社1998年版,第204页。
③ 鲁迅:《中国小说史略》,上海古籍出版社1998年版,第205页。

三

"鲁迅先生所运用的文学史研究方法是综合的,内容丰富而复杂,其中既有:中国学术研究的传统方法,如目录学的、版本学的、校勘学的等等,考证辨伪,确切可据;又有西方现代的研究方法,如社会学的、心理学的等等,使当时读者的耳目为之一新。"[①]

(一)传统的乾嘉朴学方法在中国古代的文学史研究中应用极为广泛,包括应用于小说考证,这一切未必始自鲁迅先生,但他在《中国小说史略》一书中却运用得最为到家,成果也很辉煌。他首先运用目录学的方法来构成《史略》全书的框架,这显然比传统的以朝代为序进行论述更为科学。关于文言小说的著录与分类,他按照历史顺序依次考查了《汉书·艺文志》、《隋书·经籍志》、《旧唐书·经籍志》、《新唐书·艺文志》、《少室山房笔丛》、《四库全书总目》等书,然后加以论断,此后再考订白话小说,依此排定了《史略》各篇。《史略》还直接运用辑逸的方法,如《汉书》所著录的小说第一部《伊尹说》二十七篇早已亡逸,鲁迅却有具体的引文,并就其风格与作者有所论述,即不能不归功于辑逸的方法。论述唐传奇部分也多处采用辑逸的成果,并为此后成书的《唐宋传奇集》提供了若干准备。辨伪的功夫最明显地表现在《史略》第四篇《今所见汉人小说》,鲁迅认为这些小说皆出于伪托,这是他的创见,已基本得到学术界的公认。关于《西京杂记》,有人以为刘歆所作,有人以为吴均作,鲁迅在《中国小说史略》中审查为葛洪作,他说:"隋志不著撰人,唐志则云葛洪撰,可知当时不信为真出于歆。段成式云,'庾信作诗,用西京杂记事,旋自追改曰,此吴均语,恐不足用',后人因为均作。然所谓吴均语者,恐指文句而言,非谓《西京杂记》也。梁武帝敕殷芸撰小说,皆抄撮故书,已引《西京杂记》甚多,则梁初已流行世间,因以葛洪所造为是。"这种考证与书的内容和风格都是有关系的。他的考证也不是材料堆集,而是加以分析,规定原书的可信程度。如《大唐三藏取经诗话》卷末有"中瓦子张家印"字样,"张家为宋时临安书铺,也因以为宋刊",鲁迅就在《中国小说史

[①] 顾农:《伟大的文学史家鲁迅》,《纪念鲁迅110周年诞辰学术讨论会论文选》,陕西人民教育出版社1991年版,第400页。

略》里接着分析道："然逮于元朝，张家或亦无恙，则此书或为元人撰，未可知矣。"关于这问题，他还在《关于三藏取经记等》和《关于唐三藏取经诗话的版本》里分别对日人德富苏峰和郑振铎提出辩论。

（二）除了传统的治学方法以外，鲁迅还大量运用新的研究方法。阿英曾经说过"我们从鲁迅先生《中国小说史略》的一些论断里，无论是时代分析方面，或者倾向说明方面，抑是作品研究方面，都很易于看到一种共同的、基本的东西，就是非常看重于和社会生活关系的联系，和它的深度的追求"，[①] 这是很中肯的分析。鲁迅论及每一部重要作品、每一重要的流派，都把问题提到一定的历史范围之内，深入细微地探寻它的社会背景，从而得出合情合理的解释。例如《世说新语》产生于南朝宋即非偶然，因为"汉末士流，已重品目，声名成毁，决于片言，魏晋以来，乃弥以标格语言相尚，惟吐属则流于玄虚，举止则故为疏放，与汉之惟俊伟坚卓为重者，甚不侔矣"，在这种以清谈为高尚、凭名士风度即可进身的风气之下，专门记录名士言行的《世说新语》便应运而生，鲁迅曾称《世说》为名士教科书，这个观察实在透辟之至。又如宋传奇的成就和影响都远不如唐传奇，鲁迅指出三条原因：一是唐代言论比较自由，而宋人忌讳渐多，士习拘谨，所写"大抵托之往事，不敢及近"，使作品失去了活力。二是唐人专重文采与意想；而宋人则重教训，以为小说非含教训即不足观，而且持论严冷，人情味较少。三是宋人拘泥于事实，不敢放手抒写。鲁迅很重视研究影响重大的创作倾向，倾向一旦形成，顺势创作者往往很多，如明代神魔小说盛行一时，其根源在于诸教同源与正邪斗争观念，就是现实生活中的事件如郑和下西洋也被大加改造写成了"侈谈怪异，专尚荒唐"的《三宝太监西洋记演义》。学术思想也往往影响小说创作，清代理学风行，便产生了《野叟曝言》那样充满了理学家心理的无味的长篇巨制。考据学盛行之后，则产生了"论学说艺，数典谈经，连篇累牍而不能自已"的《镜花缘》。因为能恰当地联系社会背景来观察和立论，鲁迅对许多具体作品的分析每多真知灼见，例如他指出《金瓶梅》有针对现实"骂尽诸色"的意向的分析，鲁迅晚年说"倘要论文，最好是顾及全篇，并且顾及作者的全人，以及

[①] 阿英：《关于〈中国小说史略〉》，《小说三谈》，上海古籍出版社1979年版，第237页。

他所处的社会状态,这才较为确凿。要不然,是很容易近乎说梦的"。①早在撰写《中国小说史略》时,鲁迅已相当重视这一点了。

(三)鲁迅在研究中国文学史时,还"特别强调把作家作品和文学现象摆到特定的历史背景之下去考察,从影响文学发展的诸多时代因素中去考察其特点形成的根源"。②鲁迅曾提出"我们想研究某一时代的文学,至少要知道作者的环境、经历和著作"③的主张。"所谓环境,即时代背景,主要指当时对作者的生平、思想和创作产生了影响,以及对某一文学流派、文学现象的出现产生了影响的政治、经济、文化、思想、社会心理和风土习俗等状况。通过对这些社会状况与当时文学的关系以及它们影响文学的方式方法的考察,可以发现一些在纯文学研究中难以发现的一些文学的深刻根源和规律。"④例如,在《中国小说史略》中鲁迅指出,六朝小说多志鬼怪,其原因在于,"中国本信巫,秦汉以来,神仙之说盛行,汉末又大畅巫风,而鬼道愈炽;会小乘佛教亦入中土,渐见流传,凡此,皆张皇鬼神,称道灵异,故自晋讫隋,特多鬼神志怪之书"。明代小说与归佛、崇道、重视方士之术有关,明代的几个皇帝重用方士,这类人常聚致通显,因而"小说多神魔之谈,且每叙床第之事"。清代游民常以从军得功名,为人们所慕,所以有侠义小说产生。以上见解至今看来仍是非常精到而深刻的。在《汉文学史纲要》中,鲁迅在分析东周时诗亡而散文发达的原因时指出,这与周室衰落《诗》失去了政治上的作用有很大关系:"周室既衰,聘问歌咏,不行于列国",于是"风人辍采";而在当时国家分裂、社会动荡、战乱频繁、民心不定的情况下,"志士欲救世弊,则空竭神虑,举其知闻。而诸侯又方并争,厚招游学之士;或将取合世主,起行其害,乃复力斥异家,以自所执者为要道,骋辩腾说,著作云起矣"。这使春秋战国时百家争鸣、文章代替诗歌这一现象的形成得到了令人信服的合理解释,这样精彩的分析举不胜举。因此,"他的分析和得出的结论常常较一般人深刻,

---

① 鲁迅:《"题未定"草(六至九)》,《且介亭杂文二集》,人民文学出版社1973年版,第180页。
② 朱晓进:《鲁迅文学观综论》,陕西人民教育出版社1996年版,第156页。
③ 鲁迅:《魏晋风度及文章与药及酒之关系》,《而已集》,人民文学出版社1973年版,第80页。
④ 甘竞存主编:《鲁迅研究概论》,江苏教育出版社1987年版,第249页。

而且也更接近历史的真实,从而使他的这种文学史的研究真正具有了'史'的价值"。①

(四)"鲁迅同时也用心理学的、美学的眼光去看历史的创作,他注意考察'文心',讲究探索文艺内部规律的理论深度。许多单用社会学方法不易或不能解决的问题,他往往另辟蹊径去寻求合理的解释。"② 例如中国神话不繁荣,流传下来的仅存零星,鲁迅认为有两大原因,一是"神话虽生文章,而诗人则为神话仇敌,盖当诗歌记叙之际,每不免有所粉饰,失其本来,是以神话虽托诗歌以光大,以存留,然亦因之而改易,而消歇也"。这是一种带规律性的现象,中外皆然。另一个原因则是中国特有的:"人神淆杂,则原始信仰无由蜕尽,原始信仰存则类于传说之言日出而不已,而旧有者于是僵死,新出者亦更无光焰也"——这就涉及了中国人偏于混同、不加分辨的普遍心理对文艺影响的问题,涉及"文心"问题。鲁迅研究小说史极其重视小说的审美特点,强调文艺"赏心"、"娱心"的美学本质,反对说教和教训。他对唐传奇评价很高而对宋传奇颇为不满就非常明显地流露了这一观点。正因为如此,鲁迅将中国古小说的发轫系于魏晋之际,更古老的都不算。过于讲究实用的有着狭隘功利目的的东西虽自有其作用,但离文学终归比较远了。鲁迅的这个基本观点也就是他的基本方法,至今仍然富有启发意义。

(五)作家是否具有创新精神,在文学史上是否具有开创意义和开拓精神,往往需要通过比较来加以彰显和突出。鲁迅在文学史研究中极为重视对作家作品进行比较研究,分析异同,深入评论。他在论汉赋时特重司马相如,因为在他看来由骚体赋到散体大赋,司马相如居功至伟,开创了一代新风。他"不师故辙,自摅妙才,广博宏丽,卓绝汉代",具体而言,就是"盖汉兴好楚辞,武帝左右亲信,如朱买臣等,多以楚辞进,而相如独变其体,盖以玮奇之意,饰以绮丽之辞,句之短长,亦不拘成法,与当时甚不同"。还有他"常常称病,不到武帝面前去献殷勤,却暗暗地作了关于封禅的文章,藏在家里,以见他也有计划大典——帮忙的本领。可惜等到大家知道的时候,他已'寿终正寝'

---

① 甘竞存主编:《鲁迅研究概论》,江苏教育出版社1987年版,第250页。
② 顾农:《伟大的文学史家鲁迅》,《纪念鲁迅110周年诞辰学术讨论会论文选》,陕西人民教育出版社1991年版,第404页。

了。然而虽然并未实际上参与封禅的大典,司马相如在文学史上还是重要的作家。为什么呢?就因为他究竟有文采"。鲁迅的这些结论与当年胡适从"白话文学"的角度几乎全盘否定司马相如截然不同,很显然前者之论更符合文学史实际,且已为文学史界广泛接受。当然,在进行横向的同文体比较的同时,他还进行纵向的跨文体的比较,这在《汉文学史纲要》中随处可见,最著名的当推关于《史记》乃"史家之绝唱"、"无韵之《离骚》"的论断,将《史记》的史学价值和文学价值尽显无余,令人击节赞叹,实在精妙。

(六)鲁迅在进行作家作品分析时,尤为注重对文学史规律的研究和总结,既从宏观的高度综述文学史现象的发生、发展、变化、趋势及其影响,且用语精当,如对《楚辞》、法家与文学的关系、四言诗的源流与影响等问题均有扼要中肯的叙述。如第十篇《司马相如与司马迁》,开头便道:"武帝时文人,赋莫若司马相如,文莫若司马迁,而一则寂寥,一则被刑。盖雄于文者,常桀骜不欲迎雄主之意,故遇合常不及凡文人。"在封建社会这确是一条规律,天才往往寂寥孤独,遭遇不佳。中国文学史上这一类事情反复出现,经鲁迅一点破,令人豁然开朗。鲁迅的观察是全面的,他既注意叙述文学史的主流,也不忽略支流,即如《诗经》中的大小二雅,古代学者多强调其怨诽而不乱、温柔敦厚的一面,近代学者则强调其激切抗争的一面,鲁迅在《纲要》中对这两个方面都有所论述,他当然更重视那些"激楚之言,奔放之词",但并不只论自己所重的作品。鲁迅后来说:"中国古人,常欲得其'全',就是制妇女用的'乌鸡白凤丸',也将全鸡连毛血都收在丸药里,方法固然可笑,主意却是不错的。删夷枝叶的人,决定得不到花果。"[①] 关于汉乐府,鲁迅既讲民歌,也讲御用文人所作的"诗颂",既讲"新声曲",也讲河间献王所献的"雅乐",立言相当全面。如果只讲乐府民歌,只讲精华,便容易失之于偏,无从明白乐府的真实情形。研究文学史切忌做狭隘片面的观察而必欲得其全,《纲要》在这方面处处都做出了榜样。鲁迅分析作家也是相当全面的,例如讲到东方朔,一般的印象总以为他是滑稽之雄,鲁迅则既讲他"诙达多端"的一面,又讲他"切言直谏"

[①] 鲁迅:《"这也是生活"》,《且介亭杂文末编》,人民文学出版社1973年版,第114页。

的一面，并且指出他的思想也相当复杂，刑名、黄老对他都有影响，并不是一个简单的弄臣。

由于将新旧方法都拿来运用，并且结合得相当完美，他既不墨守成规，也不喜新厌旧，而是兼收并蓄，避短扬长，熔于一炉，刮垢磨光。这种博大的胸怀、恢宏的气魄是永远值得师法的。

四

当然，由于时代条件的限制及文学史理论准备的不足使得鲁迅先生在进行文学史研究时可供借鉴的材料极少，因而使他在文学史写作实践中尚存有许多不足。如《汉文学史纲要》一书对上古到西汉的中国文学就缺少综合性的结论，有松散之感。对一些作品如《世说新语》、《三国演义》的认识价值估计不足。对唐传奇中的《李娃传》、《柳毅传》、《霍小玉传》，明话本中的《三言》、《二拍》等的处理太过简约，包括个别章节在体例上存在一些疏漏和不足之处。但我们不能以今天的标准要求前人，毕竟鲁迅先生的文学史实践已经勾勒出了中国文学发展的大致轮廓，树立了中国文学编写的范例，开辟了科学处理中国文学史现象的道路，解决了文学史观、文学史评价标准、文学方法论上的许多根本问题，在文学史学研究的道路上大力弘扬鲁迅文学史著作中的精神实质，虚心吸收鲁迅文学史理论中的创造性经验，可以说是极为必要的。

第三章　文学史模式论之二

对文学史的研究模式从不同的角度可以有不同的划分，其中常见的是自律与他律之分。本章和第四章所列的泰纳、勃兰兑斯、卢卡契、社会批评、进化论的文学史模式或理论一般来说属于他律论的范畴，即注重文学史的外部研究，从各种非文学因素寻找某种原因来解释文学。它们之间的区别在于所找出的原因之分，而切入文学史的手段与方法并无多大区别。

第一节　泰纳的文学史理论

作为古典的文学史社会批评方法集大成者的泰纳，在哲学和美学思想上接受黑格尔理性主义历史哲学、达尔文进化论以及孟德斯鸠社会学的地理学派的影响，在方法上采用的是孔德和穆勒的实证主义哲学方法和兰克的实证主义史学方法，继承维柯、史达尔夫人、圣伯夫等所开创的社会批评传统，形成了他独特的"种族、环境、时代"文学史三动因说，奠定了文学史社会批评方法的科学形态，对这一方法在20世纪的发展产生了极为深远的影响。

一

现代大批评家韦勒克在其巨著《近代文学批评史》中指出，泰纳代表了处于19世纪十字路口的极复杂、极矛盾的心灵：他结合了黑格尔主义与自然主义心理学，结合了一种历史意识与一种理想的古典主义，一种个体意识与一种普遍的决定论，一种对暴力的崇拜与一种强烈的道德与理性意识。作为一个批评家，从他的身上可以发现社会批评方法的问题所在，由此可见泰纳文学史思想的复杂性。其实，这是与他所受到的复杂影响和承继的丰富传统分不开的。

泰纳的文学史思想在哲学和美学思想上接受的是黑格尔的影响。黑格尔认为艺术、宗教和哲学都是理念或绝对精神的表现，并从"绝对理念"出发来推衍文学，把文学与时代、环境、民族等一样视为"绝对理念"的转化形式，并进而认定文学是时代、环境、民族观念的表现："每种艺术作品都属于它的时代和它的民族，各有特殊环境，依存于特殊的历史和其他的观念和目的。"① 他关于"一般世界情况"、"情境"、"冲突"、"性格"以及希腊神话的分析都给予时代、环境、民族等因素以极大重视，体现了深刻的历史感。这对形成泰纳文学史三动因说的影响是不言而喻的。黑格尔将他的"美是理念的感性显现"说运用到他的"艺术发展三种类型"（即象征型艺术、古典型艺术、浪漫型艺术）的分析之中，认为在浪漫型艺术阶段，当无限的心灵发现有限的物质不能完满地表现自己时，就从物质世界退回到他自身，即心灵世界，此乃艺术发展的最高阶级。他还说"艺术是由心灵产生和再生的"，② "只有心灵才是真实的，只有心灵才涵盖一切，所以一切美只有涉及较高境界而且由这较高境界产生出来时，才真正是美的"。③ 这也给泰纳特别重视三元素中的精神、心理因素，强调艺术家的主观作用和创造精神带来了深刻的影响。

泰纳生活在自然科学长足发展的时代，深受达尔文进化论的影响。进化论的核心是生存竞争和适者生存，同种个性在一定的环境中竞争，适应最好的个体将有最大的生存机会和可能性。在每个时代的各种变异中，有利的变体会得到最佳发展，占据优势。而泰纳关于文学艺术与社会环境的关系，人与社会环境关系的认识，基本上是对达尔文学说的一种套用。他早在1855年的《意大利游记》中，就根据达尔文的学说去

---

① 黑格尔：《美学》第一卷，朱光潜译，商务印书馆1979年版，第19页。
② 黑格尔：《美学》第一卷，朱光潜译，商务印书馆1979年版，第19页。
③ 朱光潜：《西方美学史》下卷，人民文学出版社1963年版，第139页。

分析自然环境与民族的风土人情的关系，在他看来，水土气候熏陶和造就动物，就像它熏陶和造就植物一样。后来，他正是用这种方法去说明文学艺术与环境的关系、艺术家与时代社会的关系，他在《艺术哲学》里曾把文学艺术比喻为植物，把各民族的艺术当作特定环境中某一品种的植物加以考察，而且，他把文学艺术作品经受不同社会与时代考验的问题也说成是精神气候对文学艺术的选择与自然淘汰，还进一步在文学史评价尺度中把作品能经受时间的考验说成是具有对精神气候的强大抵抗力。可见，泰纳的理论在很多关键处都有进化论的痕迹。

泰纳也曾为他的"精神气候"找寻物质的原因，他所找到的便是地理环境与自然气候，并把这个因素强调到了过分的程度，把它看作是决定一切的最后根源，这与孟德斯鸠社会学的地理环境论如出一辙。孟德斯鸠在他的《法的精神》第十四卷《与气候的本性有关的法律》中认为：合理的政治制度和明智的法律是人们自由、安全和财产不受侵犯的根本保证，而制度与法律又取决于君主立法者，立法者的活动及其心理状态则受气候、土壤等地理环境的制约。孟德斯鸠的影响我们可以泰纳对希腊与尼德兰两个民族的考察为例，在他看来，希腊民族"精神气候"的种种条件都是希腊自然环境的产物，对希腊人艺术创作有利的民族特点是自然环境培养的结果。由于他未能认识到社会生活中真正的科学规律，因而在强调地理环境作用时，也就根本无法彻底说明同一个民族在同一地理环境条件下不同历史时期的文学艺术有着不同的局面这一明显的事实。

在研究方法上，泰纳采用的是孔德和穆勒的实证主义哲学方法以及兰克的实证主义史学方法。19世纪30年代开始在欧洲流行的实证主义哲学思潮是当时自然科学突飞猛进并迅速渗入人文科学的结果。它的创始人法国的孔德认为："我们每一种主要观点，每一个知识部门，都先后经过三个不同的理论阶段：神学阶段，又名虚构阶段；形而上学阶段，又名抽象阶段；科学阶段，又名实证阶段。"①实证哲学就是通过观察直接把握各种现象本身之间的关系，而不必再借助于虚构和抽象的方法。它强调哲学应以自然科学为基础，哲学方法应以自然科学的方法为

---

① 《西方现代资产阶级哲学论著选辑》，商务印书馆1964年版，第25页。

楷模，抛弃一切形而上学的虚构。使实证主义真正成为一种"科学哲学"的是英国的穆勒，他着重从联想心理学和逻辑学这两个方面来充实和阐发以经验主义认识论为基础的孔德的实证主义原则。他认为一切心理活动是观念的联想，一切知识起源于感觉经验，强调研究科学逻辑，研究调查、发现和证明的方法，亦即运用归纳法，因为唯有归纳才能发现和证实一般命题。泰纳服膺于实证主义哲学的科学方法，在他看来，人虽然通过抽象与概括而具有认识能力，但只能认识现象和现象的变化规律，只能认识"怎样"，而不能认识"由于什么"与"为什么"，对此，前人的解释都是超验的、形而上学的，只有对"怎样"的认识才是真正的科学，科学应以被仔细观察过的事实为基础，以准确的抽象与有节制的概括为其方法。在认识上，泰纳崇尚直观的清晰明晓，把不明确、模棱两可视为精神与理智的病态。正是在这种认识论的基础上，泰纳建立了他的实证主义方法，扬弃了孔德哲学中的主观主义成分，改变了孔德凭借观察人类的语言、宗教、习惯等形成的观念去解释人类精神现象的唯心主义观点，而采用种族、环境、时代这些具有客观实在性的事物来揭示观念或上层建筑领域中的各种现象，把孔德唯心论的实证主义变成了唯物论的实证主义，进而对法国的一些现实主义作家做出了比较科学的评价。

将实证主义应用于历史研究，就产生了以兰克为代表的实证主义史学。兰克主张历史的任务和目的不是为了将来的需要而评价过去、教导现在，而是如实地说明历史。要做到这一点，就必须放弃历史哲学从主观理念出发图解历史的做法，而代之以对可靠资料的批评考证、不偏不倚的理解和客观叙述，亦即采取自然科学中的那种价值中立的立场。这种影响导致了泰纳的文学史模式从决定论向实证论的转变。历史决定论是西方19世纪历史哲学的基本信条，它坚信历史发展的规律是合乎理性和可以把握的。而泰纳则主张文学史必须像自然科学那样忠实于史实而排除主观偏见，他在《艺术哲学》中开宗明义地断言："美学本身便是一种实用植物学，不过对象不是植物，而是人的作品。"[①] 所以，尽管泰纳深受黑格尔主义的影响，但他在文学史研究中的实证论倾向却是不

---

① 泰纳：《艺术哲学》，傅雷译，人民文学出版社1963年版，第11页。

可否认的事实。

二

在对文学与社会关系的理解以及批评方法上，泰纳继承了维柯、史达尔夫人和圣伯夫等开创的社会批评传统。其实在社会批评尚未发展成一种独立的文学史模式之前，文艺学和美学领域就存在着相当丰富的文艺社会思想，从古希腊的柏拉图、亚里士多德到18世纪法国百科全书派的伏尔泰、卢梭和狄德罗，都有一些涉及文艺与社会关系的专门论述，为后世社会批评方法的形成奠定了基础。意大利历史学家维柯在1725年发表的《新科学》（全译为《关于各民族的共同性质的新科学的原则》）一书中，根据希腊社会的发展阶段研究荷马史诗及其作者，指出正是希腊社会的特点决定了荷马的《伊利亚特》与《奥德赛》的风格之异，可谓是文学社会批评方法的滥觞。

到18世纪，随着资产阶级地位的急剧上升和社会生活的巨大变化，社会科学和自然科学的迅速发展与相互渗透的加强，文学开始走出象牙之塔，成为提高广大人民智力水平的手段，其社会性越来越明显。正如法国当代著名文艺社会学家埃斯卡皮所说："一方面是文学的专业化，另一方面是文学的广为传播，两者在1800年前后达到了临界点。正是在这时，文学开始意识到了自己的社会尺度。这时，史达尔夫人发表了《从文学与社会制度的关系论文学》。"① 她在序言中写道："我的主旨在于考察宗教、风尚和法律对文学的影响，以及文学对宗教、风尚和法律的影响。"② 她率先运用社会分析方法系统评价西欧各国不同时代的社会条件对该时代文学的影响，提出了西欧南方文学与北方文学的界说及其差异，亦即不同环境的影响导致文学风格迥异等著名论断，在社会批评方法的发展史上有着许多发人之所未见的筚路蓝缕之功，拓展了文学史研究的视野，使得对文学与社会关系的研究更加周密和深入。

与泰纳同处一个时代的圣伯夫运用实证主义方法进一步发扬了社会批评。与史达尔夫人的自然环境论不同，圣伯夫认为社会环境是形成文

---

① ［德］阿尔方斯·西尔伯曼：《文学社会学引论》，魏育青、于汛译，安徽文艺出版社1988年版，第7页。

② 史达尔夫人：《论文学》，徐继曾译，人民文学出版社1986年版，第67页。

学运动的终极原因，要研究作家，就应弄清他所属的种族、国家，生活的时代、家庭、交游、所受的教育以及他的肉体和精神的特征等等，要探讨有关文学家、文学史的种种确实的、实证的事实，认为文学批评工作犹如采集植物，要阐明文学的"自然史"。他宣称"不去考察人，便很难评价作品，就像考察树，要考察果实"。[①] 由于人是社会的产物，因此，文学也就有了广泛的社会关联。圣伯夫的这种用作家的人生观来衡量作家作品，以便揭示作品隐藏的意蕴，以一种科学的态度，以社会关系的细密审查为目的，将理性判断建立在丰富的感性把握之上的文学史模式，为社会批评奠定了坚实的基础。

三

泰纳则进一步发展了社会批评方法，并在纵向继承和横向借鉴的基础上，为社会批评方法确立起一套相当完整的理论体系，使其更加系统和完善。他认为文学根本上决定于作家所属的时代精神和风俗，所谓"要了解一种艺术品，一个艺术家，一群艺术家，必须正确地设想他们所属时代的精神和风俗概况。这是艺术品最后的解释，也是决定一切的基本原因"。[②] 他的具体做法是：从作品到作家，由作家进而到时代精神和风俗，并在《〈英国文学史〉序言》中集中概括为种族、环境、时代三种力量，这就是他著名的文学史三动因说，并构成了泰纳文学史思想的核心。

其实，早在他的第一本著作《拉封丹及其寓言》里，泰纳就提出了他日后将要加以发展与系统化的思想与原则，以拉封丹的出生地香巴涅的地方条件、生活环境及当时17世纪的社会风习为依据，考察了作家和他的寓言。至于将自己的思想观点加以理论化，并概括为文学原理与批评原则，则是在他的《英国文学史》序言里。在文中他系统阐述了文学史研究与社会研究的关系，作为精神现象的文学艺术与民族、时代、环境的关系等基本理论主张，并由此出发对英国文学做了细致的考察，论述了莎士比亚、弥尔顿、雪莱、拜伦等一系列作家都是他们的民族与各自的时代社会环境的产物。《艺术哲学》则在该序言的基础上，把文

---

① 伍蠡甫主编：《西方文论选》下卷，上海译文出版社1979年版，第195页。
② 泰纳：《艺术哲学》，傅雷译，人民文学出版社1963年版，第7页。

学史的三动因说阐述得更为充分,更为透彻。

泰纳所谓的种族"是指天生的和遗传的那些倾向,人带着他们来到这个世界上,而且他们通常更和身体的气质与结构所含的明显差别相结合。这些倾向因民族的不同而不同"。① 他认为这些由种族遗传下来的语言、宗教、文学、哲学中所显示出来的血统和智慧的共同点,虽经许多世纪的变革,而其原始模型的巨大标记仍然存在。所以若研究某一种文学作品,必须首先考察作家的种族遗传因素。按照泰纳的理解,种族力量对于文学作品来说如同种子之于植物,植物生物求良种,文学作品亦然,种族力量构成了文学产生和发展的内部主源,是一种不受时间影响,在一切形势和气候中始终存在的恒量决定了这个民族文学区别于其他民族文学的独特性质。法兰西人的祖先是高卢人,具有打仗勇敢和说话漂亮两大特性,这就使他们发展了两大天赋:一是尚武精神,二是文学天才。于是在法国文学中就出现了快乐俏皮、爱出风头、喜欢冒险、荣誉感强、责任心不强的人物形象。但仅从种族力量出发还不足以解释法国文学丰富多样的根本原因,于是泰纳又推出了"环境"元素,即"必须考察种族生存于其中的环境。因为人在世界上不是孤立的:自然环绕着他,人类环绕着他,偶然性和第二性的倾向掩盖了他的原始倾向,并且物质环境或社会环境在影响事物的本质时,起了干扰或凝固作用。有时,气候产生过影响"。② 同样几粒种子倘若播种于不同地理环境,就会有不同的生长前途,所谓"橘生淮南就为橘桔,橘生淮北则为枳"。文学也一样,住在崎岖卑湿的森林或濒临惊涛骇浪的海岸的人们,易为忧郁或过激的感觉所缠绕,倾向于狂醉和贪食,喜欢战斗流血的生活;居住在气候宜人的风景区或光明愉快的海岸上的人们,则倾向于航海或经商,从事社会事业、国家组织、科学发明、文艺研究等工作。泰纳还强调地理环境与社会环境共同构成文学产生与发展的"精神气候"。他认为法国19世纪文学的繁荣同当时法国的"精神气候"是分不开的,"伟大的艺术和它的环境同时出现,决非偶然的巧合,而的确是环境的

---

① 泰纳:《〈英国文学史〉序言》,伍蠡甫主编:《西方文论选》下卷,上海译文出版社1979年版,第236页。

② 泰纳:《〈英国文学史〉序言》,伍蠡甫主编:《西方文论选》下卷,上海译文出版社1979年版,第237页。

酝酿、发展、成熟、腐化、瓦解,通过人事的扰攘动荡,通过个人的独创与无法逆料的表现,决定艺术的酝酿、发展、成熟、腐化、瓦解。环境把艺术带来或带走,有如温度下降的程度决定露水的有无,有如阳光强弱的程度决定植物的青翠或憔悴"。[1] 事实上,当泰纳如此理解"环境"时,已经进展到"时代"领域了,因为他所说的社会环境是无法与时代断然分开的。"除了永恒的冲动和特定的环境外,还有一个后天的力量。当民族性格和周围环境发生影响的时候,它们不是影响于一张白纸,而是影响于一个已经印有标记的底了。人们在不同的倾向里运用这个底子,因而印记也不相同,这就使得整个效果也不相同。"[2] 对于时代力量,泰纳采用由表层到深层的逐层剥析法。首先是持续几年就改变的流行生活习惯、思想、感情,这是时代的最表层含义,诸如时装样式、流行音乐;下面一层略为坚固一些,可以持续几十年,例如法国大革命时期、浪漫主义时期的社会心理;第三层是非常广阔深厚的层次,例如中世纪、文艺复兴、古典主义时期等,往往要持续上百年或更长时期;第四层是整个历史时期也铲除不掉的原始地层,即不同民族的特质;第五层是不同种族在精神上的差别;第六层是一切能创造文明的种族所固有的特性,即有概括的观念,人类凭这一点建立社会、宗教、哲学、艺术。这些层次构成了泰纳文学史研究的基本单位以及考察审美心理变化的基本元素。"时代"作为导源于前二者的后天产物,一般理解为时代精神,其中,泰纳尤其突出"心理"这个因素:"如果一部文学作品内容丰富,并且人们知道如何去解释它,那末我们在这部作品中所找到的,会是一种人的心理,通常也就是一个时代的心理,有时更是一个种族的心理。"[3] 文学作品越能表达重要的感情,它在文学史上的地位就越高。因为文学的真正使命就是使感情成为可见的东西。

泰纳认为,时代特性总是要经历更迭和演化的,尽管如此,一个民族的本来面貌依旧存在,世代绵延,这是因为隐伏在最深层的"原始地层":种族特性。它好比地核,其他层次如环境、时代都是逐层铺上去

---

[1] 泰纳:《艺术哲学》,傅雷译,人民文学出版社1963年版,第144页。
[2] 泰纳:《〈英国文学史〉序言》,伍蠡甫主编:《西方文论选》下卷,上海译文出版社1979年版,第239页。
[3] 泰纳:《〈英国文学史〉序言》,伍蠡甫主编:《西方文论选》下卷,上海译文出版社1979年版,第241页。

的。任何时代的思想、心理状况都可在种族特性这一原始地层上找到其胚胎,因而它是一切特性中最有意义、最重要、离本质最近的。显然,泰纳在对三元素关系的理解上把种族特性置于最重要地位,称之为"内部主源",属于内力;把环境叫做"外部压力",属于外力;把时代称作"后天动量"。第一种力量偏重于生理遗传,第二种力量偏重于地理气候,第三种力量偏重于文化心理。三要素虽然平行列出,但泰纳对第三者尤为看重。"因为一个作家只有表达整个民族和整个时代的生存方式,才能在自己周围招致整个时代和整个民族的共同感情。"[1]

四

尽管泰纳自称他将采取一种不偏不倚的理解和客观的价值中立的立场,但在具体的美学和批评实践中,还是形成了他独特的文学史评价标准,即:文艺作品在何种程度上成为一种"类型"的代表,而他所谓的类型是指文艺作品表现一种普遍的人性、本质、理念的力量。在《艺术哲学》中,泰纳分别结合意大利文艺复兴时期的绘画、尼德兰绘画以及希腊雕刻,通过生物学的类比,从特征角度进一步论证和明确他在《英国文学史》中所提出的标准:由于"种族"、"环境"和"时代"的特征决定了文学的特征,因而,文学作品价值的高低取决于它再现这些特征的程度及其效果,而特征的程度是以生物学的"特征从属原则"为依据的。这是社会批评艺术价值论的核心,具体的主要有三条:

首先是特征的重要程度。文学中再现的最稳固的、不易变化的种族特征就是最重要的特征,因而也是最有价值的特征。文学的价值取决于它所反映的事物的价值,一部作品的精彩程度取决于它所表现的特征的重要程度,即取决于那个特征的稳固程度与接近本质的程度。所以那些表现时代特征的流行文学是最低等级、最少价值的文学,而任何传世之作无不表现了高级的民族精神的"原始层"。泰纳对能表现更持久、更深厚的时代特性的作品最为推崇,如笛福的《鲁滨逊漂流记》、塞万提斯的《堂吉诃德》、但丁的《神曲》、歌德的《浮士德》、莎士比亚戏剧等。鲁滨逊这个人物之所以成功,在泰纳看来是因为他的身上蕴藏着英

---

[1] 泰纳:《〈英国文学史〉序言》,伍蠡甫主编:《西方文论选》下卷,上海译文出版社1979年版,第241页。

国民族"下起决心来又猛烈又倔强,纯粹是新教徒的感情,老在暗中酝酿的幻想和信仰就是引起改革和期求灵魂得救的那一种,性格坚强,固执,有耐性,不怕劳苦,天生爱工作,能够到各个大陆去垦荒和殖民"①等种族特性。此外还代表了人生所能受到的最大考验,代表了人类发明创造的全部缩影;其次是特征的有益程度。所谓有益是指那些能够帮助一个人达到目标的"力",泰纳曾对此做出这样的说明:"倘使两部作品以同等的写作手腕介绍两种同样规模的自然力量,表现一个英雄的一部就比表现一个懦夫的一部价值更高。"②这种强调表现有益特征的作品必须高于表现有害特征的作品,实际上是一条道德判断的标准;第三是效果的集中程度。上述两条标准是仅就"特征"本身的价值而言的,而"特征"一旦进入艺术作品,就必须尽可能地支配一切,必然要求艺术调动各种因素通力合作以突出和表现"特征",这就是艺术的效果问题。效果集中程度就是指文学作品的价值判断标准。

泰纳文学史研究方法的主要特点是将宏观式的鸟瞰结合具体素材的分析,通过比较和联系显现文艺形态的本质特征和变化的本原。他说:"首先是总的形势,其次是总的形势产生特殊倾向与特殊才能,再次是这些倾向与才能占了优势以后造成一个中心人物,最后是声音、形式、色彩或语言,把中心人物变成形象,或首先肯定中心人物的倾向与才能,这是一个体系的四个阶段。"③这种研究有时近似于由远及近、由表及里的归纳,见出现象的特殊中的普遍,个别中的一般;有时又是反向的,由流及源,由近及远,由内及外,由结果追溯原因。前述的方式有利于理论的体系化,后述的方式有助于进行具体作家作品、风格流派的评论。泰纳对巴尔扎克及其《人间喜剧》的分析就充分说明了这一点。泰纳在谈到文学作品在表现某个主要的或凸出的特征过程中如何把握各部分关系改变的次序和状态时,认为"历史给我们一个很可靠很简单的方法,因为外界的事故影响到人,使他一层一层的思想感情发生各种程度的变化。时间在我们身上刮、刨、挖掘,像锹子刨地似的,暴露出我

---

① 泰纳:《艺术哲学》,傅雷译,人民文学出版社1963年版,第361页。
② 泰纳:《艺术哲学》,傅雷译,人民文学出版社1963年版,第376页。
③ 泰纳:《艺术哲学》,傅雷译,人民文学出版社1963年版,第65页。

们精神上的地质形态"。① 根据作品每一个层次存在的时间或被挖掉所废的时间来估价其重要程度,也就是说,时间存在越短,越容易改变,价值就越低。

五

像弗洛伊德学说之于心理分析批评一样,泰纳的理论为文学史社会批评方法奠定了科学基础,但在批评实践中也暴露出了许多偏颇之处。

首先,泰纳在论著中所归纳的文学作品的产生取决于某种"精神气候",主要是指民族和时代的心理素质、思想感情、社会心理以及社会政治组织等方面的因素,大都属于社会结构中的意识形态、上层建筑部分,在客观上忽略了人类生活中最基本的一面,即经济生活对文学的制约作用。他用一种艺术家的直观眼光来考察社会生活,因而落入他眼中的便只是表层现象而不是深层结构。这对文学史研究来说显然是不够全面和深刻的。

其次,泰纳过于强调社会对文学艺术的决定作用,轻视文学自身发展的特殊规律及其对社会的反作用。这种视社会为单向输出的关系无疑极大地降低了文学的作用,文学成了一种消极被动的派生物,社会批评也极易陷入题材决定论的泥淖。同时,泰纳的文学史思想在一定程度上还有轻视创作主体即作家的创造性及个性特征的倾向。文学固然是社会和时代的产物,但从社会、时代到文学是需要通过创作主体情感世界的过滤而折射出来的。文学世界不同于历史教科书,原因就在于这个世界上的一切都是以创作主体的情感为中介物的。

再就是泰纳过分追求"实在"、"有用"的根据,过细过繁地罗列材料,盲目搬用自然科学的具体方法,甚至完全比照植物学的方法对待文学史,自称"美学本身便是一种实用植物学,不过对象不是植物,而是人的作用"。植物学研究的是植物生长的土壤和气候,泰纳则研究文学得以产生的精神上的土壤和气候。他的文学史三动因说甚至有移植植物学中的关于品种、环境和遗传变异三要素之嫌。在《艺术哲学》中,触目都是植物学的术语和比喻,阳光、露水、土壤、气候、种子、品种、

---

① 泰纳:《艺术哲学》,傅雷译,人民文学出版社1963年版,第350页。

花朵、树枝等字眼层出不穷。事实上，精神现象毕竟不同于植物生长，前者牵涉到的事物要复杂得多，单单提取几个类似植物学上的因素是永远不够的，也是过于简单化的。

最后，泰纳的文学史方法从根本上说只是从作品产生的社会历史氛围考察作品，而没有把作品本身作为主要考察对象，这种研究仅能构成文学研究的前提或初步工作，而不能构成真正的文学史研究，因为后者是以弄清文学作品的内部奥秘为中心的。特别是对许多超乎特定时代、历史、种族之外的作品是不能仅仅凭三动因说解释清楚的。如希腊神话、但丁、莎士比亚、歌德、巴尔扎克、托尔斯泰等的既属于特定时代又具有超历史的永恒价值的作品。还有许多并不一定具有明显的时代、阶级、道德、经济意味的、表现性强的作品，如王维的《鸟鸣涧》抒写的只是诗人瞬间的审美体验，泰纳的文学史思想是很难完美地阐述这一切的。

作为一种属于文化史范畴的文学史思想，泰纳所建构的三动因说还远不够深刻和完美，面对文学史研究在 20 世纪的日益丰富和多元化，它更暴露出许多局限和缺憾。但岁月并不能销蚀它的开创意义和独特价值，既然"文学无论如何都脱离不了下面三方面的问题：作家的社会学、作品本身社会内容以及文学对社会的影响等"。[①] 我们就可以说泰纳的文学史思想仍将是今天及后世的文学史家们一个良好的参照系。

第二节 勃兰兑斯的文学史理论

以记叙 19 世纪上半叶欧洲主要国家文学发展历程的洋洋六卷本文学史巨著《十九世纪文学主流》（以下简称《主流》）而闻名于世的丹麦文学史家勃兰兑斯，在哲学和美学思想上接受黑格尔的影响，在方法上继承孔德和穆勒的实证主义，文学思想上于圣伯夫和泰纳之间有所折衷，形成了自己独特的文学史观，并用以指导自己的实践，取得了巨大的成就。

[①] 韦勒克、沃伦：《文学理论》，刘象愚等译，三联书店 1984 年版，第 92 页。

第三章 文学史模式论之二

一

长期以来,我国学术界基于勃兰兑斯"文学史,就其最深刻的意义来说,是一种心理学,研究人的灵魂,是灵魂的历史"的论述,认为勃氏的文学史观是一种心理学,其实,这是一种误解。"到19世纪,这种文学和哲学的心理学经历了深刻的变化,这主要是由生物学的进步引起的,它在概念和方法两个方面都有很多地方受惠于生物学。许多杰出的心理学家开始依靠实验方法和教学方法,认为心理学可以变为一种类似生物科学的科学。"①"心理学的确变得更科学了,在这一过程中它也丧失了它原先的某些广度。这看来是在逻辑实证论和操作主义祭坛之上的一种合理的甚或是一种绝不可少的牺牲。"② 此后所诞生的现代心理学作为自然科学的一个专门分支,更多地采用实验手段研究人的可以测知的心理活动,尤其是认知心理。所以勃氏所谓的文学史心理学应属古典意义的心理学,指文学史反映了人的"灵魂",在此"心理"是"灵魂"的同义词,在古典哲学中多指人的思想观念、情感倾向、价值态度等,属哲学范畴而非科学。韦勒克曾相当准确地指出:"勃兰兑斯因为将'心理学'视作'民族的心理学',而称自己的模式为'心理学'模式……但他的模式作为民族心理史仍是古老陈旧的浪漫主义的历史概念,即是一种观念史。"③ 勃氏在《主流》各卷中的其他论述亦可证明这一点:"只要细心观察文学主流,就不难看出这些活动都为一个巨大的有起有伏的主导运动所左右,这就是前一世纪思想感情的减弱和消失,和进步思想在新的日益高涨的浪潮中重新抬头。""我将尽可能深入地探索现实生活,指出在文学中得到表现的感情是怎样在人心中产生出来的。""我的意图是想在本世纪最初几十年的英国诗歌里,追溯出这个国家的精神生活中那股强大、深刻和内涵丰富的潮流的进程。"如此等等,勃氏一方面不断重复自己的文学史是心理学的主张,另一方面又交替使用"心理"、"灵魂"、"思想"、"感情"、"精神生活"等词语,可

---

① 墨菲、柯瓦奇:《近代心理学历史导引》,林方、王景和译,商务印书馆1982年版,第1页。
② 墨菲、柯瓦奇:《近代心理学历史导引》,林方、王景和译,商务印书馆1982年版,第642—643页。
③ 陶东风:《文学史哲学》,河南人民出版社1994年版,第71页。

见勃氏的文学史观属一种观念史，即文学史是思想史或精神史，是描述文学所反映、表现的情感史，情感是文学现象的动因并促成了文学现象，情感产生于现实生活，是文学与生活的中介。

二

勃兰兑斯的文学史理论在哲学和美学思想上接受的是黑格尔的影响。作为一种客观唯心主义，黑格尔的功绩在于第一次把整个自然的、历史的和精神的世界都看作一种过程，并且企图揭示这些运动和发展的内在联系。而勃氏就是把文学运动看作一场进步与反动的斗争，着重分析法、英、德等国家浪漫主义的盛衰消长过程，以及现实主义相继而起的历史必然性。黑格尔认为艺术、宗教和哲学都是理念或绝对精神的表现，不过表现的形式不同。他说："艺术是由心灵产生和再生的。"[1]"只有心灵才是真实的，只有心灵才涵盖一切，所以一切美只有涉及这较高境界而且由这较高境界产生出来时，才真正是美的。"[2] 这对形成勃氏文学史理论的影响是不言而喻的。黑格尔还将他的"美是理念的感性显现"说运用于他的"艺术发展三种类型"（即象征型艺术、古典型艺术、浪漫型艺术）的分析之中，认为在浪漫型艺术阶段，当无限的心灵发现有限的物质不能完满地表现自己时，就从物质世界退回到它本身，即心灵世界，此乃艺术发展的最高阶段。这对勃氏选择19世纪的浪漫主义文学思潮作为自己审美观照的对象，并从"心理学"的角度进行把握和给予很高的评价，有着最为直接的启发作用的。

在方法上，勃兰兑斯采用的是孔德和穆勒的实证主义方法。作为一个哲学派别，它的创始人法国的孔德认为："我们的每一种主要观点，每一个知识部门，都先后经过三个不同的理论阶段：神学阶段，又名虚构阶段；形而上学阶段，又名抽象阶段；科学阶段，又名实证阶段。"[3] 实证哲学就是通过观察直接把握各种现象本身之间的关系，而不必再借助虚构和抽象的方法。但使实证主义真正成为一种"科学哲学"的是英国的穆勒，他着重从联想心理学和逻辑学这两个方面来充实和阐发以经

---

[1] 黑格尔：《美学》第一卷，朱光潜译，商务印书馆1979年版，第4页。
[2] 朱光潜：《西方美学史》下卷，人民文学出版社1963年版，第139页。
[3] 《西方现代资产阶级哲学论著选辑》，商务印书馆1964年版，第25页。

验主义的认识论为基础的孔德的实证主义原则。他认为一切心理活动是观念的联想，一切知识起源于感觉经验，强调研究科学逻辑，研究调查、发现和证明的方法，亦即运用归纳法，唯有归纳才能"发现和证实一般命题"。[1]勃氏作为一个自觉的实证论者，在主观上尊重经过"科学"、"实证"过的事实，他说："我的工作便是追溯每一种心理、情绪或者憧憬，把它列入它所属的某一类心理状态里去。"因此，他在分析某一部具体作品时，往往把人物形象看作所谓"普遍人性"某个方面（例如吝啬、贪婪、嫉妒之类）的体现，而不是与产生这一形象的社会制度、社会阶级相联系进行研究。所以在实际上，勃氏眼中科学的作用有时仅为记载事实，而事实又被理解为仅仅是一定的意识形态。

泰纳的文学发展三元素说（即种族、时代、环境）对勃兰兑斯的影响最为明显。他在《主流》第二分册的扉页上真诚而庄严地写上："敬献伊波利特·泰纳先生。"还说："对于我，泰纳是德国的哲学和形而上学的一付消毒剂。我被丹麦的德国式的教育所封闭了的才能，他给我打开了途径。"他一方面在自己的理论研究中以巨大的热情努力传播泰纳的艺术理论，他的《当代法国文学》一书就是以此为目的而撰写的；另一方面他又把泰纳的主张运用于自己的文学史研究之中，并加以发展和完善，强调作为心理之表现的文学复杂性，以及时代精神的多层次复合结构，努力克服泰纳模式的机械实证论色彩。同是强调环境，泰纳尤为注意自然环境和种族，不遗余力地罗致社会的经济、政治、军事、文艺、风俗、地理、气候等因素。在这个意义上，泰纳的文学史模式是文化史的，勃氏则是思想史的模式。同时圣伯夫的文艺作品是作家自传的文艺观也得到了勃兰兑斯的沿袭和发展，圣伯夫认为："不去考察人，便很难评价作品，就像考察树，要考察果实。"强调文学研究的任务在于发掘与文学史有关的作家所属的种族和国家，作家生活的时代、家庭出身、幼年环境以及所受的教育、交游，首次的成功和失败、肉体与精神的特征等等。即把文学作为人的"自然史"来研究，由于人是社会的产物，文学作品也就有了广泛的社会关联。勃氏对圣伯夫极为推崇，认为由于他的努力使文学批评这个不起眼的字眼变成了"最年轻的天才"，

---

[1] 赵修如等：《现代西方哲学纲要》，华东师大出版社1986年版，第39页。

"一切智慧中的'香岱丽拉'(灰姑娘)","第十个文艺女神"等等,因为他"在作品里看到了作家,在书页背后发现了人"。这种从作家心理出发研究作品的方法深深地影响了勃兰兑斯,也多少克服了泰纳理论的简单化倾向。在《主流》各卷中,我们可以看到勃氏非常注意作家的生平、经历、个性、世界观等对创作的影响,表现出生机勃勃的感觉力和对心理的洞察力。但他所得出的作家与作品可以划等号,作品中的主人公即是作家化身的结论有失偏颇。对此,我想韦勒克的归纳最为中肯:"勃兰兑斯同时在两个方向上发展,采用他批评过的泰纳的历史方法以及发展自己对于肖像和个体心理学的趣味。"①

三

综观勃兰兑斯的文学史理论,可见主要由以下几个方面组成:

首先是它把文学的发展看作一种矛盾的演进。勃氏在《主流·引言》中开宗明义:"本书目的是通过对欧洲文学中某些主要作家集团和运动的探讨,勾画出19世纪上半叶的心理轮廓。""这部作品的中心内容就是谈19世纪头几十年对18世纪文学的反动和这一反动的被压倒。"在《斯堪的那维亚文学简介》中对全书做了这样的介绍:整部著作好像一个六幕剧(《主流》一书共分六卷:流亡文学、德国的浪漫派、法国的反动、英国的自然主义、法国的浪漫派、青年德意志)。前三幕讲的是欧洲日益滋长的反动;第四幕以拜伦为主角,描写他和济慈、雪莱等把文学推进到一个新阶段;最后两幕以雨果、乔治·桑、海涅为主角,反映古典主义在法、德的彻底消亡。作者以欧洲资产阶级民主斗争为纲,论述19世纪前半叶法、英、德等国浪漫主义文学运动的兴起与发展,并以1789年法国资产阶级革命为"正题",以封建王朝复辟为"反题",以资产阶段民主自由为"合题"。全书结构沿用了黑格尔的辩证法观点,即一切发展过程寓有正、反、合三阶段的有机联系。在评价某一国家、某一作家、某一作品时,都能联系历史传统、社会生活、时代思潮、文化背景、各流派之间的关系以及作家个人的经历和他的其他作品进行综合分析,从丰富的历史背景和相互联系的历史事实出发引申出自

---

① 陶东风:《文学史哲学》,河南人民出版社1994年版,第76页。

己的结论。对文学发展过程的描述具有时空交错、纵横交叉的网状结构形态,作者旨在表明,文学的每一流派的消长盛衰具有历史的必然性,而这必然性的灵魂和精神内核便是曲折地走向历史的进步性。

其次,勃兰兑斯的文学史理论还具有历史形态的整体性。由于对文学运动的联系性、矛盾性和过程性都有所反映,因此《主流》具有一种浩瀚博大的形态。所谓整体研究包括这么几层含义:将作家作品放到整个文学发展的长河之中考察,将作家作品放到整个文化历史背景之中考察,将作家作品当作一个有机的整体进行研究。勃氏对自己所实践的方法具有自觉意识,他说:"一本书,如果单纯从美学的观点看,只看作是一件艺术品,那么它就是一个独自存在的完备的整体,和周围的世界没有任何联系。但是如果从历史的观点看,尽管一本书是一件完美、完整的艺术品,它却只是从无边无际的一张网上剪下的一小块。"他对法国浪漫主义的考察颇能说明这一点:"君主复辟成了浪漫主义的滥觞;'中庸'政策鞭策浪漫主义向前推进;对司各特和拜伦、歌德和霍夫曼的研究,丰富了它的内容,从安德烈·舍里埃手里,它接受了它抒情的供品;《寰球报》上的笔战发展了它的批评能力;夏尔·诺地埃的作品为伟大的法国浪漫主义准备了道路;然后,维克多·雨果取得了这个运动的领导权,证明自己能够胜任他所承担的任务,并且从一个胜利接着走向另一个胜利。"因此,以整体把握为基础去考察某一具体对象是能够准确标定其在文学史坐标上的位置,进而找到批评者自身的。

再就是它注重研究作家的主观体验,将对文学外部联系的考察与对内部潜在心理因素的审视结合起来,通过心理沟通作家、作品、社会。即如他对司汤达的分析:"他全神贯注于心理学现象,把其他一切置之度外;作为细观默察的旅客,作为古代编年史的研究者,作为长篇小说和短篇小说的作家,他是心理学家,而且只是心理学家。他唯一经常研究的对象是人的灵魂,他是第一批认为历史本质上是心理学的现代思想家之一。"可谓精妙独特。对圣伯夫的理解勃氏的视角也与众不同:"他的心灵的特质在于它能理解和阐释其他大多数心灵。"当勃氏从时代精神、社会心理以及作家心理的角度探讨作品人物的心理时,他关注的大多是社会心理中观念性内容而极少涉及形式心理。作为一种外在批评,他拓展了社会批评方法的内涵,更切合文学的本性,也比单纯的心理学方法全面。

另外，它还注意研究文学思想给作家的启示，研究各种形态的文化思想给诗人、作家所带来的启迪。勃兰兑斯认为"要了解作者的思想特点，就必须对影响他发展的知识界和他周围的气氛有所了解"。例如，安徒生因为是"人民之子"，"对卑微的、被遗忘的人们怀着真正的民主感情"，因此，他的童话有着真诚的人道主义精神，他的艺术具有与不幸的人们心灵亲切共鸣的和弦。天才的成功并不能离开他所属的时代，单有思想是不能成为诗的，但没有思想，没有给思想以原动力的环境也写不出诗来。

四

历史精神并不能从历史现象中自然而然地得到，它依赖史家们自觉的历史思维和以博大的抽象力透视历史与现实，站在人类的立场以终极关怀之思纵观生存命运的勇气与力量，这是任何一个沉溺于琐碎的事件考证和现象的繁庸无常之中的人所无法把握的。勃兰兑斯针对西方古典主义时期枯燥的理性主义对感情与幻想的种种禁忌、对历史的错误理解、对各民族特性的忽视、对大自然索然寡味的看法等等而导致文学史研究注重社会道德批评，主张"诗的正义说"及文学的惩恶扬善功能，却远离社会文化层面的错误倾向，在综合西方近代社会的、历史的、审美的、精神的、心理的和传统的诸种文学批评和历史研究方法基础上，加以创造性的融汇和发展，形成了系统而独特的文学史研究方法。

首先是在大文化的视野中把握文学史现象。勃氏将文艺生态学的理论与方法渗透进对文学史规律的探索和对文学发展历程的追溯中，表现出西方历代文学批评家少有的广阔的历史与社会视野，表现出对文学世界的整体与个体、宏观与微观相互融合的自觉把握，从而将前人的文艺生态学的思想观点、理论方法不但更加条理化、系统化和深入化，而且更加具体化。《主流》从18世纪的理性主义（以伏尔泰为代表）与唯情主义（以卢梭为代表）这样的思想文化潮流写起，一直紧扣着与政治密切相关的文化这一轴心来观察19世纪前半期文学如何随着文化的发展轨迹而运动变迁，"力图展示作用于文学的政治、经济、文化、自然和种族诸种环境因素的相互的交叉、制约和影响，力图勾画出环绕文学的各种环境因素组成一种所谓环境力量是怎样作用于文学的总体风貌，而在特定历史时期的各种环境因素中，其中的一种又是怎样起着主导作用而使不同国家或地区的文学千姿百态、各呈异彩的。不消说，文学的历史事实也是如此"。[1] 勃兰兑斯认为，19世纪上半叶的欧洲文学有着某种共同的特点，原因就在于它们首先面临着某些共同的背景，这就是当时的拿破仑正以建立一个遍及全球的帝国威胁着欧洲。为了救亡图存，所有遭受威胁的民族都或是本能地或是有意识地从本民族的生活源泉中汲取使自身重新振作起来的活力。"正是这种爱国精神导致了各个民族都热切地研究起它们自己的历史和风俗，它们自己的神话和民间传说，对于一切属于本民族的事物产生强烈兴趣，引起人们去研究并在文学上表现'人民'——也就是18世纪文学没有关心过的社会下层阶级。""正是在这种阔大的政治背景下，欧洲表现出了一种强烈的反叛18世纪传统的文化观念和寻根意识，以及由此产生的寻根文学。"[2] 即浩瀚精深、热情洋溢的19世纪浪漫主义文学主潮。与此同时，勃氏更注意到了由于欧洲各国家和民族具体环境的差异，导致他们的文学又表现出了不同的形态："在德国变成一个浪漫主义者，在丹麦变成一个古代斯堪的纳维亚人的崇拜者"，在英国由于某些别具一格的英国气质的渗入而形成了英国文学与众不同的特色，"这些气质不见于其他任何地方，唯独在当时所有的英国作家身上却可以见到，而不管他们彼此之间在其他方面的相似之处是多么稀少"。对"英国气质"勃氏做了具体的考察和剖析，认为由以下几个方面组成：首先是英国人对乡村和大海的热爱；其次是诗人们对高级动物的喜爱以及他们对一般动物世界的熟悉；再就是英国人强烈的"个人独立性"；此外，还有英国民族"一向讲求实际"的功利主义特质等等。[3] 综上所述可以看出勃氏所谓的英国气质乃是指英国民族的心理、性格、习俗、风尚等等，概言之是一种独特的英国种族环境。与此同时，勃氏又为我们展示了一种作用于英国文学的政治环境。在探讨的过程中，勃氏还结合具体作家作品分析了影响英国文学发展的第三因素，即自然环境因素。他认为英国诗人均是大自然的观察

---

[1] 高翔：《勃兰兑斯的文艺生态学思想》，《社会科学辑刊》1988年第6期。
[2] 高翔：《勃兰兑斯的文艺生态学思想》，《社会科学辑刊》1988年第6期。
[3] 高翔：《勃兰兑斯的文艺生态学思想》，《社会科学辑刊》1988年第6期。

者、爱好者和崇拜者,自然环境对作家的影响绝不仅仅局限于一时一事或一地,与自然环境相伴终生的作家从童年时代开始就受到大自然的恩惠,直至整个创作生涯,大自然的景物和风格总是或隐或现地浸透其中。他还认为,适宜的自然环境是优秀的文学作品产生的因素之一,"雪莱属于耐高温的种类,炽热的阳光对他最为相宜","听任烈日的灼烤,晒黑他热情洋溢的面孔和纤细的双手,他写出了最美的诗篇"。他热爱大海,所以"常在海上写诗,难得伏案室内"。"司各特的作品是在空气新鲜的清晨写出来的,而拜伦则往往在夜间写作。"甚至不同的生活方式对作家的创作也有一定的影响等等。勃氏这种综合的文化分析与注重地理环境说的史达尔夫人、注重心理动因和作家生平传记的圣伯夫及提出"种族、环境、时代"文学史三动因说的泰纳等相比,既有继承,又有发展,即勃氏是站在北欧文化振兴这个立场汲取前代大师们的一切合理因素,围绕着"精神革命"所必需的文化力量来认知19世纪前半期欧洲各国文学的。

其次是"以能够典型地代表一定时代政治、文化本质方面的人物、事件为核心,各个与他(它)所统属、所影响的文学现象组成簇心结构,各个簇心结构呈复式辐射状相互交织,文学的主流便在这交织中清晰地显示出来"。①《主流》中第一个最为明显的簇心结构是以卢梭为核心,统属以法国为主体的流亡文学,德国和法国的浪漫派及英国的自然派也与这一核心有着一定的亲缘关系。因为卢梭的自由精神和革命气质体现了19世纪初叶的时代要求,对19世纪欧洲文学的辐射是全方位的;第二个簇心结构以拜伦为核心,拜伦热情奔放的革命呼唤和对自由的讴歌给19世纪各国诗人和作家带来了情感的骚动,组成了色彩斑斓的文学现象。"英国的自然主义"无疑是这一结构中最精密的部分,同时,"法国的反动"和"青年德意志"中的那批新文学家也是以拜伦为榜样的。因为拜伦热情奔放的思想完全符合那个时代的精神和渴望,即曾一度被正统教义压倒了的革命和自由思想的原则。在奔涌向前的19世纪美学和文学主流中,拜伦不可能不充任一个巨大的辐射力量;七月革命和1848年的欧洲革命在《主流》中分别是两个簇心结构的核心。因为

---

① 朱寿桐:《宽容的魔床——勃兰兑斯〈十九世纪文学主流〉导引》,江苏教育出版社1993年版,第266页。

七月革命在法、德两国成了文学潮流和社会潮流中反动与革命的爆发点和交织点，法国的浪漫派和青年德意志是这次革命辐射和影响的主要对象。而1848年的欧洲革命作为勃兰兑斯所研究的全部19世纪文学主流的汇聚点，对各种文学中的革命与自由的时代主流的牵引力是不言而喻的。以上四个核心在《主流》中互相包容，互相交织，相互作用，构成了复式辐射的结构状态，显示出《主流》所揭示的19世纪文学同时也是社会的主流：革命与自由！在簇心结构中尚有若干小规模的簇心结构。另外，勃氏还从令人眩目的文学史现象中整理出若干个文学的"集成块"，亦即从比较微观的视角省察出来的具有相近共识共性并互相区别、互相阐释的作家组成的自然集团。通过历史、空间、作家主体意识、主题等各方面的比较见出有关作家文学倾向上的共识共性及差异中的个性，从而使有关作家作品的微观研究进行得更加深入缜密。

第三是致力于宏观与微观相结合的美学分析。具体地说，"《主流》研究的出发点和突破口是宏观方面的，寻索文学与社会人生的审美关系，揭示文学潮流与社会革命、时代政治运动之间的美学关系及其规律，从而居高临下地把握文学主流，而作为这种审美把握的基本依据的，则是翔实、科学的文学作品和作家思想的分析、综合"，[①] 亦即微观研究。《英国的自然主义》一卷从目录上就能看出它的研究是以时代、社会、政治为出发点的，它的前三章的标题分别是："时代的普通特点"、"民族特色"、"政治背景"，尔后才正式介入自然主义的分析。《法国的浪漫派》一卷更拥有一种涵盖一切的气势和不可一世的理论风度，勃氏非常轻松自如地把这一时期杂乱无章的美学现象归结为革命的动荡、帝国的战争、宗教的反动、七月君主政体的建立和资产阶级"贪婪的独占"等几条主因，并由此出发解释文学和美学现象。而作为本体研究，文学史现象的剖析和作家作品的分析即使在宏大的社会思维中也是举足轻重的。勃氏在理索19世纪文学主流时所具有的令人羡慕的宏观社会视野不仅没有促使他蹴向包罗万象、硕大无朋的理论体系，而是促使他怀着更为谨慎的心理在微观的文学现象分析中寻证。他在分析夏多布里昂时，首先介绍作家青年时期的经历，描述他的性格，然后阐论

---

① 朱寿桐：《宽容的魔床——勃兰兑斯〈十九世纪文学主流〉导引》，江苏教育出版社1993年版，第255—256页。

他的性格与创作名著《阿达拉》的必然联系，再耐心点出《阿达拉》表现的自然、爱情、宗教三母题，甚至补述《阿达拉》的故事是如何被印成通俗画册，它的主人公的服饰如何被人仿照，主人公的行径和语言怎样被人们奉为榜样等，分析之细令人惊讶。而对拜伦细致和有条不紊的分析更能体现勃氏微观分析和批评的耐力和韧性。对拜伦的长篇批评在《英国的自然主义》一卷共二十四章中竟占去八章，勃氏决计要将他的过去和未来、生活与创作、奋斗和忧郁、内心世界与外部影响，总之，他的方方面面无一遗漏地评述出来。因为勃氏觉得拜伦足以代表英国自然主义在19世纪欧洲文学主流中所占的地位和所产生的影响。翔实、丰富、缜密的作家批评和作品分析等微观研究作为文学主流乃至社会主流等宏观研究的坚实可信的基础，是能够使整体的研究工作呈金字塔型的稳妥之势的。这种在宏观指导下的微观分析和在微观基础上的宏观研究构成了《主流》基本的学术框架，此乃勃氏能成功地从纷繁复杂的19世纪文学史现象中分馏出主流的关键。

还有就是勃氏生机灵动、活泼有趣的独特著述风格，即博大恢宏的气势与流光溢彩的批评相结合，"将枯燥的理念与抽象的理论用鲜明生动的形象表述出来"。[①] 如勃氏为了说明各国文学彼此之间没能得到较好的交流，未能从彼此的成果中得益，便以《狐狸和鹳》这一寓言作比。他在比较波兰作家密茨凯维支与另两个波兰作家克拉辛斯基和斯沃瓦茨基时这样说："在飞禽中，没有一种鸟在振翅力和飞翔力上能与鹰相匹敌，鹰不愧被称为飞禽之王。没有一种鸟在洁白无瑕和飞行时的静穆庄严上能与天鹅相比拟。天鹅不愧被称为高贵纯洁的象征。孔雀既不能翱翔如鹰隼，也不能滑行如天鹅，但是在毛羽的超群绝伦的富丽上，前两者都不免显得逊色。"勃氏认为，"在波兰的有翼的神祇中，密茨凯维支是鹰，克拉辛斯基是天鹅，而斯沃瓦茨基是孔雀"。细腻的感觉，精妙的比喻，华美的语言，实在是一段极其优美的散文。其实，类似的精彩段落在《主流》一书中比比皆是，不胜枚举。其文字如行云流水，清新流畅，学识渊博，见解深刻。这是勃氏的文学史取得成功的一个关键。这种将理性判断建立在丰富的感性把握之上，这种与作家和读者侃侃而

---

① 朱寿桐:《宽容的魔床——勃兰兑斯〈十九世纪文学主流〉导引》，江苏教育出版社1993年版，第316页。

谈的文风是与圣伯夫的以科学实证主义为范本，但绝不放弃审美的感受，努力将审美、鉴赏甚至印象熔于一炉的印象主义批评是一脉相承的。它对我国的文学史研究所具有的借鉴意义也是不言而喻的，鲁迅就说过：外国的平易地讲学术文艺的书，往往夹杂些闲话或笑谈，使得增添活气，读者感到格外的兴趣，不易疲倦。他的《门外文谈》和许多杂文，或在议论之间偶加笑谈闲话，或以远处细小事上款款道来，笔致从容，使人会心一笑，重又趣味盎然地读下去，不仅受到启发，得到知识，还获得美的享受。钱钟书的《管锥编》，因在其中加进了许多趣闻轶事、闲谈戏话、笑话幽默，甚至谑语，使得那些艰深的训诂、玄虚的易理、枯燥的禅话、矜庄的理论都被他讲得解人颐。另外，勃氏对批评对象还具有一种宽容精神，绝无尖刻的讽刺，甚至千方百计地从被否定对象中挑拣出一些有价值的东西加以肯定，以免有遗珠之憾。法国浪漫派中有一位戏剧尝试者维泰，是个一贯的君主主义者和保守派，所写戏剧所有的情节都不适合舞台演出，缺乏激情，布局凌乱，想象力为历史事实所窒息，作品甚至称不上地道的戏剧，若在一般的文学史家看来该被淘汰，勃氏却大声地告诉人们，在事件的描写、形象的绘示方面，维泰尚有"绝顶精彩的笔墨"，那是不该被遗忘的。还有他对缪塞的肯定也是慧眼独具，显示出勃氏的雍容大度和超越精神。长期以来，学术界考虑到勃氏文学史研究的出发点和归趣点均落实在社会科学意义上，因而称他的方法为社会学方法，其实，这是一种简单化的归纳。勃氏研究文学主流和社会主流的意思是通过心理和灵魂的分析，分辨出文学反映的社会历史中占主导地位的思想和感情，发现社会的本质和历史的规律。而这种心理主要还是作家心理和时代情绪，一个时代大多数作家的主要心理趋向是带有丰富社会内容的个性心理，所以勃氏的文学史方法应属于心理——社会学研究，较之一般意义上的社会学方法，它更能维护文学主流的独立性。

第三节 卢卡契的文学史思想

格奥尔格·卢卡契（Georg Lukacs, 1885—1971）是匈牙利著名的马克思主义哲学家、美学家、政治家和文学批评家，同时也是一个著名的文学史家。他毕生从事马克思主义理论研究,涉及哲学、历史、美学、政治经济学等多个领域,在马克思主义美学和文艺理论研究方面取得了令世人瞩目的成就,被西方学者誉为马克思主义文艺理论五种模式之中反映论模式的杰出代表。第二次世界大战后,卢卡契为清除法西斯主义对德国文学的恶劣影响和肆意歪曲,恢复德国文学真实的历史面貌,开展了德国文学史研究,先后撰写了《帝国主义时期的德国文学》(1944年)、《德国文学中的进步与反动》(1945年)、《德国新文学史纲》(1953年)、《理性、毁灭》(1959年)等论著,提出了马克思主义的历史唯物主义是研究文学史唯一正确的世界观和方法论,文学是历史的一部分的文学史观,并形成了他独特的文学史评论标准。

一

德国古典哲学尤其是黑格尔的辩证法思想对卢卡契影响巨大,并使他从总体的高度运用历史的辩证的方法来研究和审视马克思、恩格斯理论和进入文学史研究。他把黑格尔的总体性范畴引入马恩理论的研究之中,特别强调社会、人类及理论体系的总体性。总体性原则成为他理论的一个基本原则,亦即在《作为文学史家的卡·马克思和弗·恩格斯》一书中着重强调的在唯物主义基础上的主客体辩证的和历史的统一,这一原则渗透到他的理论的各个领域,也构成了他的文学史观的哲学基础。

所谓总体性,首先,卢卡契认为"人类社会是一个辩证、历史的统一体,整体性原则在对人类社会的认识上,体现为:人类社会的发展是各种因素交互作用的结果,不存在单纯的因果关系,人类社会各种因素紧密地交织在一起,形成一个不可分割的整体"。[1] 马克思在强调经济基础决定上层建筑的同时不忽视意识形态的反作用,而卢卡契则在承认经济是决定性因素的基础上,重点突出复杂的因果关系所构成的整个人类社会的整体性;其次,"卢卡契的整体性原则也体现在他对马克思主义理论的总体看法上。他认为,社会的整体性必然体现为理论的整体性"。[2] "按马克思恩

---

[1] 复旦大学中文系文艺理论教研室编著:《马克思主义文艺理论发展史》,中国文联出版公司1995年版,第624—625页。
[2] 复旦大学中文系文艺理论教研室编著:《马克思主义文艺理论发展史》,中国文联出版公司1995年版,第625页。

格斯的看法，只存在唯一的统一的科学，这就是历史的科学"，"马克思主义观点不承认资产阶级世界中时行的、把各个科学学科截然分开并使之彼此孤立的做法。科学和各个科学学科以及艺术都不存在它们独立的、内在的、完全由它们自己内部辩证法产生的历史。一切事物的发展都为社会生活的全部历史行程所决定；只有在这个基础上，各个领域内出现的变化、发展才能得到真正科学的解释"。① 换句话说，马克思主义这种统一的历史科学是同整体的社会相适应的普遍的世界观，是一个完整的体系；再次，卢卡契认为，"人也应是一个整体。他认为，社会主义人道主义是马克思主义美学的中心，也是唯物史观的中心。人作为完整的社会的主体，作为整体性理论的赖以产生的主体因素，应以人的整体和整体的人出现"。② 即既强调人的社会存在和社会属性，也强调人的自然存在和自然属性，其中他尤为重视前者，这一思想反映在文学艺术上，便是他的现实主义理论中的现实主要是指人类的生活，在以社会存在为核心，自然存在为基础的本体论前提下，与卢卡契的哲学认识论相对应的是他的艺术的反映理论。他主张艺术作为一种意识形态的形式是对不依赖于人的意识的现实的一种反映，与其整体性原则相应，他认为"文学的本质、产生和影响因而也只能放在整体体系总的历史关系中才能得到理解和解释"。③ 文学本身又作为一个相对独立的整体，描述相对完整的一段生活，塑造具有完整人性的典型人物。卢卡契反对把反映现实的文学看作是一面镜子，而是认为文学是对现实的一种认识，但此认识却又不是使外部世界的事物与头脑里面的观念之间形成一对一的相应关系的东西。现实在我们认识它之前就已实际存在着，但它是具有形态的，亦即卢卡契所说的辩证的整体，其一切部分均处于运动和矛盾之中。要反映到文学里来，现实就必须通过作家的创造性的、赋予它以形式的工作。如果所赋予的形式是正确的，其结果将是文学作品的形式反映现实世界的形式。所以文学艺术是对现实的一种特殊反映方式。

---

① 中国社会科学院外国文学研究所外国文学研究资料丛刊编辑委员会编：《卢卡契文学论文集》（一），中国社会科学出版社1981年版，第274页。
② 复旦大学中文系文艺理论教研室编著：《马克思主义文艺理论发展史》，中国文联出版公司1995年版，第626页。
③ 中国社会科学院外国文学研究所外国文学研究资料丛刊编辑委员会编：《卢卡契文学论文集》（一），中国社会科学出版社1981年版，第275页。

作为反映，文学艺术不是对琐屑的日常生活的机械复制，而是同科学一样，是对客观现实本质的反映，即按照事物的必然性进行叙述，整体地把握生活，而不是拘泥于个别细节的真实。卢卡契斥责自然主义、表现主义、意识流等小说流派为"颓废文学"、"破烂货"，矛头所指就是它们的"描写"方法，只注重偶然而不顾必然，抓住了个别细节却忽视了整个世界的发展和文学自身的有机整体性，将本质上动态的人和人类社会变成了静态的非人的画面，这些描写是非人的、不真实的。与此对应的现实主义文学所用的叙述方法注重动态地把握人生与社会，注重对典型环境典型人物的塑造，注重对世界本质及其发展必然性的把握。符合卢卡契所强调的文学反映现实应具有的整体性、必然性，同时应具有感性现象的真实、生动、形象。文学就是以这种不脱离感性的抽象区别于科学知识，所以文学是现实的特殊反映，是本质与现象、普遍性与特殊性、内容与形式的统一。

基于上述思想，卢卡契认为文学不可能脱离社会超越时代而独立存在，即不存在仅仅由文学自身而产生的孤立于一切关系之外的内在价值和内在历史，当然也就不可能也不应排除所谓的"外在知识"对文学进行纯粹的"内在批评"。卢卡契认为，文学的起源、存在和发展是由社会生产的全部历史过程决定的，它的审美本质和审美价值是人类通过自己的意识掌握世界所经历的普遍而又有联系的社会过程中的一个方面。因此，只有借助历史唯物主义才能科学地解释一切文学史现象，只有从社会存在出发，只有认识了各种社会关系之间的联系和矛盾，只有认识了时代的主要倾向以及它们之间的矛盾和斗争，才能正确地理解作家的创作实践，才能正确地分析和评价作品的特点和价值。

二

马克思曾经提出过一个著名的论断："关于艺术，大家知道，它的一定的繁盛时期绝不是同社会的一般发展成比例的，因而也绝不是同仿佛是社会组织的骨骼的物质基础的一般发展成比例的。"[1] 也就是关于艺术发展的不平衡规律。对此卢卡契做出了独到的理解与阐释。

---

[1] 马克思：《〈政治经济学批判〉导言》，《马克思恩格斯选集》第2卷，人民出版社1995年版，第28页。

按照历史唯物主义的观点，在社会诸因素中，经济基础是规定方向的原则，包括文学和艺术在内的全部意识形态在总的发展过程中仅仅是起次要决定作用的上层建筑。但是，卢卡契强调，这决不等于说文学艺术是经济基础的"等价物"，它们之间的关系是一种"因果关系"，文学艺术是由经济基础这个"原因"机械地产生出来的"结果"。"因此，承认文学作为意识形态受经济基础的支配，承认文学与社会生活的各个领域始终处于相互作用的联系之中，与承认文学作为一个独立的领域有相对独立性，有它特殊的发展规律，这两者不是相互排斥的，而是彼此统一的。"① 所以，马克思关于艺术发展不平衡规律的中心意识就是每一个社会和经济的繁荣并不一定带来文学、艺术、哲学等的繁荣，一个更高一级的社会所拥有的文学、艺术、哲学也绝非绝对必然地比低一级社会所拥有的更发达。至于这种不平衡的发展在特定的国家和特定的时代是如何表现的，为什么有的时代在某个国家出现了文学艺术的繁荣，而在另外一个国家就没有出现这样的繁荣，或者在同一个国家里有的时代文学艺术繁荣发达，而在有的时代又趋于没落，卢卡契认为，凡属这类问题都是一些具体的历史问题，而对具体的历史问题只有通过具体的历史分析才能找到合理的答案。正因为卢卡契对历史唯物主义的原理和马克思主义关于文学艺术的一般观点做了这样的理解，因而他在研究文学时总是从对象的具体情况出发，首先规定对象的特殊性，然后再进而深入分析其他问题。这种方法同样也是他研究文学史时所采用的方法。

卢卡契认为文学史是历史的一个组成部分。他在《历史小说》（1937年）、《欧洲现实主义研究》（1950年）、《当代现实主义的意义》等书中承认乔伊斯是真正的艺术家，但否认他的文学史观，否认他对文学史事件的静止看法。在他看来，不把人类生活包括文学视为历史环境的组成部分是一个严重的缺陷，这种缺陷甚至影响到了整个现代主义。他对德国文学的分析最为充分地体现了这一文学史观和总体性思想。当然，德国文学作为一个特定的对象有它自己的特殊性，同时它作为德国历史的一部分，它的特殊性又与德国历史发展的特殊性有密切的关系。因此，要规定德国文学的特殊性，就必须首先把握德国历史发展的特殊

---

① 范大灿：《文学是历史的一部分》，《文艺研究》1985年第1期。

性。那么,按照卢卡契的观点,德国的历史发展有哪些特点呢?即从16世纪到20世纪希特勒的法西斯统治,德国历史走的是一条非民主的发展道路,即使在经济发展已经超过英法等国的情况下,资产阶级的民主原则在德国也没有实现。这一总的特点在1848年革命失败前后又有不同的表现。1848年以前的基本状况是:由于农民战争这场伟大的革命遭受失败,德国历史的发展陷入停顿,甚至倒退,它的发展水平大大落后于英法等先进国家。而1848年革命以前,整个欧洲处在资产阶级民主革命的伟大时代。尽管德国本身的发展远远落后于整个欧洲的时代潮流,但它毕竟不能完全置身于这一伟大的潮流之外。当18世纪中叶德国的经济有所发展,市民阶级开始觉醒的时候,欧洲其他国家的先进思想就通过各种渠道越过德国各个小邦国的边界传入德国,德国先进的知识分子首先接受了这些思想,并以德国特有的方式开始为争取民主而斗争,不管他们的主观意图如何,客观上他们是在为在德国进行一场资产阶级民主革命做思想准备。这就是说,一方面,直到19世纪40年代德国历史的发展水平充其量也只不过相当于法国大革命以前法国的水平;另一方面,德国在意识形态领域却处于欧洲的最高水平。虽然经济落后,但德国却产生了从莱布尼兹到黑格尔的古典哲学,这个哲学以高度的科学水平分析了资产阶级社会的各种矛盾,在极其深刻的联系中揭示了存在与意识相对立的普遍规律,成为资产阶级思维方式的最高思想体现。从莱辛到海涅的德国文学是德国古典哲学的孪生兄弟,它在创作上也表现出了德国古典哲学那种伟大的气魄,具体地反映出了资产阶级人道主义最核心的问题。因此,德国文学作为意识形态的一部分,同德国哲学一样也同它的社会基础处于矛盾之中。卢卡契认为,这个矛盾性就是1848年以前德国文学最本质的特殊性。

首先,卢卡契主张"从莱辛到海涅的德国文学,就其实质而言,是为德国的资产阶级革命做思想准备;且不是为一场实际的革命做准备,而是在纯意识形态领域进行斗争,它关注的主要不是实际的存在,而是想象中的理想;它主要的意图不是从德国现存的现实中找出可以改变这个现实的倾向,而是要从思想上预见一个可以奉为典范的理想世界;它不是为一个具体的政治目标而斗争,而是要设想出人得以和谐发展、社会得以进步的可能。总之,德国文学提出的问题和对问题的解答都不超出意识形态的范围，带有纯意识形态的性质"。① 这样，德国文学的内容就缺少具体性，具有一般性和抽象性，像人、人类、人性等一般性的观念在德国文学中就比在任何其他欧洲国家的文学中都占有更重要的地位。另外，德国文学也缺乏法国文学那种战斗的精神，它所探讨的问题总是笼罩着一层理想主义、空想主义的迷雾，与现实的政治生活并无直接的联系。但是，卢卡契同时还指出，正因为德国文学提出的问题不超过意识形态的范围，德国作家就可以利用远离政治造成的"真空"充分发挥自己的思考力和想象力进行深入思考和深入塑造。这样，一些特别伟大的作家就能够挖掘出一些极其隐蔽但又极其深刻的问题，即这个时期德国文学的伟大之处并不在于它对这个时期德国的现实生活刻画得多么深入细致，而在于它的预见性。它预见到未来的生活倾向，它预感到革命成功后资产阶级社会的社会矛盾。

其次，卢卡契还认为，从启蒙运动以来的德国文学，由于同它的社会基础处于矛盾之中，因而它在形式方面也不同于法英等国的文学。一个最明显的例子就是直到19世纪中叶德国文学中没有产生一部真正现代意义上的长篇小说，而在法国和英国则产生了像巴尔扎克和狄更斯那样伟大的长篇小说作家。卢卡契认为，这不是因为德国作家缺乏写长篇小说的才能，而是德国的社会现实决定他们不可能写出这样的长篇小说。在德国，由于社会落后，诸侯割据，从现实生活本身很难概括出适合于现代长篇小说的情节。现实主义在德国不可能像在法国和英国那样有巨大的发展。但是，卢卡契又强调，这个差别并不意味着它们之间有高低之分，而是说明德国文学在形式上也有它的特殊性。即德国文学以德国哲学的伟大气魄具体地概括了人道主义最核心的问题，它的伟大在于它的预见性。因此，德国文学在形式方面的发展就不是发展表现新现实的新形式，而是追求和保持古代希腊艺术的美，美成了一项重要的原则。这就产生了德国特有的古典现实主义，它的典型范例就是歌德的幻想与寓意的、席勒的古典与理想的、霍夫曼的幻想与怪诞的写作手法。利用这些手法，既可避开德国鄙陋生活的束缚又能表现出生活中的重要倾向，既可表达深刻的思想又能保持形式的完善和艺术的美。当然，这

---

① 范大灿：《文学是历史的一部分》，《文艺研究》1985年第1期。

种古典现实主义只是特定历史时期的产物，就是说，只有在作家可以以静观的态度来对待现实生活的时候它才可以保持。一旦形势发生变化，作家被迫卷入现实的政治斗争，这种古典现实主义也就随之瓦解。所以，当1830年资产阶级民主革命正式提到议事日程的时候，以歌德为代表的古典文学同以黑格尔为代表的古典哲学一样都开始解体了。歌德临终前完成的《浮士德》第二部，无论就其内容，还是形式而言都是一部杰作，但它并不是一个伟大发展的起点，而是"最后的和弦"，成为一部"独一无二"的作品。

  1830年以后的德国文学也有一个显著的特点，就是所有重要的作家都自觉地把他们的文学创作同现实的政治斗争联系在一起。但是，这个时期的德国文学仍然没有产生19世纪的现实主义，即批判现实主义，因为德国作家提出的问题超出了德国鄙陋的现实。这一点在海涅身上表现得最为明显，他的理想中已包含了社会主义的远景，接近于无产阶级的思想。但另一方面，海涅毕生也没有真正接受无产阶级思想，他的思想始终停留在从激进的小资产阶级思想到无产阶级思想的过渡阶段。因此，尽管海涅的风格不同于莱辛、歌德和席勒，但他的基本精神与他的先辈是一脉相承的，即都坚持现实主义的基本原则，都为进步而斗争。直到1848年革命，占主导地位的倾向是通过民主化实现国家统一，实现民主是首要的任务。1848年革命失败以后，这个顺序就颠倒过来了，国家统一成了压倒一切的首要任务，民主成了可有可无的东西。到俾斯麦自上而下实行了国家统一以后，民主更成了批判和反对的对象。因此，卢卡契认为，从1848年革命失败起德国最终走上了一条非民主的乃至反民主的发展道路，文学中从莱辛到海涅的发展路线就中断了。只是到了20世纪初，经过迂回曲折的发展，这条路线才在亨利希·曼和托马斯·曼身上又有了新的发展，由此，卢卡契得出一个重要结论：德国文学最大的特点是它发展的"非连续性"。造成这种结果的原因就是德国历史的非民主的发展。卢卡契同时指出，文学史也有其自身发展的历程，他对文学的起源、文学与日常生活的相互作用，文学史上批判与继承等的论述，准确地标示出他的文学发展观。卢卡契认为，文学艺术作为一种意识形式，受经济发展的影响。从发生学的观点看，劳动产生了人，进而产生了语言，语言又逐渐与特定的对象相脱离，经由表象上升为概念,形成其抽象性、概念性特点。他一方面把文学艺术看成是人对自然的幻想性征服的巫术操演中分化出来,另一方面又从现实社会的横断面上观察艺术,把艺术看作从日常生活中分化出来,并最终通过它们对人类生活的作用和影响重新注入日常生活的人类活动。于是,文学满足了人类生活的需求,增强了人类的审美意识,同时人的审美需要又对艺术提出新的要求,以便在新的高度满足人更高的要求。文学的形式与内容就这样在生活的要求下逐渐趋于复杂和完美;不断发展着的文学又反作用于生活,逐渐提高人们的审美能力,这一辩证的观点体现了唯物史观的精神。卢卡契认为事物总是处于运动发展之中,这一发展过程是新事物对旧事物的扬弃,同时包含着批判与继承,文学史就是在批判继承中向前发展的,因此人们应当批判地继承一切优秀遗产,在新的历史条件下发展自己的现实主义文学。文学史的发展必定有其自身的连续性和继承性,所继承的当然是优秀传统文学的人民性、人道主义思想等具体的历史性以及与这种具体历史性相关联的"高度艺术形式的具体性"。[①]

三

关于文学史评价标准,卢卡契认为,马克思主义的原则不仅规定了研究文学史的基础和方法,而且也由此产生了评价文学史的标准,首先是民主和现实主义。文学是社会现实的反映,反映现实的真实性就成为文学史上伟大作品的重要标志。现实主义的原则就是要求文学真实地反映现实,因此,"伟大的文学和现实主义的文学在卢卡契的词汇中是同义词"。[②] 既然伟大的或者现实主义的文学忠实地反映了社会现实,那么,它也必定反映了人民的追求、愿望和痛苦。而在资产阶级社会,人民最根本的利益就是为民主而斗争,因此,伟大的文学是为真正的人民性、真正的民主而斗争的先锋,即任何伟大的、现实主义的文学都必定是为争取和维护民主而斗争的文学。为了更具体地了解卢卡契的这个观点,我们不妨看一下他是如何分析凯勒和布莱希特的。卢卡契认为,凯

---

① 中国社会科学院外国文学研究所外国文学研究资料丛刊编辑委员会编:《卢卡契文学论文集》(一),中国社会科学出版社1981年版,第169页。
② 范大灿:《文学是历史的一部分》,《文艺研究》1985年第1期。

勒曾长期留居德国，他亲身经历了德国的革命斗争，接受了费尔巴哈的唯物主义思想和德国古典文学的现实主义传统，而且他一生都在坚持这一思想立场和文学倾向。从这方面看，凯勒可算作是德国作家。另一方面，凯勒是个瑞士人，而瑞士是个有民主传统的国家，即使1848年以后民主精神在瑞士也没有泯灭。这样，当他离开业已成为反动的德国回到自己的故乡瑞士时，就不是像当时的德国作家那样为了避开反动的浊流而躲到故乡的狭小天地，而是在有民主传统的故乡继续为民主而斗争。从这个方面看，凯勒又是一个瑞士作家，因为他的主要作品都是以瑞士为背景的。正因为凯勒既是一个德国作家又是一个瑞士作家，也就是说，正因为他既接受并且坚持了德国先进的哲学思想和现实主义的传统，又有瑞士的民主制作为他生活和创作的基础，他才创作出了杰出的作品，跻身于世界伟大现实主义作家的行列。所以，卢卡契强调，1848年革命失败给德国文学的发展带来了巨大的损失，从凯勒的例子可以看出，如果1848年革命胜利的话，德国文学将会有多么大的发展。

布莱希特现在已是公认的20世纪德国最伟大的作家之一。但是，卢卡契却从来没有给过布莱希特这样的评价，为什么卢卡契看不到布莱希特的伟大，是他的眼力不及，还是故意贬低？可能两者都有，但都不是最主要的。根本的原因是他们俩对民主和现实主义有不同的观点。布莱希特在他的作品中把无产阶级革命看作直接的目的，把资产阶级民主当作主要批判对象。而根据卢卡契的观点，德国从来没有进行过真正的资产阶级民主革命，在德国根本谈不上有真正的资产阶级民主。在这种情况下，进行反对资产阶级民主的斗争，不管主观意图如何，客观上具有反民主的性质。正是从这一观点出发，卢卡契对第一次世界大战后兴起的包括布莱希特在内德国的社会主义文学基本上采取了批评的态度。其次，布莱希特在理论和实践方面的努力都是为了创立一种新的无产阶级的文学，主要吸收卡夫卡、乔伊斯、贝克特等现代资产阶级作家所创造的新形式。布莱希特的这些观点与卢卡契的观点针锋相对。第一，卢卡契认为，无产阶级的新文学不可能凭空创造，它虽与一切资产阶级文学有本质的差别，但前者是后者的有机发展。第二，无产阶级需要继承的是资产阶级文学中进步的主流，这个进步的主流就是以歌德、巴尔扎克、托尔斯泰为代表的现实主义传统。因此，无产阶级文学的发展不能离开这一现实主义文学的基础。第三，卢卡契认为，以卡夫卡、乔伊斯和贝克特为代表的资产阶级现代文学抛弃了现实主义的传统，仅在形式方面进行各种试验。这种反民主反现实主义的文学不仅不可能成为无产阶级文学发展的起点，而且无产阶级文学要想得到健康的发展，还必须不断地批判和清除这种文学所造成的影响。"根据上述观点，卢卡契当然不会认为布莱希特是一个伟大的现实主义作家，在他看来，布莱希特只能是一个有才华并具有社会主义倾向的、为创立带引号的'全新'文学的'形式试验者'。"[1] "从以上的例子可以看出，卢卡契把民主和现实主义看作是文学史上一切伟大文学的共同标志。从这里出发，他断定在文学发展史中既有现实主义与非现实主义的分野，也有民主与反民主的对立。而且因为这两者总是统一的，也可以概括成为进步与反动的斗争。因此，划清进步与反动的界限，就成为卢卡契研究文学发展过程所遵循的一项重要原则。"[2] 他论述从启蒙运动到1890年的德国文学的发展时所用的标题就是《德国文学中的进步与反动》，认为从18世纪中叶到第二次世界大战，二百年来德国文学史的发展都贯穿着进步与反动的斗争。按照这样的划分，在德国文学中就有两条对立的发展路线，一条是现实主义—民主—进步的发展路线，一条是非现实主义—反民主—反动的发展路线。前者就是我们已经谈到的从莱辛到海涅再经迂回曲折到亨利希·曼和托马斯·曼的发展路线。后者按照卢卡契的说法起源于浪漫派。他认为，早在施莱格尔的早期著作中就已经预示了日后颓废文学的各种特征。1848年革命失败以后，德国的反动势力取得了胜利，文学中的进步路线暂时中断，反动路线通过叔本华思想的影响占据了统治地位。1890年左右，德国进入帝国主义阶段，尼采思想支配了整个思想文化界，德国文学随之走向颓废。卢卡契不因为某些作家诸如巴尔扎克等人的世界观是反动的就否认他们在文学史上的成就，所谓"正确的批评必须通过艺术的、历史的和社会的分析反复指出，什么是今天的在客观上可能达到的现实主义，而这一点只有它有了一个标准，即一般的现实

---

[1] 范大灿：《文学是历史的一部分》，《文艺研究》1985年第1期。
[2] 范大灿：《文学是历史的一部分》，《文艺研究》1985年第1期。

主义才能做到"。① 而"当今国际和平运动的实践表明,把评价一个艺术家的政治和社会态度与评价他的艺术现实主义特性截然区别开来是完全可能的"。② 我们可以卢卡契对托尔斯泰和陀斯妥耶夫斯基的文学史分析为例,他主张文学史分析首先应谨慎地研究决定托尔斯泰或陀斯妥耶夫斯基存在方式的现实社会基础,研究在形成他们作为作家和作为人的特质之中受到影响的那种现实社会力量。进而研究他们的作品在客观上所代表的东西,他们真正的精神内容是什么,他们为了适应表达内容如何形成了他们的艺术形式。只有在认识了这些客观关系之后,才能解释这些作家主观意见本身及其对作品的影响。由此可见,卢卡契运用现实主义批评方法的文学史研究包括了对作家赖以产生的时代的考察、文本的考察、作家主观意识的考察及对作品影响和价值的估价。其重心不在社会分析,而在于文学分析。

四

综上所述,在卢卡契较为完整的文艺理论体系中,他已形成了比较系统的文学史理论,其主要成就体现在:

"首先,他确认马克思主义有一个完整的美学体系,并且视之为马克思主义理论不可分割的部分",③ 并运用于文学批评和文学史研究的实践之中;其次,"他的现实主义理论肯定了文学的客观源泉,同时也没忽视人的能动作用,坚持了唯物主义立场,强调了辩证法的作用,同一切唯心主义和机械唯物主义划清了界线";④ 再就是卢卡契的文学史理论"突出了文学的审美特性。他反对将文学与政治宣传等量齐观,反对图解概念,要求文学塑造以个性反映社会发展趋势的典型以反映社会本质,强调文学的情感体验和情感激发作用,这对当时的文学创作具有一

---

① 格奥尔格·卢卡契:《致安娜·西格斯》,《外国美学》第 2 辑,商务印书馆 1986 年版,第 424 页。
② 中国社会科学院外国文学研究所外国文学研究资料丛刊编辑委员会编:《卢卡契文学论文集》(二),中国社会科学出版社 1981 年版,第 114 页。
③ 复旦大学中文系文艺理论教研室编著:《马克思主义文艺理论发展史》,中国文联出版公司 1995 年版,第 651 页。
④ 复旦大学中文系文艺理论教研室编著:《马克思主义文艺理论发展史》,中国文联出版公司 1995 年版,第 652 页。

定的指导意义,对庸俗社会学也是一个有力的回击";① 第四则是对文学史上自然主义和一些现代主义作品的批评有其合理之处,诸如对左拉等人的作品游离于主题之外繁琐的细节描写、现代派文学对文学史传统虚无主义态度的批判是辩证的、合理的。

另一方面,卢卡契的文学史理论也有不恰当甚至背离马克思主义,不符合文学史实际的地方,诸如,"他把人道主义说成是马克思主义美学的中心,这显然是缺乏依据的"。② 马克思早已在他的《关于费尔巴哈的提纲》中为自己的美学思想提出了最重要的哲学基础,即以实践为特征的历史唯物主义。还有,他用现实主义的标准衡量文学史上所有作品是一种主观武断的做法,并把一切现代派的文学斥为颓废文学,这明显不利于文学的丰富多元和文学史的多样化发展,因而,严格说来,卢卡契的理论不是描述性的,而是非此即彼的评价性理论。再就是卢卡契的文学史理论概括的文学样式较少,带有一定的片面性,即仅仅局限于叙事性文学,其中十之八九是关于小说的理论,很显然是受黑格尔的启迪。黑格尔认为小说是唯一的现代的文学形式,在资本主义制度下史诗中的那种人和世界的整体性不能继续存在下去了,这时小说便试图重建这一整体。卢卡契进而认为这种整体性的再次实现在社会主义条件下是可能的,这便是他专注于小说很少兼及其他文学样式的原因。另外,卢卡契的文学史理论不是和语言密切相关的理论,他在分析语言时只是把语言看作像人物或体裁那样的形式的某种较高原则的一种功能或工具,换言之,他并不认为语言是文学作品的实体,而是这些模糊不清的形式的显而易见的媒介。

尽管如此,卢卡契运用他的文学史理论对德国文学史等所进行的全面深入的研究提出了许多独到深刻的见解,代表了继梅林之后运用马克思主义观点研究德国文学史的新水平,对德国文学史研究的发展具有重要的意义。

---

① 复旦大学中文系文艺理论教研室编著:《马克思主义文艺理论发展史》,中国文联出版公司1995年版,第652—653页。
② 复旦大学中文系文艺理论教研室编著:《马克思主义文艺理论发展史》,中国文联出版公司1995年版,第653页。

第四章 文学史模式论之三

文学是民族心灵的结晶，是时代精神的体现，而任何时代的精神都不是独立自足地发展的。若从历史决定论的角度追寻其产生原因，那么，历史的视野就不得不扩展到更广泛的社会经济文化现象上寻找文学发生发展的历史动因，即把文学史视为与人类其他历史方面，如思想史、文化史、经济史等没有根本区别的历史现象。这一切构成了他律论文学史模式的主要致思方向。

第一节 社会批评的文学史模式

文学史就是将文学按照历史的线索整理和排列出来，以显示文学的来龙去脉。它作为一个具有内在逻辑联系的整体至少与两个系统有关：一是文学内部的形式系统，一是文学外部的社会文化系统。而将历史的视野扩展到广泛的社会经济文化现象去寻找文学发生发展的历史动因的社会批评作为文学史模式中历史最久、影响最大、变化最剧烈的一种，在我国建国后的文学史舞台上一直扮演着最重要的角色，至今影响不衰，这就构成了梳理与整合这一模式特殊的学术和现实意义。

一

任何批评方法都有其发生和发展的过程，它不可能是无源之水、无本之木，社会批评也同样如此。在它尚未发展成一种独立的文学史模式之前，文艺学和美学领域就存在着相当丰富的文艺社会思想，从古希腊的柏拉图、亚里士多德到18世纪法国百科全书派的伏尔泰、卢梭和狄德罗，都有一些涉及文艺社会关系的专门论述，对后世社会批评方法的形成产生了一定的影响。意大利历史学家维柯在1725年发表的《新科学》一书中，把人类的发展划分为神的时代、人的时代两个阶段，根据希腊社会的发展阶段研究荷马的史诗及其作者，指出正是希腊社会的特点决定荷马的《伊利亚特》与《奥德赛》风格的不同，可谓是文学社会批评方法的滥觞。但《新科学》毕竟不是文艺理论专著，一种文学批评方法的建立有赖于专门化的理论著作。

到18世纪，随着资产阶级地位的急剧上升和社会生活的巨大变化，社会科学和自然科学的迅速发展与相互渗透的加强，拓宽了文学史的研究视野，使得对文学与社会关系的研究更加周密和深入。1800年，法国的史达尔夫人推出其著名的论著《从文学与社会制度的关系论文学》，她在序言中写道："我的主旨在于考察宗教、风尚和法律对文学的影响，以及文学对宗教、风尚和法律的影响。"[①]很显然，她接受了维柯的启发，继承了狄德罗关于文学与社会风尚相互联系和孟德斯鸠将地理、气候作为决定性格乃至决定文艺性质的因素的观点，进一步阐明了文学作品中形象有着十分具体的时代社会内容，在西方文学批评史上首先运用社会批评方法系统论述西欧各国不同时代的社会条件对该时代文学的影响，标志着社会批评方法开始走向系统和成熟。

运用孔德实证主义哲学方法的圣伯夫和泰纳则进一步完善和发扬了社会批评方法。与史达尔夫人的自然环境决定论不同，圣伯夫认为社会环境是形成文学运动的终极原因，他要在社会关系中寻找文学运动的终极原因，探讨有关文学家、文学史种种确实的、实证的事实，认为研究作家，应弄清他所属的种族、国家，生活的时代、家庭、交游、所受的教育以及他肉体和精神的特征等等，亦即要把文学研究作为人的"自然史"来研究，文学也就有了广泛的社会关联，从而奠定了社会批评方法的科学形态。泰纳则进一步发扬了社会批评方法，使其更加完善和系统。他在运用实证主义方法的同时还接受了达尔文的进化论思想，认为

[①] 史达尔夫人：《论文学》，徐继曾译，人民文学出版社1986年版，第12页。

研究文学与研究自然科学在方法上是类似的,应该用客观的态度、实事求是的精神,借鉴自然界的规律来解释文艺现象,探索和研究文学发展的规律,并提出了著名的文学决定于种族、环境、时代三要素的理论主张。

古典的社会批评方法历经维柯的"特定时代、特定方式"说、史达尔夫人的"民族精神"说、泰纳的"种族、时代、环境"三动因说和圣伯夫的传记批评,终于发展并确立起一套相当完整的理论体系。

二

进入20世纪,随着相互联系、相互促进而又相互制约的社会的发展和文艺自身的发展,马克思主义学说在全球的广泛传播以及19世纪后期兴起的人类学说对文学历史起源的发生学研究的直接启示,社会批评方法呈现出多元竞荣的格局,出现了不同角度、不同层次的文学史社会批评方法。其中包括侧重于社会学美学观点的理论,研究作品创作过程的理论,注重分析作品社会内涵的理论,研究文学消费的理论,分析文学社会环境的理论,庸俗社会学的理论,从经验论出发的理论,功能主义理论,发生学结构主义的理论等等。所有这一切运用社会批评方法来建构文学史演变模式的理论首先都离不开一个逻辑上的假定,即文学源于一定的社会经济文化背景,并受到这一背景的制约,因此,文学的历史思考须"先把文学置于每个社会的功能框架之中,再把它置于那个社会各个不同的层次之中",[1] 亦即巴赫金所说的文学史所关心的是根源性的文学环境中文学作品的具体生命,以及根源性的意识形态环境中的文学环境,最后是无处不在的根源性的社会经济背景中的意识形态环境。因此,文学史家的工作应该是考察文学与其他意识形态史和社会经济史之间连贯的交互关系。在这种方法论原则指导下,不同的学者建构了不同的参照系来透视文学历史发展及其社会根源,区分文学的不同历史分期及其主导风格,并形成了经济形态型、政治形态型、社会文化形态型、社会功能范畴型等几大类型:[2]

---

[1] 张英进、于沛编:《现当代西方文艺社会学探索》,海峡文艺出版社1987年版,第67页。

[2] 参见包忠文主编:《现代文学观念发展史》,江苏教育出版社1992年版,第133页。

从社会的经济方面来分析文学的历史发展起源于马克思关于经济基础决定上层建筑的理论,这是历史唯物主义的基本原理。上世纪有不少学者都沿着这条思路考察文学史。1978年,联合国教科文组织编辑出版了一本旨在总结社会科学研究的巨著,法国著名文学社会学家雅克·莱纳尔德在其中写道:"从19世纪开始,马克思主义就给了文学方面的社会学研究一个很好的出发点。"① "马克思主义在世界上广为传播,特别是20年代,在大多数国家都找到了信徒和追随者。"② 普列汉诺夫最早对马克思主义的文艺理论进行系统的研究,坚持文学作为一种意识形态是社会生活的产物,文学由社会的经济生活决定这一马克思主义的基本文艺思想,并进一步阐明,上述因果关系并不是直接的,而是有一些媒介物在其中起作用,诸如政治、哲学、心理、道德、宗教等。卢卡契的阶级意识和物化理论,本雅明的对技术复制时代艺术的历史变化之分析,阿多尔诺关于经济生产力与艺术生产力关系的阐释及其对现代化文化工业的批判等均属于这一研究类型。其中较有代表性的是戈德曼的"发生学结构主义"文学史社会批评方法。戈德曼早年受卢卡契影响创立了自称为"文学的辩证社会学"学说,20世纪60年代,当结构主义风靡西方时,他为了赶时髦而改贴"发生学(或生成)结构主义"的标签。"发生学"主要指这种方法致力于通过研究文学作品的不同结构和其中体现的不同类型世界观的功能作用,为一种特定的社会集团或阶级提炼出一种意义。"结构主义"则指这一方法注重研究文艺作品的形式,也就是说要研究组成作品的所有结构的要素及其社会涵义,着重点在作品结构同社会结构以及特定社会集团的思想体系结构之间的对应关系上。戈德曼认为属于人文科学的思维和思辨是从社会内部产生的,并且构成这一社会精神生活的一部分,因此,这些精神的东西也是整个社会生活的一部分,可以改变社会生活。而人类的一切行为都是对个人或集体主体的回答,这种回答构成使既成形势向主体所希望的方向变化的意图。因此,任何行为任何人类的事实都具备一个有意义的特征,但这种

---

① 张英进、于沛编:《现当代西方文艺社会学探索》,海峡文艺出版社1987年版,第68页。
② 江西省文联文艺理论室等编:《外国现代文艺批评方法论》,江西人民出版社1985年版,第574页。

特征并非总是明显的,研究者能够通过自己的工作使之明朗。从经济形态的变化上寻找原因确实能说明西方小说演变的某些根源,但他所说的文学结构、意识形态结构和经济结构有一种"同形关系",作品结构与作家所属集团的精神结构之间有着"严格的对应",显然是把复杂关系简单化了,忽视了其间所存在的种种中介环节。

政治形态型是从社会的政治制度、不同阶级的统治与被统治关系等方面来划分不同时期的文学及其风格面貌。英国著名批评家贝特森以社会发展的序列来划分英国诗歌的发展时期就运用了这一模式,他首先将历史分为六个时期:律师封建主义时期(亨利二世至爱德华三世)、自由民地主民主时期(爱德华三世至亨利七世)、王子臣仆的中央集权时期(亨利七世至克伦威尔)、地主寡头政治时期(查理二世至乔治三世)、商业财阀政治时期(乔治三世至乔治五世)、国家管理时期(乔治五世至今)。分别有六个具有代表性的诗歌流派与之相对应,即英法诗派、乔叟诗派、文艺复兴诗派、古典主义诗派、浪漫主义诗派和现代诗派。他的推论公式很简单:社会变化导致语言变化,语言变化再导致诗的变化。贝特森的模式与戈德曼的模式很相像,其区别在于前者加入了语言这一中介环节,多少减弱了社会政治影响文学的倾向。在以语言为媒介时,这些批评家所依据的基本假设是:社会本身离不开语言,语言是一种物质中介,人们依靠它而在社会中相互影响,意识形态是由语言以语言符号的形式而构成的。只是社会的影响不仅仅体现在语言上,因而这种模式的局限性是显而易见的。长期以来,我国的文学史著作均以1949年新中国建立作为中国现当代文学的分水岭,将当代文学分为前17年、十年"文化大革命"、新时期三个阶段,这其实属于政治形态型的范畴,1942年毛泽东《在延安文艺座谈会上的讲话》发表后,解放区文艺的发展特征与建国后17年文艺是基本趋同的,如文艺指导思想一致、文学发展方向一致、文学规范性趋同、文学为政治服务、文学的审美特征相似等等。这种分期却无视这一切,与贝特森的模式相比这种对应更为直接。对政治这种社会影响的最终来源过于强化导致了一种退步。

社会文化形态型是从社会特定阶段的总体特征上来剖析文学的历史变迁,较之前两种模式,这种从整体的社会特征来透视文学历史风格的做法在一定程度上克服了单纯从经济或政治方面来阐释文学历史发展的偏颇，而把社会视作一个复合体，表现出近年来社会批评转向文化剖析的倾向。美国学者拉姆齐的理论即属此类，他把古希腊以来的欧洲区分为四种社会形态并产生了相应的文学形态：统一的社会，特征是社会的团结，诗人觉得自己是社会的一员，荷马和维吉尔的史诗是代表；分化的社会，统一性瓦解，古典作品基督教化；威胁的社会，威胁来自上帝、瘟疫、战争乃至新的思想观念等，社会急剧动荡，诗人多以悲剧式的或启示式的作品表现忧患和不安；破碎的社会，亦即当代社会，特征为个人至上、多元论和不明确的价值观，文学特征多元化，诸如折中主义、信仰调和、神秘统一、个人异化、以混乱反映混乱、反讽和嘲弄等构成这种社会文学的历史面貌。美国学者弗雷德里克·詹姆逊从27岁时发表的第一部著作《萨特：一种风格的始源》（1961年）开始潜心于马克思主义和文化理论研究，吸收现代哲学、心理学、历史学和社会学的有益因素，构造了一个庞大的文化理论，以期发现文学历史发展的"文化逻辑"。他从生产方式决定社会意识形态乃至整个文化面貌，即经济基础决定上层建筑的唯物主义的历史决定论出发，将资本主义区分为市场的、垄断的、多国化的三种，相应地也就有了三种主导的"文化风格"，即现实主义、现代主义和后现代主义。他努力避免简单机械的因果分析模式，特别关注经济基础对上层建筑的意识形态影响的诸多中介环节，诸如语言媒介、对世界与自我的体验方式、心理结构与无意识以及复杂的思想观念等。注重上述中介环节交互影响文学史面貌的复杂性和整体关系，并将文学的历史发展置于相关的艺术发展中做平行交互的剖析，这表明了晚近的文学史社会文化形态趋于多元探索的方向。

社会功能范畴型则努力找出文学与社会之间的某种过渡环节，并以此为观察点对文学的历史风格进行概括。美国文学社会学的代表人物利奥·洛文塔尔以文学的社会功能范畴为核心区分出两种文学史形态：一是文学史的他为功能，即把文学结合到其他社会表现形态中去的倾向；二是文学的自为功能，从巴洛克时期到现代都体现出这一功能，如早期浪漫主义把文学当作逃避现实的避难所，当代通俗文学使大众有可能逃避各种社会问题的困扰等。法国学者迪维尼奥的理论也有相似之处，他以文学在一定历史阶段所表现出的审美形态为尺度，进而区分出不同的历史分期及其文化特征。这种模式既非纯粹的外在研究，也与形式史的内在研究有别，所阐释的文学发展如何受到外在文化环境诸方面的复杂影响这一观察视角比起单纯用经济或政治因素来直接推演文学变迁和风格演进的方法，它更为注重文学史内部的某些特征和递传规律。

三

社会批评方法作为文学史研究诸种方法中视野最为广阔的一种，它把具体文学现象置于社会文化这样一个大的参照系中予以多角度的考察，的确能透视到其他的诸种模式无法窥测到的本质性的东西。若缺乏这一参照系，对文学史本性和文化风貌的理解必将是片面的。运用社会批评方法的可能性和必要性主要有以下几个方面。

首先，文学是一种社会性的实践，是人际间思想感情交流的媒介。它从社会中来，回到社会中去。所谓"文学与社会之间的联系是相辅相成的，文学既是社会之果，也是社会之因"。[①]

其次，文学的手段是社会的创造物，文学所使用的语言便是一种社会集体约定俗成的交际符号，文学创造出来后，必然要回到社会中去。因为文学作品，即使是描写心理活动的作品，只有被人阅读才存在，无人阅读的作品当然就谈不上什么文学。

再次，社会批评所揭示的文学与社会联系的层面具有最大的适应性。凡属文学作品中所反映的政治、经济、伦理、道德、职业、风俗、心理、家庭、恋爱、地理、气候（社会化了的自然）、一切群体或个体的生活，无不属于社会的范畴，无不在社会学的审视范围之内，无不可以借此衡量文学的深度与广度。所以文学所再现或表现的内容均有着直接或间接的社会性。

另外，社会批评方法还特别适用于文学史上用现实主义的方法反映生活的作品，因为现实主义创作方法直接描写种种社会现象，一直到它的细节，并以反映社会生活包括它的内在规律的真实程度作为检验文学真实性和艺术性的标准，这为社会批评提供了广阔的施展空间。

美国著名批评家克兰曾为文学史研究开列了四个他认为天经地义的任务，所谓文学史家的共同事业是依照以下四个方面写出多种文学艺术

---

① 魏伯·司各特编著：《西方文艺批评的五种模式》，蓝仁哲译，重庆出版社1983年版，第65页。

叙述性的因果历史:"(1)不同时间地点作家所追求艺术或形式目标的连续变化;(2)实现这些目标所凭借的材料的连续变化;(3)这些不同材料中为达到不同形式所采用的更有效或至少是新的技巧手段的连续发现;(4)与历史相关的不同艺术的有艺术价值和历史意义的作品生产中,所有这些变化可能性的连续实现。"① 若以此为标准来衡量社会批评方法,我们就可以发现其局限性:

其一,忽略创作主体即作家个人的生命特征和个性特征。文学史绝非遗留至今死的材料,它固然是过去,但这过去曾经而且仍然充满了生命,研究文学史首先就要重构这种过去的生命。过去每一位作家在创造作品时都积蓄了大量的生命体验,都是一个活生生的、有痛苦、有欢乐、有思想、有欲望的存在,他们提供的作品是其生命体验的结晶,是与他的整个生命过程息息相关的。如果我们不以人的眼光,不从作品内在的视角去观照作家,就无法洞明其真实的、隐秘的、幽深的内心世界,也就无法真正地把握各种纷繁复杂的文学现象。

其二,社会批评多采用外在的历史分期标准,诸如从生产方式、政治制度、社会形态或总的社会文化特征等出发,甚至连历史分期的术语都直接采用政治学、经济学、宗教或一般文化学概念,忽视文学史和文学风格发展自身的阶段性特征,文学发展的内在逻辑完全被各种外在逻辑所取代,文学体裁、作品风格、母题、形象、技巧乃至语言传统等方面的变化完全淹没在外在文化范畴里,这种文学史可谓是社会史的文学分支。其实文学史发展及其阶段性特征与社会政治经济的发展并非完全吻合,马克思所提出的文学与社会发展水平存在着不平衡现象的论断可谓是最好的证明。

其三,社会批评不能完美地阐释文学与社会经济文化环境的关系问题。可以肯定社会的政治、经济因素会影响文学,但同样可以肯定,这种影响不是直接的、外在的,而是通过某些内在机制和中介环节起作用。许多人在运用社会批评方法时往往存在着简单印证或直接推论等弊病,戈德曼的"发生学结构主义"就存在着这样的不足。当然也有不少学者认识到了这一点而尝试引进诸多中介来阐释文学与社会的关系,诸

---

① 转引自包忠文主编:《现代文学观念发展史》,江苏教育出版社1992年版,第133页。

如形式（卢卡契）、集团精神结构（戈德曼）、语言（贝特森）等，加强对中介的分析。在对文学与社会关系的探讨上侧重点也不尽相同，戈德曼坚信文学史与社会发展是一种"同形关系"，阿多尔诺则坚持艺术本质的双重性，它既是社会现象又是自律的领域，因而更关注文学站在社会对立面对社会否定批判的力量，关注它对社会的反作用。尽管如此，对文学与社会关系，对马克思所提出的"不平衡"的原因至今尚未有令人信服的阐释。所以巴赫金认为"每一种文学现象同时既是从外部也是从内部被决定的，从内部——由文学本身所决定，从外部——由社会生活的其他领域所决定"，但"文学的作品首先而且直接由文学本身来决定"。[①] 因此文学史研究就如面对着一座艺术宫殿，既要走进去细细品赏，又要退出来进行外在的观照，只有这样才能得出全面、客观并切合文学史特性的结论。

四

曾几何时，社会批评方法几乎被视为与庸俗社会学等同而蒙上恶谥，这是不公平的。前苏联庸俗社会学的代表人物弗里契和彼列威尔泽夫等片面解释马克思主义关于意识形态的阶段制约性原理，形成了文学史过程简单化和公式化的观点体系，导致了它自身的枯燥乏味、简单教条。但这并非社会批评方法本身的过错，为此我们必须加以甄别。

当然，也有人认为社会批评作为一种古老的方法已经过时。其实，只要文学与社会联系这一层面永不消失（它也永远不会消失，文学在本源上就是具有社会性的），社会批评就有其存在的价值。1984年，法国当代著名文学批评史家罗歇·法约尔应邀来我国讲学时，曾谈到当今文学批评的四大趋势，实际上是将国外当前名目繁多的批评理论和研究方法概括为四种，即：阐释文本中所有的内在关系，寻找作品与作者的一切联系，挖掘作品与作者所处的社会环境之间的关系，研究作品对读者产生的效果。他对第三种亦即社会批评方法最为肯定，认为"在优秀的社会学逻辑方法中，分析那些被看作是具有文学性的作品在特定的历史环境中，是通过何种制度的渠道出现的，实际上这难道不是主要的吗？"[②] 法约尔还谈到，

[①] 巴赫金等：《文艺学中的形式主义方法》，漓江出版社1989年版，第37、38页。
[②] 张英进、于沛编：《现当代西方文艺社会学探索》，海峡文艺出版社1987年版，第18页。

从1960年代开始，法国的文艺社会学研究开始重视德国法兰克福学派的研究成果，不仅从符号学、结构主义汲取营养，也从马克思主义获得启迪。甚至连不太赞成社会批评方法的美国著名文学理论家韦勒克也说："文学无论如何都脱离不了下面三方面的问题：作家的社会学、作品本身的社会内容以及文学对社会的影响等。""的确，文学的产生通常与某些特殊的社会实践有密切的联系；而在原始社会，我们甚至不大可能把诗与宗教仪式、巫术、劳动或游戏等划分开来。文学具有一定的社会功能或'效用'，它不单是个人的事情。因此，文学研究中所提出的大多数问题是社会问题，至少终归是或从含义上看是如此。"[1] 现在，在西方文论界，社会环境同文学之间的关系比以往受到了更多的重视，盛行一时的结构主义、后结构主义已让位于一种批评方法上新的"折衷主义"，这种方法在全面分析作品时努力寻求任何与该作品有关的材料，新马克思主义批评家将后结构主义同马克思主义关于社会是文学的基础这一观点结合在一起。亦即社会批评方法在注重社会条件变化的同时也取得了对作品及个人方面足够敏锐的注意，它可以在对诸多理论与方法进行思辨、扬弃的基础上建立起自己综合的方法体系，显示出极大的覆盖面，不仅坚持理论思辨，同时也注意运用社会学研究的具体方法，这种多样化的趋势可以归纳为以下几个方面：

第一，作为他律论文学史模式（亦即外在批评）代表的社会批评方法与俄国形式主义、英美新批评、捷克和法国结构主义、心理分析批评等自律论的文学史模式（亦即内在批评）开始对从对垒走向综合。社会批评注重批评与意识形态背景的关系，相对轻视对作品的内在分析，文学史为了穷尽并准确地把握这一切，就必须学习和借鉴别的批评方法的长处，并对传统的社会批评进行创造性转化。这种趋势在豪泽尔的《文艺社会史》和《艺术史哲学》、戈德曼的《小说社会学》、沃尔夫林的《艺术史原理》、朱丽娅·克里斯特娃的《小说文本》以及阿多尔诺的音乐社会学研究中得到了较为充分的实践，并对社会批评方法的发展提供了极重要的启示。本杰明认为作家从某种意义上说也是生产劳动者，而读者也不是消极被动地接受文学作品并领受其中的道德教训和谐趣的，

---

[1] 韦勒克、沃伦：《文学理论》，刘象愚等译，三联书店1984年版，第92页。

作为接受者的读者大众同作为生产者的作家之间的关系是相互合作的关系，读者应从被动走向主动，积极参与阅读欣赏过程。阿多尔诺在致力于自律与他律融汇贯通的同时，明确主张应当从两个方面反思文学史，即一方面是作为自身存在的艺术，一方面是它与社会的联系。当然，尝试从形式的观点显示作品特殊结构的倾向必然会碰到一个历史的问题，即一种纯粹内在的艺术批评是不可能的，它也必须尝试一种综合的方法。克里斯特娃在其专著《小说文本》中分析法国小说家安托南·德拉萨勒、热昂·德圣特雷作品中的"赞颂描写"和"引语"的文本功能时，极为明显地显示了社会批评方法的前景，她把赞颂描写置于确切的社会经济根源中去加以考察，认为这些描写产生于飞速发展的 15 世纪市场中的语言习惯等。杜夫海纳在《美学与艺术科学主潮》中对社会批评这种鱼与熊掌均吾所欲的态势做了一个很好的总结：艺术背景中的进化用与一般历史背景相同的眼光是无法发现的。但几乎不能否定总体历史过程的存在——文学史不仅与这种社会变化的总体历史进程相联系，而且与文学内部的运动相联系。在当代，文学史家在建立一种对作品进行历史解释的同时又强调对其审美特征的注意，关键是对外在与内在批评相加或并列关系的超越。

第二，对社会文化与文本结构之"中介"的寻求。文学源于一定的社会经济文化背景，并受到这一背景的制约，正如一棵树的生长有赖于它所植根的土壤一样，但文学不等于社会文化，其间需经历一定的中介环节。象征主义诗人叶芝曾说过一句很有启发性的话："一种感情在找到它的表现形式——颜色、声音、形状或某种兼而有之物之前，是并不存在的，或者说是不可感知的，也是没有生气的。"在这个意义上，我国文论界和文学史界长期坚持的"政治中介"和普列汉诺夫的"社会心理中介"并不是真正的中介。在寻求中介的道路上，较有特色和启发性的当推巴赫金的"文学环境"说、卡冈的"艺术文化"说、卢卡契的"形式中介"说、戈德曼的"集团精神结构"说、贝特森的"语言中介"说，等等。它使文学史研究呈现出日益接近其原生态的可能性。

第三，引进和借鉴当代社会学的方法。此乃近年来社会批评普遍采用的方法，它通过社会调查，通过不同年龄、性别、职业的详细统计材料，考察人们对文学的喜好和评价，从社会反映和社会心理测量去分析文学作品的优劣高下,从而使作家、艺术家在这种反馈过程中汲取必要的营养,调整自己创作活动的重心。法国波尔多大学人文科学和文学系所成立的"文学事实的社会学研究中心"从名称上看就可以知道这些学者们是注重从社会学角度研究文学现象的,所提出的"文学事实"这一概念也表明他们对作为现象的文学比作为概念范畴的文学更感兴趣。也就是说,他们要运用社会学方法来剖析一个个具体的文学现象(如创作生产、出版发行、消费阅读),而不是从概念到概念地对文学进行思辨。该中心的研究指导思想主要有三条:一是掌握文学史的社会尺度;二是考察文学行为社会机制;三是研究文学事实的物质条件。运用的研究方法主要有两种:历史的方法和社会调查的方法。所谓历史的方法就是:建立卡片系统,在卡片上将信息译成代码,尽可能利用穿孔卡片,也运用先进的科技手段,如计算机处理等,将作家和作品有关资料转变成有关数据,用系统统计的方法对文学创作产生及与之相应的当时的历史背景进行考察;精心整理档案、信件、报纸、书籍目录、出版说明书和其他同文学社会过程有关的资料,来研究不同时代中的一般阅读及其发展变化;清查和整理有关文献资料,对不同时代中文学现象的物质条件进行研究(如阅读状况、出版社、书籍市场等),也对不受重视的文学现象如俗文学、大众文学及流动售书现象进行认真考察。所谓社会调查方法就是:通过深入询问和集中访问方法进行调查,目的在于掌握某一文化团体内部情况,对古代或现当代文学作品内容及报纸的内容进行分析。在两种方法中,以历史方法为主,社会调查为辅。这同以往以主观印象、主观思辨为主,考虑有限范围内文学社会现象为辅的文学史批评和研究方法相比可谓是前进了一大步。

作为波尔多学派代表人物的罗贝尔·埃斯卡皮在其《文学社会学》一书中就大量运用了社会调查和统计方法,并吸收和运用其他方法的长处。他指出:统计资料可以反映出文学事实的概貌,但要解释这些资料则需借助另一种类型的客观资料。这类客观资料要通过对围绕着文学事实的社会结构的研究,以及对文学事实起制约作用的各种技术手段的研究才能获得,诸如政治制度、文化结构、阶级、社会阶层及等级、职业、消遣内容、文化程度、作家、书商及出版商的合法经济地位、语言问题、书籍历史等等,还要用总体文学或比较文学的方法来研究具体事件：一部作品的命运，一种体裁或一种文体的发展演变，主题的处理，某一神话的历史，周围环境的确定等等，到这时，主观的材料才开始起作用。研究人员依靠调查的材料、讯问的笔录、书面或口头的证词，再整理"事件史"提供的材料，最终可以发掘出客观观察到的各种现象的全部意义。这种不囿于门户之见兼收并蓄的研究方法对文学史社会批评方法的未来发展是极具启迪意义的。

第四，智力场的批评层。由作家、批评家及作家与读者的中间人——出版商、发行商或负责评价作品的记者等组成的传播媒介，在社会上具有一定的地位和权威性，有着较大的影响力。在智力场中，每个成员都由自己的地位所决定，而这种地位既决定该成员介入整个文化场的程度，又决定它在体系中的功能作用。这就使得创作计划在形成时要参考这个智力场，参考智力场给作家所提供的客观真实。而批评家则首先对其作品"在文化上的合法性"进行评价，判定其高低。这就使得文学史家们面对纷纭繁复的文学史现象时，审视的目光必须兼及智力场的审美观及其对文学的影响。

事实表明，文学史社会批评方法若拘泥于把作品仅仅看成时代和环境的简单产品，忽视创作主体即作家个人的生命特征和个性特征，忽视文学史分期以及文学风格研究的自身阶级性特征，忽视完美地研究与阐释文学史与社会经济文化环境之间的关系等问题是远远不够的。因为社会比作品包容着更多的内容，即社会不仅仅在作品的产生与存在时起作用，它还在自己的接受者（读者、观众、听众）那儿展示出来。可以毫不夸张地说社会贯串于作品始终，它不厌其烦地在其中表现出来。因而，文学史社会批评方法不应把给作品确定一个产生地、一种社会来源的标志或意识形态上的延续标志作为自己的唯一目的。今天，随着社会的发展，社会科学研究的不断深入，文学史社会批评方法的发展也日趋复杂和多样化，这已远非亚里士多德、史达尔夫人以及泰纳时代所能比拟。而每个时代的文学史都应该达到自己时代的高度，我们正处于一个思考的时代，一个探索的时代，现在对文学史社会批评方法现实型态与未来走向分析还很难用"科学"与"准确"两词来评价，但这正体现了我们的思考与探索。

第二节　进化论的文学史模式

"进化的观念在西方是源远流长的，远在达尔文系统的进化论诞生之前，人们就用进化的概念去描述阐释文学的发展过程。这类历史模式的基本特征，是用有机体（如植物等）初生——成长——兴盛——衰亡的生命过程，来类比文学的演变，小至一种文学体裁、风格，大至整个民族的文化。"① 亚里士多德就曾指出，悲剧有一个渐趋成熟的发展过程，一旦达到了完善的地步，以后便不再发展了。18世纪以来，随着生物学、社会学和人类学的发展，进化观念在文学史研究中运用得越来越普遍。如德国诗人施莱格尔就曾把希腊诗歌的发展构想为物种自然进化的序列，不可避免地要经历发生、发展、开花、成熟、演变和衰亡的过程。1763年，J. 布朗在尝试对诗歌的总体历史进行探索时，就对进化理论进行了详尽的阐述。温克尔曼1764年出版的《古代艺术史》是第一部使用丰富的具体知识对进化理论体系进行追溯的艺术史。他对希腊雕塑的发展和衰落过程进行了全面的分析，并将这一过程分为四个阶段：初期风格雄伟而富于青春活力，伯里克利时期趋于成熟并达到完美，接着出现了模仿蜂起的衰落期，最后是可悲的希腊化时期。黑格尔的辩证发展论代表了进化论的另一种形式，在《美学》讲演录中，他将文学和艺术分为从史诗到抒情诗，再到戏剧，以及象征艺术到古典艺术，再到浪漫艺术的三个阶段。19世纪达尔文进化论的出现进一步促进了这种探讨和思考，文学史家们不但把成长衰亡的模式加以精致化，甚至将"生存竞争"和"自然选择"的概念运用来解释文学成长的历史原因。法国文学史家吕纳蒂耶就坚信文学的类型（体裁）是和物种一样的存在物，有一个发生、兴盛和衰亡的进化程序，且在这些类型的发展史中充满了"生存竞争"，其结果是有些类型在竞争中消失了，有的则不得不改变形态而衍生成新的类型。如法国悲剧发轫于热代尔，成熟于高乃依，老朽于伏尔泰，衰微于雨果。J. A. 西蒙兹在对伊丽莎白时代戏剧史的研究中

---

① 包忠文主编：《现代文学观念发展史》，江苏教育出版社1992年版，第98页。

严格地应用了生物的类比,他证明伊丽莎白时代的戏剧经历了一个萌芽、扩张、鼎盛和衰亡等阶段组成的界线分明的过程。莫尔顿将进化论应于莎士比亚研究中,并在1915年出版的《文学的现代研究》中鲜明地体现了这一原理。①

文学中变化亦或进化的观念在中国很早就产生了。② 汉儒在《诗大序》里在对先秦文学的总结中就提出了"变风"、"变雅"的概念。魏晋六朝进入了文学的自觉时代,文学体裁和风格处于不断创新之中,出现了挚虞《文章流别论》等对于文学体裁流派等自觉地加以考察和总结的理论批评著作,流变和创新的观念开始流行。萧统在《文选序》中阐述了诗赋等文体之间的演变问题,且结合历史对诗体的发展做了考察与说明,明显具有一种历史的眼光。他说"盖踵其事而增华,变其本而加厉;物既有之,文亦宜然;随时变改,难可详悉"。③ 沈约在《宋书·谢灵运传论》中以史家的眼光考察了文学的发展。他首先探讨了文学的起源,以为"志动于中,则歌咏外发";"然则歌咏所兴,宜自生民始也"。认为自有人类产生即有文学出现,这无疑是一种符合近代文学研究者口味的观点。沈约随后从有文字记录的"周室既衰"开始,随着时代的发展、文学的演变,一直叙到宋氏的"颜、谢腾声",其间还列举名作,并附带提出了独得之秘的声律论,对古往今来的文学演变做了综合说明。他所做的一些分析很有参考价值,例如其中说到"自汉至魏四百徐年,辞人才子,文体三变:相如工为形似之言,二班长于情理之说,子建、仲宣以气质为体,并标能擅美,独映当时"。文中论及玄言诗的一段成了后代文学史研究者无可替代的指导性意见。在这样一个充分认识到了文学的变迁的时代,萧子显更把创新作为一种规律加以强调:"若无新变,不能代雄。"④ 他对萧齐一代文学的分析先从前此文学的发展叙起,以见文章的源流演变,而后又总结道:今之文章,作者虽众,总而为论,略有三体。一则启心闲绎,托辞华旷,虽存巧绮,终致迂回,宜

---

① 参见包忠文主编:《现代文学观念发展史》,江苏教育出版社1992年版,第98—99页。
② 旷新年:《文学革命:进化文学史观》,《涪陵师专学报》1999年第4期。
③ 萧统:《文选·序》,《文选》上册,中华书局1977年版,第1页。
④ 萧子显:《南齐书·文学传论》,郭绍虞主编:《中国历代文论选》(第1册),上海古籍出版社1980年版,第265页。

登公宴,本非准的。而疏慢阐缓,膏育之病;典正可采,酷不入情。此体之源,出灵运无成也。次则缉事比类,非对不发,博物可嘉,职成拘制。或全借古语,用申今情,崎岖牵引,直为偶说。唯睹事例,顿失清采。此则傅咸五经,应璩指事,虽不全似,可以类从。次则发唱惊挺,操调险急,雕藻淫艳,倾炫心魂。亦犹五色之有红紫,八音之有郑卫。斯鲍照之遗烈也。这种分析概括性强,甚为深入。刘勰在《明序》篇的开端说:"时运交移,质文代变,古今情理,如可言乎!"认为文学的发展,文风的递变,如能结合古今文士的心态与民情风俗进行考察都是可以阐述清楚的。文中还进一步总结道:"故知文变染乎世情,兴废系乎时序,原始以要终,虽百世可知也。"这种精辟的意见一直指导着后世的文学史研究。可见,在魏晋六朝时代,文学的发展变化已经成为一个被明显地意识到了的历史现象,而创新更成为这一时期一个理论和创作的重要特色和自觉要求。

"传统诗文在唐宋进入了发展高峰,宋代江西诗派在'夺胎换骨'、'点铁成金'等方法中追求新变,至明代,以前后七子为代表,复古之风久盛不衰,拟古的弊病日见明显,复古派的理论也不得不发生变化。至明末公安派则转向嗜奇、好新、尚变,在传统文论中,有一种明显的变异色彩。"① 七子之后的"末五子"胡应麟、屠隆等人的诗论和文论中对于变化的理论阐述已经成为一种重要的色彩。胡应麟在《诗薮》中论述诗歌发展变化的历史轨迹时说:"四言变而《离骚》,《离骚》变而五言,五言变而七言,七言变而律诗,律诗变而绝句,诗之体以代变也。《三百篇》降而《骚》,骚降而汉,汉降而魏,魏降而六朝,六朝降而三唐,诗之格以代降也。上下千年,虽气运推移,文质迭尚,而异曲同工,咸臻厥美。"② 他从时代、体裁、风格和创作方法等各个方面描述了诗歌的变化,他认为这种变化是不可避免的历史规律。文学的长期发展变化导致了一种鲜明的历史意识的出现,构成了一个文学考察与评价的历史系统,自觉地去追求和总结文学发展的历史规律。胡应麟的诗论明显地体现出一种历史主义倾向,因此变化的、历史的意识自然代替对

---

① 旷新年:《文学革命:进化文学史观》,《涪陵师专学报》1999年第4期。
② 胡应麟:《诗薮》,郭绍虞主编:《中国历代文论选》(第3册),上海古籍出版社1980年版,第114页。

古代的崇拜与模仿的意识。在屠隆的诗文论中，变化的色彩更为鲜明。"诗之变随世递迁，天地有劫，沧桑有改，而况诗乎？善论诗者，政不必区区以古绳今，各求其至可也！论汉、魏者，当就汉、魏求其至处，不必责其不如《三百篇》；论六朝者，当就六朝求其至处，不必责其不如汉、魏；论唐人者，当就唐人求其至处，不必责其不如六朝……如必相袭而后为佳，诗止《三百篇》，删后果无诗矣！"[1] 他认为每一时代、每个人都有自己独特的风格个性，因此，他批评明代拘于复古摹拟而缺少自我创造的精神。胡应麟和屠隆的诗文理论是七子的修正，也是公安派的理论先声。真正公开反抗七子的复古摹拟，明确主张文学的求变和创新，尝试改变一代文学风气的是公安派。非圣叛道的李贽是公安派的思想先驱。他将王阳明的"致良知"发展成为"童心说"，反对明代的复古主义和摹拟的风气，把眼光投向新兴的小说、戏剧、八股文等通俗文学和新兴体裁。公安派的主要代表人物是袁宏道，求变的观念是他文学思想中的重要内容。"夫古有古之时，今有今之时，袭古人语言之迹而冒以为古，是处严冬而袭夏之葛者也。《骚》之不袭雅也，雅之体穷于怨，不骚不足以寄也。"[2] 时代变化了，文学的内容改变了，文学的风格形式也不能不随着发生变化。他对文学倾向于一种历史主义的态度，反对盲目崇拜和模仿古代作家，认为文学随时代而变迁，各有不同的价值和意义。如果刻舟求剑、胶柱鼓瑟就是违背这种发展变化的自然规律。他说："世道既变，文亦因之，今之不必摹古者也亦势也。"[3] 袁宏道以及公安派主张独抒性灵，反对尊古拟古，他们将文学的发展变化视为一种历史现象和必然规律，他们的文论中包含了丰富的进化思想。

明清之际，在"天崩地解"的历史巨变中出现了顾炎武和黄宗羲等一代启蒙大师。他们将理学的讨论转变为一代历史的知识，在中国思想史上具有鲜明的近代转型的性质。同样，他们把文学思想也推进到了新的时代。在拟古与创新的问题上，在对于文学发展规律的探索上，他们

---

[1] 屠隆：《鸿苞》（卷十七），郭绍虞主编：《中国历代文论选》（第3册），上海古籍出版社1980年版，第147—148页。

[2] 袁宏道：《雪涛阁集序》，郭绍虞主编：《中国历代文论选》（第3册），上海古籍出版社1980年版，第205页。

[3] 袁宏道：《与江进之》，郭绍虞主编：《中国历代文论选》（第3册），上海古籍出版社1980年版，第210页。

都有新的看法。明确批评明代炽盛的复古之风。顾炎武说:"近代文章之病,全在模仿。"① 他在与友人书中直言不讳地指出:"君诗之病在于有杜,君文之病在于有韩欧。有此蹊径于胸中,便终身不脱依傍二字,断不能登峰造极。"② 他在《文人求古之病》中说:"《后周书·柳虬传》:时人论文体有今古之异,虬以为时有今古,非文有今古。此至当之论。夫今之不能为二汉,犹二汉之不能为《尚书》、《左氏》。乃剿取《史》、《汉》中文法,以为古甚者,猎其一二字句,用之于文,殊为不称。"③ 他还从社会时代以及语言形式等方面探讨了文学发展变化的历史规律。而在清代汉学的复古潮流中,文学中变化和发展的意识仍在生长。叶燮在《原诗》中不仅将文学看成是不断发展和变化的,而且否定了前者为正而必盛,后者为变而必衰的复古论调,从发展变化的文学史观出发对韩愈等人在文学史上的地位给予充分的肯定。他说:"唐诗为八代以来一大变,韩愈为唐诗之一大变。其力大,其思雄,崛起特为鼻祖。宋之苏、梅、欧、苏、王、黄,皆愈为之发其端,可谓极盛。而俗儒且谓愈诗大变汉魏,大变盛唐,格格而不许。何异居蚯蚓之穴,习闻其长鸣,听洪钟之响而怪之,窃窃然议之也!"④ 袁枚的文学主张在清代颇具特色,他力主求变求新,将文学的变化认作一种客观的自然规律,胡适极力称赞他有文学革命思想。清代诗人赵翼认为"诗文随世运,无日不趋新"。⑤ "满眼生机转化钧,天工人巧日争新。预支五百年新意,到了千年又觉陈。李杜诗篇万口传,至今已觉不新鲜。江山代有才人出,各领风骚数百年。"⑥

真正从文学形式的内部来考察中国文学发展变化的是焦循。他在《易余籥录》卷十五中提出了文学"一代有一代之所胜"的著名论点,

---

① 顾炎武:《文人模仿之病》,《日知录集释》(卷19),花山文艺出版社1991年版,第853页。
② 顾炎武:《与人书十七》,《顾亭林诗文集》,中华书局1983年版,第95页。
③ 顾炎武:《文人求古之病》,《日知录集释》(卷19),花山文艺出版社1991年版,第857页。
④ 叶燮:《原诗·内编》(上),《原诗·一瓢诗话·说诗晬语》人民文学出版社1979年版,第3页。
⑤ 赵翼:《论诗》,郭绍虞主编:《中国历代文论选》(第三册),上海古籍出版社1980年版,第494页。
⑥ 赵翼:《论诗》,郭绍虞主编:《中国历代文论选》(第三册),上海古籍出版社1980年版,第496—497页。

今将有关文字引录如下:"商之诗,仅存颂。周则备风、雅、颂,载诸《三百篇》者尚矣。而楚骚之体,则《三百篇》所无也,此屈、宋为周末大家。其韦玄成父子以后之四言,则《三百篇》之徐气游魂。汉之赋为周、秦所无,故司马相如、扬雄、班固、张衡,为四百年作者,而东方朔、刘向、王逸之骚,仍未脱周、楚之窠臼矣。其魏、晋以后之赋,则汉赋之徐气游魂也。楚骚发源于《三百篇》,汉赋发源于周末。五言诗发源于汉之十九首,及苏、李而建安,而后历晋、宋、齐、梁、陈、周、隋,于此为盛。一变于晋之潘、陆,宋之颜、谢。易朴为雕,化奇为偶。然晋、宋以前,未知有声韵也,沈约卓然创始,指出四声。自时厥后,变蹈厉为和柔。宣城(谢朓)、水部(何逊)冠冕齐、梁,又开潘、陆、颜、谢所未有矣。齐、梁者,枢纽于古、律之间者也。至唐遂专以律传。杜甫、刘长卿、孟浩然、王维、李白、崔颢、白居易、李商隐等之五律、七律,六朝以前所未有也。若陈子昂、张九龄、韦应物之五言古诗,不出汉魏人之所范围。故论唐人诗,以七律、五律为先,七古、七绝次之。诗之境至是尽矣。晚唐渐有词,兴于五代,而盛于宋,为唐以前所无。故论宋宜取其词,前则秦(观)、柳(永)、苏(轼)、晁(补之),后则周(密)、吴(文英)、姜(夔)、水部(何逊)冠冕齐、(梁)、蒋(捷),足与魏之曹、刘,唐之李、杜,相辉映焉。其诗人之有西昆、西江诸派,不过唐人之绪徐,不足评其乖合矣。词之体,尽于南宋,而金、元乃变为曲,关汉卿、乔梦符、马东篱、张小山等为一代枹手,乃谈者不取其曲,仍论其诗,失之矣。有明二百七十年,镂心刻骨于八股,如胡思泉、归熙父、金正希、章大力数十家,沟可继楚骚、汉赋、唐诗、宋词、元曲,以立一门户。而李(梦阳)、何(大复)、王(世贞)、李(攀龙)之流,乃沾沾于诗,自命复古,殊可不必者矣。夫一代有一代之所胜,舍其所胜,以就其所不胜,皆寄人篱下者耳。余尝欲自楚骚以下,至明八股,撰为一集。汉则专取其赋,魏、晋、六朝至隋则专录其五言诗,唐则专录其律诗,宋专录其词,元专录其曲,明专录其八股,一代还其一代之所胜,然而未暇也。"从今人的眼光看来,"一代有一代之所胜"说似乎太偏重形式,有违目下内容决定形式的法定公式。实则中国过去的文人讲到文体发展时无不考虑到了时代变迁对文学发生的影响,因此文体的递嬗变化表现出来的是形式上的不同，但促使文体变化的却是时代、社会、政治等决定文士心态的种种复杂因素，文士为使思想感情的宣泄更为畅达而探寻新的表现方式，从而在形式上有所发展与演变。中国过去的史书上或是历代诗文评论的著作中，总是把讨论各种文体的成就和演变放在中心的位置。焦循的文学"一代有一代之所胜"的理论正是这一传统的完整表述，具有四种崭新的观念：（一）阐明文学与时代的关系，（二）认清纯文学的范围，（三）建立文学的信史时代，（四）注重文体的盛衰流变。①

焦循认为，文学的活力就在于形式的不断变化创新，一部文学史就是不同的文学形式新陈代谢的历史。后来王国维和胡适"一代有一代之文学"的论断无疑是受到了焦循的启发。

在中国传统文论中，"文以代变"的朴素的文学进化思想非常丰富，到焦循已经成为一种对于文学史的整体理解。冯沅君与其丈夫陆侃如于民国二十年（1931年）合撰《中国诗史》，诗仅叙至唐代，宋代之后略去不谈；词仅叙至宋代，元代之后略去不谈；散曲仅叙至元代，明代之后略去不谈。他们虽未明言这样做法的根据是什么，但不难看出，这是贯彻了文学"一代有一代之所胜"的观点。陆侃如是清华研究院时王国维的学生，从二人的师承而言，可以看到焦循学说所起的作用。至近代，梁启超、刘师培等人已经自觉地运用进化理论来推论文学的发展。梁启超说："文学之进化有一大关键，即由古语之文学变为俗语之文学是也。各国文学史之开展，靡不循此轨道。"② 这不仅具有自觉的进化思想，并且直接利用它来提倡白话文学。刘师培把进化论作为文学史的解释："诗由四言而有五言，由五言而有七言，由七言而有长短句，皆文字进化之公理也。"③ 刘师培也曾经明确地利用进化论来为白话文学进行辩护："天演之例，莫不由简趋繁，何独于文学而不然？故世之讨论古今文字者，以为有浅深文质之殊，岂知正进化之公理哉？就文字之进化之公理言之，则中国自近代以来，必经俗语入文之一级。"④ 中国古代在

---

① 周勋初：《文学"一代有一代之所胜"说的重要历史意义》，《文学遗产》2000年第1期。
② 梁启超：《小说丛话》，《新小说》1903年第5期。
③ 刘师培：《论白话报与中国前途之关系》，《警钟日报》1904年4月25日。
④ 刘师培：《论文杂记》，《中古文学史·论文杂记》，人民文学出版社1984年版，第109页。

对文学发展变化的历史现象的总结中产生了朴素的进化思想。由于现代进化论的引进,近代梁启超和刘师培等人对文学进化论已经有自觉的运用。但是这种文学进化的思想只有到胡适手中才将它们综合起来,构成一个完整的文学思想系统和一种现代的文学史观,用它来自觉地推动文学的发展和变革,进而影响了上世纪三四十年代的我国文学史研究进程。1917年,胡适在《文学改良刍议》中指出:"文学者,随时代而变迁者也。一时代有一时代之文学:周秦有周秦之文学,汉魏有汉魏之文学,唐宋元明有唐宋元明之文学。此非吾一人之私言,乃文明进化之公理也。……凡此诸时代,各因时势风会而变,各有其特长,吾辈以历史进化之眼光观之,决不可谓古人之文学皆胜于今人也。左氏、史公之文奇矣,然施耐庵之《水浒传》视《左传》、《史记》,何多让焉?《三都》、《两京》之赋富矣,然以视唐诗、宋词,则糟粕耳。此可见文学因时进化,不能自止。"① 胡适不仅倡导文学进化的观念,而且对文学进化观念的内涵做了深入探讨,揭示了它的四层含义:第一层,"文学乃是人类生活状态的一种记载,人类生活随时代变迁,故文学也随时代变迁,故一代有一代的文学";第二层,"每一类文学不是三年两载就可以发达完备的,须是从极低微的起原,慢慢的,渐渐的,进化到完全发达的地位";第三层,"一种文学的进化,每经过一个时代,往往带着前一个时代留下的许多无用的纪念品:这种纪念品在早先的幼稚时代本来是很有用的,后来渐渐地可以用不着他们了,但是因为人类守旧的惰性,故仍旧保存这些过去时代的纪念品";第四层,"是一种文学有时进化到一个地位,便停住不进步了;直到他与别种文学相接触,有了比较,无形之中受了影响,或是有意的吸收人的长处,方才再继续有进步"。② 胡适对进化观念的条分缕析表明了他的文学进化观念是十分自觉的。陈独秀完全赞成胡适的主张,为了推动文学的进步,他提出《文学革命论》。他说:"欧洲所谓革命者,为革故鼎新之义,与中土所谓朝代鼎革,绝不相类;故自文艺复兴以来,政治界有革命,宗教界亦有革命,伦理道

---

① 胡适:《文学改良刍议》,姜义华主编:《胡适学术文集·新文学运动》,中华书局1993年版,第21页。
② 胡适:《文学进化观念与戏曲改良》,《新青年》1918年第5卷第4号。

德亦有革命，文学艺术，亦莫不有革命，莫不因革命而新兴而进化。"①他希望通过"文学革命"来促进文学的发展和社会的进化。尽管有人并不赞成文学进化的观念，然而，随着新文化运动的展开，文学进化观终究成为了社会主流思想和文学界的基本共识。②

其实，进化论文学史模式注意到的仅是文学的表面现象，如果我们深入到文学发展的内在机制就可看出：首先，文学体裁类型的变迁并不是一个必然有兴衰的渐变过程，突变的现象时常发生。进化的史观很难解释为什么一种体裁或风格会突然兴盛或突然消亡。其次，将文学现象比作物种也不尽恰当，因为文学现象中所蕴含的复杂因素往往使之不一定按照植物生长那样的线性过程发展。再就是，仅从兴亡过程来说明，似乎还没有揭示为什么会兴会亡的历史根源。如果是"适者生存"，那么文学与社会之间的适应关系又何在呢？在此，进化史观终暴露出明显的不足。

较之个别体裁进化论的文学史模式，近年来出现的一种整体的进化文化观较为完善，值得重视，因为它提供了更为广阔的历史视野。斯宾格勒的文化形态学就是一例，他认定每种文化形态都有如同植物生命过程一样的发展诸阶段，而文学艺术的繁荣没落均依赖其所属的文化，并由此区分出文化发展的四个阶段：前文化期、文化早期、文化晚期和文明期，类似于春夏秋冬的自然更替，但由于全无科学实证的考察，所以，《西方的没落》一书充满了任意剪裁历史材料的主观臆断、神秘主义乃至悲观主义。

总之，进化论文学史模式是有严重缺陷的。"我们只要实事求是地考察一下不同地域、民族和国家的人类社会的历史发展过程，便不难清楚地看到：在古代，确切地说，在工业革命以前，就任何一个具体的地区、国家和民族而言，都不存在'持续不断地进步'、'只能进步不能倒退'、'一定会跨入文明的门槛'之类的必然性。实际上，从整个人类社会发展的历史看，长期停滞不前地停留在前文明阶段的人类社会是十分普遍存在的现象，已经发展到一定甚至相当高度的文化或文明的倒退乃

---

① 陈独秀：《文学革命论》，《新青年》1917年第2卷第6号。
② 王齐洲：《论文学的进化与退化——20世纪的一种文学史观的检讨》，《华中师范大学学报》2006年第5期。

至消亡也是常见的事实,不同地区和民族的人类社会能否发展到文明阶段,不同地区、民族乃至国家的人类社会之历史发展进程究竟呈现为发展、停滞或倒退中的哪一种状态,都取决于由自然环境的制约与人本身的活动所决定的多种因素。"① 历史学家和人类学家的大量研究成果已经证明社会进化论不能成立。既然一个具体的人类社会是否必然进化是一个未知数,那么作为人类的精神产品的文学就更难以确定它是否进化了。有人以为每一文体都有其发生、发展、成熟、衰退的历史过程,这就体现了文学的进化,这种理解显然是不对的。首先,它先验地假定了一个文学发展的单纯式连续性,每种文学的繁荣时期只有一次,接踵而来的是不可避免的衰败死亡。这种结论不符合文学史实,因而受到人类学家的挑战,因为历史上绝大多数的文明都有过不止一次的全盛期。自《西方的没落》问世以来,斯宾格勒的断言就没灵验,西方艺术非但没有衰败,反而以空前的创造性向前发展着。其次,作为一种线性模式,它假定了每种文学都在一种自我封闭的情境中自生自灭,既不存在不同文化、文明的交流,又不存在这些交流为原有文学注入新的活力的可能性,也不符合事实,古今中外文化、文学的交流史就是明证。再次,这种文学史模式较易对文学发展得出悲观的结论,等等。为了克服这种单线递变的局限性,许多学者做出了种种努力试图加以弥补,人类学家格雷就构建了一个复杂的进化模式,从理论上假定历史所由构成的三个周期范畴,即经济周期、社会周期和政治周期,三种周期都依循进化规则而经历初始——发展——兴盛——衰亡四个阶段,由于具体的历史文化条件的不同,三种周期的运转诸阶段有可能同步,也有可能存在滞差。这一模式开始由单线一维而变为多线多维的复合形态,但其着眼点仍在历史外因决定论上,完全忽略文学变迁的自律性因素。②

---

① 王和:《关键在于突破部族结构的桎梏——关于文明起源问题的一点思考》,《天津社会科学》2006年第3期。

② 参见包忠文主编:《现代文学观念发展史》,江苏教育出版社1992年版,第102—104页。

第五章　文学史模式论之四

自律论的文学史模式基本倾向与他律论刚好相反，它们反对从文学形式与话语系统以外去寻找影响文学发展的各种因素，认为文学史是文学形式自我生成、自我转换的历史，推动文学发展的是文学形式、文学技巧、文学话语结构等内在因素。从俄国形式主义到英美新批评，再到法国结构主义，在这种顺向的发展影响和继承中，我们可以看到尽管它们之间在观点上差异明显，但矛头指向却格外一致，即实证主义和浪漫主义。三部曲的循环及其最终结局留给文学史的启示是多方面的，因而很有梳理的必要。

第一节　形式主义的文学史模式

长期以来，人们总是在寻求对文学史文本做出最真实、最公正的解释，于是就会发问：这种解释是作品本身客观固有的还是史家自己的见解？如果指后者，当史家的见解发生分歧的时候，该肯定那一个呢？那受到肯定的见解是否就完全与文本的客观意义合二为一吗？如果文本确实存在一种纯客观的意义结构，那么，是否意味着能够获得一种不依赖文学史家意志的可以穷尽的终极解释呢？其实，这是任何一种文学史批评方法都不得不面对且力图解决的问题。20世纪初，当俄国形式主义者向传统的文学批评发起挑战的时候，他们的诘难是相当发人深省的。雅克布逊以古往今来历史鸟瞰式的语言做出了这样的评论："迄今为止的艺术史，尤其是文学史，与其说是学术研究，不如说更近于随笔杂感。"① 他把以往的文学批评、文学研究、包括文学史研究称为"以文学为高谈阔论人生、时代的材料"，"纵谈作家生平逸事，侈谈心理之奥秘，哲理之深邃，世情时序之变迁"，② 都属于"随笔杂感"。他声言要建立真正的"学术研究"、"科学方法"，文学史研究应立足于本文的自足结构，牢牢抓住本文这一人人可见的文学传播媒介来做出解释。

形式主义文论是受语言学影响发展起来的。上世纪初，瑞士语言学家索绪尔的《普通语言学教程》问世，动摇了人们对传统语言学的看法，对当代哲学和人文科学形成巨大冲击。这本划时代著作由索绪尔的学生根据他先后于1906—1907年、1908—1909年、1910—1911年在日内瓦大学讲课的讲稿整理而成，1916年在巴黎出版。俄国形式主义者得风气之先，率先自觉接受索绪尔影响，尤其在研究方法上索绪尔区分了外部语言学与内部语言学，说明外部语言学研究语言与文化、政治等的关系，内部语言学研究语言系统自己固有的秩序，俄国形式主义者由此提出：文学学不能研究外部联系，应该研究文学内部固有的秩序和结构，文学学不能成为一部缩写的或从文学角度论证的文化学，必须首先是文学学。俄国形式主义文论研究有两个中心。一个是1916年在列宁格勒成立的"诗语言研究学会"，主要成员有列·雅古宾斯基、维·什克洛夫斯基（Viktor Shklovskj，1893—1984），后者是俄苏形式主义的核心人物，著有《词语的复活》（1914年）、《论情节的延展》（1921年）、《文学与电影艺术》（1923年）、《论小说理论》（1925年、1929年）、《文集》（三卷，1973—1974年）等，还有艾亨鲍姆和沙·伯恩斯坦等。另一个中心是1919年在莫斯科成立的莫斯科语言学会，主要代表是雅克布逊、彼·波格丹诺夫、维诺库，他们多从事语言学研究，把文学理论或诗作为语言学的一个部分。由于政治原因，不少形式主义文论家到捷克斯洛伐克的布拉格定居，成立盛极一时的结构主义的布拉格语言学小组。纳粹主义兴起后，部分学者只好离开捷克斯洛伐克到美国等国去

---

① 什克洛夫斯基等：《俄国形式主义文论选》，方珊等译，三联书店1989年版，第362页。
② 什克洛夫斯基等：《俄国形式主义文论选》，方珊等译，三联书店1989年版，第362页。

从事学术研究，促进了英美新批评派、结构主义、符号学、语义学等文论流派的发展。可以说俄国形式主义文论做出的是既推动西方文论发展又促进新学派成长的双重贡献。

形式主义文论整体上侧重于形式研究。形式主义主要指以研究艺术形式为主要任务的文学研究学派，认为文学的本质在于形式，必须从形式观照文学，分析文学，总结文学规律。形式主义者像索绪尔区别外部语言学与内部语言学一样，把文学学区分为外部文学学与内部文学学，他们主要研究内部文学学或形式文学学。

俄国形式主义认为，俄国民主主义文论家如别林斯基、车尔尼雪夫斯基、杜勃罗留波夫的评论主要从作品中透视当时社会的政治制度、历史文化风貌，现代形式主义者应当致力于形式研究。他们多是语言学家，从事形式研究尤其从事艺术语言研究更能发挥其专长，运用一系列语言学、修辞学的概念和术语，如隐喻、转喻、明喻、暗喻、象征、对话、词语、句子等，作为文学学的重要概念与术语，对作品中一系列的语言、语言结构、细节、情节进行了细致的语言学分析，使文学学、文学批评具有浓厚的语言色彩。1921年，雅克布逊指出："诗不过是语言的美学操作。"佛克马夫妇认为，雅克布逊已经把文学理论或诗学作为语言学不可分割的一部分。

进入文学史研究领域，形式主义文论认为文学作为一种独特的文化现象，文学史发展的动因不在文学之外，而在它自身。主张建构一门有别于文化史、思想史、社会史或心理史的属于文学的文学史科学，因而必须尊重并依靠文学的特殊性，而这种特殊性就在于它的形式、技巧和风格等。"文学作品是纯形式，不是物，不是材料。"[①] "如果文学试图成为一门科学，那它就应该承认'程序'是自己唯一的主角。"[②] 当然，仅仅依靠文学的特殊性还不够，因为它尚不能从方法论上保证文学内因论的历史解释，因此，形式主义又把文学的特殊性构筑在自律论美学的基础之上，即恪守文学是自足的完整系统，强调文学自身的历史是游离

[①] 什克洛夫斯基等：《俄国形式主义文论选》，方珊等译，三联书店1989年版，第362页。

[②] 什克洛夫斯基等：《俄国形式主义文论选》，方珊等译，三联书店1989年版，第11页。

于其他文化系统之外的独立系统。这一思想比较典型地体现在俄国形式主义者梯尼亚诺夫和什克洛夫斯基的理论之中。

一

追寻文学发展的内在规律是文学史研究的首要任务，对俄国形式主义来说就在于确切地显示"形式"。

文学性和陌生化一直是飘扬在俄苏形式主义营垒上两面鲜艳的旗帜。关于陌生化本书将在本节第二部分中加以论述，这里暂且不论。与物理学研究物质性、心理学研究精神性、社会学研究社会性、历史学研究历史性、新闻学研究新闻性一样，俄苏形式主义者研究的是文学的文学性，此乃文学区别于政治、经济、军事、新闻、其他艺术的根本特性，是使文学成为文学的核心和标志。它包括文学的语言、结构和形式，包括文学的手段和方法，不包括文学的内容。文学性首先表现在作品的语言中，文学是语言文字的艺术，文学应从语言学研究文学，而不能仅从其他学科研究文学。雅克布逊和什克洛夫斯基一起以普希金的诗证明诗歌不一定要用形象思维，许多非文学活动有时用形象思维，文学的首要特点在于语言性和文学性。雅克布逊说："诗歌性表现在哪里？表现在词使人感觉到是词，而不只是所指对象的表示者或者情绪的发作。表现在词和词序、词义及其外部和内部形式，不只是无区别的现实引指，表现在获得了自身的分量和意义。"[①]

文学性体现在艺术形式之中。文学的质料、结构等一切形式因素所组成的艺术形式是文学的文学性的全部体现。文学的内容属于形式，文学性体现在它的独立自主性之中，体现在它与社会生活和政治生活的距离中，表现在艺术形式之中。形式有自己的独立世界，有自己的演变史，形式的演变并不依赖外部世界的变化而变化，它按照自己的规律肯定或否定，前进或反叛，出场或退席，表演或休息，一个新形式的产生不是为了表达一个新内容，而是为了取代已经丧失其艺术性的旧形式，形式的运动更像地球自转一样是独立发展的，与外在无关。什克洛夫斯基这样确立他的研究任务："我的文学理论是研究文学的内部规律，如

[①] 雅克布逊：《何谓诗？》，《马克思主义文艺理论研究》编辑部编选：《美学文艺学方法论》下册，文化艺术出版社1987年版，第530—531页。

果用工厂方面的情况来作比喻,那么,我感兴趣的不是世界棉纺市场的行情,不是托拉斯的政策,而只是棉纺的只数和纺织方法。"① 文学性还表现在技巧之中。形式主义文论家们抛弃了社会、价值等一切外部因素和文学内容之后,像研究"纺织方法"那样去探寻文学制造方法,把对文学特性的规定寄托在制造工艺上,文学性因此被注入了制造和作为文学技巧诸因素总和的思想。

形式主义的文学史研究首先要显示文学的"文学性"。梯尼亚诺夫在其著名的《论文学的演变》一文中由于将文学视作独立自足的系统,所以,他开宗明义地界定了这种文学史观的基本信条,即文学演变的主要概念是系统的变化。系统是由要素构成的,各文学史要素的不同交互关系又构成了两种功能:自主功能和综合功能,前者指一个要素与其他系统中相似要素的关系,后者指同一系统内诸要素的关系。文学史考察依照其观察点的不同分为两类,一是起源的考察,二是文学演变的考察,梯氏认为前者的研究意义不大,他更为重视后者,并从这个考察点来透视文学的变迁,他提出"文学的演变同其他文化系统的演变一样,在发展速度与特征上都同相关的其他系统不一致。这是由于它所处理的材料的特殊性所致。某种结构功能的变化会很快出现;但文学功能的演变则跨越若干时期;与相邻系统有关的整个文学系统的演变则会跨越几个世纪"。② 他认为文学系统发展的独立性并不同于其他文化系统,诸如政治、经济等的演变,导致这一现象的根本原因是社会体系的要求与文学体系的要求并不对等,因为文学是一个自足的独立系统,推动文学史发展的根源只能在系统内寻找。这实际上是把文学史看成旧形式被新形式取代的历史,文学史是文学形式辩证自生的历史,是文学形式自身在一个封闭的系统中的自我调节和自我转化,文学史的任务就是描述这种转化、调节、替代的历程。至于文学发展的动力是否包含社会文化外因,梯氏的表述明显与形式主义其他理论家不同,即不同程度地肯定社会生活等非形式因素对文学发展的影响,应当说他的分析是较为辩证

---

① 什克洛夫斯基等:《俄国形式主义文论选》,方珊等译,三联书店1989年版,第369页。

② 什克洛夫斯基等:《俄国形式主义文论选》,方珊等译,三联书店1989年版,第369页。

的，为了避免陷入外在决定论的泥潭，他找到了一种较为特别的陈述："文学与相邻系统的关系在于社会惯例。社会惯例与文学的相互关系首先体现在词语方面，亦即语言的功能。"① 这就既未割断文学与外部系统的关系，又未背离形式主义的文学自律性原则。但社会惯例或社会习俗是多方面的和复杂的，它们是如何和通过什么方式与文学发生相互关系的呢？梯氏认为首先通过语言来实现，即与社会惯例相关的文学有一种言语功能，应当说这是一个十分富有启发性的命题，遗憾的是梯氏对此未加进一步的阐述。我认为文学是一种语言艺术，语言同时又是一种社会文化现象，文学通过语言作用于社会，社会也通过语言影响文学，文学话语既受制于社会文化的非文学话语，同时也能建构和消解这种话语。选择语言作为沟通文学与非文学、文学系统与文学外系统的中介，应当说是颇具开创性和启发意义的。

此外，梯氏文学史理论中的"系统"与"功能"这两个概念颇具新意，所谓系统有三个含义：首先是一部文学作品是一个系统，其次是文学本身（由诸多作品构成）是一个系统，文学的邻近系统（指社会惯例）等。系统还可以有纵横两个向度的含义，横向的即共时的系统，如一种文学类型，如小说、诗歌等；纵向的即历时系统，如一个时代或几个时代的文学。可见系统既是类型学的概念，也是历史学概念。与"系统"相对的是"要素"，如诗歌的节奏、韵律等，"要素"在系统中的地位则引出了"功能"概念，所谓每一要素与一部文学作品中其他要素以及与整个文学系统的相互关系可称为这一要素的建构功能，可分为自主功能（又译"自功能"）和共主功能（又译"共功能"）。前者是一个要素与其他系统中其他作品相似要素的关系，后者则是同一作品内部不同要素之间的关系。以王蒙作品《春之声》为例，这部小说中关于岳之峰的心理描写（要素）与文学史上其他各小说作品心理描写的关系为自主功能；而与《春之声》这部小说中其他要素（如象征手法、内心独白）的关系则是共主功能。所以，不能脱离与文学系统的关系孤立地对文学史作品或作品中的某些要素进行所谓的"内在"研究，因为同一事件或同一作品的文学性并非一个永恒的固定的不变量，而是一个依系统

---

① 转引自包忠文主编：《现代文学观念发展史》，江苏教育出版社1992年版，第106页。

而定的可变量。文学性并不取决于文学作品本身的结构，而是取决于文学作品所处的时代背景、社会文化背景以及文学本身的背景，即各个层次上的系统。这就解决了梯氏文学理论中的文学演变问题，即打破了对文学的封闭的共时研究，关注文学的历史性。如他对小说这一文学类型的历史研究，在一般人看来，小说似乎是一个不变的类型，在历史上是独立发展的，梯氏通过对历史的考察和研究证明，小说不是一成不变的，而是多变的类型，如对"短篇小说"、"中篇小说"特征的归纳，不同时代就明显不同，因为它本身的特点在不断变化，且从一个文学系统到另一个文学系统都经历着变化，所以决定小说这一文类的特征不在于它篇幅的长短，而在于它在系统中的关系。再以诗、散文、散文诗的关系为例，诗与散文应是既有区别又有联系的文学类型，在某种特定的文学系统中，承担诗歌功能的是格律。但散文与诗都经历着变化，当一种类型变化时，与之相关的另一种类型也将发生变化。如当诗的变化导致其功能的转移，即节奏、句法、词汇等代替格律而成为诗的功能承担者时，相应地导致了散文的变化，即出现了有格律的散文，即散文诗。所谓有格律的散文并不是诗，无格律的诗也许仍然是诗，中国上世纪三四十年代涌现的许多自由诗即是明证。决定其属性的是其功能的承担者的变化。另一种情况则是文学类型发展演变的偏离与混合，如散文诗的出现是诗歌类型与散文类型的混合从而偏离了纯正的诗歌系统，普希金的叙事诗则是吸收了叙事作品的要素而产生的新的诗歌类型。梯氏的这种在系统与功能的视野中把握文学及文学史发展的方法实际上已显露出结构主义的端倪，因为结构主义的核心就是整体观和系统观。

与梯氏共同肯定社会生活等非形式因素对文学史发展的影响的还有托马舍夫斯基和日尔蒙斯基等人。托马舍夫斯基在谈到文学史家的任务时指出："文学史家在描述文学发展的普通进程时……要揭示该演进的动因，不论它是在文学自身之内，还是源于它对人类文化其他现象的文化关系，正是在这样的环境中文学才得以发展并与之共处于永恒的相互关系之中。"[①] 从中可见他的二重动因论。他认为文学文本虽然有不依赖日常生活中偶然说话条件的固定不变性，即可以独立于它们产生的环

[①] 转引自包忠文主编：《现代文学观念发展史》，江苏教育出版社1992年版，第106页。

境，但这种独立又是有限度的。相对而言，他更为倾向于内因的重要性。日尔蒙斯基不仅承认文学不但有文学性，而且还有宗教性、道德性、社会性，他不赞成那种以艺术手法、艺术程序作为文学发展唯一动因与唯一的研究对象的观点，认为作为文学艺术表现手段的风格的进化不但与文艺心理、审美经验等紧密相关，而且也与时代的各种处世态度、生存意向的变化紧密相关，文学史上所有重大的、根本性的进展都同时涉及所有的文学，而且被精神文化的普遍进程所决定，它包括哲学思想、道德习惯、法律观念等内容。他把文学置于广阔的文化环境中考察，看到了各种文化形式的相互依赖性，还特别指出了文学发展与审美心理、审美经验、审美感觉力以及处世态度的关系，其中，他还在各个文化形态之上特别突出"生存意向"的重要性。这一概念的运用表明他似乎看到了文学发展与社会生活的生产力、经济关系、政治关系等层面相关，更与人的生存心态、价值观念等心理层面直接相关。这在形式主义阵营中可谓最具独创性和开放性，对克服以物质生活方式直接解释文学的进化无疑也有着极为深刻的启迪意义，但我们不能据此就认定他是一个文学史他律论者，毕竟他始终未能摆脱二元论的束缚。

二

形式主义文学史模式中最核心的范畴是"主导性"，它含义极广，小至语言技巧，如诗中语言的情感功能占主导地位，因此而有别于指涉功能占主导地位的日常话语；大至一个时代支配性的文学风格，如雅克布逊所说："我们不但能在个别艺术家的诗作、某个诗派的一系列规范与信条中找到主导性，而且能在特定时期的艺术中发现。"[1] 他据此而对西方文学做了一个极有意思的概括：文艺复兴时期视觉艺术是主导，因此文学追随这种主导规范而趋于精细描绘；浪漫主义时期音乐是主导，诗便模仿音乐旋律节奏效果；而现实主义时期词语艺术占主导，语言的价值异常突出。之所以说主导性是核心范畴，是因为这个范畴联系着无意识化和陌生化这两极。此乃形式主义文学观的核心，也构成其文学史观和文学史方法论原则最主要的基础。

---

[1] 什克洛夫斯基等：《俄国形式主义文论选》，方珊等译，三联书店1989年版，第39页。

陌生化又译为"奇特化",即使人感到惊异、新鲜、陌生,文学的陌生化是把生活中熟悉的变得陌生,把文化和思想中熟悉的变得陌生,把以前文学中出现过的人们熟悉的变得陌生,把过去文学理论中人们熟悉的变得陌生,这一概念的提出和运用是冲着当时的象征派、"拉普"分子及庸俗的现实主义者等来的。与之相应的是无意识化,即使人感到熟悉的、习以为常的、失去可感性的。F. 杰姆逊在其《语言的牢房》一书中指出陌生化概念有三个优点,首先是使文学区别于其他话语模式,其次是确立了一种文学作品自身的等级,再就是使一种新的文学史概念成为可能。而这种新的文学史概念不是以主观主义的历史为特征的深奥的传统连续性概念,而是作为由不连贯的断面组成的系列的文学史概念,是与过去决裂的概念,在这种决裂中,每一新的文学存在都被视作对刚刚过去的一代人的支配性规范的突破。通俗而言,即某种诗的技巧或风格一旦占据了主导地位便被规范化了,进而变成了社会惯例的一部分,使读者习以为常,见怪不惊,逐渐丧失了审美的魅力,这时,便需要有新的主导性技巧或风格出现,经由作家的刻意创新引入了新的艺术手段,造成陌生化效果,从而突破了传统规范,新的主导性取代了旧的主导性。所以,文学演变的历史就是以陌生化的创新方式与社会惯例的习惯惰性抗争的过程,是主导性递转变迁的历史。对此,日尔蒙斯基做了如下归纳:"一种文学发展过程的图式被提出来了……根据这种文学图式,所出现的诗歌新形式可以用更新和适应性的机械过程来解释,这一过程发生于艺术本身,并不依赖其他历史生活现象:艺术中的旧秩序被破坏了,并且不再成为有效的东西,新的秩序作为异端而被提出,好像是在进行对照以便把认识从习以为常的无意识性中引出来。"① 诗歌语言和日常语言之间的一个重要区别就是陌生化和无意识化之间的区别。在日常语言中,字音好像是一块巧克力从自动化机器里抛出来似的,不知不觉,无声无息,诗歌的作用是要有意识地对日常语言进行加工改造,使之变得别扭、新鲜、陌生,使人们重新感到它。其实,陌生化的观点并非俄国形式主义始创,浪漫主义诗人华兹华斯和柯勒律治一个化熟悉为陌生,一个化陌生为熟悉,瓦茨·邓顿称陌生化效果为奇迹

---

① 什克洛夫斯基等:《俄国形式主义文论选》,方珊等译,三联书店1989年版,第369页。

的复兴。另外，俄国形式主义者所持的陌生化实现的关键在于形式技巧的观点在布瓦罗和席勒的著作中同样可以找到。布瓦罗就曾认为思想没有新鲜的，只有表现思想的方式是新鲜的，所以新古典主义对技巧颇为重视，在技巧中尤为重视语言。席勒也曾认为，在真正美的艺术作品中内容并不起什么作用，一切都靠形式去完成。他还说，艺术大师的独特艺术秘密就在于通过形式来消除素材。并从非文学与文学的关系来区别无意识化和陌生化，而俄国形式主义者则将两者的对立转到了文学作品自身之中，进而提出文学发展的内在矛盾就是无意识化和陌生化之间的矛盾，文学史的发展必须从陌生化那里获得动力以抗拒无意识化。

此前，黑格尔曾对无意识化和陌生化问题做过极为深刻的论述。"艺术观念、宗教观念（毋宁说二者的统一）乃至科学研究一般都起于惊奇感。人如果还没有惊奇感，他就还是处在蒙昧状态，对事物不发生兴趣，没有什么事物是为他而存在的；因为他还不能把自己和客观世界以及其中事物分别开来。从另一个极端来说，人如果已不再有惊奇感，他就已把全部客观世界看得一目了然，他或是凭抽象的知解力对这客观世界做出一般人的常识的解释，或是凭更高深的意识而认识到绝对精神的自由和普遍性。"[①] 也就是说，只有在主体与客体尚未完全分裂而矛盾已开始显露的时候，即人在客观事物中发现他自己，发现普遍的、绝对的东西时惊奇感才会发生。在黑格尔看来，这种惊奇的直接结果之一便是把主体方面感觉到的较高的真实而普遍的东西化成外在的，使它成为观照的对象，而这种企图便是最早的艺术起源。他又说"只有内在方面既变为自由的而又带有一种动力，要按照它的本质，把自己变成可以表现于实在的形象，而这种表现又须成为一种看得见的作品时，真正艺术（特别是造型艺术）的动力才算开始出现"。[②] 黑格尔的思想很明确，惊奇感是艺术起源和发展的内在动力，艺术的发展过程就是不断地维持惊奇感的过程。

然而，要维持惊奇感也并非是件容易的事。从心理学的角度看，神经系统在反复单调的刺激下，久而久之就会由于负诱导作用而降低对这种刺激的敏感度，甚至对它完全失去反应，形成一种所谓思维定势，也

---

① 黑格尔：《美学》第二卷，朱光潜译，商务印书馆1979年版，第65页。
② 黑格尔：《美学》第二卷，朱光潜译，商务印书馆1979年版，第22页。

就是习惯性思维，这时，就会觉得那些看多了、看惯了的事物平淡无奇了，这也就是俄国形式主义所谓的无意识化。因此，某种经验及其表现方式必须使人感到新奇。什克洛夫斯基在谈到托尔斯泰的创作时曾说，托尔斯泰在描绘事物或事情时似乎这事物或事情是第一次看见或第一次发生的，他故意不说出熟悉物品的名称，使熟悉的也变得似乎陌生了。这同黑格尔的说法几乎一样，黑格尔说，"从散文的观点看，诗的表现方式是多走弯路或是说无用的多余的话"。① 黑格尔说的形象化就是他所说的要推开单纯的抽象理解和日常的知解力，也就是不要无意识化，而要陌生化。

根据这种发展原则，俄国形式主义者概括了文学史演变的两种主要方式。第一种是将非文学的或亚文学的语言形式创造性地转化为文学形式。从处于文学和非文学的边缘上或从通俗的体裁里把它们的手段引进到文学发展的主线上，以代替那些失去了陌生化功能的手段。形式主义者假定了任何时代都有被社会惯例认可了的主导文学或"正宗文学"，与之接壤的则是一些亚文学，如民间文学、通俗文学等和非文学的形式，如新闻报道、日记书信等日常语言形式。文学史的发展演化过程就是这些边缘地带的非主导形式向主导形式趋近甚至取代的过程。诸如陀思妥也夫斯基把所谓的马路小说的那些手段提高到文学规范的地位，契诃夫把人物形象从滑稽讽刺杂志中转用到小说里来，罗蒙洛索夫的颂诗来源于日常生活中的雄辩演说，马雅可夫斯基则把报纸漫画栏中的滑稽诗提升为一种抒情诗等。这种现象在我国文学史上也普遍发生，如汉乐府诗从民间走向文人化，话本小说从民间说书艺术变成小说家的精致创作，小说体裁从街谈巷语之谓到梁启超小说界革命中的极力推崇，这一切均是明证。只是其间需经作家创造性的转化和形式规范化的过程。托马舍夫斯基把这种演变方式称为俗文学不断取代雅文学而成为新的雅文学的历史，它以两种形式出现：一是原有的高雅体裁彻底绝迹；二是通俗体裁的技巧向高雅体裁渗透，进而推动文学的发展。第二种演变方式是指文学形式的功能并不是像斯宾格勒所断言的必然由兴至衰，而是相反，它常常死灰复燃，成为后人创新的法宝。在一定时间内曾发挥功能

---

① 黑格尔：《美学》第三卷下册，朱光潜译，商务印务馆1979年版，第59页。

的手段由于经常使用，人们再也感觉不到它们的作用，它们也失去了功能作用。此时，新的作品通常用诙谐模仿的方法使它们作为手段重新使人感觉到它们而发挥其功能，并用以抗拒现时的社会惯例和文学规范。这是一种典型的历史相对主义，亦即创新作为一个文学范畴和历史范畴，其参照系并非整个以往的历史，而是现时的社会惯例和文学规范。某种文学样式或技巧虽很古老，但相对于现时的主导性文学规范却可能含有新意。艾汉鲍姆以欧·亨利的小说为例，欧·亨利在情节发展过程中插上了这么一笔："这样，在你发生了兴趣之后，我拿出我们这一行常用的窍门，现在暂时把故事搁起来，好让你极不情愿地来看看始于十五年前的布娃娃式的生平。"在艾汉鲍姆看来，欧·亨利在沿用旧有手段的时候做这样一句态度揶揄的议论，就使得旧有的手段又变得十分显眼，重获生机了。这种演变方式彻底否定了文学史进化论模式中关于文学形式一次性兴亡的看法，提出了文学自身不断继承、回复和沉积的问题，只有这样，我们才能谈论后来的文学比前代文学更加丰富多样的历史发展。只是若将这种观念极端化也会造成片面性，因为创新不仅是"翻新"，最终应是创造出前所未有的东西。

黑格尔也曾从文学发展的角度看到了无意识化和陌生化之间的关系。他在论诗的观念方式时认为，原始诗的观念方式后来转为散文的观念方式，而后来的诗的观念方式则是从散文气氛中恢复过来的，且他的分析是从语言方面入手的。他说在一个民族的早期，语言尚未形成，只有通过诗才能获得真正的发展。当时诗人的话语，作为内心生活的表达，通常本身已是引人惊叹的事物，因为通过语言，诗人把此前尚未揭露的东西揭露出来，破天荒地第一次展现出来，所以令人惊异，诗利用共同生活中的语言加以提高，使它产生新鲜的效果。但在过去的时代里，许多本来是新鲜的东西经过重复沿用就变成了习惯，渐渐习以为常，转到散文领域里去了。在这种情况下，诗就要有一种自觉的努力才能使自己跳出散文观念惯常的抽象性，转到具体事物的生动性，为了引起兴趣，诗的表现就必须背离这种散文语言，对它进行更新和提高，变成富于精神性的。这与形式主义文论家的论述何其相似乃尔，实际上这种吸取和借鉴并不仅仅表现在上述语言一个方面，其中有一点是不可否认的，即在确认无意识化和陌生化这一否定之否定的矛盾是文学发展的内在动力方面，二者的原则是一致的。如果说黑格尔是从能动的主体绝对精神出发加以论述，那么俄国形式主义则从文学性出发加以探寻，明确地把无意识化与陌生化的矛盾看作文学发展的内在动力，昭示出仅从形式自身寻找文学史变化的动因的文学史自律论本质，并以此构筑其文学演化的具体模式。"在分析文学的进化时，我们可以看到以下几个阶段：（1）针对已达到自动化的建构原则，开始辩证地形成相反的建构原则；（2）这个原则开始应用——结构原则寻找最容易的应用；（3）它被推广到极为大量的现象上；（4）它变成自动化的东西，产生相反的建构原则。"① 这一四级跳的文学进化过程实际上可以简化为机械反复的二级跳：自动化（亦即无意识化）——陌生化——再自动化——再陌生化……说有辩证，却难落实。

三

在20世纪众多的文学史观中，形式史模式代表了一种极为重要的思想倾向——文学史应是文学的历史，而非其他。这种突出文学自身审美特征的倾向在相当程度上是对只谈历史却忽略文学倾向的反拨，也是"对以'反映什么'、'传达什么'为根基的传统美学、诗学进行了一次强有力的颠覆，用形式概念突破了传统美学的内容优先论"。② 尤其是其从语言及技巧、风格等视角切入和把握文学史演化的内在机制和过程意义重大。问题是由于它牺牲或忽略了文学史丰富的历史、文化内涵，它能否穷尽文学史发展变化复杂的历史根源和本相？为什么一种风格会在某个时代兴起，却在另一个时代衰落？如果文学史果真如形式主义者所言是一种新旧交替、规范转移的过程，那这种交替转移的过程是什么？等等，这些问题恰是自律的文学史决定论不能回答的。事实上，形式主义这一学派中的许多人也意识到了这一点，雅克布逊声称，无论是梯尼亚诺夫还是什克洛夫斯基，无论是米哈洛夫斯基还是他本人都没有断言过艺术是一个封闭的领域，他们所强调的不是艺术与现实相分隔的分离主义，而是审美功能的自主性。日尔蒙斯基也认为这种模式仅依赖新旧

---

① 梯尼亚诺夫：《论文学的真实》，巴赫金等：《文艺学中的形式主义方法》，漓江出版社1989年版，第223页。
② 张政文、杜桂萍：《形式主义的美学突破与人文困惑》，《文史哲》1998年第2期。

对比，似乎只能说明文学急剧变革的时期，却难以描述缓慢发展的保守时代，这一理论的根本缺陷在于从未提出肯定的内容和历史过程的方向，所以他的结论是"文学发展中重要的新形式之出现是被精神文化的普遍进展所决定的"。[①] 这一看法已与形式史模式的基本原则相去甚远，几近精神史模式对文学史的理解。事实上，承认文学和现实生活的联系与在文学史研究过程中排除现实因素，侧重内在规律研究，这两方面不是截然对立的。在科学思维的全过程中有一个程序是必须经过的，即做出假定，排除一切同形式本身无关的因素，从纯粹的形式上考察事物，只有这样，科学思维才能进一步向前推进。对俄国形式主义来说，本来可以有两条路走，一是作为文学上的僵化了的主义，永远把自己封闭在这一程序里，二是在这一程序里取得一些成果之后，或是在细节上做进一步的探寻，或是带着新的成果重返整个文学体系中来。遗憾的是，俄国形式主义在这一程序上并未工作多久，更谈不上完成这一程序便告中止，使得我们对其以后的发展很难做出科学合理的推测与评价。但仅就俄国形式主义短暂的发展历程及其取得的成就而言，如果把它置于文艺学整个学科科学思维的全过程中，把它作为文学理论发展史的一个阶段，以发展的、动态的眼光来观照和估价俄国形式主义，可以说它的出现是一种逻辑的和历史的必然，是对传统文艺学的补充和完善，其积极意义极为重大。更何况形式主义诸家们已意识到了文学与现实生活的联系，并未截断自己从部分了解整体、从个别洞察普遍的路，他们在文学发展中看到了无意识化和陌生化之间否定之否定的辩证关系就是明证。我们有理由相信这一流派有一个光明的前景，只是由于政治的、历史的原因，使其在文坛活跃的时间很短，但它对结构主义、英美新批评及在文学和文学史研究中重视文学的文学性，它的启迪意义是巨大的。

俄国形式主义在其所涉及的诗歌、散文、文学史这三个领域均取得了一定的成果，在文学史方面，《文学原理》的作者波斯彼洛夫做了部分肯定，"他们认为每一种新的艺术体系是由于某种对比即与先前的体系的某种对立而产生。但是，他们把这些对立关系绝对化并将它们归结为作品形式的对立。这就使他们甚至不可能提出民族文学发展中创作对

[①] 什克洛夫斯基等：《俄国形式主义文论选》，方珊等译，三联书店1989年版，第304页。

立与继承性的相互关系的规律性问题"。①事实上,俄国形式主义恰恰在文学史中的对立与继承性方面提出了一个足以令人深思的问题,即构成传统的因素正是无意识化了的因素,它们只是一种素材被包容在陌生化过程之中,文学的发展不是一种传统的有步骤的发展,而是诸种传统的大交替,它不是由父及子,而是由叔及侄,这可谓是一个极为深刻的命题,与别林斯基所说的在各种艺术的交叉点上往往会产生优秀作品这一思想颇为相近,回顾自然科学、社会科学,包括文学史的发展,甚至整个文明的进程,都可看到这一规律在其中的推动作用。韦勒克则把俄国形式主义"无意识化——陌生化"的文学史观说成是一种"拉锯式的理论","这种轮流占优势的拉锯式变化就是发展的系统,是不断使新的用词风格、主题和所有其他技巧得以出现的一系列的反叛"。只是"这一理论还没有弄清楚为什么文学发展正好必然要走上它已经走上的这一特定方向,仅仅靠'拉锯式'系统的理论显然不足以描述整个发展过程的复杂性"。②作为仅限于探寻文学发展内在动力学规律的俄国形式主义,恰如生产一辆汽车,俄国形式主义仅提供发动机,解决内在动力问题,至于往何种方向开已是方向问题,与发动机无关,韦勒克的要求显然是俄国形式主义文学史理论力不胜任的。

第二节 新批评的文学史模式

在20世纪的英美文学批评领域,新批评是其中最重要的学派之一,它吸收、借鉴、运用并发展了形式主义文学理论的种种概念和方法,一度在英美文坛成为批评的基本范式,显赫一时。对我国20世纪40年代以《中国新诗》杂志为中心集合起来的一批诗人,如九叶诗派及新时期以来的诗歌创作及评论,它一再发生过明显的影响,它的一套术语被一些中国现当代文学史研究者所使用,它的细读法则为许多古代文学的研究者取为路径,等等,可谓影响深广。因而,对新批评的文学史理论加以梳理极为必要。

---

① 波斯彼洛夫:《文学原理》,王忠琪等译,三联书店1985年版,第165页。
② 韦勒克、沃伦:《文学理论》,刘象愚等译,三联书店1984年版,第308页。

一

一般认为新批评的发展分为三个阶段：第一个阶段是上世纪20年代，代表人物有 I. A. 瑞恰兹、T. E. 休姆、T. S. 艾略特、美国诗人庞德及威廉·燕卜荪、兰色姆、艾伦·泰特等人，开始提出一些新批评的基本观点并付诸实践。其中，作为英国文艺理家、批评家和诗人的瑞恰兹在他的众多著作如《意义的意义》（1923年，与奥格登合著）、《文学批评原理》（1924年）、《科学与诗歌》（1925年）、《实用批评》（1929年）、《修辞哲学》（1936年）等书中首次运用语义分析方法及其对诗歌语言的具体分析和细读法，对新批评派产生了深刻的影响，为之奠定了理论基础。休姆则在《古典主义与浪漫主义》（1915年）一文中称浪漫主义时代已经结束，一个"新古典主义"时代即将来临，被认为是新批评派的第一个推动者。这篇文章还对美国评论家庞德产生了很大影响，他提出诗要有"准确的意象"，诗论要研究形式，强调文艺理论研究的准确性与科学性，可谓是对克罗齐等人忽视艺术形式理论的有力反驳。不过，休姆主要是个哲学家，庞德主要是个诗人，他们的理论只对新批评的兴起有过影响，还不能说他们就是新批评派的文学理论家。在理论上一直被认为是新批评派鼻祖的除了瑞恰兹，还有艾略特。他强调艺术的崇高地位，认为艺术就是艺术，不是其他的附属品，文艺理论家的任务就是研究艺术，不研究艺术本体的文论家是引车卖浆之流的文论家，是吹牛拍马的人，不是真正的文论家；上世纪30年代或者稍后，新批评派出现了第二代的评论家。这一时期认同并支持新批评的文学批评家大量增加，新批评派的观点迅速扩展，直接影响到文学期刊、大学里的文学教学以及文学教科书。英国的燕卜荪先后发表了《复义七型》（1930年）、《牧歌的几种变体》（1935年）、《复杂词的结构》（1951年）等论著，提出了著名的"复义"理论。其中《牧歌的几种变体》一书还考察了文学史的一系列著作，书中没有明显提到社会背景而反映了社会背景，标志着当时对文学史研究的转向。此后英国另一评论家李维斯也推崇对作品的细致分析，认为文学是一种特殊的语言形式，文学评论家的重要任务就是对语言形式进行深入分析，仔细考察。在美国，1942年兰色姆出版了《新批评》一书，意在批评瑞恰兹、艾略特等人，不料却使这一批评流派声名大振。他的三个学生阿伦·退特、克林斯·布鲁克斯、罗伯特·潘·沃伦更是对这一流派的发展起到了有力的推动作用,被称为南方批评派;第三代的批评家主要是指第二次世界大战以后在美国出现的一些评论家,由于他们主要活动在耶鲁大学,所以又称耶鲁集团,代表人物是韦勒克、威廉·维姆萨特及布鲁克斯、沃伦等。影响及成就最大的当推韦勒克,尽管他自己并不承认属于新批评派,但他从语义学角度区分文学与非文学、文学研究与非文学研究,文学研究应以文学作品研究为中心的形式主义立场与其他新批评诸家的理论并无二致,且在文学史理论建构方面成就亦高,下文拟重点评述。

新批评派自1920年代开始兴起,1940年代达到极盛,1950年代后期明显衰退,至1960年代完全失势。瑞恰兹的教学实验是其直接起点,因兰色姆的《新批评》一书而得名,至韦勒克、沃伦合著的《文学理论》则是这一流派理论的总结。"仔细辨别起来,新批评派中有两种类型:一是专注于对诗进行细读的倾向,一是试图将文学理论、文学批评与文学史融合起来的意向。前者是由瑞恰兹及燕卜荪发展而来的一脉主流;后者则多少上承了艾略特较为开阔的眼界,其代表性著作便是韦勒克与沃伦合著的《文学理论》。"① 当然这两种类型的区别是相对的。艾略特曾经看过一本名叫《阐释》的书,是十二个比较年轻的英国批评家的论文集,他们每人选一首一类诗作中的上品,在不涉及诗的作者或其他作品的情况下,对这首诗进行逐节逐行的分析,进行提炼、挤榨、梳理,尽一切可能把其中的每一点滴意义都挤压出来,艾略特因此称之为"榨柠檬汁批评流派"。读完之后,他发现自己对这些久已熟知、喜欢了多年的诗作感情恢复得很慢,感觉就像有人拆散了一台机器让他重新组装那些部件一样。他认为这种批评方式有一个危险,即假定作为整体的一首诗一定只有一种阐释,而且这种阐释必须是正确的,但一首诗的含义却往往不是任何解释可以穷尽的,因为诗的含义就是诗对于不同的、敏感的读者所表达的含义。他由这种批评实践的失败明白了批评应转向读者反应,为此,他把这些以瑞恰兹、燕卜荪为代表评论家称为教授批评家,而把自己称为诗人批评家。由此我们想到他多次否认甚至摒弃别

---

① 王钟陵:《新批评派诗学理论研究》,《中国社会科学》1998年第5期。

人称他是新批评鼻祖的荣誉而归之于瑞恰兹实在是一件意味深长的事。作为对照,作为诗人的艾略特在分析诗歌时不仅简洁明晰,具体深入,而且视野开阔,立足点高,有着较为明显的文学史观念。

所以,"如果以艾略特为新批评派的正题,则榨柠檬汁批评流派便是其反题,而意在融合文学理论、文学批评与文学史的韦勒克与沃伦便是其合题"。①

二

尽管艾略特否认自己的"鼻祖"地位,但新批评发展的历史却已很好地证明了这一点,正是他和瑞恰兹在借鉴并吸收康德、柯勒律治、克罗齐、T. E. 霍尔姆和庞德等人理论的基础上分别提出的"非个人化"观和文学的语义分析方法为新批评的出现奠定了坚实的思想理论基础。

在新批评派崛起之前,19世纪末的西方文学批评是以实证主义和浪漫主义的文学批评为主导。实证主义的文学批评只注重作家个人的生平和心理、社会历史与政治等方面因素对文学的影响,浪漫主义的文学批评则强调文学是作家主观情感的表现,热衷于谈论灵感、激情、天才、想象和个性。两种批评倾向均有一个共同的特点,即忽视或轻视对作品本身的研究。艾略特和瑞恰兹的理论恰好是对这种倾向的反拨,由于它一开始便抓住了传统文学批评最薄弱的环节加以批判,并辅之以一整套十分具体、操作性极强的阅读和评论文学作品的方法,因此影响极为深远。艾略特的早期理论中有一种"有机形式主义"的文学观,把文学作品看作是一个有机的、独立自足的"象征物",针对浪漫主义文学批评崇尚情感的自我表现、崇尚个性的基本观点,他提出了"非个人化"说,否定作家个性与文学作品的联系。他在《传统与个人才能》一文中这样写道:"诗人没有什么个性可以表现,只有一个特殊的工具,只是工具,不是个性,使种种印象和经验在这个工具里用种种特别的意想不到的方式来相互结合。对于诗人具有重要意义的印象和经验,在他的诗里可能并不占有地位;而在他的诗里是很重要的印象和经验,对于诗人本身,对于个性,却可能并没有什么作用。"② 在这段话中,他强调的是

---

① 王钟陵:《新批评派诗学理论研究》,《中国社会科学》1998年第5期。
② 王恩衷编译:《艾略特诗学文集》,国际文化出版公司1989年版,第6页。

诗而不是诗人，亦即艺术客体本身。构成艺术作品的各部分之间的关系变成了批评探索的重要内容，当然这种关系是综合而复杂的。他把诗人降低到了一种不自觉的、"自动化"的人，认为诗人以某种无意识的方式使他的诗隐蔽含蓄，"在艺术形式里表现感情的唯一方式，就是通过找出一种'客观关联物'；换言之，就是找出构成那种特定情感的一组形象、一种情境、一系列事件"。①"客观关联物"是艾略特从法国象征主义理论中派生出来的，其实就是强调作品本身，把作品视为一种结构。他几乎从不赞成诗人的主要任务是向读者传递某种确定的情感、思想或具体内容，因为"非个人化"的艺术首先考虑的是艺术客体的复杂性和不确定性。此外，他还批判以自己"内心呼声"为标准的浪漫主义批评观点，把传统看作为批评应有的"外在权威"。他对玄学派诗人加以重新评价，强调感情与理性的结合，并在《传统与个人才能》一文中建构了自己独特的文学史观。只是在1927年以后，他渐渐转向从宗教角度做道德批评，这已与新批评派大异其趣，这里不再赘言。

瑞恰兹与新批评的关系十分奇特。他在给自己于1929年所写的《实用批评》一书所做的序中有一个自述："九年来，我作了一个实验，把印有诗的卷子发给听讲人并要求他们任意地写评论评这些诗。这些诗的范围，从莎士比亚的诗一直到 E.W. 威尔柯克斯的诗。我不透露作者为谁，而且除了个别例外情况，原作者也没有被认出来。"② 结果使评论家和作为评讲者的瑞恰兹大为吃惊的是，杰作与平庸之作在评论中被互换了位置，显示出人类反应所具有的惊人的多样化。于是他开始着力探索造成阅读和评论障碍及失败的原因，提出《实用批评》一书的"首要目的是讨论诗，讨论如何研究、欣赏、评判诗"。③ 他使用的工具主要有两种：一是心理学；二是语义学。他运用的心理学是一种有生理依据的实证心理学，认为精神乃是一个冲动系统，它发生在机体需要与对刺激的反应之间，属于神经系统的活动，而非以弗洛伊德为代表的精神分析学派，所以他自然就反对为诗而诗，诗人的作用仅限于经验的组织和冲

---

① 转引自郭宏安、章国锋、王逢振：《20世纪西方文论研究》，中国社会科学出版社1997年版，第355页。
② 赵毅衡编：《"新批评"文集》，中国社会科学出版社1988年版，第364页。
③ 赵毅衡编：《"新批评"文集》，中国社会科学出版社1988年版，第370页。

动的调和。至于是哪些障碍造成了读者对诗歌意义的误解和批评上的偏差，瑞恰兹在《实用批评》一书中共归纳为十种。为了能准确地把握诗歌的意义，防止误读的产生，他进而提出一种称为"细读法"的具体阅读方法。于是，语义分析和细读法便构成了新批评派理论的两大柱石，而语义分析中的"语境论"又对新批评的方法产生了直接的影响。由此可以看出瑞恰兹运用语义分析方法，借助心理学研究是试图建立一种科学化的文学批评方法。

从表面而言，艾略特的"非个人化"观与瑞恰兹的语义分析方法似乎相距甚远，但从本质上看却又有许多相通之处，这些相通之处恰好构成了新批评的一般性原则：

首先是坚持以文学文本为本体的原则。事实上，就有新批评的理论家试图称自己的批评为"本体论批评"或"文本批评"。他们称20世纪以前的文学批评机械运用社会起因研究法是隔靴搔痒，对浪漫主义作家表现自我不感兴趣，认为只有研究作品字义结构深刻而丰富的内涵与外延及其两者组成的"张力"，把作品理解得透彻，批评家才算是履行了自己的职责。文学的本体是作品，诗人的本体也是作品，忽视作品研究的评论家是不可能达到文学研究的终极境界的。韦勒克和沃伦的《文学理论》一书的第三部分专论"文学的外部研究"，实际上是在阐发文艺学不应该研究的方面，或至少是不该用专门的力气进行这种外部研究，因为研究起因显然绝不可能解决对文学艺术作品这一对象的描述、分析和评价等问题，起因与结果是不能同日而语的。这里需要进一步说明的是新批评文论家们所谓的作品并不是总体性的作品，而是单个的作品，分析《哈姆雷特》或《麦克白斯》，仅作单个分析就可以了，不必把莎士比亚的所有悲剧联系起来，甚至牵扯到其他作品。还有就是作品研究不是整个作品的研究，主要是指对作品中形式因素与技巧方面的研究；兰色姆在《文学批评公司》（1937年）一文中，还态度鲜明地把下列六种批评方法视为非本体论批评而予以剔除，它们是：（1）批评家阅读文学作品以后个人感受的记录。（2）作品主要内容的归纳和解释。（3）历史研究，指对一般文学背景、作者生平、作品所涉及的作者自身的那些内容以及文献书目的校订考证等。（4）语文学研究，如外来语、罕用词语、典故等的研究。（5）道德研究。（6）其他特殊研究，如哈代小说中的地名研究等。由此引出新批评文论的第二个原则,即以探究作品的内在构成为任务。文学作品都是复杂的构成,它不是散漫无序的,而是有机的辩证的构成,它与文学作品内部的矛盾调和有着密切的联系,文学批评就是要理解这种辩证构成,必须从作品各要素之间的矛盾冲突及其调和中去寻求答案。作为一个形式主义流派,新批评派十分注重形式,视之为文学的命根子,没有形式便没有文学,形式是美的,文学美也就自然出现了,内容是从形式中产生的,因而他们也时隐时现地顾及内容;第三就是强调科学语言与文学语言的区别,瑞恰兹认为科学语言在于"参证",文学语言在于"情感"。"我们可以为了陈述所引起的联想,不论真联想或假联想,而用陈述。这就是语言的科学用法,但是我们也可以为了陈述所引起的情感的联想所产生的感情和态度方面的效果而用陈述。这就是语言的情感用法。"[①] 因此,同样是运用语言,同样用陈述方式,科学是在参证的基础上使用,文学则是以情感为核心使用语言。同时,新批评的文论家们还高度重视文学语言的多义性与复杂性,与科学语言的规定性、单一性相区别。燕卜荪的《复义七型》专门论述了文学语言含混的价值。

三

上述理论既构成了新批评文学理论的基础,也构成其文学史理论的基础。在新批评诸家的理论中,对文学史问题涉及较多的当推艾略特和韦勒克,维姆萨特和比尔兹利合著的论文《意图缪见》间接地涉及了文学史问题,甚至构成了新批评文学发展史观的基础,下面我将做简要介绍。

艾略特的文学史观主要见于他最重要的论文《传统与个人才能》中。该文集中阐述了文学的"非个人化"特征,强调文学传统对个体作家所具有的决定性影响。他把文学家放在历史的长河中加以考察,认为任何一位文学家都不会具有完全的意义,只有把他放在前人之间进行比较和对照,我们才能获得对他的客观评价。把文学家放在文学史的长河中考察,就可看到文学传统具有强大的影响,每一个文学家的创作必定

[①] 瑞恰兹:《语言的两种用法》,见《现代美英资产阶级文艺理论文选》上编,作家出版社1962年版,第99—100页。

会受到它的深刻影响，当然他的作品也会对文学传统产生作用，但这是极其微小的。正是这种历史意识使每一个作家面对传统，意识到自己在文学史中的地位。正因为如此，文学家不应处处突出自己，应当适应传统，因为在他的作品中，不仅最好的部分，就是最个人的部分也是他的前辈诗人最有力地表明他们不朽的地方。所以作家应不断地使自己归附更有价值的东西——传统，不断地放弃自己，做出自我牺牲，这样他才能前进，进而推动文学的发展，可见，传统是推动文学发展的根本动力。

那么，"传统"是什么呢？艾略特认为它并不是指机械地模仿或追随前人，也不是盲目地、胆怯地、谨小慎微地墨守成规、循规蹈矩。这样的东西总是昙花一现、转瞬即逝的，自然也就谈不上传统。"传统"的意义要广泛得多，而它的核心便是"历史意识"。在文章中，艾略特这样写道："它（指传统）含有历史的意识，我们可以说这对任何人想在二十五岁以上还要继续作诗人差不多是不可缺少的；历史的意识又含有一种领悟，不但要理解过去的过去性，而且还要理解过去的现存性，历史的意识不但使人写作时有他自己那一代的背景，而且还要感到从荷马以来欧洲整个文学及其本国的整个文学有一个同时的存在，组成一个同时的局面。这个历史意识是对于永久的意识，也是对于永久和暂时的合起来的意识。就是这个意识使作家成为传统性的。同时也就是这个意识使一个作家最敏锐地意识到自己在时间中的地位，自己与当代的关系。"① 这段话集中体现了艾略特的传统观，也就是他的文学史观。它包括这么几方面的内容：

首先是如何理解共时性与历时性的关系。艾略特所谓的"过去的过去性"是指过去事件的历时性特征，今人阅读过去的作品，心中总会有一个"它写于以前"的意识，如我们读《诗经》、读《论语》，不可能不想到写于二千多年前，还有荷马史诗、希腊悲剧，这是任何人都会意识到的。另一方面，也是更深刻的一点是过去的作品仍被今人阅读、研究，表明了它仍参与今人的生活，这就是所谓"过去的现存性"。文学史犹如一条镶嵌着无数精品的艺术长廊，永远向现代游人开放，无论是

---

① 王恩衷编译：《艾略特诗学文集》，国际文化出版公司1989年版，第2页。

莎士比亚、巴尔扎克，还是司马迁、曹雪芹，似乎仍与我们生活在同一片蓝天下，所以韦勒克会说："文学史并不是恰当的历史，因为它是关于现存的、无所不在的和永恒存在的事物的知识。"① 所谓某种文学作品的"超时代性"是指这部作品蕴含了一种异常丰富的可解释潜能，经历了岁月的侵蚀仍能够激起人们的好奇和兴趣，在历史性与现实性之间建立了一种独特的张力关系。它们既是历史文明的见证，又对未来发挥着持续的影响，既是反映，又是建构，是特定意识形成和流变过程的媒介，是各个文学历史时期自我确定和意义构成的表现形式，是影响历史发展进程的重要力量。所以，传统是活的存在，它就潜含在当今世界的文学结构之中，任何人都不可能全然超越，只能进行创造性的转化。亦即共时性与历时性是相互交融的，现在作为一个共时结构是历史积淀的结果，而历史因为积淀在现在的结构之中而并未死去。这就是艾略特文学历史意识的本质。

其次是评价文学史作品的有机整体观。他说："现存的艺术经典本身就构成一个理想的秩序，这个秩序由于新的（真正新的）作品被介绍进来而发生变化。这个已成的秩序在新作品出现以前本是完整的，加入新花样以后要继续保持完整，整个的秩序就必须改变一下，即使改变得很少。因此每件艺术作品对于整体的关系、比例和价值就重新调整了。这就是新与旧的适应。"② 这里，他明确提出了一种文学作品的有机整体观，其眼点并不在个别作品，而在于整个文学。这整个文学也不是单个作品的总和，而是一个有机的整体，文学作品只有放到这个有机整体并与之产生紧密联系才会具有意义，才能确立自己的地位。反之，有机整体也不是一个一成不变的存在物，由于新作品的不断加入，引起它的调整、适应和变化，因而使它处于一种生生不息的运动变化过程之中。文学史研究就应从作品与有机整体的相互关系中评价作品，否则我们根本无法判断哪一个作家是富有创造性的，哪一个是平庸的模仿和重复。在此传统作为一个有机整体，构成评价作家的"个人性"和"独创性"的参照系，它并不是一个抽象的存在，而是由个体作家作品组成，反之每一个真正具有创造性的作家的出现和介入又不断丰富、充实并改变着传

---

① 韦勒克、沃伦：《文学理论》，刘象愚等译，三联书店1984年版，第293页。
② 王恩衷编译：《艾略特诗学文集》，国际文化出版公司1989年版，第2页。

统。在此，艾略特尤其重视作家的独创性，不仅把整个文学，同时把每一具体作品也看作是一个有机整体，认为每一作品的各组成部分并不是简单叠加，而是一个有机组合，只有切实把握住构成作品的每一部分之间的关系，每一部分与作品整体的关系，文学史研究才能得到准确和客观的解释。这种有机整体观其实是西方学术的一个优良传统，从古希腊的亚里士多德到今天的西方文论，许多文学史家都能用联系的观点分析文艺作品的内部构成，研究文学史现象之间的关系，闪耀着辩证法的光芒。艾略特很好地继承了这一点，诸如他对传统与个体、过去与现在复杂关系的把握就很有见地，如果我们评价巴尔扎克就不能离开自荷马至司汤达的欧洲文学传统，评价李白就离不开由《诗经》以降至盛唐的文学传统。反之，由于巴尔扎克和李白等的出现，我们还得反过去重新评价荷马与司汤达、《诗经》与初盛唐诗人，对这些文学史现象进行重新定位。所以过去与现在是相互认识、相互比较、相互调整、相互改变的，传统是开放的，过去的作家将永远面临着被重新评价，文学史的开放性决定它将永远被重写。艾略特以极其宏阔的视野审视文学史现象，把从古到今的一切文学作品看作是一个大的体系，看成是一个不断运动变化着的有机整体。我们也可把它视为是对"传统"有机整体观的重大发展。

艾略特还从文学史发展的角度及其有机整体性原则出发，提出了他的文学史评价标准是"外部权威"，即文学传统。他一再批评英国文学批评家默里以"内心的声音"作为批评标准，认为这是主观随意的、无法规范的，更不够客观。而外部权威作为标准衡量文学史作品时，首先应审视它是否遵循传统，对传统表示忠顺，甚至为它做出牺牲。其次是批评要以事实为基础，要有高度的事实感。只有这样，在从事文学史研究时，文学史家们才能使读者掌握他们容易忽视的事实，也只有这样，文学史家对作品的解释才能成为真正合法的解释。所以，不论是文学传统还是外部事实都不是来自文学史家内心的声音，而是作为一种外部权威规范着文学批评。在《哈姆雷特和他的问题》一文中，艾略特认为艺术家借助作品结构使情感获得了客观化，文学史家们也就能根据这种客观化了的对象形态做出自己的解释和评价。他通过对在文学史上地位一直很低的17世纪玄学派诗人的再评价提出了文学的感情与理性相结合的观点,等等。这些均是对"外部权威"标准的补充。

但必须说明的是艾略特所说的"传统"、"文学秩序"、"外部权威"等均是指文学话语内部的传统与秩序,而不是文学以外的社会历史系统或文化传统,这表明艾略特的文学史观从本质而言还是属于自律论的。特别是他的"非个人化"理论是典型的对浪漫主义和传记式批评的反动,开了文本崇拜和"意图谬见"说的先河,所以他的局限也典型地代表了新批评派的局限,这在下文将有专门论述。

四

作为新批评派另一主将的韦勒克从本质而言更像是一个文学史家。他与沃伦合著的《文学理论》(1949年)一书可谓是对新批评派理论的总结与提高,书中所主张的每一文学作品都兼具一般性和特殊性的观点,引出了将文学批评、文学史与文学理论三者相结合的结论。

对文学史与文学理论的关系韦勒克是这样阐述的:在文学史中简直就没有完全属于中性事实的材料,材料的取舍显示出对价值的判断,初步简单地从一般著作中选出要论述的作品,分配不同的篇幅去讨论各个作家,都是一种取舍。任何一个稍稍深入的问题或者渊源与影响的问题都需要不断做出判断。那么,判断问题的依据是什么呢?韦勒克说没有一套课题、一系列概念、一些可资参考的论点或一些抽象的概括,文学批评和文学史的编写是无法进行的,而文学的准则、范畴和技巧不能凭空产生,所以文学理论要植根于具体文学作品的研究,亦即阅读具体作品的经验提升便是文学理论。"文学理论是一种方法上的工具,是今天的文学研究所亟需的。"[①] 理论即方法,这其实也是20世纪西方文论的一个特点,即文学理论已经成了批评方法。理论本该付诸运用,用以指导批评与文学史研究,这样自然也就是一种方法了。所以,他认为"文学理论"是对于文学原理、文学范畴、文学标准的研究,而对具体的文学作品的研究,要么属于文学批评,是静态的、共时的探讨,要么属于文学史,是动态的、历时的探讨。区分的步骤则是首先将对文学的一般研究与具体研究区别开,然后是将对具体作品的两种研究区别开,文学

---

① 韦勒克、沃伦:《文学理论》,刘象愚等译,三联书店1984年版,第6页。

史自然属于对文学作品的历时研究,它离不开价值判断。三者之间有着紧密的联系,所谓"文学史家必须是一个批评家,而后才能成为历史学家"。"文学史的真正材料应当联系价值以及包含价值的结构来选择。历史不能从批评中分离出来,批评意味着对一种价值系统的不断参照,而这种价值系统也必然是历史学家的价值系统。"[1] 文学史不是资料史。韦勒克在他的多篇论文中还反复批驳那种试图将文学史从文学批评中分离出来,使之脱离价值判断的文学史重构论。这种理论主张文学史有其自身特殊的属于已往时代的标准与准则,文学史家们必须设身处地体会古人的内心世界并承认他们的标准。对此,韦勒克不表苟同,因为在新批评派看来,作者的主观意图绝不等于作品的客观效果,因而不构成文学和文学史研究的主要课题。实际上韦勒克是在强调文学史研究的评价性、主体性与当代性。在文学批评和文学史研究中,研究者根据今天的文学风格或文学运动的要求重新评价过去的作品是完全合理的,而在历史观点与当代观点之间划出截然的区别则几乎是不可能的,因为文学的各种价值产生于历代批评的累积过程之中,它们又反过来帮助人们理解这一过程。所以要采取一种"透视主义"的观点,即"必须能够指出该作品在它自己那个时代的和以后历代的价值。一件艺术品既是'永恒的'(即永久保有某种特质),又是'历史的'(即经过有迹可循的发展过程)"。[2] 重构论其实就是风行于19世纪的实证主义的一个变种,韦勒克透视主义则将文学看做是一个整体,这个整体在不同时代都在发展着、变化着,可以互相比较,而且充满着各种可能性。通过仔细分析,我们可以看出透视主义显然没有多元性与深层性的意思,没有多元的观念,整体只能是片面的,没有深层性,所谓的发展变化只能是对浮表现象的描述,且韦勒克所谓的整体不过是说作品之间的相通性,他所说的发展也只是说文学不是被某个时期的观念所完全束缚的封闭体系,可见透视主义之说多少显得有些空洞。因此,当代意识强烈,历史意识虽有却相对薄弱,便构成了韦勒克文学批评、文学理论、文学史三者结合的思想基础。

韦勒克所理解的文学史可谓是一种典型的自律论的、以作品为中心

---

[1] 陶东风:《文学史哲学》,河南人民出版社1994年版,第167页。
[2] 韦勒克、沃伦:《文学理论》,刘象愚等译,三联书店1984年版,第35页。

的模式，不欢迎作品产生的社会环境、作家创作的主观意图、读者接受的心理感受等所谓"外因"的进入。"作为一种艺术来探索的文学史，就要把文学史与它的社会史、作家传记以及对个别作品的鉴赏加以比较和区分。"① 他对文学史分期的看法充分证明了这一点。韦勒克反对两种分期模式：一种是编年体方法；另一种是以社会政治史为依据的分期，因为实质上这两种分期均是属于他律论的。韦勒克坚信文学史分期的标准应当是文学的，应当从文学演变的自身规律中抽象出来，因为文学史是文学发展的历史。当然，他有时也并不绝对排斥文学史的他律性。例如，当他谈到文学演变的复杂性时指出："这种变化，部分是由于内在原因，由文学既定规范的枯萎和对变化的渴望所引起的，但也部分是由外在的原因，由社会的、理智的和其他文化变化所引起的。"② 这较之其他新批评派文论家要辩证了许多，也更符合文学发展的事实。

韦勒克在其《文学理论》的最后一章"文学史"中专门讨论了文学史写作问题，他觉得要兼顾两个方面：历史既不是一条不连续的无意义的流，也不是简单地使一般价值个体化。但他觉得"这里有一个逻辑上的循环：历史的过程得由价值来判断，而价值本身却又是从历史中取得的"。③ 这表现出韦勒克既要坚守新批评的内部结构论和作品本质论，又想容纳历史观念的矛盾心态，这种困惑还同他的文类观有关。韦勒克认为类型是一个范导性的概念，是某种基本模式，一个实在的、有效的惯例，它规定着作品的写作。从类型观出发，韦勒克几乎消解了他的历史观念："一个特定的时期不是一个理想类型或一个抽象模式或一个种类概念的系列，而是一个时间上的横断面，这一横断面被一个整体的规范体系所支配。""文学上某一个时期的历史就在于探索从一个规范体系到另一个规范体系的变化。"④ 在此他明确地将文学史确定为一个个横断面，而非系列。可见韦勒克的文学史观其实是侧重类型变化的，即：文学史就是横断面的连接。他进而提出文学史的中心任务就是要描述文学结构的动态史，要建立一种"体系"的眼光，必须"把文学视作一个包

---

① 韦勒克、沃伦：《文学理论》，刘象愚等译，三联书店1984年版，第293页。
② 韦勒克、沃伦：《文学理论》，刘象愚等译，三联书店1984年版，第309页。
③ 韦勒克、沃伦：《文学理论》，刘象愚等译，三联书店1984年版，第296页。
④ 韦勒克、沃伦：《文学理论》，刘象愚等译，三联书店1984年版，第307页。

含着过去作品的完整体系,这个体系随着新作品的加入而不断改变着它的各种关系,作为一个变化着的整体它在不断地增长着"。① 这种整体的增长也被称为"进化"或"演变",但又不同于生物学意义上的进化,如从鱼到鸟,从鱼脑到人脑,也不同于关于从生到死的封闭生命过程的概念,不能认为文学类型也像物种变化一样遵循产生——发展——鼎盛——衰亡的机械过程。在《文学史上的进化概念》一文中,他在批判各种传统的、旧的文学进化观之后,正面阐释了自己的进化观,即:文学进化过程不是单线的,不仅是一个共时体系代替另一个共时系统,而且也是旧的共时体系在新的共时体系中的积淀。共时与历时不可分离,任何共时结构都是历史发生的结果。这里所谓的共时结构就是上文提及的文学上的横断面。

在《文学史的衰落》一文中,他对文学进化过程中因果关系的复杂性做了规定性说明,即一部艺术作品并不必然地导致另一部作品的诞生,只能说没有先在的一部分作品,那么后产生的作品都将有所不同;韦勒克文学进化观的基本立场是,要处理好进化过程中作为体系的文学整体与作为个别的作家作品的关系,既不能把文学史当作相互独立、各不相关的孤立作品的堆积,又不能失去历史事件的个性,不能以牺牲个性为代价来建立体系,由不同个体组成的整体进化过程有着自己内在的相关性和系统性。在他的文学史动力结构论即文学史发展的原因和动力论中,他不得不兼及外在的,如社会的、理智的,以及其他文化的变化等原因,最终打开了新批评派始终紧闭着的自律论的大门。"编写一种整体的民族的文学史,这一问题是更难以想象的。由于整个结构要求参照那些本质上是非文学的材料,要求考虑民族道德和民族性格这些与文学艺术没有多大关系的内容,所以要探索一个民族文学的历史是困难的。"② 我认为难就难在他不得不违背新批评派的宗旨与原因,将内在与外在原因相提并论。

五

艾布拉姆斯在他的《镜与灯》一书中认为,一般来说,文学须涉及

---

① 韦勒克、沃伦:《文学理论》,刘象愚等译,三联书店1984年版,第294页。
② 韦勒克、沃伦:《文学理论》,刘象愚等译,三联书店1984年版,第310页。

四个基本要素：世界（也有人称之为"自然"，如古希腊批评）、作者、作品，还有读者（批评家当然也包括在"读者"之内），它们之间的关系主要有四个点、五条线。传统的文学史传记批评方法主要解决的是作者与作品的关系，它包括以作家自己的作品为材料来写这个作家的传记和以这种传记来研究作品。对此，美国批评家维姆萨特与比尔兹利合作发表了《意图谬见》（1946 年）一书对此予以批判，以维护新批评派的文本中心论，否定作者对作品研究的重要参考价值。

维姆萨特认为"就衡量一部文学作品成功与否来说，作者的构思既不是一个适用的标准，也不是一个理想的标准"。① 那种把作家的创作意图作为评判作品主要依据的观点是一种"意图谬见"。原因就在于它"将诗和诗的产生过程相混淆，这是哲学家称为'起源谬见'的一种特例，其始是从写诗的心理原因中推衍批评标准，其终则是传记式批评和相对主义"。② 结果便是取消了作为文学史研究具体对象的作品本身。而文学作品作为一种独立自足的存在，就诗人的创作意图而言，如果他成功地实现了自己的创作意图，那么诗就已经表明如果再以诗以外的意图去评判诗便是多此一举。反之，如果作家不能在作品中成功地实现自己的意图，那再以他的意图评判作品则不足为凭。韦勒克也认为"意图说"或"传记批评"经不起推敲，首先，作家的思想观点与性格特征都不能通过作品来印证。作家不能成为他笔下英雄人物的思想、感情、美德和罪恶的代理人。而这一点不仅对于戏剧人物或小说人物来说是正确的，就是对于抒情诗中的那个"我"来说也是正确的。作者的生活与作品的关系不是一种简单的因果关系，文学作品是对作家主观思想感情的重塑和变形，因而后者已失去了其原来特有的个人意义，此乃文学创作的根本特征。而且，即使作品表达了作家的生活经验，也不是实际的生活经验，不如说是作家的"梦"。所以，用作品来印证作家也就无以为据了。同样，作家不等于作品。这两点其实是文学理论中的常识，即便是与自律论相对的他律论文学史模式也承认这一点。在此，我们需要区别的是作品不等于作家的意图与作品和作家无关是完全不同的两个命题。若是后一命题，完全割断作品与作家的联系，则显然是片面的。维

---

① 赵毅衡编：《"新批评"文集》，中国社会科学出版社 1988 年版，第 209 页。
② 赵毅衡编：《"新批评"文集》，中国社会科学出版社 1988 年版，第 210 页。

姆萨特和比尔兹利显然倾向于后一命题，韦勒克虽也倾向于后者，但并不绝对。

此外，维姆萨特和比尔兹利还在1948年合著的《感受谬见》一书中批判了以读者感受为依据的文学史印象主义批评模式，认为这种批评是将诗与诗的结果相混淆，其始是从诗的心理效果推衍出批评标准，其终则是印象主义和相对主义，从而导致了感受谬见。他们认为，当读者阅读一首诗或一个故事时，在他的心中就会产生生动的形象、浓厚的感情和高度的觉悟，对于这些由阅读所产生的主观感受既不能驳斥，当然也不能作为客观批评的依据。因为这些读者的感受或者过于强调生理的反应，或者过于空泛而不着边际。其实，反对印象主义批评始于艾略特，维姆萨特与比尔兹利的观点关键在于将情感客体化，认为诗是关于情感和客体的论述或是关于客体的情感特征的论述。他们从诗是使情感固定下来的一种方式的看法出发，赋予诗以让世世代代的读者都能感受其情感的功能。而当不同的文化环境中客观事物的功能经历了变化，或者是当客观事物作为单纯的史实，由于丧失了其迫切的时间性而失去了情感价值的时候，诗的这一功能便尤为突出。某些事物在一个时代部分地被人遗忘了，而在另一个时代却受到赏识，其部分原因就是诗人的努力。在诗人精心设计的情感对象以及其他艺术作品中，历史学家找到了研究古人情感最可靠的依据，而人类学家却找到了研究当代原始崇拜的依据。于是，新批评的这种使情感客体化、价值永恒化的努力结果使文学几乎成为与科学一样的东西了。

当然关于两个"谬见"的理论曾遭到许多论者包括许多文学史家的贬斥。但我们若细加思量，就会发现其中并非没有值得思考的内容。如"知人论世"对于理解文学史作品虽是必不可少，长期以来，在中国古代的文学史理论中占据中心位置，但由于过于重视作者的意图，以至于将作品与作者的意图等同起来，这必然导致对作品认识的狭隘化，甚至对作品的轻视。再如对作品意图的说明其实也不是一件容易的事，因为诗人在创作前与创作中对所要写或已写作品的意图自身未必谋划得十分清楚，他人当然更难以搞清。抒情诗往往表达一种情绪、一种心境，有时甚至是一种十分模糊的潜意识，这类诗中的意图就未必清晰，也难以言说。更重要的是，即使作家有了一定的写作意图，作品的传达却未必不走样。这就是一个传记作者不一定是对传主作品最好解释者的原因，因为一方面对于作品的阐释仅限于作者的经历、心理是不够的，甚至拓展到当时的社会背景上看也仍然不够，另一方面，作品的意义还需要从历史的角度才能认识得更为深入。而感受谬见虽有忽视读者反应的严重缺点，但也有反对绝对的相对主义和印象主义的正确的一面，应加以充分肯定。

六

文学史研究的一个重要任务就是判断作品的优劣，这就需要一定的文学史评价标准。至于是否存在着一个统一的标准，历史相对论提出，各个历史时期会对一部作品做出不同的评价，因为人们的欣赏趣味随着历史的发展而不断演变。既然人们读作品的感受因时而异，那么评价自然也会因时而变，也就是说不同历史时期可以有不同的文学史评价标准。另一种历史相对论承认每部作品只有一个标准，即产生它的历史时期的标准，文学史研究唯有抛开现代意识，设身处地以当时人的思想、道德和感情看待它，才能做出恰当的评价。由于这种"复古"的要求，这种理论被称为历史复现主义。个人相对论则认为美在主观而不是客观，既然同一作品不同读者会做出不同评价，所以标准是因人而异的。

与之相对的则是历史绝对论，新批评就持此观点。布鲁克斯认为划分历史时期事实上是不可能的，因为每个时期都可以进一步分为几个更短的时期，分期无止尽。而且，即使可以划定，但由于各个时期的欣赏趣味绝不是清一色的，评价标准自然很难统一。至于历史复现主义，韦勒克认为作品的意义绝不是它那个时代的人所能穷尽的，它应是所有时代对它的认识的总和，且想象中的过去与现实的过去必然有出入，历史复现主义将导致作品意义的贫乏，对文学史研究可谓是个灾难。新批评指责个人相对论以读者的喜好为标准太过随意，实乃无标准。那么新批评的文学史评价标准是什么呢？那就是对文学来说，重要的不是它说什么，而是怎样说。真理的多少并不能决定作品价值的多少，思想的伟大也不意味着作品的伟大，否则文学与科学或哲学便没有区别了。对此，布鲁克斯的结论是人们永远不能用科学或哲学标准衡量诗歌，还有政治、道德、历史、宗教以及一切非文学的外在标准均不可接受,文学史评价标准必须与它自身的规律和特性相一致,那就是容它性、复杂性和统一性。

瑞恰兹曾把诗分为两种:排它诗和容它诗,前者只引起人们一种冲动,排斥其它冲动,后者则引起多种互相对立和矛盾的冲动,所以伟大的诗多为容它诗。到了其他新批评文论家的笔下,容它诗已不再与读者的冲动有关,而是指诗歌语言和结构所包含的各种复杂因素。他们相信,诗歌包含的对立和冲突因素越多,结构越复杂,价值就越大。由判定作品是否伟大的容它性标准进而引出另一个标准——复杂性。还有,他们认为检验文学知识的标准是合理性,从有机论出发强调作品的整体性,这两者都离不开一个因素——统一性。有了统一性作品才可能是合理的和完整的,这是新批评文学史评价的第三条标准。当然,文学的统一不是逻辑的,而是想象的,文学统一于一种支配一切的态度。这三条标准密切相关,在文学史评价中切不可孤立对待。

七

"新批评派涉及的理论问题主要有三个:诗与世界的关系,诗之所以为诗,诗与作者及读者的关系。在这三个问题中,对于新批评派最具本质意义的是诗之所以为诗,这是新批评派理论探讨的目标之所在。与这一理论核心相一致的是,新批评派的特色乃在专注于文本的细读。"① 其实,新批评的许多观点与中国古代文论有相通之处,如新批评派将诗看作是反映客观世界的一种知识,中国古代文论则讲"诗言志",以表现说包容了反映说,涉及的范围比前者要广泛得多。中国古代文论亦有重视细读的传统,评点之学即是其中之一种,但又有自己的特点,即经验型、非自足性和更多地契入文学发展之中。应当说,新批评派的出现,既使俄国形式主义获得了新的发展,又使英美许多文学史家找到了对付传统批评模式新的角度、新的武器,直接启发并推动了法国结构主义的产生与发展,它标志着19世纪西方文论进一步由外在研究向内在研究转移,使对作品形式的研究一时蔚为风气,遍及欧美。它还促成了

---

① 王钟陵:《新批评派诗学理论研究》,《中国社会科学》1998年第5期。

西方文论由运用传统语言学向运用以索绪尔为代表的结构主义语言学的过渡。此外还有他们对文学作品结构的分析较为深入细致，常常包含了某些辩证法的因素，以语义学分析作为文学研究的基本方法，理论与实践的结合较为紧密等等，均对推动20世纪西方文学史理论的发展做出了贡献。

但在本质上，它仍与俄国形式主义一样属于形式主义的文学史模式，整体上仍以形式研究为宗旨，比起社会——文化学派的文学史理论，新批评派忽视文学史的社会性、文化性、经验性等缺点相当明显，尽管他们把文本从历史、社会、心理、文化中孤立出来，着力渲染在他们心目中如出污泥而不染的荷花似的文学文本，并请入温室或学院之中，使之免受风雨的袭扰和世俗的议论，让批评家们努力捕捉文本本身所蕴含的意味，设想是美妙的，用心是良苦的，但却不可避免地走向了另一种片面，因而受到广泛批评，甚至影响到它的生存，以至于布鲁克斯、维姆萨特和韦勒克等在尽力反击之余，不得不改变策略，渐趋折衷，甚至想兼收并蓄，努力转向，但仍不得不让位于更为科学、更具生命力的法国结构主义。

新批评派热衷于黑格尔式的架构体系的方式，仔细辨别可见，他们仅仅学习了其中的逻辑方法，却从根本上忽视了黑格尔的历史精神及在社会文化的总体上观照文艺的方法，并运用到文学史实践之中，使得新批评文论诸家中仅有艾略特、韦勒克等少数人涉及文学史理论，且缺少体系的建构性。更多的人固守文本的自足性，忽略作品与社会历史的联系及其与现实的关系，较之此前出现的表现主义、象征主义、心理分析乃至荣格的原型理论，都在一定程度上关涉文学与外部世界的联系，新批评不仅不做推动，反而后退，使文学史研究从多元性退回到一元文本之中，实在是作茧自缚，表现出片面性、非科学性及英美经验主义的劣根性，不利于总结文学史规律，更不利于文学史研究朝着全面科学的方向发展，殊为可惜。

第三节　结构主义的文学史模式

20世纪60年代，英美新批评开始走向衰落，而以法国为中心的结构主义文学理论却以独特的姿态大踏步登上西方现代文坛,成为现代西方文学理论中最具影响力的一个流派。长期以来,人们普遍以为文学作品是作者创作生活的产物,表现作者本质的自我,文本是读者与作者进行思想感情交流的场所,好的作品写的是关于生活的真理,或者告诉人们事物的本来面目。结构主义对这种常规的信念提出了挑战,它企图使人们相信作者"死了",文学的价值与真理无关,否认小说中有真理,否认真理先于虚构,也不承认真理可以与虚构区分开来。它认为作家唯一的力量就是把现存的著作混合起来,对它们进行重新组合安排,作家不可能用写作表现自己,只能依靠语言辞典和已经写出来的文化。所以,总的来说,结构主义是反人文主义以及反对一切以个人主体为意义源泉的文学批评形式。

从文论史看,结构主义在当代西方文论中具有承上启下的作用,一方面它继承了俄国形式主义、英美新批评注重文学文本客观分析的科学主义传统,并将这一传统发展到了极致,同时又开启了解构主义那种颇具颠覆意味的解构思想。由于它不是一个观点统一的学派,内部诸家的思想差异很大,同时也可以与其他思想体系联姻,如精神分析的结构主义、发生学结构主义、西方马克思主义的结构主义等,因此,它主要是一种方法,一种关于世界的思维方式,认为事物真正的本质不在于事物本身,而在于各种事物之间的构造,以及它们之间可以感觉到的那种关系。所以,"就最广泛的意义来讲,结构主义是20世纪人文科学和社会科学中的一种动向,这种动向比较不大看重因果说明,而强调指出:为了理解一种现象,人们不仅要描述其内在结构——其各部分之间的关系,还要描述该现象同与其构成更大结构的其他现象之间的关系。就比较严格的意义来讲,结构主义一词通常限于指现代语言学、人类学和文学批评中的一些思想流派。在这三个领域中,结构主义试图重建现实现象下面的深层结构体系,这些体系规定现象中可能出现的形式和意义"。①

结构主义文论并非法国专有,但主要人物和影响是在法国,代表人物有前后"四子","前四子"是人类学家列维—施特劳斯,著有《亲

---

① 雅克布逊:《何谓诗?》,《马克思主义文艺理论研究》编辑部编选:《美学文艺学方法论》下册,文化艺术出版社1987年版,第502页。

族关系的基本结构》(1949年)、《悲伤的热带》(1955年)、《结构人类学》(1953年)、《野性的思维》(1962年)、《神话学》(三卷, 1964—1971年)等; 精神分析学家雅克·拉康(1901—1981年), 代表作为《文集》(1966年); 历史哲学家米歇尔·福柯(1926—), 著有《词语与事物》(1966年)、《知识考古学》(1969年)、《性欲史》(1976年)、《权力/知识》(1980年)等及西方马克思主义代表人物路易·阿尔都塞(1918—1990年)。"后四子"为罗兰·巴尔特(1915—1980年), 著有《写作的零度》(1953年)、《论拉辛》(1963年)、《符号学原理》(1967年)、《批评与真实》(1966年)、《S/Z》(1970年)、《文本的欢悦》(1973年)、《巴特自述》(1975年)、《恋人絮语》(1977年)、《描像器》(1980年)等, 他在现象学的意识批评、结构主义及解构批评三大领域均取得了杰出的成就; A.J. 格雷马斯(1917—), 代表作有《结构语文学》(1966年)和《意义》(1970年)等; 托多洛夫(1937—), 著有《符号学研究》(1966年)、《文学和意义》(1967年)、《〈十日谈〉的语法》(1969年)和《批评的批评》(1984年)等; 杰·热奈特(1930—), 代表作有《叙事话语》(1972年)、《超文本引论》(1979年)、《隐迹稿本》(1982年)、《辞格》等。前苏联学者洛特曼(1922—)所著的《艺术文本的结构》(1970年)和《诗歌文本分析》(1972年)以及以他为代表的符号学和结构研究群体对结构主义文学理论贡献颇多。

自结构主义文论诞生以来, 人们往往以为它擅长进行共时研究, 欠缺历史观念, 不能或不宜做历时分析, 其实, 以此咎病结构主义是不公平的。据波兰史学家克里齐斯托夫·波米安的观点, 它进入历史学领域是以乔治·迪梅齐尔的研究为标志。1952年, 列维·斯特劳斯的《亲族关系的基本结构》一书出版, 这种互相结合的势头日渐增长, 1958年《结构人类学》一书问世更是引起了广泛的兴趣和注意。而N.弗莱的《批评的解剖》将结构主义系统地应用于文学史实践, 为文学史建设提供了具体的启示。

一

一般认为, 瑞士语言学家费迪南德·德·索绪尔的现代结构语言学为结构主义的创立奠定了基础。19世纪的语言学注重不同时代语言的变化情况，现代语言学则注重语言用于交流发生作用的方式。文学上的结构主义的主要特征便是把索绪尔的方法和观点应用于文学这种交流形式。

索绪尔的基本观点是：语言是个符号系统，由任意性的、可区分的符号构成。为了说明这种观点，他对语言学的研究客体和词与事物的关系提出了新的解释。他首先对语言和言语进行了基本区分，认为语言指语言系统，在实际运用语言的实例之前就已存在；而言语指的是个人发出的声音，也就是实际上说出的话。语言是社会性的，它是一个共有的系统，人们说话时无意识地依赖这个系统；而语言是个人性的，它以具体的语言实例来实现语言系统。根据这种区分，语言学研究的真正客体应是语言系统而非个人的言语，因为是前者支配着一切具体的人类表现实践。这种区分对结构主义至关重要，因为它具有这样的含义：如果要考察文学作品，例如诗或小说，其目的是找出它们所用的规则系统或语法规则。

索绪尔不承认语言是随着时间而逐渐积累的词语，也不承认语言的基本作用是指称世界上的事物，他认为语言符号在于"声音形象"和概念这两个因素的结合，"声音形象"称作"能指"，"概念"称作"所指"。如我们说出"树"这个词，它是表达的一个概念，即一种木本植物，语言是同概念相联系而不是同现实世界中真实的树相联系，因此，在语言中是能指和所指发生关系，两者同时存在。这种理论的出现可谓是一次革命性的范式转换，即在语言学中倡导共时性的观念，这与传统语言学一贯以历时态的角度来看待语言有着根本性的区别。他认为传统语言学把语言看作是一个命名过程及其产物是一种误置。他举例说，"可以把语言和一张纸相比，思想在前，声音在后，人们不能切断前面的而同时不切断后面的。同样，在语言中，人们也不能把声音和思想分开，或把思想和声音分开"。① 由"声音形象"和"概念"这两个因素构成的符号是注意性的，因为除了极少数情况之外，"能指"与"所指"的联系基本上是语言习惯或常规的产物，而不是自然的联系，且在整个

---

① 转引自朱立元主编：《当代西方文艺理论》华东师范大学出版社1997年版，第233页。

符号与它所指称的现实之间不存在自然的或必然的联系。亦即词并不是与它所指事物相一致的象征,而是由两部分组成的"符号",这两部分就像一张纸的两面互不可分,一部分是标记,可说可写,为"能指",另一部分是概念,是由标记所想到的东西,称"所指"。在索绪尔的模式中,"事物"没有地位,语言因素获得意义并不是词与事物相联系的结果,而是作为一种有关系统的组成部分的结果。

　　索绪尔由此进而得出他的另一重要观点,即现实世界与语言世界基本上是分离的。词语直接联系着人们对事物的经验,而不仅表现或反映这种经验,思想概念若无语言或其他符号系统将是混乱的,是词语赋予它们以形式,因此不是事物决定词语的意义,而是词语决定事物的意义。如"树"的所指本身并不是一系列植物的表现、反映或产物,而是通过符号本身人们区别出"树"这类客体与其他类的客体,如花和野草。索绪尔的这种理论对结构主义的出现可以说有着直接的影响,当然,结构主义仅采用了符号系统的方式,它的研究不包括符号本身,这是它有别于符号学的地方。结构主义的研究最初是以音素研究为基础的,音素是语言系统中最低层次上的成分,一个音素就是一个有意义的声音,由语言运用者辨认出来或感觉出来。人们不会承认片断的声音本身有意义,而是把它们记录下来,作为与其他声音有某种区别的声音。罗兰·巴尔特《S/Z》一书的取名即源于此。作者在论述巴尔扎克的小说《萨拉辛》(SARRASINE)时,发现标题里的两个"S"的发音在音素学上应分为清辅音[S]和浊辅音[Z],于是就把他的书定名为《S/Z》,此外在语音(不是音素)层次上也存在着一些不被辨认也不须辨认的原生音的差异,因为它并不影响词的意义,如英文里的"Pin"(针)和"Spin"(纺)。关于语言的这种看法的基本点是说在语言应用的背后有一个系统,一种成对的相对的模式,二元对立模式。在音素层次上,这种二元对立包括鼻音和非鼻音、元音和辅音、清音和浊音、紧音和松音、长元音和短元音等。在某种意义上说话者已经将这样一套规则内在化了,也就是说这些规则一般不被注意,只是在构成语言的能力方面表现出来。结构主义的这种二元对立的分析方法类似我们讲的一分为二,即把研究对象分为一些结构成分,并从这些成分中找出对立的、有联系的、排列的、转换的关系,以认识对象的复合结构。列维—施特劳斯以为，人作为主体是整体中的一个部分，是整体结构中的一个关系项，由关系的整体决定。阿尔都塞反对线性因果和表现因果，主张整体是不同成分不对称的关联，其中一个成分为主导成分，这个主导成分是变动的，并不定于一尊，社会发展是多元的，是结构的自动变化，而不仅仅是因经济基础变革而变革的。罗兰·巴尔特在《论拉辛》一书中认为拉辛的人物在整体结构中各得其所，显示差异，或因地位不同而有所区分，如父与子；或因作用大小、自由程度高低、家族出身差异而有所区别，或因性别不同而有所区别，如男人和女人。男性化的女人和女性化的男人显示出性格的两极组合，即既有正的一面，又有负的一面，组成二项对立的结构模式。这种结构模式在文学史上大量存在。巴尔扎克在给阿柏朗台斯公爵夫人的信中写道："就我所知，我的性格最最特别。我观察自己，如同观察别人一样；我这五尺二寸的身躯，包含一切可能有的分歧和矛盾。有些人认为我高傲、浪漫、顽固、轻浮、思想散漫、狂妄、疏忽、懒惰、懈怠、冒失、毫无恒心、爱说话、不周到、欠礼教、无礼貌、乖戾、好使性子，另一些人却说我节俭、谦虚、勇敢、顽强、刚毅、不修边幅、用功、有恒心、不爱说话、心细、有礼貌、经常快活，其实都有道理。说我胆小如鼠的人，不见得就比说我勇敢过人的更没有道理，再如说我博学或无知，能干或愚蠢，也是如此。"[①] 巴尔扎克的这种二元对立的性格反映在作品中就形成了美丑、善恶、真伪并存共生的错综复杂的人物性格的群体。我国文学史上的陶渊明既有"采菊东篱下，悠然见南山"的恬然闲适、避世归隐的诗句，也有"刑天舞干戚，猛志固常在"的金刚怒目式诗句，李清照作为一位婉约词风的代表也会吟出"至今思项羽，不肯过江东"的豪放诗句来。所以，结构主义文论的这种二元对立模式是有利于揭示人的复杂性和把握文学史现象的。它主要包括以下六种：共时与历时、横组合关系与纵组合关系、语言与言语、代码与信息、所能和能指与意指、秩序与序列等，这是结构主义文论模式的展开形式，体现出二元对立的精神和对深度模式的寻求，当然，这种追寻是停留在方法论层次上的。另一方面，结构主义通过张扬结构系统自身的自立、自足特性来代替以往强调的人的主体能动

[①] 段宝林编：《西方古典作家谈文艺创作》，春风文艺出版社1980年版，第340页。

性，昭示着当代西方哲学"语言论转向"之后思想界主体性消释的趋势。

所以，结构主义文学理论的根本宗旨在于建立一种普遍的文学"语法"，或找出支配文学实践的潜在规则，强调文学与语言的特殊关系，通过文学使人注意语言的本质和特性。它所建构的"结构——历史"方法在努力揭示文学与历史发展关系的同时又不偏离文学本体的种种尝试为文学史研究提供了有益的启示，更对所谓结构主义是反历史的观点以有力回击。

二

结构主义导源于形式主义，与新批评的关系更为内在与直接，新批评所倡导的作品本体论、文本自足论、诗式阅读法等均为结构主义所继承，且三种批评模式均与索绪尔的语言学有着千丝万缕的联系。但结构主义毕竟有自己的理论重心和特点，这首先体现在对"结构"的理解上，皮亚杰在《结构主义》一书中对"结构"有三个基本概括：即结构有整体性、转换功能和自我调节功能。具体而言，整体性是指结构整体中的各元素之间存在着有机联系，各元素在整体中的性质不同于它在单独时或在其他结构内时的性质。转换功能是指结构内部存在着具有构成作用的规律和法则等，以语言来说，正是由于这些规律、法则的构成作用，各个词汇才可以组成不同语句，人才能用语言来表达意思并使他人理解。自我调节功能是指在结构执行转换程序时，它有自身的调节机制而无需求助于结构之外的某物，亦即结构相对地封闭和独立。结构主义的另一代表人物列维—施特劳斯则归纳为四点：首先，结构展示了一个系统的特征，它由几个成分构成，其中任何一个成分的变化都要引起其他成分的变化；第二，对于任一给定模式都应有可能排列出同一类型的一组模式中产生的一个转换系列；第三，上述特征使它能预测如果一种或数种成分发生了变化的话，模式将如何反应；最后，模式应这样做，以使一切被观察到的事实都成为直接可以理解的。[①] 可见系统思想和整体观是结构主义的核心，它告诉我们，首先结构是具有内在关系的整

---

① 赵毅衡：《新批评》，中国社会科学出版社1986年版，第110页。

体，并非各部分的混杂相加，整体大于部分相加之和，这与格式塔心理学原理和系统论相吻合。其次，结构不是静态的，结构中含有转换程序，借助它结构可以不断地整理加工新的材料。再次，结构的转换程序是它自身固有的，因而结构可以自我调节，它的演变和转化与外界因素无关。较之俄国形式主义和新批评，它更强调整体性与系统性。较之形式主义把文学研究的对象限定为"文学性"，文学性则由文学的技巧原则决定，因而常常把诸如隐喻、象征、反讽等技巧孤立出来，脱离文本进行分析，结构主义则强调个别因素对于整体的依赖性，但这里所谓的"系统"或"整体"主要是指文学自身的，它可以在文本层面上应用，亦可在诸文本的关系上应用，与社会文化系统无关。这就决定了它的文学史模式是一种自律论的立场，与形式主义、新批评终有其相近之处。

结构主义从一开始就是对19世纪盛行的注重外部关系的历史方法的反拨，注重研究对象的本体，但在后来的发展中，结构主义文论家们开始有意识地纠正自己无视文学历史性的偏颇，"转换"概念的引入即是明证。巴尔特还专门针对他人的批评做过解释："结构主义并不是把历史从世界撤走，它企图把历史不仅与某些内容联系起来（这个已经做过上千次了），而且与某些形式联系起来，不仅与材料而且与理论联系起来，不仅与意识形态而且与美学联系起来。"[①] 另一些学者则通过具体研究工作把结构与历史结合起来。如列维—施特劳斯上世纪60年代的神话学研究在还原早期神话原型的基础上深入到神话变体的研究，通过同一神话原型在不同种族、不同社会、不同时代的转换与变异探讨其中的信息所反映的文化意义与社会意义，以此把结构分析与历史研究融为一体。这样，结构的原型及其转换与变异所显示的不仅是形式上的变化，而且有了具体的历史内容，显示出比形式主义、新批评更为开放的视野和更广泛的包容性。

结构主义通过逐步形成的"结构——历史"的文学史研究方法，较妥善地处理了内在考察与外部研究的关系，通过内部的剖析透视同外部的联系，始终坚持面对研究对象的本体。这尤其体现在阿尔都塞所提出的"结构因果律"上，它既不同于把文学发展变化的原因归于一个因素

---

① 罗兰·巴尔特：《结构主义——一种活动》，《文艺理论研究》1980年第2期。

作用于另一个因素的"线性因果律",也不同于把原因说成是整体对局部起决定作用的"线状因果律",而是认为,文学史发展变化的原因在于结构自身内在要素联系的总体之中。与此同时,在致力于考察文学史现象的内部结构,探讨能否向外界寻求解释说明的内因的过程中,结构主义又注意文学史内部结构的转换所反映出来的外界条件的变化。这就摆正了文学史内在考察与外部研究的关系,真正把握住了文学史发展变化的根本动因。其中,内部研究始终是占第一位的,因为文学发展最根本的动力体现于其自身内部;外界条件的变化对文学产生多大程度的作用则通过对文学自身的剖析加以揭示,从而摆脱了长期困扰文学史研究的"外在决定论"的僵化教条问题。

托多罗夫认为:"必须把文学史和社会史清楚地分开来,区分并不意味着割裂。文学史也不和内在性研究——人们称之为释读或说明——同步,即'共时性'角度来研究文学,文学史应当致力于不同体系间的转变,即历时性的研究。"① 文学史只能参照一个不断变化的价值系统来研究,而这一个价值系统只能从文学史本身抽象出来。另外也要避免重蹈形式主义和新批评封闭的研究方法的旧辙,既要让文学置身于历史的土壤,又尽可能充分体现文学自身的自主性。结构主义的"结构——历史"的文学史方法所展示的就是这样的可能性,且这一方法与马克思主义的"逻辑——历史"方法实质上是共通的,二者都突破了单纯追随时间顺序的做法。马克思在其《〈政治经济学批判〉导言》中谈到他对历史的认识是"所说的历史发展总是建立在这样的基础上:最后的形式总是把过去的形式看成是向着自己发展的各个阶段,并且因为它很少而且只是在特定条件下才能够进行自我批判——这里当然不是指作为崩溃时期出现的那样的历史时期——所以总是对过去的形式做片面的理解"。② 正因为如此,所以马克思不打算追随和重复历史的未来进程,他认为"把经济范畴按它们在历史上起决定作用的先后次序来排列是不行的,错误的"。他强调"问题不在于各种经济关系在不同社会形式的相继更替的序列中在历史上占有什么地位,更不在于它们在'观念上'的顺

---

① 托多罗夫:《文学史》,《涪陵师专学报》1999 年第 1 期。
② 马克思:《〈政治经济学批判〉导言》,《马克思恩格斯选集》第 2 卷,人民出版社 1995 年版,第 23—24 页。

序。而在于它们在现代资产阶级社会内部的结构"。① 这样,马克思赋予历史以新的"有序"方式,即他并不把时间的先后次序当作历史唯一的形式,而是从发展所达到的成熟点的高度上,通过对基本关系即逻辑范畴的分析来观照历史的进程,当然,他也反对脱离历史现实孤立进行范畴推演的做法。因而,无论是在实践上还是在理论上,马克思的"逻辑——历史"方法均证明了历史"有序"方式的多样化和通过以逻辑为中心的"有序"系列反映历史进程的可能性。

三

结构主义并不否定作为事物存在的时间方式的历史,即文学实践史。列维—施特劳斯曾明确宣布,他反对的不是历史而是历史中的"神秘主义"。热奈特在论述文学的空间性,肯定普鲁斯特在这方面的开创作用时特意声明:"这并不是要否认文学的历史方面——这样做是荒谬的。"② 这说明指责结构主义否定历史是带有很大片面性的,事实上,结构主义在"反历史"的旗号下,反对的是那种把历史看成是连续不断的线性因果关系的陈旧历史观。在这个基础上,"结构——历史"方法建构了一种独特的文学史观,即文学史的"非连续性原则",认为时间序列只是空间组合的形式之一,文学史是"非连续的集合"。这种"非连续性"原则实际上是文学史的另一种"有序"方式,它更为接近历史发展和人类认识历史的特点,也符合文学史发展的特点。自然科学的最新成就和"突变论"所做的理论概括均明确昭示,从宇宙、生物到人类及文学的历史并不像达尔文进化论所言的是一个缓慢的经过淘汰、适应而逐步进化的过程,而是充满了突然诱发的事变和跳跃性的进步。这样的文学史进程反映到人类的头脑中也只能是"非连续性"的,唯有科学研究有了新的发展,对文学而言则是有了新的认识或理论之后才有可能对一系列的文学事实进行新的组合。其实,由于人类认识能力的局限,文学史永远不可能得到原原本本的恢复和重现,人类只能"非连续性"地逼近对文学史本来面目的认识,而不可能直线式地达到。因而,结构主义的文学史的任务便是热奈特所说的"把

---

① 马克思:《〈政治经济学批判〉导言》,《马克思恩格斯选集》第2卷,人民出版社1995年版,第25页。
② 热奈特:《文学与空间》,《外国文学报道》1985年第5期。

过去纳入现在的领域",把文学史变成一个人们应学会在其中纵横驰骋的广阔的共时性领域。文学史是由一连串相关的文学现象组成的有机整体,一个复杂而开放的结构系统。一种文学现象、一个作家作品的意义并不取决于该文学现象本身,而是取决于各个文学现象之间的关系,特别是文学史发展的整体结构。在这里,结构被理解为某种联系、关系或确定了的历史秩序与文化状况。而结构的重复性、整体性、多元性与深刻性无疑为文学史发现并确定每一种文学现象的新意义提供了重要契机和基础。它赋予文学史著作一种内在的框架,一种宏远邃密的文学史家的胆识、眼光与视界,它强调文学史发展的宏观态势、文化背景和超个体的发展与过程,淡化单个的事件和个人,注重探索文学史上作家作品产生的条件、时空和可能性,漠视并略去个别作家及其作品的内在动机、单个存在与传递方式,描述、阐释并说明那些相对来说不易变动的文学与文化现象,而不去理会、整理和探讨那些极易变迁的视野、领域。简言之,它要阐明的是集体现象而非个体现象,它所使用的操作手段是叙述、说明、解释的方法而非个体化的理解方法。这种结构主义的文学史旨在把握整体性的历史联系,审视、描述、阐释处于共时性和历时性座标之中的、整体的、过程性的文学历史。

我们若以中国文学史研究实际为例便可看出这一点。迄今为止的中国古代文学史研究总是习惯于把封建王朝的更替顺序当作中国文学发展的唯一次序,文学史的编写也往往局限于封建王朝编年史的格局,逐年编订,唯求其全,唯恐其失,却从未考虑这到底是文学史著作还是文学史资料长编?除了追随封建王朝的兴衰更替之外,文学发展究竟有无自己的道路?其实,只要我们深入考察就可发现,中国古代文学并不是始终伴随封建王朝的影子亦步亦趋,除了先后出现的一段段文学繁荣期外,秦王朝、汉武帝以后、汉顺帝以后、元顺帝以后、雍正王朝以后……都出现过或长或短的文学荒漠期。许多新的文学式样的产生也都带有特殊条件诱发的变异性,像五言诗、词曲、杂剧、传奇……莫不如此,对此,传统的文学史著作要么不做解释,要么牵强附会,结果当然不能令人信服。卢卡契在潜心研究的基础上曾提出德国文学的最大特点在于其发展的"非连续性"。事实上,中国文学的发展道路也存在不同程度的非连续性,我们应当打破封建王朝的框架,为中国文学史找到一个新的架构，这个架构的出发点和根据不是别的，就是文学自身的成长和发展。从文学在当代社会内部的结构出发，在文学达到成熟而具有典范形式的发展点上考察文学内部的要素，根据这些要素在不同社会环境所占的地位和所表现的形态来反映文学史的进程。

毫无疑问，结构主义的文学史喻示着从"事实的历史"走向了"叙述的历史"。在文学发展的历史长河中，文学现象与历史事实远比人们所想象到的要多得多，也繁杂得多，何种重要？如何取舍？从而使文学史汇集、概括普遍的和最终的或者最本质的文学事实，就需要从整体上、从其潜在而广泛的文学的以至文化的复杂联系上考察、描述和阐释，亦即需要从结构的叙述方式入手，审视并把握文学史的宏观架构和逻辑架构。在走向这种历史叙述的过程中，显然必须重视结构主义文学史研究方法的下列特征：

首先是寻求批评的恒定模式。结构主义文论反对印象派一类的主观批评，要求用相对稳定的模式来把握文学史现象，以达到有理性、有深度的认识。其操作步骤大体上是先提出一个假定的结构，或从其他学科中借用这一模式，看它能否说明具体文本，如能，就用该模式作为文本的基本结构，如不甚满意，就别寻其他模式，直到大体满意为止。对同一类文学现象可用不同模式来说明其不同方面。托多罗夫就曾运用三个模式来说明和推衍文学史的发展历程，"第一个也是最普遍的模式就是植物：这是一个器质性的模式。可变性的规则就是有生命的机体的规则：文学机体也像一个有生命的机体一样诞生、开花、衰老并且最终死亡"。"第二个模式在 20 世纪的文学研究中很普遍，就是所谓万花筒。它假定构成文学作品的各种要素是一次给定的，而作品变化的关键仅仅在于这些同样的要素的新组合。""我们把文学史的第三个模式称为白天和黑夜。在这里，变化被看做昔日的文学与今日的文学之间的对立运动。这一隐喻的各种说法的原型存在于黑格尔的正题——反题——合题的公式之中。这一模式无可否认地要比第一个模式来得优越：它不仅使人能够分析'演变'，而且能够分析'急剧的变革'，就是说变异性的速度的加快或减慢。"① 弗莱在《批评的解剖》一书中，通过原型理论将

---

① 托多罗夫：《文学史》，《涪陵师专学报》1999 年第 1 期。

文学史的循环与仪式及自然的循环挂上了钩,提出了另一种文学模式,即文学史可以看成四种依次出现的神话模式和原型象征模式:A. 未经移置的原生神话模式;B. 传奇模式;C. 写实模式;D. 讽刺文学(从写实模式向神话回归的中间环节),颇具新意。

第二是强调文学史研究的整体性。与新批评强调细读,注重对单篇作品乃至单独某句话的分析不同,结构主义把文学史看作一个整体,强调文学系统和外在于文学史的文化系统对具体文学史作品解读的重要性。当然,这里的整体并非事物本来的整体,而是分割事物找出各元素后再组合而成的整体。所以它的细读是将语段的细读与整体参照结合起来。它的整体性可以就作品整体而言,也可对更大范围的文学史文化背景而言。结构按照组合规律有秩序地构成一个系统,按其特定与固有的节奏和规律演进,相互关联、相互制约,显示出独特的生机与活力,在这里,个体、个别性只是一般地作为整个的结构关系整体的一部分、一个环节而予以考虑的,从而将单方面的和简单化的决定论排除在文学史的写作活动之外。

第三是追踪文学史的深层结构和演进机制。结构主义所谓的"结构"通常是指事物内部的复杂关联是不能被直观的,而是应凭借思想模式来挖掘、建构而得到文学史的深层结构。列维—施特劳斯对俄狄浦斯神话的分析可谓是一个典型。美国结构主义文论家克劳迪欧·居莱恩提出的文学史有一种系统或结构化倾向,"在那缓慢然而又是不停变化的整个文学领域内存在的一种顽强、深刻的'秩序意志'"。[①] 说的就是文学发展背后的深层结构。文学史是变动的,结构并不仅仅意味着是一系列因素组合而成的和谐统一的整体,从发展的观点看,在这一整体中只要有一个新因素的增加,或者原有的一个因素的衍变,或者出现新的结构组合,就将导致所有其他因素的变动,最终形成文学史整体的或迅捷剧烈、或生动壮观、或激动人心影响久远的深刻变化。它打破了一个既存的结构,让一个新的结构取而代之,这便产生了文学史的革命性意义,而这种革命往往在所有其他结构中也会发生关联与反响,并引起关于这些结构叙述的程度不等的变化,从而从根本上改变了文学史整体的

[①] 转引自朱立元主编:《当代西方文艺理论》,华东师范大学出版社1997年版,第233页。

面貌,在寄寓文学史家对历史时间与结构的主观新构想的同时,喻示了历史叙述的新方向。

不消说,对结构的倚重、把握与描述最终导致了结构主义文学史或文学的结构史的诞生。这种文学史既因为结构的存在而使其有了规律性的、可预见的特点,又以其追求纵深开掘与文化探寻而反映了我们时代的历史思维,显现了一种积极而自觉的重构热情与价值意义。

四

在上世纪的六七十年代,结构主义在西方盛行一时,一度成为文学批评的主流,为什么它会博得批评家们的如此青睐呢?原因多种多样,但最主要的恐怕要首推它强调文学科学的严密性和客观性,其实结构主义因此也失去了一些认同性,诸如忽视文本的具体特征,把实际的作品与作者抛在一边,认为写作没有始源,语言决定一切,语言先于任何个人的言语,结果是不仅取消了作者,也取消了文本,这显然不能为广大读者认同与接受;再就是对传统的人文主义及当时居统治地位的新批评提出了严厉的挑战,传统的文学批评认为语言能把握现实,语言或反映作者的思想,或反映作者所看到的世界,在某种意义上,作者的语言很难与他的个性分开,亦即我们常说的"文如其人",作者的语言表现出他的真实存在。结构主义却论证语言的结构产生出现实,强调意义的构成性,认为意义既不是个人经验的产物,也不是天命的规定,而是人所共有的一些意义系统的产物,或者说是支配语言的作用与反作用。这就从根本上动摇了意义由个人决定的看法,文学的神秘性遭到消解,表现出一种无情的文学非神秘化倾向,突出了人的行为和思想的"构成性"。它反对狭隘的经验描述,厌恶不做分析的堆砌历史掌故的所谓历史分析,强调对文学史的内在结构、对审美现象做更为深层的模式化的研究。这种通过文学的表层结构探究文学深层结构的努力避免了就事论事,体现出一种文学发展过程中的内在结构方式,可谓一种深刻的"片面"。但"过犹不及",结构主义还来不及完善自己的理论体系就被后结构主义取而代之,原因恐怕就在于它在开始时便已播下的偏激基因,走的是一条速成但不够辩证的路。科学主义是重要的,但绝非唯一,结构主义欲以科学主义和形式主义取代人本主义和人文精神既不可能,也没有必要，更违背了科学精神。20世纪西方文论贯穿始终的毕竟仍是人文精神，结构主义在此失足应该说是必然的。

还有就是结构主义文论中尽管也蕴含着丰富而独特的文学史理论，但毕竟未能取得出色的建树，在此也须略做反思。究其原因我想首先当推它过于强调共时研究，如列维—施特劳斯对神话结构的分析、雅各布森对语言两极性的分析、普洛普对民间故事人物功能的分析等均是在共时研究之树上结出的果实，至于对结构的动态性、历时性演变的论述则明显不够，有的也仅是共时结构的连缀，对结构间的内在生成转换缺乏深入研究；再就是关于文学语言自由性、独立性，文学系统封闭性的思想也极大地限制了结构主义的视野及其在文学史领域的延伸。它强调文学系统变化的动力来自内部，托多罗夫《文学史》一文对文学史的定义极为明显："文学的对象不是作品的起源。""必须把文学史和社会史清楚地区分开来。""文学史也不和内在性研究——人们称之为释读或说明——同步。""放在文学史家面前的第一个问题就可能是这么提出的：在文学话语的内部究竟是什么东西发生了变化？"[1] 很显然，它在纠正文学史机械他律论的同时走上了另一个极端；第三则是对构建一种完美系统各种模式的渴望与追求导致了为了整体而牺牲个别，为了逻辑而牺牲历史，从而丧失了文学史的丰富多元与个性化色彩。

结构主义的成功与失落给我们的启示是多方面的，它带给20世纪的西方文论以科学之光，使之能与人文主义、表现主义携手前行。但它对科学主义的过分尊崇又导致它迅速地边缘化，进而丧失了自己的发展空间，殊为可惜。但愿上世纪末、本世纪初美国文论界重举结构主义大旗能赋予它以新的生命。

---

[1] 托多罗夫：《文学史》，《涪陵师专学报》1999年第1期。

第六章　文学史模式论之五

相对于他律与自律论的文学史模式，接受美学对文学史理论的贡献是巨大的，它把我们的视野从传统的、历经多个世纪的对作家、作品的研究转到了对读者的关注，由于它无所谓自律与他律，也就谈不上进入这两类文学史模式系统。范式理论本是自然科学上的一种分期模式，由于它与文学史发展的种种契合，在此我选择了一个具有典型意义的文学史历史阶段细加分析，以显示文学史模式所具有的多元化存在，力求拓展文学史研究的思维空间。

第一节　接受美学的文学史模式

在传统的文学史研究中始终存在着这样一种倾向，即把文学史缩减为文学创作史和美学表现史，即作者和作品的历史。产生这种偏向的原因在于，文学史家们大多认定，在文学的历史进程中，唯有作家的创作活动及其结果——作品是可以追溯的历史事实和可见的、稳定的成果，文学创作和作品构成了一个独立的发展序列，以其连续性、累进性赋予文学以独特的历史性，却使文学丧失了一种无疑属于其审美本质和社会功能的因素：文学的接受与作用，忽略了一个简单的事实，即文学作品只有被接受并产生影响才能流传下去，成为历史学家研究的对象并在文学史上获得一定的意义、价值和地位，未被接受的作品无论如何也不会进入文学的历史进程。从20世纪初开始的俄国形式主义、结构主义、新批评等批评模式将作品视作一个自足封闭的整体，仅关注作品本文的语言、意义、主题、结构等形式特征，割断作品和作家与社会的联系，作为文学史的内部研究暴露出了明显的片面性。以姚斯和伊塞尔为代表，包括福尔曼、普莱森丹茨和施特利德在内的康斯坦茨学派对文学本文中心论提出了挑战，确立了以读者为中心的美学理论，实现了文学史研究方向的根本变化。

其实，此前西方有不少文论家做过这方面的思考，如19世纪的德国批评家施莱格尔在评论莱辛的文章中曾提出效果批评，并从效果角度把作家分为两类：分析型作家追求特定美学效果，综合型作家自己确定作品效果。1932年，舒尔茨发表了关于文学作品的文化效果的学说，提出对读者的接受进行分析。1947年，萨特在其《什么是文学?》一文中认为作品是向读者开放与呼吁的，艺术在他人接受的情况下存在。1957年，沃尔夫出版了《谈文学的一种效果说》一书，对效果量与效果质做了区别。1965年，东德学者荷曼发表《谈文学效果研究的探究》，指出读者不是被动阅读，而是参与创作，因而，艺术品往往是在阅读者的意识里完成的，等等，不一而足，这些研究均为接受美学的确立奠定了重要的学术基础。

接受美学十分关注文学史研究。长期以来，西方文学史家们一直在作者与作品的圈子中研究文学史，要么研究作家的生平、经历、思想倾向等，要么解析作品本身的构造要素和要素之间的关系。姚斯提出应从作者、作品、读者"三位一体"的全方位角度重写文学史，必须从史料中寻找读者当年对文学作品的复杂反应，研究不同时代的读者为何对同一部作品有不同意见及其原因，指出读者在不同时代、不同环境下对作品的期待心理、审美情趣、文学爱好及其对创作的影响。在康斯坦茨学派的五位理论家中，以姚斯对文学史理论建设的贡献最大。

一

在姚斯看来，文学史研究发展到他的时代已失去了19世纪那种繁荣昌盛的气势，渐趋衰落。客观主义与主观主义这两种僵化的文学史模式极大阻碍了文学史的发展。传统的客观主义文学史仅将作家作品按年代编排，随着作家作品数量的与日俱增，这种文学史很快便因无法让人综览而完全失败。实证主义文学史也是客观主义的一种,认为每一时代都有自己的历史真实,史家的任务便是设身处地地复制这种真实;主观主义治史模式则预先假定超时间的完美理想,在不同的文学史家笔下分别表现为绝对理念、时代主潮和民族精神,并以之贯穿于历史全程,为表达某种臆定的目标而赝制过去。两种模式均无力回答困扰古往今来所有文学史家的一个文学史悖论,即"文学如果是历史的一种表现样式,它何以拥有对时间利齿的贵族般的抵抗力?文学史如果要凸显文学艺术的审美本质,那历史意识又如何渗入纯粹美的象牙之塔?"① 也就是马克思在《〈政治经济学批判〉导言》中所提出的著名的艺术生产不平衡之谜。姚斯决心要充当文学史的俄狄浦斯,以中兴文学史研究为己任,要建构一种全新的、沟通文学史审美与历史两极的、真正意义上的文学史,而这种沟通在姚斯看来应由以往的文学史全然忽视的第三维空间——读者来完成。一种文学史理论的产生绝非是无本之木、无源之水,构成姚斯文学史理论的哲学基础主要有二:一是以胡塞尔和英伽登为代表的现象学哲学与美学及皮亚杰的"发生认识论",二是现代阐释学。

现象学哲学为德国哲学家胡塞尔所创,是一种对意识和本质进行新的描述的哲学方法。它把"现象"看成主客观活动的"共建"或"还原"的结果,认为"意向性"意识的获得全靠一种突如其来的非理性的"本质直觉",强调人的主观能动性。波兰的罗曼·英伽登等人从胡塞尔的现象学方法出发,在20世纪30年代前后在有所扬弃的基础上创立了现象学美学,包括本体论、认识论、价值论三部分,其中的本体论和认识论中的某些思想给接受美学以直接的影响。英伽登在《文学的艺术作品》(1931年)和《文学艺术作品的认识》(1937年)中认为:艺术作品是一个纯意向性客体,这类客体除了部分特性可以供作品加以呈现以外,其他则必须依赖观赏者的想象力去加以填空。他遵循胡塞尔的意向性理论强调意识的意向性活动,不仅将艺术作品看作是纯意向性客体,而且将艺术活动看作是纯意向性行为。他认为未经阅读的作品只是"潜在的存在"或"可能的存在",作品中包含了许多"未定点"和"空

---

① 王丽丽:《文学史:一个尚未完成的课题》,《北京大学学报》1994年第1期。

白"，有待于读者在阅读过程中予以填充和"具体化"，文学作品只有通过阅读才能转化为现实的存在。而"具体化"是作品被理解的具体形式，是阅读中构成的直接关联物，构成作品的显现形式，它既非心理的，又非经验性的，而是一种现象学的本质直观活动。文学作品的"意义"是恒定的，因不同人的具体化而拥有不同的"意思"。在本文所允许的范围内，每个人的理解和具体化都具有合理性。英伽登认为，文学作品一经诞生便拥有了自己的"生命"，拥有了自己生命的"历史"。即一方面，作品在具体化的多面复合体中得到表现时，它才能生存。具体化通过想象将作品活生生地呈现出来，使其获得鲜活的生命。具体化的历史归根到底是文学作品即活生生的存在所遭遇到的一切事件的总和。另一方面，当作品的生命随着新的具体化结果而不断变化时，它才能生存。所以，具体化是原作保持同一性与读者创新的变异性的统一。当然，同一的文学作品会发生变异，而变异的历史构成了艺术作品的生命，这种生命既是永恒的，又是历史的。它的永恒性呈现为它具有某种不同的基本结构，而不会在历史变迁中完全改变；它的历史性表征在作品结构所体现的意义在不同历史时期的读者将其具体化时出现的差异上。这种永恒与历史的统一形成作品的动态本质结构。

皮亚杰是瑞士著名的心理学家和哲学家，他在《发生认识论原理》一书中集中系统地阐述了认识的发生过程，主张一切认识都是主体结构与客体结构之间的"建构"，任何对客体结构的认识都需经过主体动作协调的派生物——主体认识图式的同化作用来实现。在主体与客体之中，皮亚杰更重视主体对客体的能动作用，主体只有通过建构过程方能认识和把握客体，但主体又不可能完全彻底地认识和把握客体，所以主体世界中的客体与独立实在的客体并非完全符合。主体世界的客体由主体建构，所以在主体发展的不同水平线上，它的客体与客体观念是不同的。接受美学强调在动态结构系统中把握文学作品的意义，以及由于读者不同的接受水平而对客体的文学作品的理解与解释是不同的，从而使理解具有了历史性。这是发生认识论中主客体相互作用的思想在接受美学上的具体阐发，它为接受美学提供了认识论机制。

构成接受美学文学史理论之哲学基础和方法论的另一维是始自狄尔泰、海德格尔，由伽达默尔确定，利科尔予以补充的现代阐释学。阐释学一词最初的含义是弄清词句或作品本文的意义。19世纪初,德国浪漫派哲学家施莱尔马赫标举哲学解释学,希图通过批评的解释来揭示某个本文中作者的原意。他认为由于时间距离和历史环境造成的词义变化以及对作者心理个性的不了解而形成的隔膜使解释必然产生误解,因此,研究者必须通过批评的解释来恢复本文产生的历史情境和揭示原作者的心理个性,从而达到对作品的真正理解,因此,避免误解是阐释学的核心问题。狄尔泰从自己的精神科学体系出发,将阐释学融进历史哲学,反对仅仅对本文进行消极注释的做法,避免解释的主观性和相对性,努力超越认识者本身历史特定的生活处境去把握本文或历史事件的真实意义。但这种使理解者成为可以超越自身历史时代的绝对认识者的企图使他陷入了"阐释学循环"的困惑之中。海德格尔则认为,理解的本质是作为"亲在"的人对存在的理解,理解不是人的认识方式,而是"亲在"的存在方式本身,他把作为认识方法论的阐释学转变为建立基本本体论和论证人的存在方式的本体论。在他看来,理解不可能是客观的,不可能具有客观有效性,理解不仅是主观的,理解本身还受制于所谓的"前理解",理解不是为了寻求新的知识,而是为了解释我们存身其间的世界,于是,理解构成了世界的呈现方式,而知识则成为"亲在"存在的一种方式。伽达默尔接受并发展了他老师海德格尔的基本思想,他认为任何一个人都存在着历史性,因此,在本文的理解活动中,不可能揭示某个本文的原意,而只能带有理解者自身的印痕。他十分强调对象意义以及理解活动的历史性和相对性,认为把历史视作客观对象并做客观描述的实证主义,以及与之相对的把历史当作绝对精神演变的主观主义都是对历史的曲解。在他看来,历史既不是客观对象,也不是绝对精神,而是一种关系,必须克服古典哲学中主客体对立二分的二元论倾向,建立两者统一的效果史,因为"在这种关系中同时存在着历史的真实和历史理解的真实。一种正当的阐释学必须在理解本身中显示历史的有效性,因为我就把所需要的这样一种历史叫做'效果历史'。理解本质上是一种效能历史的关系"。[1] 这种努力直接启发了姚斯,他由此看到弥合形式史突出审美特性与社会学模式强调历史性之间鸿沟的可能性,

---

[1] 张汝伦:《意义的探究》,辽宁人民出版社1986年版,第190页。

看到了传统的文本中心论文学史的局限性,看到了将读者置于文学史中心进而建构"效果史"(接受史)模式的必要性。伽达默尔认为理解历史本质上是个人现在的视界与历史视界的融合,正是这一融合后来成了接受史模式的核心范畴。此外,伽达默尔提出了阐释学历史观的另一个重要概念——同时性,它不同于结构主义静止的共时性,而是一个包含了历史距离的动态范畴,即把文学史论中过去与现在的关系问题放到了视界的融合中来统一。正如艾略特所说:"历史感包含了一种领悟,不仅意识到过去的过去性,而且意识到过去的现在性。历史感不但驱使人在他的那一代的背景下写作,而且使他感到:荷马以来的整个欧洲文学和他本国的整个文学,都有一个同时性的存在,构成一个同时的序列。"[1] 作品孤立的存在仅仅是没有生命的文献存在,只有通过读者阅读,在读者身上产生影响,作品方获得历史生命。对于姚斯来说,读者还不仅仅使历史的理解成为可能,更重要的是,一代一代读者的阅读形成了接受和影响的链条,清晰地显示出文学史的进程。

二

对接受史模式的理论渊源做了稍嫌冗长的说明之后,我们不妨对这种模式的特点做一简单的抽象,用一句话概括:以读者为中心,在期待视界融合中来透视文学的效果史。它的文学史观主要包括五个方面:文学是一种特殊的历史类型,读者在文学史中地位的确定,文学史的历时与共时研究,效果史与接受史的结合,显示出建构一种总体文学史的意向。

姚斯认为文学是一种特殊的历史现象,不把握文学史是一种独特的历史类型这一特点,文学史建构是不可能的。他发现,文学史的特点在于它不是静态的史实堆积,而是一种动态的生成过程,因为文学本质上是一种话语,具有辩证的对话性质。任何文本(作品)作为一种物化形态等待着人们去解读和理解,否则便成了一堆僵死的人造物。这一思想显然是受到了海德格尔关于"说"和"听"所由构成的交谈是诗的本质的观点和伽达默尔历史是一种关系的效果史的思想影响,还与美国科学

---

[1] 转引自包忠文主编:《现代文学观念发展史》,江苏教育出版社1992年版,第138页。

哲学家库恩的范式理论有关。库恩认为科学史与艺术史的区别在于艺术有广大的观众,科学却没有,观众及其接受是保持艺术生命的重要历史方面,起着重大作用,相反,科学的发展不依赖于观众,新的科学发现不断否定并抛弃旧的理论,并使之成为无用之物。由此,姚斯看到了建构文学史的新方向,"艺术作品的历史本质不仅在于它再现和表现的功能,而且在于它的影响之中。领悟到这一点,对建立一种新的文学史基础有两点作用……必须把作品与作品关系放进作品与人的相互关系作用中,把作品自身含有的历史连续性放在生产与接受的相互关系中来看……艺术形式的特殊成就不再被定义为模仿,相反被辨证地视为一种能够形成和改变感受的媒介,艺术过程中首先发生的是'感觉的形式'"。[①] 在此,姚斯实现了20世纪西方文学史观思考中心的转移,即把片面考察作家作品生产的倾向挪移到作品与读者接受关系的基座上来。因为,作品的连续性只有在与读者的相互调节关系中才显出过程特征的历史性。

其次是读者中心地位的确定。同内在批评的本文中心论相对,接受美学提出了读者中心论。在姚斯看来,离开各时代接受者的参与,文学作品的历史生命以及在文学史上的地位是无稽之谈,因为只有通过以往接受者的媒介,作品才会进入变化着的、体现某种连续性的发展序列,而在这样的连续性中,简单的接受将转化为批判的解释,被动的欣赏将转变为创造性的发挥,被认可的审美标准将转化为超越这种标准的新的文学生产,作品、读者和新的文学产品之间的这种对话同时又是过程性的关系,构成了文学的历史性前提。因此,文学作品的历史生命是不断延续的接受活动所赋予的,而不是文学史家主观臆想出来的,所以创作作品既非文学活动的终点,也非文学活动的目的。作品是为读者创作的,文学的唯一对象是读者,未被阅读的作品仅仅是一种"可能的存在",只有在阅读过程中才能转化为"现实的存在"。文学非"自在之物",而是"为它之物",因此读者的阅读是将作品从静态的物质符号中解放出来,还原为鲜活生命唯一可能的途径。伊瑟尔提出,读者作为作品接受的能动力量,在阅读活动中具有重要地位。而读者又包含两方面

---

① 姚斯:《文学史作为向文学理论的挑战》,[德国] H. R. 姚斯、[美] R. C. 霍拉勃:《接受美学与接受理论》,周宁、金元浦译,辽宁人民出版社1987年版,第47页。

内容，一是"现实的读者"，即从事阅读活动的具体的人，由普通读者和专业读者（作家、批评家）组成。二是观念的读者，是从现实的读者中抽取出来的抽象的读者，也可分为两类，即"作为意向对象的读者"和"隐在的读者"，前者指作家创作构思时观念里存在的，为了作品理解和创作意向的现实化所必需的读者，后者则是作者在作品的本文中所设计的读者的作用，它表明作品本身是一个召唤结构，以其不确定性与意义的空白使不同的读者对其具体化时隐含了不同的理解和解释。此外，姚斯认为，读者在对作品具体化的过程中并非是完全被动、主观随意的纯心理的行为，而是一种积极的、建设性的、富含创造性的行为，因而，作品的意义来源于两个方面，一是作品本身，二是读者的赋予，且读者对作品意义的填充是能动的、决定性的。在阅读过程中，读者充分调动主体能动性，激活自己的想象力、直观能力、体验能力和感悟力，通过对作品符号的解码、解译，不但把创造主体所创造的艺术形象中所包含的丰富内容复现出来，加以充分地理解、体验，而且还渗入自己的人格、气质、生命意识，重新创造出各具特色的艺术形象，甚至能够对原来的艺术形象进行开拓、补充、再创造，见人之所未见，言人之所不能言，体味到艺术家在创造这个艺术形象亦或审美意境时不曾说出甚至不曾想到的东西，深化原来并不很深刻的东西，从而使艺术形象更加丰富、鲜明。

由此出发，姚斯确信，文学真正的历史是作者、作品和接受者三者之间的关系史，而绝不是文学事件、事实和作品的编年史式的罗列。传统文学史中不断增长和延续的作家和作品的序列只是被积累、被分类的接受结果，它并不是历史本身，而是伪历史。文学史无疑是由各个时代的作家和接受者共同创造的。因为，面对作品而做出审美判断的批评家，面对过去的文学传统和进行创作的作者，将作品作为历史对象来研究并对其进行历史评价的文学史家，首先都必须是读者。为此，接受美学主张，必须更新文学史写作的观念和方法，克服传统的文学史研究的片面性，用文学的接受史取代文学的创作史和美学表现史，用接受历史过程的描述代替以往文学史中事实和作品的编年史式的排列，才能再现文学历史过程的真实，还其本来面目。所以，文学进程的真实便是接受过程的真实，文学史就是文学的接受史。当然，这种强调也存在着一定的片面性，我们毕竟不能忽视此外的社会存在、作家的创造性劳动和作品的作用。还有，写一部接受文学史的要求也是很难实现的，它必须对自古以来的文学接受情况及其历史演变过程有全面、系统的了解并掌握完整的第一手资料，但要做到这一点几乎是不可能的。实践表明，接受美学理论家们的设想至今也未能实现，产生的仅是一些个别作家和作品的接受史。

第三是文学史的历时性和共时性研究。为了以接受美学为基础建立一种可能的文学史，姚斯从形式主义的文学演变论中借用了历时性，并在新的文学史范式中加上共时性研究以弥补历时性的不足，文学的历史性就在历时性和共时性的交叉点上显示出来。在共时性问题上，他提出，文学史家考察文学生命的"横切面"，从而确定哪些作品在某一特殊时期从视野中脱颖而出，引起轰动，哪些作品仍然默默无闻。在这一过程中，人们可以创造出在一个既定历史时刻起作用的不同的结构，通过比较共时性横切面和前后相继的结构来确定文学结构中的演变在各个时期是如何相接的。对此姚斯借鉴了西尔弗莱德·克拉考尔的观点：任何历史时期中同时性和非同时性都是共存或交融的。同时，姚斯又借鉴了结构语言学的理论将文学看成一种语言系统："文学也是一种语法或句法，自身具有相对稳定的关系，传统的和非规范化的类型，以及表达方式，风格类型和修辞格的安排。相对于这种安排的是更加千变万化的语义学领域：文学主题、基型、象征和隐喻等。"[①] 显然，这是一种共时性方法，使用这种方法是十分必要的，但实际上它却只能在历时性中运作，纯粹的共时性描述根本就不可能。在此历时性和共时性交汇点上建立的文学史还必须将文学生产与一般历史相联系。这需要区别文学事件与历史事件的不同之处，进而区分文学作品与纯历史文献之间的不同。姚斯强调"文学的社会构成功能"，绞尽脑汁地调和两个长期对立的概念："文学史不只是描述某一时期的作品反映出的一般历史过程，而是在'文学演变'过程中发现准确的唯属文学的社会构成功能，发现文学与其他艺术和社会力量同心协力，解放人类于自然、宗教和社会束缚中产生的功能。只有这样，我们才能跨越文学与历史之间、美学与历史知

[①] 姚斯：《文学史作为向文学理论的挑战》，[德国] H. R. 姚斯、[美] R. C. 霍拉勃：《接受美学与接受理论》，周宁、金元浦译，辽宁人民出版社1987年版，第47页。

识之间的鸿沟。"① 这样，姚斯就通过对接受之维的发现与张扬打破了艺术与历史、现实与历史、历史观点与美学观点的二难困境，找到了调节美学与历史的最好方式："美学蕴涵存在于这一事实之中：一部作品被读者首次接受，包括同已经阅读过的作品进行比较，比较中就包含着对作品审美价值的一种检验。其中明显的历史蕴涵是：第一个读者的理解将在一代又一代的接受之链上被充实和丰富，一部作品的历史意义就是在这过程中得到确定，它的审美价值也在这过程中得以证实。"②

第四则是效果史与接受史的结合。效果史是历史事实与其效果之间的关系史，是文学文本与读者之间的关系史，也是历代读者对文本的理解、认识、反应和评价的历史。文学效果具有直接和间接两个层次，读者直接感知的效果是真实的、生动的、便于记录和分析的；而"当一位作者的作品尚不为人知，其意图尚未明告时，我们只能间接地了解它与根源和范型的关系"，对它的评论只能"放在作者明确或不明确地假设他那个时代的读者所知道的诸多作品的背景之中"。③ 效果史分形式与内容的变化史两个层次。形式上，新作品往往打破读者的旧视界，帮助读者建立新视界，新视界在读者中普及了，又变成了旧视界，新作品出现再来一次，如此循环往复。效果史的内容层次是一种深层的社会、历史、文化变化史所赋予的，文学作品的效果史往往与它们的变化史联系在一起，使文学作品的效果更加有力、更为广泛地发挥出来。因此，文学效果史在更深层次上把文学与广泛的社会、文化、历史等紧密地联系在一起。作者传记和作品的出世时空是既定的，而优秀作家和作品在效果史方面却是无限的，文学史家在文学效果史方面的探索大有作为。接受史更多地体现在读者的反应层次上，效果史则更为深刻地把握了文学变迁的结果史，前者是"因"，后者为"果"，它们之间的因果关系把它们紧紧地拴在一起。姚斯的《文学史作为向文学理论的挑战》用政治和伦理效果史的语言提醒史家们："如果人们回顾一下历史，文学作品打

---

① 姚斯：《文学史作为向文学理论的挑战》，[德国] H. R. 姚斯、[美] R. C. 霍拉勃：《接受美学与接受理论》，周宁、金元浦译，辽宁人民出版社1987年版，第56页。
② 姚斯：《文学史作为向文学理论的挑战》，[德国] H. R. 姚斯、[美] R. C. 霍拉勃：《接受美学与接受理论》，周宁、金元浦译，辽宁人民出版社1987年版，第25页。
③ 姚斯：《文学史作为向文学理论的挑战》，[德国] H. R. 姚斯、[美] R. C. 霍拉勃：《接受美学与接受理论》，周宁、金元浦译，辽宁人民出版社1987年版，第36页。

破了占统治地位的道德的禁忌，或者在生活实践中针对道德决疑法给读者提供新的结论，并逐渐为这个包括所有读者的社会舆论所认可，那么，文学史家面前就展开了一个至少很少有人问津的研究领域",文学史家只有"发现文学与其他艺术和社会力量一起同心协力将人类从自然、宗教和社会束缚中解放出来的功能，我们才能跨越文学与历史之间、美学知识与历史知识之间的鸿沟"。①

第五是渴望建构一种总体文学史。即包含传统的以作品为中心的文学史、接受——效果史、文学批评史。赵复兴在《接受文学史体系结构原理及其科学论证》② 一文中设想为：概述、历时性主题、主题的共时性表现、作家的接受选择、文学与社会相互的矛盾接受、几条规律等六个组成部分。接受文学史体系概述包括六点：①对文学发展有重大影响的历史事件的源头、概貌和结果。②各国人不同的思维方式。③文化传统。④某一文学的语言文字特点，如诗歌的格律韵脚。⑤文学史的分期。⑥其他概述常规：历时性主题，主题是文学的灵魂，任何主题都有历时性，且包括若干子主题，所以在选材上当注意到历时性关联的特点；主题的共时性表现，某一历时性主题在具体作品中得到表述，其共时性表现为对彼时彼地的社会做出一定的反映。按接受原理这两种视野互相渗透、融合，历时性消失在共时性中，历时性视野结构只有在共时性接受系统中才能实现其功能；作家的接受选择，作家的职业接受选择既有必然性，如家族链，也有偶然性，如师徒链，或爱好、传统外来影响的差异等；文学与社会相互的矛盾接受，文学反映社会，社会对文学的影响、消化或压制等互相接受；几条规律的总结主要围绕作品传播、作家成长、作者接受三个方面进行。所以接受文学史的写作任务便是描述作者、作品、读者三者之间对话的历史。

三

以往的文学史家在判断文学作品的历史价值和地位时多采取一种历

---

① 姚斯：《文学史作为向文学理论的挑战》，[德国] H. R. 姚斯、[美] R. C. 霍拉勃：《接受美学与接受理论》，辽宁人民出版社1987年版，第55—56页。

② 李明滨、陈东主编：《文学史重构与名著重读》，北京大学出版社1996年版，第88页。

史客观主义的立场和标准，认为作品的价值及其在文学史上的地位取决于它自身的思想与审美内涵，思想性愈深刻，艺术上愈完美的作品在文学史上的价值和地位也愈高。因此，文学作品的历史价值和地位是作品所给予的客观存在，是固定不变的，接受美学有力地驳斥了这种观点。姚斯指出，文学作品的历史价值、影响和地位并不能由作品单方面决定，而必须由两种因素——作品自身的质量和接受意识——共同作用。前者作为潜在的因素，能否转化为现实的价值，并在历史上产生一定的影响，占有一定的地位，完全取决于后者。因此，接受意识是文学作品的价值和历史地位的实现者，从这一意义上说，它决定了作品的价值以及在文学史上的地位。姚斯认为，审美标准的嬗变将改变人们的接受习惯和兴趣，使过去的成功之作变得陈旧并失去生命力，使一度未被接受，未能产生影响的作品重新焕发出活力，成为现实文学生活中人们普遍欣赏的对象。如19世纪风行一时的法国古典主义戏剧到18世纪初的衰落。德国19世纪著名小说家、1910年诺贝尔文学奖获得者保尔·海泽在当时风靡一时，但在20世纪20年代后出现的西方现代主义文学的冲击下，几年之内便退出了文学现实生活的舞台而销声匿迹。相反，在文学史中也可以看到这样一种现象：某个默默无闻的作者或一部影响甚微的作品若干年后忽然被人们"发现"，逐渐受到重视，为愈来愈多的人欣赏并产生重大影响。例如，被称作"现代文学之父"的奥地利作家弗兰茨·卡夫卡等。

因此，由于接受意识及其所反映出来的时代审美标准的变化，一个作者或一部作品的接受状况在不同时代会有相当大的变化，也就是说，它们在文学史上的价值和地位绝不是一成不变的。某些未被认识的作者和作品在某个时候可能会被发现，而某些红极一时的作者和作品经过一段时间可能逐渐遭到冷落甚至被人遗忘。如法国小说家福楼拜及其同时代的作家费杜1857年在巴黎同时发表了《包法利夫人》和《法妮》。虽然两部小说描写了同一个主题，但二者的命运却截然不同，《法妮》所取得的成功完全压倒了《包法利夫人》。直到十九世纪末，《包法利夫人》未能产生广泛的影响，得到的评价相当低。然而，到了二十世纪初，情况却颠倒过来了。这部小说以其独特的艺术风格——客观、冷漠的、不带个人主观感情色彩的叙述方式——和深刻的寓意引起了人们的注意，被批评界推崇为"小说创作史上的里程碑"。在今天的文学史著作中，费杜及其作品已没有任何位置，相反，福楼拜却作为现实主义小说的代表占据着重要的地位。很显然，在以上两种情况中，接受意识起着极其重要甚至可以说决定性的作用。它证明，文学作品在历史上的价值和地位是随着接受过程的延续而不断变化的，只有用变化、运动、发展的观点看问题，才能对其做出正确的解释。具有时代特点的接受意识是可变的因素，在不同的时代，通过这种意识所体现出来的价值观和审美规范必然有所差异，而这将直接影响人们用以衡量和评价文学的标准，使一部作品在不同的时代以不同的意义和价值出现，产生不同的审美效果。所以在文学史写作中必须引进作用史的原则，即追复该作品在各个历史时期所产生的思想影响和审美效用。这种作用史可以通过分析各时代接受者的文学"期待视野"的方法来加以描述。

"期待视野"是指接受者从自己现有的条件出发对文学作品所能达到的理解范围。它作为一种文学史方法具体体现在以下三方面：一、接受者从过去曾阅读过的、自己所熟悉的作品中获得的艺术经验，即对各种文学形式、风格、技巧的认识；二、接受者所处的历史社会环境以及由此而决定的价值观、审美观和思想、道德、行为规范；三、接受者自身的政治经济地位、受教育水平、生活经历、艺术欣赏水平和素质。姚斯认为，文学期待视野具有"客观性"，否认这种预先存在的、超越主观条件的期待视野，对文学接受和作用历史的描述便会陷入心理主义的泥潭。文学期待视野随着时代的更迭和历史的发展不断地变化、更新并引起人们文学兴趣和审美需求的转移以及文学判断原则和标准的嬗变。而接受者提高和扩展了的期待视野又会对文学创作提出新的要求。接受美学的这一论点应当说对文学的运动和发展做出了合理的解释，揭示了它的规律性特点。如西方现实主义小说的衰落，现代派小说的产生、发展和没落可以充分证实这一特点。即文学艺术的进化是在生产和接受的错综复杂、相互影响、相互促进的关系中发生的，其原因和动力既不能仅仅从外部社会的变革，也不能单纯从文艺结构内部新与旧的矛盾和斗争中去寻找。否定文艺的特殊性，用社会发展的规律取代文艺自身的发展规律无疑是庸俗社会学的观点，而把文艺的发展等同于艺术形式和技巧的进化，并将这种进化看成是自发、孤立的，则是一种主观唯心的解释。经典作品的产生过程是其在过去作品的背景下凸现出来,它们的艺术形式和看待问题的新方式被观察者所接受、所赞赏,被作为榜样模仿,并被推向一个时代的高峰。即使是已经成为经典的作品,其历史生命也只有在同观察者不断延续的对话中才能维持,换言之,只有后来的接受者把它们作为艺术传统看待,不断地阅读、欣赏它们,并赋予它们以新的、时代的含义,它们才不会被人遗忘,退出文艺的历史舞台。

四

总的说来,接受美学作为文学史研究的新范式,它具有同过去一切文学史理论不同的全新的价值取向,形成了一种对文学总体活动过程研究的新思路。

首先是它打开了美学与文学研究的新领域,拓宽了思维空间和研究空间。作家创作的作品并不是仅仅为了自我欣赏与陶醉,而是为了让读者欣赏与陶醉。要实现这一目的,就必须让读者阅读和接受,否则,作品不过是一些死的印刷符号而已。从这个意义来说,没有读者这个接受主体,创作就失去了目的,也就不会有文学。接受美学注意到了读者的作用,这无疑丰富了文学史理论的内容,为美学与文学史研究开辟了新的天地。其次是它在艺术接受的研究中渗透着很强的动态感和历史感,它不是单一地、孤立地研究读者,而是在作家、作品、读者这一动态的过程中去把握和研究读者的接受过程和读者的艺术经验,并揭示出三者的辩证关系。即作家写出了作品并不意味着文学活动已经完成了,因为这只是文学活动的第一个阶段,此外还有第二个阶段,就是读者的阅读与接受阶段,作品的潜能与价值不断地被发现与发挥,从而使作品不断地获得现实的生命。这样一来,文学作品的效果就不是一成不变的,而是在接受中随着读者的不同不断地变化与生成,从而构成了动态的文学效果史。它还高度重视读者的审美经验在艺术接受过程中的作用,这种审美经验决定了接受活动中的自主性、复杂性和个别性,从而给理解与评价带来了很大的主观性、历史性。接受美学认为,由于读者受制于主体与客体两个方面的因素,就必然带来理解的历史性、主观性。因此,文学的接受是一个不断积累与发展的过程。一部作品具有文学价值的标志之一是经得起多种不同阅读方法的考验。第三是它对作品的意义与价值、地位与评价的起伏变化、上下浮动现象的有力揭示。接受美学认为,文学作品的意义与价值包括两个方面:作者所赋予的意义与价值,接受者所领会、发掘、赋予作品的意义与价值。前者是个恒量,而且不一定被接受者完全认识到,后者是个变量,它的变化取决于读者的接受意识、期待视野,因此,其变化是无限的。

另一方面,与当代西方的任何一种学派一样,接受美学在显示其优越性的同时,也不可避免地暴露出了种种局限性。

首先,在文学史研究中,无视或轻视读者必然是片面的,但只强调读者的作用,而将作家作品置于研究视野之外同样也是单一的、片面的,离开了作家的创作和作品的特质,接受就无从谈起,就会成为无源之水、无本之木,容易陷入主观主义和绝对的相对主义的泥潭,这在原西德和美国的读者反应批评中表现得较为明显。姚斯曾倍加赞赏地援引柯林伍德的话:"历史什么也不是,只是在历史学家的大脑里,将过去的重新制定一番而已。"认为作品之所以成为作品而存在下去,其原因就在于它需要解释,需要在多义中工作。在他们看来,对作品的理解,作品的效果、地位与评价似乎全在读者一方,完全否定作品的客观内容,作家苦心经营写出的作品不过是一个空壳、一个框架。美国的读者反应批评学派的代表人物斯坦利·费希就说过:"本文的客观性只是一个幻想。"[1] 这是否定作品的客观内容,主张主观批评和相对主义的典型话语。相比之下,原民主德国和苏联的接受理论则继承并发展了姚斯和伊瑟尔理论正确的一面,因此,他们的接受理论显得辩证一些,合理的东西更多一些。事实上,文学阅读、文学批评与文学史研究,应该是主观意识和客观标准的统一,绝对主义与相对主义的统一,作品的实际内容与读者具体接受的统一。这才是马克思主义辩证地、全面地分析问题的观点。接受美学中的一些观点以一种倾向掩盖了另一种倾向,由反对片面性到走向了新的片面性。这自然是一种走极端的表现。

其次,根据接受美学的原则撰写一部文学史将困难重重,因为这种文学史要求撰写者起码做到一点,即在密切注视单个作者的接受或历史变化的接受的同时,须同时引入共时态文学体系的画面。因而操作难度

---

[1] 姚斯:《文学史作为向文学理论的挑战》,[德国] H. R. 姚斯、[美] R. C. 霍拉勃:《接受美学与接受理论》,周宁、金元浦译,辽宁人民出版社1987年版,第441页。

极大，毕竟要描述接受过程的反馈效应是非常艰难的。而效果史从来就不是一部作品的效果史，它始终并同时是所有作品的效果史。所以，接受美学的理论需要进一步的完善和实践的检验。

再就是接受美学所存在的社会学缺憾。它缺乏一个读者类型的定义和从社会学角度对读者进行划分和分析，缺乏对读者的文学基础的调查。即当"读者"被简单地作为阅读着的个人来理解时，他可以说是空的，自然也就无法满足文学的历史性要求。姚斯将文学与社会的关系仅仅看作文学与读者的关系，如果不能证明文学对单个读者的特有效果，即如果期待视野的改变作用无法从一概而论落实为特定读者的实际情形，那么，文学的社会功能也就无法得到充分的说明。应防止把文学接受学仅仅等同于文学阅读学，因为阅读仅是伴随着书籍的大量出现而产生，并将随着书籍时代的结束而产生变化的文学接受的各种形式之一。因而，必须在社会学方面考察文学接受的诸条件。文学接受的首要条件由某一特定阶段读者消费的文学作品构成，因为这些作品不仅体现着作家们的创作个性，而且它们本身是作家以肯定或否定的形式明确参照接受领域里的需求的产物，体现了文学接受者的需求趣味和能力。它们通过媒介作家与读者的对话活动将某种社会关系注入文学结构内部。文学接受条件的第二种因素即文学传播中的关系问题。作者与读者的对话交际活动并不是直接发生的，它以出版、销售等文学传播手段为必要的渠道，同时接受文学批评的规范性调节。文学观念隐身在交际环节之后，担负着无交际的功能，它决定着书稿的选择、影响着批评界的评论和读者的阅读，等等。

但有一点是不容置疑的，接受美学作为西方历史上第一次广泛展开的以读者为关注中心的文学运动，它冲破了众多的批评禁区，开辟了文学史理论发展的崭新道路。美国的读者反应批评、读者反应动力学、日内瓦学派的阅读现象学，以及当代哲学解释学影响下的文学解释学，后结构主义的大步迈向读者，等等，一时间蜂拥而起，蔚成大观。作为一种注重人、注重人的历史性、注重人类文化对话交流的理论，它突破了现代主义的精神樊篱，发动了西方当代文学和文化中第一轮后现代冲击波，标志着西方批评进入了读者中心论新的理论范式时期。它还远涉重洋来到中国，在与中国古代与当代批评的"视野交融"中，正在生成着具有中国特色的全新的接受反应理论景观，进而影响着我们今天的文学史实践和文学史学建设。

第二节　范式理论与文学史建设

　　文学史研究每迈出一大步，总有其一定的知识背景，它包括文学史研究自身的发展状况和其他学科知识进步的推动作用。现代社会由于科学技术的飞速发展，人类的空间感大大缩小，地球成了一个小小的村落。同时，社会生产的高度综合使得各学科之间的界线越来越模糊，它们更多地选择了邻近学科作为自身的参照系统，一股从自然科学奔向社会科学的潮流正汹涌而来，也冲击和影响着文学史研究。文学史运动可谓是不间断性与间断性的统一，文学史发展的不间断性形成其纵向的发展线，文学史的间断性则使其形成上下限可以截断的独立坐标系，文学史研究首先需要的就是找出其质变之点。始于"五四"的中国新文学是一个与旧文学有着很大截断性的文学系统，其发生、发展、兴盛、危机、变革的诸般演进与库恩关于科学发展的范式理论有着强烈的对应关系，若以之为观照视角对揭示新文学发展的内在机制和逻辑进程，找出其质变之点是极有裨益的。本文拟从库恩的范式理论出发，以中国新文学史的分期为例做一简要的分析，以期进一步阐明范式理论对文学史建设的深刻启示。

一

　　托马斯·库恩（Thomas Samual Kuhn）是当代美国颇负盛名的科学哲学家和科学史家，也是西方历史主义学派最主要的代表人物。在其主要哲学著作《科学革命的结构》（1962年）和《必要的张力》（1977年）等书中，他在继承和发展图尔敏与汉森科学哲学思想的基础上，提出了著名的"范式"理论。所谓"范式"，主要就是该学科领域的基本理论结构，以及在此基础上产生的基本观点与基本方法，它们影响、规定着该学科领域的各个方面，为该学科的科学共同体提供思考、选择和解决问题的准则，规定了他们的基本思路，并为整个学科领域的发展规定了基本方向。作为一种整体主义的科学理论，库恩否认范式内容的客观性，而把它归结为心理上的信念，属于社会学。在文学史上，我们是可以找到这种范式的，在文学发展的特定时期，每个作家的创作都不是彼此孤立、互不影响的，有一种内在的机制把艺术主张相同、创作风格相近的作家结合成几个并立的创作团体，这种机制就是一种文学的创作范式。它是文学与社会生活之间许多中介层次的结构核心，来自社会生活的信息、经验、素材等因素都必须经过这一核心才能间接地影响到作家的具体创作和作品。这种创作范式其实就是一个创作团体所具有的相同或相似的审美心理结构，它通过作家鲜明独特、有强烈感召力的风格提供出来，于是信奉这一范式的作家就在题材选择、主题开掘、表现方式等方面具有了相近的特色，这往往就形成文学流派，但也有不以流派形式出现的情况，如歌德、巴尔扎克、莎士比亚、普希金、屈原、李白、杜甫、鲁迅等大作家都曾为自己的时代及以后的文学在一定范围内提供了创作范式。库恩认为范式是使学科成为科学的标志，文学创作范式的形成也是一个历史时期文学创作达到成熟和繁荣的标志。这时候，出现在我们眼前的不再是一大堆零乱的作家、作品及琐碎的文学轶事、资料等等，而是彼此联系、相互影响、有内在机制和秩序统辖着的许多作家群及隐现着这一范式的文学作品，形成了这一时期的独特风格、流派等，这个时期的文学现象就成了有机结构起来的整体。

库恩还从范式出发提出了科学发展的动态模式。他认为科学的发展既非归纳主义者所描绘的是一个渐进和积累的过程，也非证伪主义者波普尔所说的是一个不断否定和革命的过程，而是一个积累和飞跃、渐进与革命不断交替的过程，即科学的发展需经过以下几个阶段：首先是学科形成范式前的"前科学"时期，亦称"前范式"时期，如科学史上亚里士多德以前对运动的研究，阿基米德以前对静止的研究，布莱克以前对热的研究等，都是"前科学"研究。由于这个时期常常会出现意见分歧，所以又称发散式思维阶段；相应地，库恩称确立范式之后的时期为"科学时期"或"常态科学时期"。科学家所要解决的是"难题"而不是"问题"，科学难题的不断解决推动着常态科学向前发展，它一方面显示既定范式的强大生命力，另一方面又使科学在原有基础上以量的累积方式不断前进。这个阶段在本质上是保守的，是收敛式思维。常态科学有时会出现反常现象,即现象与范式的预期不相符合,人们无法用范式对现象做出解释,反常现象不断出现就可能引起科学分歧,互相争论。库恩认为危机可能导致以下三种结局:1. 常态科学解决反常现象,危机暂时缓和或平息。2. 科学家们认识到在现有条件下严重的反常一时无法解决,留给后人,危机暂时搁置。3. 出现新范式取代旧范式的斗争,引起科学革命。前两种是可能的、暂时的,后一种则是必然的、最终不可避免的,这就是科学发展的第四个阶段,科学革命。这是对积累或发展模式的突破和中断,必然带来探索问题与解决问题合理性标准的改变,以及世界观和方法论的转变,新范式战胜旧范式,科学革命时期随之结束,科学发展又进入了新的常态科学阶段,新的范式成为该学科新组成的科学共同体的共同信念,科学研究又在新范式下继续以累积的方式发展。但随着发展,新范式的科学研究又会出现新的反常,造成新的危机,从而再次引发科学革命,再次实现新范式向更新范式的转变,使科学发展进入更新的常态科学时期,科学就在这种螺旋中不断前进。我们不妨将这一动态模式简化为以下图式:

前科学→常态科学→反常与危机→科学革命→新的常态科学→……

纵观中国新文学发生和发展的历程,我们可以清晰地发现这一渐进的序列:

"五四"时期是中国历史上的一个开放的时代、自由的时代、创造的时代、朝气蓬勃和锐意进取的时代。中国新文学的先驱者们无不置身于世界性的文学交流之中,如饥似渴地寻求着新的文学观念、新的创作方法、新的批评原则、新的艺术风格、新的美学理想,他们断然以"必不容反对者有讨论之余地"[1] 的精神完成了与封建文学传统这一旧文学范式的彻底决裂,创造出作为 20 世纪世界文学一部分的白话文学、人的文学、平民的文学……它无疑是新文学史的前科学时期;1920 年代末、1930 年代初到十年"文化大革命"则是文学范式的形成、发展和衰落期,可谓是常态科学时期;新时期文学的前十年是文学范式的反常与危机阶段,文学努力冲破旧有范式,进行不断的探索与创新;1980 年代中期以后,文学变革并渐趋形成新的范式。

---

[1] 陈独秀:《给胡适之》,《新青年》第 3 卷第 3 期(1917)。

文学史研究就在于探索从一个规范体系到另一个规范体系的变化。把创作范式的更替看作是文学发展的一种内在机制，文学史发展才能展现出一种动态的历史结构，这种历史结构是文学史本身客观具有的，同时也是文学理论研究逻辑结构的起点，这可以看作是历史与逻辑的统一。文学发展的内在规律就蕴含在文学史的累积和飞跃、渐进和革命不断交替的历史结构之中。当然"由于一个时期是这样一个具有某种统一性的时间上的横断面，很明显这种统一性只能是相对的，这意义仅仅是指，在这一个时期内某一种规范系统被显示得最充分。如果任何一个时期的统一性是绝对的，那么各个相邻时期就会像石头块那样排在一起，没有发展的连续性"。[1] 我对新文学史质变之点的确定和发展阶段的划分也是如此。下面我将对新文学史各个阶段的主导性特征做进一步的阐明。

二

"五四"文学革命所产生的中国新文学相对于几千年的封建文学来说，无论从内容、形式、观念或技巧等诸方面看，均可谓是一种完全异质的文学、一种新的文学、一种新的范式，它的变革不是在中国传统文学这一封闭体系内部实现的，而是以借助与中国传统文化异质的西方文化冲破这种封闭体系，击碎"华夏中心主义"的迷梦为前提的。作为中国新文学史的前科学时期，它呈现出以下几个方面的特征：

首先是发散式思维。这是前科学阶段的一个主要特征，这种特征在"五四"文学革命中表现得尤为鲜明。思维形式是民族文化在较深层次的一个测度，一般来说有发散式与收敛式之分，它既是文化发展的内在基因，也是文化类属的外显反照。与收敛式思维对应的是稳固型文化，它的发展速度十分缓慢，是自给自足的小农生产方式的必然产物，因为以年为周期循环不已的生产方式不可能使人的思维突破原有的封闭圈。中国传统文化经历了几千年封建社会的制约，而封建社会的基本原则是因循守旧，反对变革，所谓"三年无改于父之道谓之孝"，"天不变，道亦不变"，概括了封建统治者力图维持自己地位的极端保守的思想。他

---

[1] 韦勒克、沃伦：《文学理论》，刘象愚等译，三联书店1984年版，第307页。

们不仅希冀封建制度不变,梦想自己家族的统治绵延不绝,甚至幻想自己长生不死,永垂不朽。在这种思想统治下的社会就不能不是充斥着拒绝外来影响、固守现存秩序的"万马齐喑"的文化氛围,其思维形式自然就要偏于封闭收敛凝滞。反映到文学范式上则是无视丰富多彩的外域文学,拒绝吸收其中的有益营养。文学形式的发展十分缓慢,基本上是"增递并存",诸如从三言四言诗到五言、七言,从诗到词到曲等,少有较大的和最新的突破。文学内容着重表现反求诸己的自我完善,极力按照统一的模式去刻画人物,小说结构则自然地遵循"大团圆"的格局,即便是悲剧,结尾也多用超现实的"理想"光芒加以粉饰。总之,作家的思维方式、感受方式、表现方式相对固定化,人们的眼睛不是向前、向外,而是向后、向里,形成了一个首尾相连的循环式,沉闷而滞重。

库恩认为,既然已经证明现存的原则对其所面对的问题无能为力,那么,再死死守住这些无用的教条无异于阻碍科学的发展,这就需要变革,"接受新的就必须重新估价,重新组织旧的,因而科学发展和发明本质上通常都是革命的。所以,它们的确要求思想活跃、思想开放,这是发散式思维的特点"。[1] 它是伴随工业大生产社会逐渐发展的合理结果,因为生生不息的不断扩大再生产必然打破人们旧有的眼界,拓展人们的视野,推动文化发展进程的加快,可谓是现代文化发展的重要前提。中国现代文学开始突破传统文化的格局,发散式思维渐次取代收敛式思维。随着帝国主义的入侵,欧风东渐,不管人们是否愿意,中国人原有的价值观念和思维方式都受到了极大的冲击,人们发现在自己的生活圈外竟然还存在着一个复杂得多、进步得多的大千世界,这一时期的文学先驱者们开始以开放的、发散型的眼光观察世界,解释世界,进行全新的思考和探索。比如:鲁迅最早用进化论为思想武器打破统治中国数千年的"天不变道亦不变"的神话,遵循事物的本来样式和自然规律表达自己对客观世界的认识,猛烈抨击传统文化"吃人"的本质。此外,一批接受了世界现代文化洗礼的新文学家们也应时运而涌现于"五四"文坛,他们目光四射,广撷博采,纵横捭阖,气势恢宏,风格多样,郭沫若汪洋恣肆、雷霆万钧的新诗,巴金感情奔放、一泻千里的

---

[1] 库恩:《必要的张力——科学的传统和变革论文选》,纪树立、范岱年、罗慧生译,福建人民出版社1981年版,第224页。

《激流三部曲》，茅盾小说除形象表现外的集综合、归纳、分析、演绎等手法于一炉，曹禺的《雷雨》、《日出》等冲破传统的大团圆结局，把家庭——社会的弊病敞开在观众面前，等等，纷繁多姿，不一而足，这一切都不是传统思维形式所能完成的艺术作品。而创作方法与创作思想也是各有所主，难归一尊，大至文学研究会、创造社诸家的现实主义、浪漫主义，小至郁达夫的感伤主义、李金发等的象征主义、闻一多早期创作的为艺术而艺术，还有施蛰存、穆时英等的心理分析小说，等等。或提倡"文学革命"、"革命文学"，或主张"大众文学"、"国防文艺"，没有统一规范，争论不休，就连鲁迅先生也不承认自己完全正确，艺术形式、思潮流派的演变之快可谓是世所仅见。正如李何林先生1939年所著《近二十年中国文艺思潮论》所言："人家以二三百年的时间发展了这些思想流派，我们缩短了'二十年'来反映它。"个中原因当然是多方面的，而发散式思维当是深层意义上的一个基因。

其次是人的觉醒。人是文化的创造者，又是文化的服务对象，离开了人，文化也就失去了意义。可是在漫长的封建社会中，传统文化不重视人、漠视人、扼杀人却成为普遍的、理所当然的事。因为中国传统文化极端缺乏个人主义的个体意识，其主流文化精神就是建立在对"个体"的抑制和扼杀之上的，君为臣纲、父为子纲、夫为妻纲，总之，"以己属人"的儒家三纲之说的奴隶道德；损害个人独立人格，剥夺个人权力的家庭制度；饿死事小，失节事大的节烈观；"代圣人立言"的文学观，等等，具有极大的荒谬性和不合理性，这不仅是对人肉体的戕害，更重要的是对精神个体独立性与尊严的剥夺，使人在一级一级的制驭下，在一级服从一级的思维惯性下丧失自己的人格，丧失作为一个"人"的资格。可以说中国人的精神个体从未具有文化上的合法性与自觉性，从未获得存在的价值和意义。反映到文学上便是强调以"载道"为宗旨，而不是去表现现实生活中人的种种思想、情绪和要求；强调作家们的"修养"、"内省"、"不苟言行"，以达到伦理纲常为准绳的心理调适和情感平衡，也就是一种麻木不仁的境界，而不是激励人们去执著地追求生活，开拓￼；在表现方法上亦是重事不重人，塑造人物形象脸谱化、类型化，而不注重人物的个性描写和内心世界的开掘。这些创作范式都是传统文化在文学中的反映，其结果必将导致文学的单调以至僵化。"五四"时期，随着西方个人主义在中国的传播，为中国文化输入了崭新的个体意识，它作为与中国传统文化完全异质的一种意识，一旦成为新文化运动的价值判断原则，就为批判中国传统的价值观念体系找到了"全盘否定"、"彻底批判"的依据，人的价值和意义开始逐渐被发现和认识。周作人率先提出了"人的文学"主张，他从自己的认识出发，论述了什么是人性、人生，注意到了人不是单个的存在而要发生人际关系，要求改变传统的人际关系，即要求人人平等，要尊重人。鲁迅也十分重视人的价值与作用，早在日本时就提出了"立人"的主张，要求"掊物质而张灵明，任个人而排众数",① 强调个人的发展，个性的解放。还有当时其他新进的文学家均在各自的作品中反映出解放人的要求，一反过去的尊君、卫道、孝亲、强调人的价值和意义。正因此，郁达夫在《中国新文学大系·散文二集·导言》中带总结性地说："五四运动的最大成功，第一要算'个人'的发见。从前的人，是为君而存在，为道而存在，为父母而存在的，现在的人才晓得为自我而存在了。""人的文学"的提出，其意义绝不仅仅在文学，更在整个文化思想，是一种全面的发现，它既是政治、经济、社会、历史意义的"发现"，又是人类学、美学、伦理学意义的"发现"，因而它引起的中国政治、经济、社会、思想、文化、文学等各方面的变革是极其深刻与广泛的，它标志着人类社会必然走向现代的历史大趋势，是整个民族文化的一次飞跃，一个转折。当然，由于当时中国社会自由商品经济始终未能得到充分发展，经济上的个人独立主义尚未得到真正确认，这不能不使"五四"时期的个体自由思潮在中国的发展受到影响，未能真正扎下根来，到了1927年前后，个性解放主题在创作中逐渐淡化，并最终为阶级解放的主题所取代，到了四十年解放区文学中更成为不可逆转之势，继而又在建国后的社会主义文学中被进一步发扬光大。启蒙让位于救亡，这一主题转换是由我国特定的历史和社会条件所决定的，说明强调人的发现对我们的民族文化来说，必然要经过顽强的努力和漫长的历程。但"五四"时期开始的人的发现毕竟标志了中国文学乃至整个民族文化开始进入了现代期。

---

① 鲁迅：《文化偏至论》，《坟》，人民文学出版社1973年版，第31—32页。

再就是文学的自觉。魏晋时代被认为是中国文学史上的"文学自觉时代",文学第一次意识到自身的特征与存在,与作为官方学术的儒家经学、史学、哲学分离。隋唐以降,中国文学史上还发生了多次文学革新运动,但都未真正改变文学低下的地位。诗不能作为取士之道;词是"诗余",被看作青楼市井之物;戏剧更是倡优之辈所为;小说一词本身就带有鄙薄之意,总之,文学不能成为治国经世之道,不能登大雅之堂,文学家也无人看得起。这表明文学只是对其自身所处附庸地位的自觉,却未摆脱其说教性、实用性和功利性,缺乏自由的精神。只有"五四"文学才真正实现了现代意义上的自觉,它在以下几个方面否定旧有文学范式,构建新的文学范式:首先是提倡白话,反对文言。文学是语言的艺术,离开了语言,也就没有什么文学,新文学的倡导者们正是根据文学的本质特征和内部规律,将变革语言作为变革文学的突破口,这无疑是正确的选择。以白话取代文言,立即改变了文学本体,为进一步变革提供了坚实的立足点和必要的出发点。所以胡适把文学革命的任务概括为建设"国语的文学,文学的国语"。[①] 白话与文言之争成为文学革命发难期的争论焦点。而白话以其来自现实生活,出于人们口头,更便于抒情达意的长处,很快显示出它的优越性和生命力,给文学注入了新鲜活力,从而顺利实现了语言的变革,并创造出焕然一新的文学。长期以来,人们把"五四"文学革命又称为白话文运动,把"五四"新文学称为白话文学,均包含着对语言符号系统变革在这场文学革命中的作用和地位的高度评价。当然,伴随着语言变革的必然是文体的变革。文体是文学的载体,它作为文艺作品传情达意的结构方式,主要包括四个层次:一是语言作品的表达方式、结构、款式、语体等;二是作者的文化心态、个性和思维方式;三是通过作者个体所表现的民族文化心态和思维方式;四是第三层所蕴含的全人类的文化心态和思维特点。以上四个层次互相交错,构成一个新的整体,就其基本方面看有两项,一是文学的"艺术语言",即作品的外形式、外结构,一是作者审视人生的构思方式、思维方式,即作品的内形式、内结构。"五四"文学革命正是从这两项入手进行文体革新的。新文学家们从人本主义的角度来审视人

[①] 杨犁编:《胡适文萃》,作家出版社1991年版,第29页。

生、观照人生，突破儒家的"诗教"、"文以载道"的文言格局，代之以"人本"和"文本"相融合的现代白话文格局，这在上文已有论及，不再赘言。再就是运用白话创作格式新颖的诗歌、小说、戏剧、散文，从创作实践方面探索文体的变革，所写作品从作者视角、叙述方式、表现手法到作品的线索、结构，包括诗歌的韵律、戏剧的场次等都发生了全面变革。他们不仅论证小说和戏剧在文学领域中应该占有的重要位置，而且更致力于创做出纯正的富有艺术魅力的现代小说和话剧新体裁，提高它们的艺术品格和审美价值；打破旧体诗词在文字、格律、程式上的种种束缚，致力于创造更便于舒展地表达诗情画意的新诗体；将艺术散文与应用散文分离，创作出各具特色的抒情、叙事和议论散文，消除了"白话不能写美文"的怀疑；完全改变了各类作品的艺术风貌和神韵，使读者对它们产生了十分新奇以至于完全陌生的感觉；随着文学的觉醒和文学革命的深化，新文学家的文学观念也发生了巨大变革，诸如"为人生"和"为艺术"口号的提出，肯定文学是人生的镜子，反对将文学当作高兴时的游戏或失意的消遣，提出文学要同情被侮辱与被损害者，这显然是切合文学本质的。创造社诸家主张文学应忠实地表现自己内心的要求，讲求文学的气与美，尊"天才"，重"神会"，这显然受到了西方"唯艺术论"的影响，但也反映了文学觉醒的要求，它与人的觉醒互为因果紧密地联结在一起，即：人的觉醒作为内在动力促成了文学自觉，而文学自觉为表达和实现人的觉醒提供了艺术的园地，这样的觉醒具有从中世纪的长夜迈向现代黎明的显著时代特征，标志着我国文学从此进入了一个前所未有的发展阶段。当然，这一切并非是在行云流水、平安无事中取得的，它经过了无数次的拉锯战和激烈斗争，而新文学正是在这一斗争过程中逐步形成自己的"范式"的。

第四个特征则是纷繁复杂的时代情绪。勃兰兑斯在《〈十九世纪文学主流〉引言》中说："文学史，就其最深刻的意义说，是一种心理学，研究人的灵魂，是灵魂的历史。"勃氏在此所谓的"心理"应是"灵魂"、"精神"、"情绪"[①] 等的同义词，在古典哲学中多指人的思想观念、情感倾向、价值尺度等，属哲学范畴而非科学。文学受时代情绪的

---

① 温潘亚：《心理史·精神史？——论勃兰兑斯的文学史观》，《江海学刊》1996年第3期。

制约，情绪是时代的投影，而文学又昭示着时代的情绪。中国传统文化一向崇尚中和之美，和谐是其重要的美学原则。长期以来，儒家的中庸之道约束着人们的情绪，道家的清静无为影响着中国人的心理，反映到文学上则是"温柔敦厚"、"乐而不淫、怨而不怒、哀而不伤"。静穆、空灵、飘逸、闲适构成了中国文学最高的艺术境界，作家们喜欢通过文学修身养性，进则"治国平天下"，退则超然物外，与世无争。文人们就是在绝望之时，文章仍然透射出令人心旷神怡的慈祥之光，使得中国文学从未产生真正意义上的悲剧。"五四"时期，时代条件发生了根本变化，面对强大的帝国主义侵略者和日趋解体的封建社会，人们普遍有着一种危机感，新文学家们有感于内忧外患，一反过去中庸平和的心理情绪，在文学中表现出骚动不安、纷繁复杂的时代情绪。

首先是强烈的非理性色彩。"五四"是一个非理性时代，这种非理性简言之就是被极端强化的、推向顶峰的个体意识、个性自由和创造精神。那种被几千年封建文化的理性精神所压抑的、几乎丧失殆尽的人的欲望、人的要求在"五四"非理性精神的狂潮中得到空前的释放，而文学革命又谱写了这一时代情绪中最耀眼、最辉煌的一页。周作人所倡导的"人的文学"就是要结束极端压抑人性的封建文化浸淫着的理性时代。鲁迅则在创作实践领域第一个扯起反理性主义的大旗，从提出"文化偏至"，张扬"摩罗"精神到"狂人"的奋起呐喊，这种怀疑一切、批判一切的绝决精神不仅是当时鲁迅个人心理郁结的总喷发，而且代表了一大批鲁迅同代人的反叛呼声。《女神》则是郭沫若非理性情绪的结晶，诗人完全被他强烈的无法遏制的情感主体驱使着，没有半点儿的虚假和掩饰，没有丝毫的顾忌和做作，而是生命、情感、精力、灵感的大喷射。对"五四"一代文化人来说，担忧的并不是中国的现代化何时到来，而是被开除"球籍"问题，所以文学中的这种非理性色彩表现出强烈的破坏与创造意识，即破坏封建文化，创造现代文化。新文学中贯注着强烈的反叛色彩、深刻的民族自省意识和积极的入世精神；其次是躁动不安的情绪，此乃"五四"一代作家自我意识深化和现代精神走向自觉的表现，它真实地记录了先驱者们痛苦、困惑、奋起、亢进的面影和心路历程，在那些孤独者、零余者、动摇者、迷惘者、幻灭者、追求者的灵魂深处驱动着令人难以把握的思维定势。"狂人"的狂躁和时时怕被吃掉的恐慌心理是鲁迅灵魂躁动的特殊产儿。郭沫若"我是一条天狗呀"的尼采式呼喊可谓是他"狂飙"情绪的发泄。莎菲的反抗既是清醒的,又是病态的。茅盾笔下的慧女士、孙午阳、章秋柳等身上也带有"现代"人走向自觉和成熟期的热情和傍徨,情绪大起大落是她们的共同特征。这种时代的情绪律动在郁达夫那里表现得更加鲜明和突出,他以独特的观照视角表露他的躁动不安,《沉沦》象征着整个旧时代的"沉沦"。总之,"五四"文学革命中到处充满着不和谐的声音,此乃新的文学范式诞生前的巨大历史阵痛和沉重反思,也是新文学发展的必由之路,更促进和加速了传统文化向现代文化的转化。

总之,前科学时期的文学呈现出一种多元复杂、变幻不定的态势,一切都翻了个儿,没有定规,没有框框,上述四个方面并不能完全涵盖"五四"新文学的所有特征,其主体风格可以概括为:悲凉、深沉、凝重。发展到上世纪20年代末、30年代初,新文学逐渐取代了几千年的封建文学,获得了自己的主导性地位,从此,新文学史迎来了一个新的历史阶段——常态科学时期。

三

创作范式的形成是一个历史时期的文学创作达到成熟和繁荣的标志。这时,出现在我们眼前的就不再是一大堆零乱的作家、众多的作品及琐碎的文学轶事、资料等,而是彼此联系、相互影响的、有内在机制和秩序统辖着的许多作家群及隐现着这一范式的文学作品,形成了这时期的独特风格、流派等,这个时期的文学现象就成了有机结构起来的整体,文学史也进入了常规科学阶段。中国新文学从"五四"开始经过了十多年的前科学时期,随着抗战的爆发、民族矛盾的上升,各种论争渐趋平息,许多问题得到了进一步的阐明,新文学进入了常规文学时期。这个时期的时间跨度很大,我们认为可以从以下几个方面归纳其特征:

首先是收敛式的思维。作家们均在"范式"的指导下进行创作,"与非常研究时期要求科学家勇于创新相反,它要求一切科研工作者完全在科学传统范围内进行,解决任何问题都要依赖已有的原则理论,这种以保守性为特点的常规研究即收敛式思维"。① 同发散式思维一样，收敛式思维是科学进步所必不可少的。处于发散式思维中的新文学迫切需要一种规范或范式以摆脱自己的无序状态。毛泽东《在延安文艺座谈会上的讲话》（下称《讲话》）的应运而生体现了文学在新的理论高度上的自觉，它指出了无产阶级文学的三大支柱：党的领导、为工农兵的方向、现实主义的创作方法，阐明了马克思主义文艺的三个组成部分：审美典型论、政治阶级论、生活反映论，这一切为新文学的创作建立了理论范式。在此范式的指引下解放区文学取得了巨大的实绩，出现了一大批作家作品，它们不仅再现了20世纪40年代中国大地上天翻地覆的伟大变革，而且充分展示了人民群众在党的领导下，焕发出来的巨大的历史独创性和主动精神，以及中国革命的胜利前景，达到了伟大与真实、社会性与当代性的完美统一，具有史诗般的品格。解放初期及17年的创作着力歌颂中国革命的伟大胜利和人民革命建设时期的奋斗精神，佳作如林，风格多样，作家们在《讲话》精神指引下，极大地发挥了能动作用，为繁荣新文学做出了贡献。

其次，是文学价值观由前科学时期的启蒙及人的主题转变为歌颂光明，歌颂党的领导，歌颂革命和建设。"五四"新文学从产生的第一天就强调"为人生"，强调启蒙作用，呼唤人的价值与尊严。革命的主题只是复调中一个小小的变奏，随着《讲话》的产生，它一跃而为新文学的最强音，广大劳动人民挣脱了几千年来封建专制的束缚，以前所未有的主人公姿态跨入了文学的殿堂，尤其是新中国的到来，作家们更是抑制不住欣喜和好奇，文学中流露出不可遏止的喜悦心情，文学的主人公大都是战斗英雄或劳动模范，文学密切地配合了新中国历史进程的现实要求，启蒙和人的主题渐至消失。

再次，审美表现由前期的多样化，注重横向借鉴蜕变为对民族传统的复归。由于接受对象的变化，文艺应为人民大众、为工农兵服务，文学也舍弃了"不合国情"的西方文艺的一些技巧、手法，采用了为人民大众所喜闻乐见的表现形式。以现实主义创作方法为主，人物刻画重写意传神，情节曲折生动，故事性强，语言质朴无华，简洁明了，具有浓

---

① 黄勇：《科学研究中"必要的张力"》，《读书》1983年第12期。

郁的乡土气息和生活风味，高度口语化、大众化等等，构成了对传统文学的复归。到了20世纪50年代中期，由于对一些能够清醒地认识、真实地反映生活的作品进行了不公正的批判，致使极"左"思潮泛滥，文学观念日趋凝固、排他、自主、封闭的状态与文学多样化的审美特质和发展通达的需要形成越来越尖锐的矛盾。专一的政治视角，片面追求文学的政治功能使文学日益政治化、非文学化，文学观念被政治观念所代替，文学失去了独立存在的地位而成了文学政治或政治文学。"文化大革命"十年，阴谋文艺、帮派文学横行，范式被严重地歪曲，活力锐减，对其变革势在必行。

通常的文学史著作均以1949年作为现当代文学的分水岭，既标志现代文学的结束又作为当代文学的开端。我们认为这是一种"政治中心论"的表现，文学史的分期只能以自身发展的规律为依据，因为建国后与解放区文艺特征是趋同的：文艺指导思想一致，文学的政治背景相同，文学发展方向一致，文学规范性趋同，为政治服务，文艺审美特征相似，文学本身所具有的连续性，等等。这一切均证明把它们割裂开来是不恰当的。

所以说常规科学时期的特点在于发展范式，而不是否定范式，对文学史而言就是使文学从探索时期进入成熟发展时期，通常可分为两个阶段：首先是范式形成的初期，常规文学富于生命力，它本身就是作为一种创新而出现的，因而这一阶段是文学的繁荣时期，既有众多的作家、作品争奇斗妍，又各自以某种风格范式为中心形成创作团体，如我国新文学史中1930、1940年代的创作，19世纪的俄国文学等。建安时期，曹操诗歌"沉雄顿挫、慷慨悲凉"的苍劲风格为文学提供了创作范式，同时代的许多诗人都是在这一范式的内在导引下达到了自己的创作顶峰，形成了所谓的"建安风骨"，使建安文学成为中国文学史上极具特色的一个发展时期，对后世文学产生了深远的影响。文学史写作如果忽视了这些大作家在同时代作家中所起的结构、规范作用，那么写出的文学史必然是一堆枯燥的文学编年史料。当然在同一范式中也包含着创作个性的多样化，范式仅确定创作的一般原则，并不具体地规范个人的创作。常规文学的后一个阶段是文学范式由充满蓬勃的生命力走向僵化、机械与保守的时期，文学发展落后于社会历史的发展，从文学的内部规律看，这主要是由文学范式对创作的制约越来越强而导致的。一种创作范式由于在统摄创作方面卓有成效，使文学在一定时期内取得了稳步发展，进而使一部分作家和批评家对这一范式的信奉和遵从达到了盲目的程序，他们的创作也按照范式趋于机械的定型，作品中越来越多地呈现出千篇一律的模式化，对文学发展产生了消极作用。范式为了维护自己的规范地位，严格地限制作家的视野，在表现形式、技巧上，范式也固守已经机械定型的一套原则，作家丧失了创新能力，作品变得没有艺术生命力，这一切均严重地阻碍了文学的发展，于是反常现象频繁出现，与范式的预期明显不符，它必然引起文学范式的危机，此乃科学革命的先兆。

四

由于旧范式的僵化、教条，大部分作家对以前所信仰的文学范式开始持怀疑态度，信念丧失，作家本身审美心理结构的稳定状态被打破，同时，在艺术观、创作方法等理论问题上展开了激烈的论争。变革和重构旧范式势在必行，文学进入了"危机"阶段。"科学家们面临反常现象或危机时，对现有的规范采取不同的态度……愿意尝试任何事情，表示明确的不满，求助于哲学和对基本原则展开争论，这一切都是从常规研究过渡到非常研究的征象。"[①] 反常和危机是通过革命来解决的，科学革命就是旧规范向新规范的过渡，文学革命也是如此。当然，文学革命的范围有大有小，大规模的文学革命可以使整个一个时代的文学改变风貌，并对后世的文学发展产生影响。浪漫主义文学对古典主义文学的革命，我国初唐时期诗歌改革运动对齐梁诗风的革命及"五四"新文学运动等，都是文学史上大规模的文学革命，都代表了当时文学思潮的主流，起到了为文学开创风气的作用。新时期文学从伤痕、反思开始，30年来经历了巨大的变革，它涉及文学的各个领域，对旧有的范式理论进行了全面的反思，打破了以往单一化的封闭性状态，进入了一个真正多元化而非多样化的文学时代。所谓多元化是多中心，每一个中心又表现出不同形态，然而新的范式尚未建立，所以说，新时期文学是中国新文

[①] 江天骥：《当代西方科学哲学》，中国社会科学出版社1984年版，第110页。

学史的"危机"阶段,总体上看,这一阶段具有这么几个特征:

迅速更迭的动态文学结构。老作家依然勤奋耕耘,中年作家大量复出,新潮作家快速更替,新人辈出,佳作连篇,群星闪烁。一直占据统治地位的现实主义创作方法到了 1980 年代有了新的格局,国外文学思潮、文学形式全方位传入中国。如象征主义、意象主义、新感觉主义、意识流文学、黑色幽默、魔幻现实主义、荒诞派文学、精神分析等小说已为不少作家所借鉴。再加上原有的现实主义、浪漫主义,真乃方法林立,格局全新;创作手法如象征、变形、夸张、独白、荒诞等也是无奇不有,各取所需;刷新了文学的结构形态,甚至出现了反结构形态;扩充了语言符号系统;此外,在典型的塑造、意境的开发、氛围的渲染、韵味的发挥等方面有了别致的探索。一句话,新时期文学更新了形式——技法体系。

无序状态。作家们各沿自己的轨迹进入了文坛,新的文学价值观不断涌现。有的作家主张文学应干预生活,写社会重大矛盾;有人认为文学最高目的和意旨是为了人的完善和完美,文学的灵魂是人道主义;寻根派提出文学要表现一个民族的灵魂和地域文化的传统,一种共同的文化心理积淀;还有人主张文学是一种自我表现,是作家或诗人的感情外化,是心灵的投射,甚至是某种心理的宣泄;而有的作家只致力于对美文学的创造和追求、崇尚艺术感觉,空灵、悠远、恬淡,等等,各自为政,异彩纷呈。

从不同的视角观照文学本体。文学是"文学",同时还是"人学",除去"文学"本体,还是社会学、人类学、美学、心理学……本体。在哲学来看,文学可以是克服异化使人性得到暂时复归的一种手段;从价值学角度看,文学可以是人格和思想情感的表现;从心理学观之,文学却是苦闷和欢乐的象征;历史学则认为,在特定的时代里,文学可以是阶级斗争的工具;从审美的角度看,文学也可以是缺陷世界的一种理想之光。

总之,范式已被打破,文学风格多样,它由前期的单一、纯正、封闭发展到多元、综合、开放的审美阶段。各种思想、观点、理论方法纷纷出现,它呼唤着新"范式"的诞生。"危机"不是倒退,不是反动,它预示着新文学更加光明美好的未来,一种新的常规文学即将诞生。

五

按照库恩关于科学发展的自然程式,"危机"之后将产生新的常规文学,始自"五四"的中国新文学史将揭开新的一页。因而对中国新文学史的分期,我们有足够的理由用科学发展的自然程式来预以定格:前科学时期("五四"时期)——常规文学阶段(1920年代末、1930年代初到"文化大革命"结束)——"危机"阶段(新时期文学10年)——新范式的孕育、诞生与发展(1986年以后)。

文学不是孤立的现象,文学史研究也应是一个开放的系统,范式理论对文学史具体发展过程的分析,描述文学史发展大的构架,进而揭示其质变之点和内部规律,其启迪意义应是极为突出的。

第七章 文学史家论

通常所谓的文学史一般包括文学史本体，即事实的历史和文学，即创造的历史两个方面，而在文学史建构过程中，唯有"历史事实"的创造者才能成为"历史叙述"的撰写者，或者说"事实的历史"唯有以"创造的历史"为中介才能成为"叙述的历史"。亦即文学史本体唯有文学史主体认识的介入才能成为真正的文学"叙述的历史"，文学史本体是文学史建构的基本材料，是文学史认识的起点和历史叙述的基础。但在任何一部文学史著作中，不可能有独立于文学史认识和文学史主体之外的哲学观点、美学趣味、知识水平、生活阅历、情感气质以至某种理论框架的文学史本体。作为一种原生态的文学史本体，唯有经过带有特定价值目标和取向原则的文学史主体的选择，并被纳入到某种思想规范和文学史构架之中，才能呈现出自身的意义和价值。这里所谓的文学史主体就是指文学史研究和撰写者的文学史家。所以，文学史的写作过程是形成深刻的历史体验、历史理解的过程，是价值参与、建构和实现的复杂精神活动。

文学史家"就是那些按照当前的领悟来展示过去的文学作者与文学事件，以当代人的趣味来展示过去，从而说明过去的文学风格是如何与我们当下的文学艺术精神生活紧密关联的那种人"。因而"文学史家一方面应该是一个艺术家，另一方面他还应该是一个训练有素的历史学者，他应同时具备艺术家的激情与学者的严谨，他应是诗的想象与哲学的思辨的混合"。[①] 弄清史实是文学史家天经地义的任务，价值衡估是文

---

① 葛红兵：《论文学史家》，《求是学刊》1996年第3期。

学史家自然而然在做的事，而探索规律，则是使文学史成为科学的根据，是文学史家有别于一般文学研究者和诗人之所在。由此可见，文学史家当是一群较为特殊的人，他既介于历史与现实、诗人与学者之间，又介于彼岸关怀与现世热情之间。① 我认为他们的素质构成当分为一般素质和特殊素质两个方面。

第一节 一般素质

传统的文学史观认为文学史研究是包含三个步骤的工作，首先是科学的工作，如对作者的生平、作品年月的考订、字句的校勘训诂等，这是初步的准备；其次是史学的工作，如对作者的环境、作品的背景，尤其是当时社会经济的情形必须完全弄清楚，这是进一步的工作；第三是美学的工作，即对作品的内容和形式加以分析，并说明作者的写作技巧及其影响，这是最后一步。三者俱备方能写成一部完美的文学史。很显然这样的文学史是以作家作品为中心的，对读者和事物之间的结构与联系缺少必要的关注。因此，对文学史家一般素质的要求与归纳必须兼及文学史写作的全过程。

一

文学史研究是一种社会活动，它研究的对象主要是文学史上产生了一定影响的文学作品，它本身也会产生社会影响。它一方面负有促进同时代文学创作的使命，提供给作家艺术创作的种种参照系，另一方面又负有提高读者文化、文学修养和文学鉴赏能力的使命。这样，文学史研究就不是一项仅属于史家个人的活动，只有具有强烈的社会责任感，文学史家们才能写出严肃、认真的文学史著作。另一方面，文学史研究毕竟还是一项与文学史家个人利益密切相关的活动，所以它需要文学史家们在这项工作中应有一种"道德的"态度，坚守高尚的风格和品德去对待可能出现的荣辱和得失。文学史家把他的研究成果投向社会，成功

---

① 葛红兵：《论文学史家》，《求是学刊》1996年第3期。

之作可能使他"名利双收",反之则会降低他的声誉,因而有一个正确对待的问题。首先不能怕犯错误,要敢于思考,勇于探索,不能因过多地考虑个人得失而失去追求真理的勇气。歌德曾说过:人们若要有所追求,就不能不犯错误。在科学研究中,犯错误是难免的,但人们正是通过一系列的错误而走向了成功。不敢思考、怯于探索、谨小慎微、明哲保身的人往往不可能提出什么有价值的创见。其次是正确估价自己的成绩,不能因略有成就就目空一切,沾沾自喜,失去继续前进的动力,甚至夸大和吹嘘自己的成绩,更不能做一些剽窃或拼凑别人成果的事。

葛红兵认为这种过分世俗化的倾向主要表现为这么几个方面:"一是事功化,将文学史研究看成是一种获取职称、学位、学衔、声名的手段。"① 甚至有一些人缺乏史学基本功的训练,特别是缺乏思想方法上的自觉,仅凭一些感觉、直觉,凭一些并不系统的文学知识就开始了文学史家的生涯,这种经验主义的作风相信只要以过去的文学现象为研究对象就天然地成为了一个文学史家,他的研究就是历史研究,这其实是一种非常有害的思维方式。历史精神并不是从历史现象中自然而然地得到的,它甚至不是加以积累就可以得到的属性,"它必须依赖于史家自觉的历史思维,那种以博大的抽象力透视历史与现实,站在人类的立场以终极关怀之思纵观生存命运的勇气与力量,这是任何一个沉溺于琐碎的事件考证和现象的繁庸无常之中的人所无法把握的"。② 二是地摊化,将文学史研究看成是与地摊文学一样,使它成为地摊读物的一个来源。文学史的书写目的仅是为了猎奇、刺激,为了满足低俗的阅读趣味,这是学术与欲望合谋的产物。三是实用主义,用一种短视的眼光来看待文学史研究工作,选择作家作品进入文学史的标准是能否于己有用、与己合拍,于现时的功利目的有益。这三种倾向对提高我们文学史研究的水平是极为不利的,控制论的创始人维纳曾就这种情况说过一些非常精彩而激烈的话,可见这种情况不独是我国学术界的"专利",它在各个国家的各种科学研究领域同样存在。维纳说:"不论是艺术方面的或是科学方面的创造性工作,本来开头都应受到创造出某种新东西并公之于世的这种伟大愿望支配的,现在却被追求哲学博士学位论文或类似的学徒或

---

① 葛红兵:《论文学史家》,《求是学刊》1996年第3期。
② 葛红兵:《文学史学引论》,《文艺理论研究》1997年第6期。

手段这类形式方面的需要所代替了……我们的大学偏爱与独创精神相反的模仿性,偏爱庸俗、肤浅,可以大量复制非新生有力的东西,偏爱无益的精确性、眼光短浅与方法局限性而非普遍存在而又到处可以看到的新颖与优美——这都使我有时感到愤怒,也常常使我感到失望与悲伤……老实说,艺术家、文学家和科学家之所以创作,应当是受到这样一种不可抗拒的冲动所驱使:即使他们的工作没有报酬,他们也愿意付出代价来取得从事这项工作的机会的。但是……人们现在在取得较高学位和寻求一项可以看作文化方面的职业时,也许更多着眼于社会名气,而非着眼于任何深刻的创作冲动。"[1] 对这种情况带来的后果维纳看得很清楚,对于有着悠久文化传统的中国,我们更不能容忍这样的"学术腐败"滋生蔓延,使我国的文学史研究始终停留在低水平的重复上。

二

文学史是一门科学,科学的品性就是摆事实,讲道理,实事求是。文学史实是文学史的基础,信史是史学的生命,遵从史实是文学史家的史德,胡编乱造、背离史实、信口雌黄的文学史著作称不上科学著作。趋炎附势、歪曲事实、随风写史称不上文学史家。辨伪求真、秉笔直书、纪史以实是历代文学史家恪守的信条。

春秋时齐太史因秉笔崔杼弑君,以身殉职。晋董狐直书赵盾谋叛,不畏权势。司马迁著《史记》,面对极刑仍坚持秉笔原则,"其文直,其实核","不虚美,不隐恶",为后人留下了"藏之名山,传之其人通都大邑"的历史"实录"。司马光写《资治通鉴》,含辛茹苦数十年,其书网罗宏旨,体大思精,真可谓是前无古人。《通鉴》亦因史料翔实而博得后世之尊崇,成为历代王官"资政"之作。唐人刘知几把"秉笔直书"作为史家修养的核心,提出"好是正直,善恶必书"的著史原则。清代章学诚将此提到史德的高度,他说:"能具史识者,必知史德。德者何?谓著书者之心术也。夫秽史者所以自秽,谤书者所以自谤,素行

---

[1] 维纳:《人有人的用处——控制论与社会》,转引自《文学批评方法论基础》,江西人民出版社 1986 年版,第 24—25 页。

为人所羞，文辞何足取重。"① 章学诚将史识与史德联系起来，认为史家有识无德，曲笔附势，歪曲历史，诽谤他人，最后必将身败名裂，一文不值，此语真可谓是警世之言。西方的史学界也以"实录"为纪史旗号，德国著名史学家兰克是史料学派的代表人物，他在《拉丁条顿诸族史》一书序言中声称："人们一向认为历史学的职能在于借鉴往史，用以教育当代，嘉惠未来。本书并不企求达到如此崇高目的，它只不过要弄清历史事实发生的真相，按历史的本来面目写历史罢了。"他认为"史料即史学"，崇重史实，这可谓是抓住史学本性的有识之论。上世纪60年代初，我国史学界包括文学史界在如何理解史与论的关系上曾有过误解，走过弯路，有些人打着以马克思主义史学理论为指导，历史为无产阶级政治服务的旗号，先后提出了"以论代史"与"以论带史"的口号，认为文学史研究要先有理论或结论，后搜集史实，要用既定的理论或结论去"代替"或"带动"史学研究，甚至为了某种政治需要，用既定的理论去阉割或修改文学史实。这种左倾教条主义的史学口号颠倒了史与论的关系，以唯心主义的先验论取代了历史唯物论，以实用主义的实用性取代了文学史的科学性，对我国文学史学科的发展造成了严重危害。恩格斯指出："在自然界和历史的每一科学领域中，都必须从既定的事实出发。"②

文学史研究的出发点是文学史实，不是理论。一切文学史结论、一切文学史经验的总结、一切文学史的规律都是从文学史实中产生出来的。所以，应以文学史实为据，接受文学事实的检验，文学史研究的科学公式不是"以论代史"或"以论带史"，而应是"论从史出"、"论由史定"，即尊重文学史实，实事求是。离开文学史实的文学史结论是无本之木、无源之水，即使观点时髦，鼓噪一时，也终将经受不住历史的考验，如过眼烟云，匆匆过客，昙花一现。

三

每门学科都有自己固有的知识谱系、研究对象和研究方法，它决定

---

① 章学诚：《文史通义·史德》，郭绍虞主编：《中国历代文论选》（第三册），上海古籍出版社1980年版，第537页。

② 恩格斯：《自然辩证法》，《马克思恩格斯选集》第4卷，人民出版社1995年版，第288页。

着学科的特点和发展方向，是学科自我完善的内在基础。文学史研究也不例外，它要求文学史家们不仅具有勇于创新的科学激情，能够凝聚多种学科的合力，向社会的需求和压力广泛开放，而且应当具有跨学科的知识结构和不断进行知识重组和体系设计的创造能力。其中，具有跨学科的知识结构是进行文学史研究的基本条件。一般而言，涉猎多门学科并不难做到，但知识面宽泛的"杂家人物"并不就等于文学史研究的好手，这里有一个跨学科知识的掌握层次。

第一个层次，善于进行文学史料的收集、整理与考据，此乃文学史研究的基础工程。掌握第一手史料，辨伪存真，避虚就实是文学史家们治史的基本功。历史是一度的，过去的史实已无法再现和重演，因此，文学史研究不能凭借史家的直观或实验的方法去寻觅文学史实，而只能依靠以往文学史发展进程中遗留下来的痕迹——文学史料来探求史实，此乃文学史研究与其他学科研究方法上的重要区别。这就需要文学史家们广集博采，通览百书，长期积累，详尽占有第一手资料，同时还要善于比较、分类、归纳、辨疑、求证，学会辩证分析与逻辑分析，兼备史学、史才、史识等多种专业修养和专业技能，融征与考、学与思于一体。马克思为了研究政治经济学，曾翻阅了1500多种书籍，包括地租、会计账务、农业化学、实用工艺之类的资料。翦伯赞为了修订《中国史纲》第三卷，查遍了有关文献典籍和考古资料，辑成史料11大本，达100余万字。所以文学史料工作是一项艰辛的劳动，只有花大力气，刻苦致学，持之以恒，方能有所建树。如果人云亦云，东拼西凑，这样的文学史著作必然了无新意，漏洞百出，甚至贻笑大方。

第二个层次，文学史家必须掌握一定的文学史理论。文学史料不等于文学史实，更不等于文学史著述，史料只有经过文学史家的收集、考证、辨伪存真，才能求得史实，成为文学史研究的基础。从史料到史学是文学史家对历史认识的一次飞跃，这个飞跃是在一定的文学史理论指导下完成的。文学史著作如同一座建筑物，文学史料好比砖瓦、石头、水泥、木材等建筑材料，建筑材料只有经过建筑家的设计和施工才能变成一幢理想的建筑物。文学史料只有经过文学史家的治史理论、治史方法的组织、思辨、阐发、总结才能成为一部文学史著作。因此，文学史理论不仅是文学史家应具备的基本素质，也是文学史家治史的指导与灵魂，没有文学史理论就没有文学史。巧妇难为无米之炊，但有了米而无巧妇之术也难以成炊，两者是相辅相成的关系。一部文学史著述若无文学史家的独特建构、卓越见识，即使史料翔实也不能成为上乘之品。如果文学史理论有误，更谈不上文学史著作的科学性了。所以建构一种科学的文学史观，运用多元化的文学史方法对文学史家来说其重要性是不言而喻的。

第三个层次，文学史研究是一门综合性科学，文学史家应博学多识，建立多层次网络性的智能与知识结构，即所谓应"习六艺"、"百事通"。

仅就文学史实而言，文学史家就需掌握文献学、版本学、目录学、方志学、地理学、职官学、年谱学、考据学、文字学等方面知识。要研究外国文学史，还需掌握一定的外语知识。要研究少数民族文学史，还要掌握一定的人类学、民族语言学、民族文字学、民族史地学、民族风俗学等方面的知识。

再就文学史著述而言，文学史家应通达史学的表述体裁和体例，没有恰当的表述形式，文学史家同样难以达到著述的目的，它是文学史家必备的基本功。中国的史学体裁丰富多彩、历史悠久，有一个发展创新的过程，各种体例均有其特有的章法与特点，对此，文学史家应努力继承这一宝贵的文化遗产，同时又应积极探索，大胆创新，不断创造出新的体裁和体例。

还有，文学史毕竟是文学的历史，文学史家掌握一定的文学知识与文学理论，广泛涉猎和掌握文学经验是天经地义的事。文学作为人类独特的精神创造，具有直觉性、情感性、形象性、体验性等多种特性。文学史家若缺乏直接的文学经验，不仅对文学作品中感官性的、技巧性的审美因素缺乏体会，而且难以从自己独特的体验出发，去综合别人的创作，传播丰富的文学经验。文学经验的获取常常呈现为一种不平衡的增长，自己越有独到的体验往往越能和别人的文学体验沟通，进入神秘而形象的文学世界。反之，自己越是肤浅偏狭就越难拥有别人的心灵创造。

文学史著作的文字表述除应具有社会科学的一般特点外，还必须生动形象，具有文学的特性。文学史表述的内容主要包括两个方面，一是再现人类文学历史进程的真实情景；二是要揭示文学运动的规律。对后一种内容而言，文学史家必须以文学史观为指导，运用辩证思维和逻辑思维对大量的、普通的文学史现象进行综合分析，加以科学的抽象，引出结论，其语言表述必须是理性的、确切的、严谨的。作为前者，文学史家必须以文学史实为基础，对具体时间、具体情境下的人物形象、文学思潮、文学运动、文学事件等进行如实的描绘与记述。文学史家们如不能再现那真实生动、纷繁复杂、丰富多彩的文学史场面，再现那有声有色、有情有思、栩栩如生、性格鲜明的文学形象，把握其具体感性、形象直观的语言表述特点，那么这样的文学史著作必然是一种僵死干瘪、苍白空洞的理论说教，是一种枯燥无味、了无生机的史料堆砌。即便是在历史学领域，许多史学家也注意运用形象思维和文学语言表述史事。司马迁《史记》文采横溢，有着很高的文学造诣，他在《报任安书》中说，"恨私心有所未尽，鄙陋没世而文采不表于后世也"。《史记》中的许多篇幅脍炙人口，令人百读不厌，以至被鲁迅称为"史家之绝唱，无韵之离骚"。翦伯赞先生在《秦汉史》一书中以多情、形象、入微之笔对秦末农民大起义场景的描绘，向读者展现了一幅生动的历史画卷，叙事有序，寄情笔端，文采沛然，令人击节赞叹。在文学史著作的撰著历程中也曾涌现出许多文笔精彩、语言生动的名篇佳构，如勃兰兑斯的《十九世纪文学主流》、泰纳的《英国文学史》、鲁迅的《中国小说史略》、钱钟书的《管锥编》、李泽厚的《美的历程》等，均为读者喜闻乐见，极具文学价值。

　　第四个层次是文学史家应掌握多学科的知识单元、逻辑结构、知识体系，努力适应时代的要求。20世纪被称为是"知识爆炸"的时代，21世纪则被称为是"知识经济"、"网络经济"、亦称"新经济"的时代，人类文化的发展迅速多变，各种文化、哲学、美学、文学思潮、流派层出不穷，为文学史家的研究与著述提供了接近文学史本相的最大可能性和多种参照系。这就需要文学史家掌握多学科的知识单元，仅就心理学而言就有情绪记忆、变态心理，社会心理学中的人际认知、光环效应等，还有如符号学中的能指与所指、信息论中的改道与改速，等等，不一而足。当这些知识单元开始聚集于文学史家的视野时，它们可能是自由度很大的游离分子，漫无秩序地挤成一堆，一旦文学史家找到了新的结构方式，它们就会突然形成新的排列组合，迸发出出人意料的智慧火花。掌握多学科的逻辑结构，是指把握多门知识的逻辑框架，也就是这些学科整体推理的有效性。除了20世纪上半叶兴起的形式主义、新批评、结构主义、接受美学、阐释学、精神分析、原型理论、现象学、存在主义、表现主义、象征主义、直觉主义及西方马克思主义等学科、理论和流派之外，还有20世纪下半叶新起的一些理论，如雅克·拉康的后弗洛伊德主义、福柯的知识考古学、解构主义、女权主义、新历史主义、后现代主义、后殖民主义、马斯洛的人本主义心理学、帕森斯的结构——功能主义社会学、福山的历史终结论、法兰克福学派、哈贝马斯的"文明冲突论"等等，这些理论不仅有一些比较精致的形式逻辑推理系统，引进了现代概率逻辑、多值逻辑、语言逻辑等方面的成果，使它们在推理的有效性上更趋复杂、多样和巧妙。而且有些理论直接参与了文学史理论的建构，给文学史学建设以启示。至于把握多学科的知识体系是说，在科学发展的过程中，各门学科为人类的利用而进行着激烈的竞争，由于竞争使学科发展成为比较完善的体系。"每一门学科的自明性（逻辑推理的有效性）、公理性（经验事实的确证性）、简洁性和普遍适用性，标志着这门学科发育和完善的程度。"① 但过分严密精致的体系，如托马斯·库恩所说，又会窒息其自身的发展，难以对应不断扩展延伸的经验事实。所以，文学史家对知识体系的把握意味着从体系的完整和缺陷程度上去认识它的发育特征，去认识它重组更新的可能性，且必须进入到比较深入的层次，这样才真正有利于推动文学史学的建设与发展。

当然，对文学史家一般素质要求的归纳还远不止这些，诸如政治素质，对文学史以史为镜、鉴古致今功能的把握，文学史家应站在时代前列，关注现实，具有深切的人文关怀，等等，不一而足，限于篇幅，我只能选择最重要的三点加以阐述。

---

① 花建：《文艺新学科导论》，人民文学出版社1992年版，第119页。

第二节 特殊素质

文学史的观念中既有"史"的观念,也有"文学"的观念,其中应以文学的观念来贯穿史的观念,但长期以来,我国众多的文学史著作往往是"史"的观念贯穿了"文学",文学史的"文学性"趋于弱化,其实这是一个极大的误解,需要澄清。它需要文学史家运用其自身具有的特殊素质来观照和把握文学史现象。对"文学史家何以有权对历史说话?应该怎么说话,说什么话?他代表他本人说还是代表历史上已经存在过的人们而说?他是代表现实说还是代表历史说?他又为谁而说?"[①]等这样一些问题的回答,答案我认为也应从文学史家所具有的特殊素质方面来追寻。那么,是哪些方面构成了文学史家的特殊素质呢?

一

文学史作为把握文学运动与发展的科学和对时间的意识,应当被视为变化的科学。文学史家在文学史的写作过程中,在注意其不断变化这一特性的同时,还应对已经属于过去的一系列文学史实竭力保持一种科学的客观态度,以使他对所要阐释、叙述的文学史相对地置身局外。然而,任何人检视、考察文学史实,撰写文学史著作时毕竟不可能像自然科学那样抱纯客观的态度,持有自然主义或实证主义的精确尺度,得出完全不容置疑的真正真实的彻底的结论。如果我们将两部以同样的文学史实为研究对象,且同样标榜客观的文学史著作放到一起进行比较就不难发现,文学史家在挑选何种文学史实进入文学史,对共同提及的事实持有的不同解释,均明确地昭示出文学史主体的巨大作用,尽管文学史家竭力将自己隐身。

美国当代哲学家莱因霍尔德·尼布尔曾在他的《自我与历史的戏剧》一书中深刻地指出:"每当我们考察历史戏剧时,就会看到,不仅这个领域充满了偶然性,以至难于找出一个'真正真实的'结构与模

---

① 泰纳:《艺术哲学》,傅雷译,人民出版社1963年版,第11页。

式,而且考察历史的人本身也深深卷入到历史洪流之中。或者这也是一种必然。"文学史家作为历史文化的参与者,同样身不由己毫不例外地要被卷入激荡变化的时代潮流,他们的历史思维与历史感觉就是在感受到身临其境的变异并为这种激变期的不安体验所困扰时才剧烈而突出地显现与生发出来的。有一种实在论的文学史观认为文学事实构成了文学史的内容,文学史就是无限众多的文学事实在时间中的不断连缀,要解开文学史之谜,文学史家就必须面对曾经出现的一切现实的文学事实,因此,文学史家的主要任务就是找寻、确定文学事实,文学事实丰满了,文学史才称得上科学、有效,也才能达到研究的目的。实在论指出:事实须由感官知觉直接确认,并通过知性的过滤建构为知识。这样,不仅文学事实可以通过单独的认识行为被确认为文学史实,文学史的可知领域也无限扩大,成为无数可被分解的文学事实的事实群,就像泰纳所言:"我唯一的责任是罗列事实,说明这些事实如何产生。……不过是把人类的事业,特别是艺术品,看做事实和产品,指出它们的特征,探求它们的原因。"[1]

把文学史研究理解为辨认事实的认识活动,这是实在论文学史家的理论基点。他们相信,每件文学事实都独立于研究主体之外,主体在把握文学事实时,应保持这些事实的准确性、客观性和独立性。他们认为应在研究过程中排除一切主观因素,避免对文学事实做动机、心态、价值的探讨,相应地在研究方法上也应对文学史实尽量做客观的零度描述,最大限度地避免任何主观色彩的渗透。就积极意义而言,把恢复被埋没的文学事实看作是一种科学,明确意识到文学史研究所关涉的认知过程,应当说为建立文学史的知识体系做出了贡献。

在中国古代,一代又一代的文学史家为求证历史上曾经出现过的文学事实呕心沥血,竭尽全力,使长期湮没于历史遗迹中的文学事实获得了可被经验的真实存在,积累了大量的诗集、文集、年谱、行迹、文物等资料,最大限度地保留了作为文学史研究对象的文学史资料,为今人复现和研究中国古代文学史提供了坚实、可靠的基础。但这种努力的结果是使文学史家开始神似于自然科学家,文学史研究具有了自然科学的

---

[1] 泰纳:《艺术哲学》,傅雷译,人民出版社1963年版,第11页。

性质,这又构成了实在论文学史家们的最大失误。所有的考据、训诂、音韵等方面的功夫并不就是完备的文学史,是自然时间前行的不可逆性导致了任何过程的复原都不可能是原真状态。就是那种一再标榜零度性质的考据学、训诂学方法本身也具有着极大的当下主体性,而无法达到系统的原真状态。李凯尔特在《文化科学和自然科学》中曾指出,人文活动与科学活动是人类两种最基本却又性质不同的精神活动,如果混淆两者的区别,必定会使二者因丧失独特性而失去真理价值。文学史研究属于人文活动,它所面对的不是远离人的生存,接受不以人的意志为转移的客观规律所统摄的自然现象,而是文学现象,它与没有主体性质渗透或决定的自然现象不同,文学现象完全是属人的存在,背后具有主体的一切属性,从头到尾、从里到外都包含着复杂多样,有时还是模糊、偶然的主体目的、动机、感情、思绪。在自然现象面前,科学家是独立的,研究者越是能够避免主观因素的渗透影响,他的研究活动也就越具有真理性。文学史家所面对的是曾经生存在社会中的生命个体全部人生内涵的物态化、符号化,它必须经过研究主体的认识、体悟、领会、理解,进而成为研究主体的当下经验,才可能真正成为此在的文学现象,所以它与自然科学借助观察、实验、计算等方法来把握事实不同,文学史研究是在体悟、直觉、反思中完成对创作主体和研究主体相关联的文学事实的认识的。狄尔泰说历史学家在成为历史观察者之前首先是历史的存在,而正因为是历史的存在,所以他才有可能成为历史的观察者。文学史家作为历史的存在,他通过对贯穿历史的人类命运的主观内在体验,以及针对文学史课题重新解答的我们现在努力的主观体验,与作用于过去文学史课题解答之根柢的历史与文化创造的苦恼发生深深的共鸣是不言而喻的。

很显然,当文学史家们以这种主体精神姿态与历史体验考察过去的文学事实,检视文学发展的历史进程时,就会产生独立而新鲜的文学史思考,就会发现文学发展史中特定的关系模式与结构范型,就会在文学史认识的升华中获得对已属过去的文学史本体的深刻把握与真切叙述,因此也就会使这种对历史体验的主观性既成为文学史著作个性鲜明、生气横溢的重要前提,又成为建构文学史客观性的历史保证。它说明文学史家不仅必须而且必然地要对历史说话,他既代表作为文学史研究主体的个人，也代表历史上已经存在过的人们说话，既代表现实也代表历史说话，因为文学史研究最终完成于研究主体的心灵历程之中。

二

"在文学史研究的整个过程中，作为主体的收敛型思维和发散型思维如同两翼在学术原野上舒展翱翔，缺少其中任何一翼，主体思维将是不健全的。"①且会失去应有的活力。如果只有收敛思维，那文学史家运思的结果必然是光合不开，导致保守、僵化、封闭，自然谈不上创造与开拓。反之，若是只有发散思维，光开不合，那么文学史家的主体思维又将是随心所欲、任意辐射、漫无际涯，同样难言创新与开拓。所以一个杰出的文学史家应该同时兼备这两种形式的思维，相互补充、互相制约、互相推动、互相激荡、相携相伴地作用于文学史研究领域。

"收敛思维又称辐集思维，它的基本特性是从若干不同或相同的信息源中获取一种共识或引出一种结论，如果把思维对象喻为车毂，那收敛思维的思维趋向就像是从圆周沿辐条向车毂（研究对象）集聚。""收敛性思维在文学史研究中最重要的功用在于搜求、集聚、梳理、归整、融会史料或史实。"②这是一套先导性的扎实功夫，不可或缺。我国老一代的文学史家非常讲究收敛思维，虽然其中有人有重"史料"轻"史识"的"资料长编"这样的偏颇，但他们治学的严谨作风和一丝不苟的科学态度却值得后学者崇敬。所以，无论是纵向还是横向，是显性还是隐性，是深度还是浅度的文学史料收集，均是研究文学史坚实而广博的基础工作，其目的就是运用收敛思维的功能，从丰富多彩的信息源中选取建构网状文学史结构的有用材料或可靠的因素。否则，再高深宏阔的史识与史论也是无柱无基的空中楼阁。

梁启超在《中国近三百年学术史》中在对清代学者的史料考辨整理方法做了系统的归纳之后强调说："无论做哪门学问，总须以辨伪求真为基本工作。因为所凭借的资料若属虚伪，则研究出来的结果当然也随而虚伪，研究工作便白费了。"③韦勒克、沃伦在《文学理论》一书中

---

① 朱德发：《主体思维与文学史观》，山东教育出版社1997年版，第67页。
② 朱德发：《主体思维与文学史观》，山东教育出版社1997年版，第34、35页。
③ 梁启超：《梁启超论清学史二种》，复旦大学出版社1985年版，第382—387页。

对世界文学史中研究有关莎士比亚剧作真伪考辨的情况做了记载后也强调对史料的真伪进行考辨和梳理的重要性。面对丰富多彩、令人眼花缭乱、纷繁复杂的文学史实和文学现象，对文学史家来说，这一切均通过不同的途径进入了主体的思维空间，显得无序分散、游移模糊，此时，唯有文学史家的收敛思维才能驱使它们朝着清晰有序、沉潜凝聚的思维路向滚动，最后汇集到一个中心点，凝成合乎思维逻辑的文学史观念。对某一个文学史现象，文学史家还可发挥收敛思维的合围优势，运用各种批评模式和批评方法，透过多种观照视角进行综合分析，深入把握，从而最大可能地逼近研究对象的真实感、历史感、整体感和深度感，最终形成文学史家中肯而又独到的见解。

发散型思维又称辐射思维，它是一种从一个信息源中导出不同结论的思维方式。就如车毂与辐条的关系，如果说收敛思维是沿着辐条向轴心集中的话，那么发散思维的方向就是从圆轴向四处发射，其主要的特征就是发散性。具体到文学史家的研究，就是可以从一场文学运动中引出多种结论，从一个文学流派上发现多种美学特征，从一部文学作品中得出多样化的审美判断，也就是通常所谓的仁者见仁，智者见智。如果文学史家的思维形式仅限于收敛式一种，对文学史上的各种文学现象均做出归于一尊、勿庸置疑的结论，这必然窒息文学史的研究空间，取消文学史阐释的各种可能性，文学史这一学科也就失去了发展的必要性和可能性。

对科学史而言，发散思维有利于变革传统的科学结构，对文学史而言，传统的史学观念、价值标准、运思方式、体例框架、语言风格等范式同样需要不断发展与更新，特别是对其中存在的僵化教条的东西更应借助发散思维的攻击力和辐射力进行调整和变革、重组和变更，从而使文学史的科学结构由单一走向多样。此外，如果文学史家能形成运用发散思维的习惯，那么也就有助于他不断更新自己的思想，吸收国内外最新的研究成果，积极投身于思想解放过程，形成富于创新意义的文学史理论。可以说发散思维还具有着自由性、开拓性、创造性的品格。

总之，对文学史的建构与探索需要文学史家在广阔的道路与宏远的视界中，运用收敛与发散相结合的思维形式来进行。马克思在1877年给《祖国纪事》杂志编辑部的信中就曾这样说过："极为相似的事情，但在不同的历史环境中出现就引起了完全不同的结果。如把这些发展过程中的每一个都分别加以研究，然后把他们加以比较，我们就会很容易找到理解这种现象的钥匙。"文学史研究就是如此。

三

　　文学史家应从复述或叙述状态中上升到一种创造状态，彻底树立文学史研究的独立品格与个性标识。文学史研究就存储有对于其他意识形态、部门、种类、分支的独立性，它不能在依傍和服务中消融掉自身的存在。解放以来，我国的文学史研究基本上处于社会时间量度中，人们极为重视通过对文学事实所处的经济、政治、文化等方面背景的考察来把握这些背景与文学事实之间的因果关系，相信一定是某些政治或经济因素这样而不是那样地决定了文学事件的发生发展；要想真正把握文学史，并不需要对文学事实做大规模、系统化的逐一研究，只要找到在所有文学事实背后潜藏着的文学规律即可。于是从我国古代的"言志说"、"缘情说"、"观风说"、"性灵说"、"神韵说"、"肌理说"到当今的"能动反映说"、"审美物化说"、"情感表现说"等，都反映了中国人对文学发展规律的界品。一般来说，否认文学发展具有规律性是不客观的，但认定每一个文学事实背后都存在着某种决定着这个文学事实同样也决定着其他一切文学事实并贯穿文学史始终的规律，则未免武断和简单化。公元前3200年前古埃及的情诗写到："心儿啊，平静一些吧！在思念情人时应能自持，不要这般心烦意乱、焦躁不宁"。它究竟反映了哪一个时代的阶级性呢？难道它就不能表达我们这个时代或所有时代恋人们的一种心情吗？这种用一些非文学的事实来说明文学事实，将社会其他领域的现象视为文学存在和发展的规律，最终导致了文学史的消失，文学史研究对文学史和当下文学发展毫无意义，成为文学以外的其他社会存在或观念的证明。而文学史研究应在两个空间系统展开：首先是研究者对文学、历史的总体性理性思考，其次是个人对每一部作品的审美鉴赏力。如果我们放弃了对作品的公正评判，无视对文学本体的关怀，那么，文学史的研究必然走向封闭。巴赫金指出，当一种文化自我封闭起来并不理睬其他文化时，它会认为自己是绝对的、唯一的、统一的，因此它对自己也是盲目无知的，文学史就会沦为用现实意识形态的剪刀和历史片断的浆糊粘贴起来的文学事实的剪贴史。所以文学史家应创立自己的学科理论——文学史学，在哲学与文学的契合中构建科学的文学史观和多元的文学史方法，拿出自己嶙峋的眼光去烛照历史，拿出一股独特的精神力量去拥抱历史，改变那种仅仅复述政治意识而缺乏自我的奴婢意识以及只会充填、颠倒几个平浅概念的所谓艺术分析的干瘪面貌。

文学史家还应追求中国文学史理论研究对于外国文学史理论研究的独立品格。对西方乃至苏联文学史理论的借鉴移用始于"五四"，且越来越普遍广泛，但吸取的目的在于创造，进而形成具有民族特色的中国文学史理论学派。我们毕竟有着悠久深厚的史学传统，文学史家们必须鄙弃那种无所作为的侏儒态度，努力站到学术发展的前沿，为民族文化地位的提高做出自己的贡献。

文学史探索其实是自觉不自觉地构成一种基于文学史家思想信念与价值意识之上的操作行为。无论文学史家们进行怎样的历史叙述与实验，他们所有的历史理解都有赖于一个参照系，也即一种时代精神，一种以现实生活与现代观念为真正依据而赋予文学史以逻辑的连贯性的意义与价值体系。正是这种直接指涉当代生活的最深处而又连结着现在、过去与未来三个向度的参照体系的存在与作用，才为文学史的建构与发展提供了更大的可能性。文学史家们在现在之中发现过去，在过去之中找到现在，在对未来的瞻望之中把握到了历史的本质，从而最大限度地为自己获得了一种开放性的研究途径与解释系统，并在此基础上使文学史的新范型得到了全面的确立。

第八章　文学史方法论

　　文学史研究方法可分为基本方法和具体方法两个层次。基本方法是从具体的文学史研究中概括出来的，能完整反映文学史研究的学科性质，并与文学史研究的基本对象具有直接的对应关系。它是在方法论意义上对文学史研究进行反思、分析的思辨所得，所以不具有明确的可操作性，但在论证、反思文学史学的学科性质、构成研究原则、确定学术规范等方面具有很重要的作用，还有助于帮助研究者反省自身的基本素质、引导研究者建构合理的知识结构和能力结构。具体方法是指那些操作性较强的研究方法和理论模式，它们具有某种工具性质，可供人选择，并且经常更替。它包括中国古代批评方法、西方古典批评方法、西方现代主义批评方法、西方后现代主义批评方法，乃至系统论、信息论、控制论、熵的理论、耗散结构、范式理论等自然科学方法等。

第一节　基本方法

　　根据文学史的学科性质及研究实际，文学史研究的基本方法应包括审美方法、历史方法、辩证方法、逻辑方法等四种。

一　审美方法

　　在文学史研究中，最先进入研究者视野的是一系列具体的文学作品和大量记录在档的未经分析整理的文学史实，是纯客观性质的材料。它们构成了作为一门学科性质的文学史的基本依据,是文学史家们共同面对的研究材料,却不构成文学史本身的内容,其间需通过文学史家们运用审美方法的审美活动。"文学史研究与任何文学活动一样,应具有充分的文学性","文学史研究是否具有充分的文学性,是否具有文学研究的资格,完全取决于研究者能否成功地运用审美方法。"①

文学史研究与一般的阅读鉴赏活动不同,因为它要产生研究"本文",进行学术积累,这种"本文"在产生过程中同样对作者有所期待,是为特定的读者提供的。对文学史现象的归纳是文学史研究的运思起点,一种文学史现象往往是从大量的文学事实中归纳出来的。如对"建安风骨",对宋诗重理、散文化、白描作用等特点的归纳均是在大量阅读之后才得出的。这种归纳和概括是一个由粗而精、不断深入的过程,同时研究者的审美个性和思想风格及所运用的理论原则在其中起着推动作用。鲁迅先生所概括和分析的一系列文学史现象,诸如"魏晋风度及文章与药及酒之关系",曹丕时代是"文学的自觉时代","晚清谴责小说"等,在揭示文学史迹的同时,充分反映了鲁迅的思维个性和文学感悟力,也透露出某种时代气息,反映出鲁迅极强的审美能力和运用审美方法的能力。由此可见文学史研究绝非简单的知识和材料的搬运,亦非单纯的定量工作。它必须深入文学史现象的内核,把握其本质,揭示出真正的内在审美价值,不能以为所面对和处理的材料是一系列文学作品,因而就天然地具有了文学研究的性质。对此,文学史家们所具有的审美能力和运用的审美方法至为重要。

二 历史方法

"文学史研究是一种史学,这一性质是纯粹的审美方法所无法显示的,只有通过历史方法的运用才能实现。审美方法处理共时性的研究对象,处理历时性的对象则需要运用历史方法。这正是文学史研究不同于一般的文学鉴赏、文学批评的地方。"② 它强调研究文学现象的历史成

---

① 钱志熙:《审美·历史·逻辑——论文学史研究的三种基本方法》,北京大学中文系编:《缀玉二集》,北京大学出版社1994年版,第2页。
② 钱志熙:《审美·历史·逻辑——论文学史研究的三种基本方法》,北京大学中文系编:《缀玉二集》,北京大学出版社1994年版,第5页。

因，力求保持客观的、历史的态度揭示文学现象发生的历史文化背景。

　　文学史现象的归纳既是审美方法运用的终点，又是历史方法运用的起点。从以"本文"为对象的鉴赏、批评转为以历史为对象的归纳、概括、抽象，在这里文学史研究已经初步取得了历史科学的性质，所以说历史方法是审美方法的扩展和延伸。尽管一般的文学批评也都多少包含一些史学的性质，但只有文学史研究才能将这一性质发展得更为充分。文学史研究中的历史方法主要体现在两个方面，一是对各种各样的文学史现象做历史的研究，揭示它们的各种生成原因；二是在一系列文学作品中寻找历史的联系，运用一般的史观并借用一般历史的框架形成文学的历史系统，并对这一系统进行历时性研究，编著文学史就属于这一方面。在此需要澄清的是有一种误解，认为一般的文学研究均是为编著理想的文学史作准备的，似乎存在着一种能够容纳所有文学研究成果的文学史，实际上这是两种不同的本文，编写文学史自然要吸收各种研究成果，但绝非全部，文学研究有其独立的存在形式和存在价值。

　　运用历史方法把握文学史现象应该做到尽量明确，尽可能排除各种纯主观的、偶然性的因素，而包含更多的共识，进行反复的论证。当然，在这种求证过程中，文学审美活动及其产生的灵感仍然起着重要的作用。特别是从本文中概括出来的文学现象如作家的风格、时代的风貌、特定发展阶段的艺术特点等对审美经验的依赖尤为明显，是丰富的审美经验的逻辑归纳。如李白的"飘逸"、杜甫的"沉郁"、汉魏诗歌的"高古自然"、盛唐诗歌的"兴象华美"、"风姿绰约"等均是千百年来读者和研究者审美经验所达成的共识，还有一些归纳则明显带有假设、猜想的成分，如盛唐时期的山水诗派、宋代的豪放词派等就是依据研究者某种理论上的划分标准而确定的文学史现象。当然也有一些文学史问题与审美经验的关系间接得多，如《诗经》的艺术传统在战国时期何以突然中断，汉代盛世时期文人的"诗性精神"何以衰微，中国戏剧的发展为何大大晚于欧洲，中国古代叙事诗传统何以不发达，等等。这一切均说明历史方法对问题明确性的强调和历史事实存在的客观性，及其所运用的归纳、抽象、假设、求证等具体方法和思维方式与审美方法之间存在着一定的矛盾。但正是这些矛盾的存在使文学史研究具有科学的性质，而非单纯的精神活动。关键是在具体的研究实践中尽可能使二者之间得到调和并能相辅相成。

　　历史方法运用的第二步是研究文学史现象的成果，寻求现象背后的本质问题，即"解决问题"。在此，文学史学与一般的历史学产生了广泛的联系，进而强化了它的史学性质，充分体现了历史方法的内涵，其中同样需要研究者的大胆创新和敏锐的创造力。对文学进行历时性研究并构建文学的历史系统，不能简单地理解为寻找某种框架以编写成一部文学史，关键在于理出文学史的历史脉络和发展结构，贯彻史的观念，进而归纳、概括出每一时期文学发展中那些最重要的、具有主流性质的文学史现象，运用求同的方法寻求存在于不同时期文学中的共同因素，建立文学继承性的观念。运用求异方法寻求不同时期文学中的不同因素，建立文学演变、发展的观念。只是这种描述应以一定的理论模式和范畴为工具，如风格学的、题材学的、体裁的等均可以构成一种文学史系统，所以，只存在相对的、多元的文学史系统，并不存在唯一的、绝对的文学史系统，但每一个具有学术价值的文学史系统都应该有助于读者文学史观念的建立。历史方法揭示出文学史存在的客观性，至于对其必然性的研究则有赖于逻辑方法的运用。

三　辩证方法

　　在历史的方法中就包含着辩证的方法，二者不能分离，但相对来说，辩证的方法又有其独立的意义，即在文学史研究中对问题的解决都包含着对立而又统一的两个方面。从对不同时期、不同国别文学的比较可以看出，既有自然条件和历史条件不同所造成的差异性，又有人类历史发展的一般规律所决定的共同性。这种异中求同、同中求异正是为了避免文学史研究存在的片面性、简单化问题。以再现与表现问题为例，二者均是中西文学史研究中经常遇到的一个重要问题，我们是否可以说西方文学只讲再现，中国文学只讲表现呢？我认为不能，任何文学艺术均是再现与表现的统一，表现归根到底也是对现实的反映，不是艺术家脑海中主观自生的东西。由于历史条件的不同，中国古代文学是侧重于表现的，但并非不要再现或没有再现。西方文学强调再现，特别是19世纪后半期之前，但同样有表现的内容。二者显然是辩证统一的关系，这就需要做具体的历史分析。至于文学研究中存在的为表现与再现分出高低优劣的现象当然是一种缺乏历史的辩证观念的表现。

四 逻辑方法

所谓逻辑方法，就是研究历史发展中的逻辑关系，因而可以看作是历史方法中的一种，但细加区分，可以看出二者之间还是存在着独立性的。即一般历史方法重视具体的事实关系，对文学史发展做出具体的描述，而逻辑方法则要寻找发展的原理，从具体的文学发展中寻找文学史规律。

文学史当是文学自身发展的历史，若要建立文学自身的发展结构，单纯使用历史方法已无法胜任，必须进一步运用逻辑方法。文学发展体现了一种复杂的事物关系，历史方法以承认这种复杂关系为出发点，努力寻找推动文学发展的各种原因，但它并没有指出这些原因之间的关系。研究这些关系，抽象出文学发展的内在结构是逻辑方法的主要功能。所以自觉意义上的逻辑方法就是探讨文学发展存在的某种逻辑关系，并将它概括为各种各样的文学史规律，使文学史研究进入更加自觉的状态。这就需要文学史研究者在文学审美能力、史学素质、辩证观念之外，还须具备高度的逻辑思辨能力，或者说需要具备哲学思维能力。只有这样，文学史研究者的知识结构和能力结构才称完备。

逻辑方法的前提是承认每种事物都具有自己的本质，事物的发展就是实现其自身本质的过程。文学的发展就是文学实现其自身本质的过程，逻辑方法的运用就是发现研究这种过程，指出每种体裁、每个时代的文学是如何实现文学的本质，并依据一定的史观指出在一个相对的历史阶段中，这种实现是顺向的还是逆向的。它更为注重文学内部的发展。较之历史方法，逻辑方法强调对具体的文学史事实的抽象，体现于具体的历史发展过程中，历史方法则研究实现这一过程的各种历史条件。

上述四种方法共同构成了文学史研究的基本方法，四者之间应强调综合与联系，不应割裂开来，只有这样才能最大限度地接近历史本相。

第二节 具体方法

为了寻找文学史发展的内在规律，就需要运用切合文学本性的多元化研究方法。文学史是由多元素、多层次、多环节构成的相对独立的自我系统，同时又与外部世界有着错综复杂的关系，这就需要文学史家根据不同研究对象，从不同的角度运用文学批评的各种具体方法。作为操作性较强，具有某种工具性质的研究方法，其组成内容是纷繁复杂、丰富多元的，大致可分为：中国古代的文学史研究方法、西方古典的文学史研究方法、西方现代的文学史研究方法、西方后现代的文学史研究方法，以及近年来被尝试运用于文学史研究领域的一些自然科学方法等。

一 中国古代的文学史研究方法

我国古代的文学史批评方法历史悠久，但却没有多少完整的著作来代表，除《文心雕龙》、《诗品》、《沧浪诗话》等专著外，多散见在各种笔记、诗话、评点和非文学著作的片言只语之中，不过其重要性却不容忽视。[①] 主要可分为以下几种：

首先是文学史的社会道德批评。它兼有社会批评和道德批评的特色，强调文学和社会生活的联系，重视文学对社会生活负有的伦理道德责任。由于封建社会中的伦理道德是为统治阶级服务的，所以，这种批评方法又具有强烈的为政治服务的色彩。它是我国古代文学史批评方法中形成最早、绵延最长、影响最大的，奠基人即为儒家的代表人物孔子，他对《诗》的"思无邪"及"兴"、"观"、"群"、"怨"等说法均对后世产生了极大的影响。孟子就明确提出了"颂其诗，读其书，不知其人，可乎？是以论其世也，是尚友也"。[②] 即"知人论世"的主张。荀子则把儒家的批评理论奉为正统，为社会道德批评成为古代文学批评

[①] 傅修延、夏汉宁：《文学批评方法论基础》，江西人民出版社1986年版，第375—381页。

[②] 孟子：《孟子·万章章句下》，杨伯峻：《孟子译注》（上册），中华书局1960年版，第251页。

中最主要的批评模式奠定了基础。此后不断发展完善，"物感"说构成了文学社会根源的理论骨架，"教化"说构成了文学社会功用的理论核心，"文以载道"说构成对文学创作的基本要求。可见它其实是一种背景式批评，并不把文学看成是一个独立的本体，只注重于它的输入与输出两端，即社会生活对文学的影响和文学对社会生活的作用，放弃对作品本身的审美评价，因而得出的结论并不十分科学深刻。

　　其次是本体批评。它与前者构成了对立的两极，前者指向文学的背景，从外在的伦理道德关系上作文章，受儒家的世界观制约较深；后者指向文学史本身，它从内在的美学结构上作文章，强调文学本身的独立价值。它始于魏晋时代，鲁迅就曾指出魏晋时代是文学自觉的时代。其主要观点体现在一系列理论著作中，如钟嵘的《诗品》、吕天成的《曲品》、祁彪佳的《远山堂曲剧品》等，历代的诗话、词话等也丰富了本体批评。曹丕的《典论·论文》肯定文学的独立地位，尝试划分文体，开启了后代对文学进行独立研究的风气。此后，挚虞的《文章流别论》对文学体裁进行专门研究，刘勰《文心雕龙》中的一些篇目开始涉及文学史本体批评的方法论问题，《宗经》篇的"六义"说、《知音》篇中的"六观"说均对文学作品内在的美学结构有了系统的认识，钟嵘的《诗品》更是一部从本体角度考察诗歌的批评专著，他对诗歌形式的要求主要体现在"滋味"说上。这一切均推动了本体批评的发展。较之社会道德批评，本体批评较为系统，历代批评家们也有一些成套的理论，但由于是凭主观感受构建理论框架，加之古代语言又容易产生歧义，因此，这些理论的科学性、逻辑性和细致性均程度不同地存在一些问题。两种批评方法互相冲突、补充，其矛盾运动构成了我国古代文学史批评方法的主流。此处还有作为补充的主体批评和接受批评方法。主体批评认为文学和社会生活的联系是通过作家这一中介进行的，所以把作家作为主要研究对象，它与西方的心理批评、创作心理学多有相通之处，但不是从心理因素出发，而是从人格因素出发，研究其中的"性"、"品"、"行"、"志"等，所谓"诗言志"、"以性论诗"（刘勰）、"以人品论诗"（刘熙载）等便是这种批评方法的理论核心，强调创作主体的重要性，但也存在把作家人格与作品等同起来的倾向。接受批评与本体批评关系密切，甚至是它的衍生，也对作品内在的美学结构感兴趣，但它是从接受视角出发,更执著于充当作品与读者之间的桥梁作用,开始于明代中叶李贽、叶昼等的戏曲小说评点,到清代达到高峰。它与接受美学不同,接受批评重视表现站在读者立场上看作品,充当读者的向导,后者则重在接受方面的研究,并形成了一整套专门的理论。

这两种文学史批评方法分别与作品的背景、本体、创作主体和接受方面有着较密切的关系,此外还有一些不独属于某种批评方法的常用具体方法,[①] 本文在此略加介绍:

首先是点悟式。历代诗话、诗文评点常用这种方法,其特征是用极精炼隽永的语言点出作品的关键。讲究言简意繁,点到为止。这种方法深受先秦儒家语录体著作的影响和道家"得意忘言"说与佛家"妙语"说的启迪。从本质而言,它是一种直觉方法。

其次是实证式。着眼于事实、材料和根据,不重义理的发挥,专注于确立研究对象的本源,是文学史研究中的辅助方法。主要表现在对版本文字的校勘、典故词话的训注、名物本事的考索乃至纂录年谱、辨察佚著等方面。进而发展成诸如版本学、谱系学、考据学之类专门的学问,清代乾嘉学派主要就运用这一方法,对我国的文学史研究影响甚大。

再就是比较式,以比较为主,涉及分类、归纳等,在我国古代的文学史批评中应用广泛。如不同民族、不同作家或作品、不同艺术形式的比较可谓是比较文学的滥觞。

此外,我国20世纪二三十年代的文学史批评方法也颇具新意,本书限于篇幅不再专节分析,在此略加介绍。

"五四"文学革命所提出的"桐城谬种、选学妖孽"、"打倒孔家店"等口号宣告了儒家世界观对我国文学起主导影响的时代已经结束。文学史家们在文学史实践中既注重运用传统的批评方法,又注意学习西方的文学批评方法,使我国的文学史研究呈现出多元竞荣的局面。概括而言主要有两条路,这就是鲁迅先生所说的"择取中国的遗产,融合新机",向传统学习,"采用外国的良规,使将来的作品别开生面",向西方学习。

[①] 参见傅修延、夏汉宁:《文学批评方法论基础》,江西人民出版社1986年版,第386—388页。

择取中国的遗产，当指在文学史研究中不放弃中国传统的批评方法，采用外国的良规主要分两个方面，首先是采用西方的批评模式，如徐念兹在《小说林缘起》一文中用黑格尔的"理想美学"观检视我国古典戏剧，梁启超《饮冰室诗话》中运用比较文学方法，闻一多的《神话与诗》采用原型批评的观点，胡适《〈红楼梦〉考证》中运用杜威的实证主义哲学，王国维《人间词话》运用西方美学思想探讨我国文学现象等，还有鲁迅的《中国小说史略》、茅盾的《中国神话研究》、陈铨的《中德文学研究》、钱钟书的《谈艺录》等，均进行了成功的实践。另一方面是采用马克思主义的批评方法指导我国的文学史实践，如鲁迅、瞿秋白、郭沫若、周杨、胡风等均有成功的探索与实践。

二　西方古典的文学史研究方法

西方的文学史批评，从古希腊的柏拉图、亚里士多德开始，至今已有两千余年的历史，可谓是渊远流长，内容丰富。美国著名文学批评家艾布拉姆斯在其《镜与灯》一书中，根据文学三要素：作者、作品、读者与世界的关系及其互相之间的关系，把古希腊以来的文学批评理论分为模仿理论、实用主义表现理论、客观主义四大类，由此我们可以看出西方文学批评发展的大致轮廓：从亚里士多德到新古典主义是模仿理论产生较大影响时期，批评的重点在作品与世界的关系，为时约一二千年；从英国的锡德尼发表《诗辩》（1595年）到以后的两百多年间，实用理论渐次取代模仿理论，批评方法的重心在作品与读者的关系；从1800年华滋华斯发表《抒情歌谣集·序言》到以后的三四十年间，是表现理论抬头的时期，批评重点在作品与作者的关系；从20世纪20年代开始，是客观主义理论的黄金时期，西方现代及后现代批评开始风行于世。从中可见其具有这样一些特点：批评重心不断转移，各种批评方法和模式此消彼长、相得益彰，批评的自觉意识不断增强，外界各种理论与方法向文学史批评不断渗透。

西方文学批评大师首推亚里士多德，他也是在文学史方法论上做出重大贡献的第一人。朱光潜在《西方美学史》中指出，亚氏首先是个自然科学家和逻辑学家，因而在文学批评中运用严谨的逻辑方法，对文学史现象进行精细的分类整理和寻找规律工作。他还从生物学中带来了有机整体观念，从心理学中带来了艺术的心理根源等观点，从历史学中带来了文学种类的起源、发展与转变的观点，后世的批评流派如"自然科学派"、"心理学派"、"历史学派"等都从亚氏的《诗学》得到了启示。亚氏还是欧洲历史上第一个撰写方法论著作——《论工具》的人。此后的一两千年间，西方文学批评史上再也没有出现一个能与亚氏相比的人物。1595年，锡德尼在《诗辩》一文中力倡诗教，认为诗能把人引向善行，无疑开拓了一个新的批评视角，即道德批评。随着浪漫主义批评方法的崛起，作者的内在世界开始进入批评家的视野。到了19世纪，由于科学的巨大进展和实证主义思潮的涌起，人们转而从社会背景、心理根源等方面考察作者，维柯与泰纳、圣伯夫与弗洛伊德等开创了从社会学、心理学研究文学史的新途径和新方法。

三　西方现代的文学史研究方法

20世纪是西方文学史批评方法空前活跃的时代，理论迭出、流派林立，且理论更迭之快、流派差异之大绝非此前任何时代所可比拟。它无情地宣告西方文学史学以一部《诗学》雄踞文坛近两千年的时代一去不复返了。在这个感性与理性、有限与无限、现实与理论、经验与超验普遍对立的时代，西方的哲人们面对世界的和人类自身的分裂，企求以文艺这一中介形式去弥合种种裂痕。因为，艺术以其对人的生命本体的颂扬和持存使人类拥有了一片"诗意地栖居"之地，成为人类渴望追求和超越的家园。但当人们审视艺术，指望艺术担当人超越自身的使命时，却发现艺术的意义在日常感性的遮蔽下正逐渐消解，甚至包括有关艺术的本体问题也变得模糊不清了。于是人类更加急切地寻求艺术呈现和朗照自身存在的意义，这种艺术价值的重新发现及其意义的空前隐退所构成的矛盾便成了20世纪文学史方法论变革的前景。

一般来说，文学须涉及四个基本要素：世界（也有人称之为"自然"，如古希腊批评）、作者、作品，还有读者（批评家当然包括在"读者"之内），有四个点，五条线。19世纪以前的批评较为看重世界与作品、世界与作者、作者与作品之间的关系，相应的探索也较为深入。对作品与读者、世界与读者各个点的论述虽有所触及，但均处于依附、零星地位，既无独特的视角，也未创立完善的理论。到了20世纪，西方文学史批评既有面上的拓展，又有点的掘进，使批评方法的领地很快扩展到所有的四个点、五条线，即便是同一个点、同一条线，因所取视角的不同也往往形成不同的流派。如同是关注作品的，就可举出结构主义、叙事学、神话原型批评、符号学、新批评、意象批评、文类批评、修辞批评等多种。同是关心读者阅读的，就有解构批评、接受美学、文学社会学、阐释学等。从某一个点或就某一个问题向下掘进，则导致了点上的深化，因为每一个点或问题均可以有许多层面。如关于创作过程，过去人们往往仅注意作家如何运思，其实这只是掘进到作家的意识层，弗洛伊德的精神分析则掘进到作家的无意识层面，荣格的分析心理学又掘进到了作家心理结构中的集体无意识层面。再如对于作品，过去人们仅注重文字的指涉意义或象征意义，把文字、作品看成是客观世界的对应物。其实这仅触及了文学作品文化层面的一个小部分，属"历史层面"。而文学作品除此之外，尚有语言（又可分为语音、语素、语法、语体等）层面、语义层面、意象层面、哲理层面等等。结构主义等流派掘进到了语言层面，新批评关心的是语义与意象层面，意向批评关心的是意象层面，着重探讨意象的机制，神话原型批评关心的则是意象、象征背后的民族心理，显然属于文化层面，但又不同于过去那种专门把事实对号入座的社会历史批评。结构主义关心语言层面，发现了文字符号系统及符号之间的关系，发现了符号本身的层次性，解构批评则深入到符号之下的能指与所指，发现了能指在指意过程中的"延异"。

　　面的拓展与点的掘进同时并举，使20世纪西方的文学史批评方法呈现为一个立体的架构，这种不断创新、大胆探索昭示出意识话语的空前活跃。大致可分为两大思潮：一是标举"体验"性的人文主义诗学，其特点是注重将人的体验、感性、直觉放在首位加以考察，通过对人的精神内宇宙的揭示去探寻艺术的本质和世界的审美本性。二是注重实证的科学主义诗学思潮，其特点是偏重于归纳法，更重视科学性和实证性，注重语言的逻辑功能，要求概念的确定性、表达的明晰性、意义的可证实性。诗学研究上的人文主义向度和科学理性向度到了1980年代出现了互相融合的趋势。与研究对象的不同维度相对应，文学史研究方法也形成四个方面，即：作家心理和创作过程研究，如文艺社会学研究法、传记研究法、象征研究法、精神分析研究法、神话原型研究法；作品本体研究，如符号学研究法、形式研究法、新批评研究法、结构与解构研究法；注重读者接受研究，如现象学研究法、解释学研究法、接受美学研究法以及读者反应批评法；注重社会文化研究，如西方马克思美学文化批判法、后现代文艺美学研究法等。每一种流派、角度无不因自身关注的独特而有独特的发现，为其他流派、角度所无法取代，同时，又因自己的立足点而导致偏差，然而这些偏差却又可为其他流派、角度所补救。诸种理论各有千秋，各有弊端，但合而为一，互相补救，便形成了完整的立体架构，这便是西方现代文学史批评方法的最大成就。

四　西方后现代的文学史研究方法

时间的脚步真快，尚未被传统完全接纳的西方现代文学史批评方法转瞬间已戴上了传统的帽子，成了被后现代主义批评方法解构和超越的对象。尽管"Postmodernism"一词令许多西方学者感到别扭和怪异，汉译"后现代主义"也让人觉得有些涩，然而，在西方当代社会，特别是思想文化领域，尤其是文学领域，在20世纪50年代的确产生了一股在思维方式上有别于传统的，人们称之为"后现代"的颇具声势的思想潮流。走向后工业社会的哲人们以文化断裂的方式获得了对现代文化反动的哲学话语，宣告人类数千年来的文化精神和价值体系正在和将要经历重大的历史变迁。信息社会的权力话语所导致的权力转换对当今世界产生了弥散性的影响：那些曾经被视为永恒自明的理论遭到了质疑，新的文化精神借信息传播媒介开启了一个重生成性和差异性的文化视野，现代主义对永恒、深度模式的追求所形成的焦虑文化幻化成后现代消解式的语言嬉戏，那曾一度为工具理性所排斥的非中心性和不确定性逸出了历史的盲点，升上了时代的地平线。

在思维方式上坚持一种流浪者的思维，一种专事摧毁的否定性思维，是所有后现代哲学思潮所共同具有的特征。它以激进的方式扭转了现代精神价值，并抵达一种"无深度的平面"的临界点，在这里，一切选择不再是被选择过的，"怎么都行"使个体选择有了随意性。现代精神所追求的确定性和明晰性让位于不确定性和模糊性，断裂的文化使断裂的文化话语获得了无价值的宣泄。中心性和秩序性被置换成边缘性和无序性，中心隐遁、主体死亡、作者消解，只有本文在言说。至于后现代主义所否定、摧毁的对象，每个思潮则各有专攻。"非哲学"瞄准的是传统的"哲学观"，"非理性主义"的对手是"理性"，"后人道主义"发难的对象是"人"，"非中心化思潮"攻击的是"中心"，"反基础主义"摧毁的是"基础"，"解构主义"志在消解一切二元对立结构，"后现代解释学"对确定的、终极的"意义"发出了挑战，"多元主义方法论"则努力冲破人们关于唯一正确的"方法"的神话，"视角主义"否定了认识事物单一"视角"的存在，"后现代哲学史编纂学"则将批判的矛头对准传统的哲学史观，"反美学"反的就是传统美学，等等。总之，后现代哲学用一个未知的、不确定的、复杂的、多元的世界观取代了传统的、给定了的世界观，提出了确定是相对的，不确定是绝对的思想，其中充满了各种矛盾，这其实是与我们今天所处的时代是相对应的。一方面是世界从未像今天这样充满着变化和不确定性，另一方面是人们的内心深处更加强烈地渴望某种牢固的东西和确定的思想，纵然不能指导人生，也可用来安慰人生。再就是人们总是在获得一些东西的同时又失去另一些可能更为珍贵的东西。

后现代主义文学批评包括三个层次：首先是指自 1950 年代后期以来反对现代主义的观念形态和审美成规的一系列尝试之总和，主要包括文学艺术领域内进行激进实验的先锋派；其次是以欧陆后结构主义哲学思想为理论依据的种种后现代文论，主要包括美国的解构批评等；再就是指对主流文化各种反叛力量的总和，主要包括大众文化和消费文学。就其特征而言，相对于现代主义，它主要有：挑战现代主义的种种价值观和人为的等级制度，弘扬更为无度的个性自由，拒斥现代主义的一些成规习俗和原则，作为一种叙述话语和风格，以无选择技法、无中心意义、"精神分裂式"的结构为其特征，以戏拟取代传统的模仿，力求在叙述中创造某种"新的意义"，作为一种阅读和阐释文本的代码，也即后现代性，可用于阐释过去的和非西方的文本。作为结构主义受挫后的一种批评风尚，以语言游戏和分解结构为其特征。现代主义所信奉的是"宏大的叙述"或"无叙述"，后现代主义则致力于"稗史"的创造和"碎片式"的结构，带有明显的"破坏性"、"表演性"和"随意性"。现代主义文本显示出结构的整一和意义的确定，后现代主义文本则不无互文性和无深度结构。现代主义所持的是线性的历史发展观，后现代主义出于反历史的目的,致力于某种历史事件的叙述,并试图创造出一个新的历史。现代主义的阅读策略是视文本为一个封闭的自足客体,意义产生于作者与文本和文本与读者的双重关系中,后现代主义则全然不顾作者,代之以更注重读者对文本的阅读和接受过程,意义的产生在更大程度上依赖于读者的建构。

  后现代主义文学理论和美学领域代表性的思想家和学者主要有：罗兰·巴尔特、伊哈布·哈桑、伊格尔顿、洛奇、洛德威、佛马克、克里斯蒂娃、姚斯、沃尔夫冈·伊塞尔、保罗·德·曼、米勒、布鲁姆、哈特曼、G. 格拉夫、阿兰·威尔德、J. V. 哈拉里、霍尔·福斯特、林达·哈奇、诺米·谢奥、苏珊·桑塔格、莱斯利·费德勒、瑞查兹·沃森等。带有鲜明后现代色彩的文学史批评模式主要有：解构主义批评、后现代主义、女性主义、新历史主义、后殖民主义和后现代的马克思主义文论等。解构主义是法国哲学家德里达倡导的一种反传统思潮,但很少有人通读或读懂他的《论文字学》、《丧钟》这类十分艰涩的著作,不过其影响已经波及哲学、文学、艺术、神学等几乎每一个文化领域。德里达在他写于1980年代初的《一篇论文的时间》一文中谈到,"解构"主要不是一个哲学、诗、神学或者说意识形态方面的术语,而是牵涉到意义、惯例、法律、权威、价值等等最终有没有可能的问题,其特点无疑就是反权威、反成规、反理性、反传统；新历史主义则作为解构主义新的挑战者应运而生,它将被解构主义颠倒的传统再颠倒过来,重新注重艺术与人生、本文与历史现实的关系,进行"历史—文化换轨",强调对本文实行政治、经济、社会的"综合治理",呼唤历史意识；西方马克思主义的代表人物主要有卢卡契、阿多尔诺、本雅明、马尔库塞等,以社会批判理论作为自己的旗帜,对现实抱一种批判的否定态度,使用的文学史研究方法已明显有别于传统的文学史社会学研究方法；女权主义文学史批评方法诞生于20世纪60年代末、70年代初的欧美,至今仍在发展,它是西方女权主义运动高涨并深入到文化、文学领域的成果,有着较鲜明的政治倾向,它是以妇女为中心的批评,研究对象包括妇女形象、女性创作和女性阅读等,强调以一种女性的视角对文学史作品进行全新的解读,对男性文学歪曲妇女形象进行猛烈的批判,努力发掘不同于男性的女性文学传统,重评文学史；后殖民理论是一种多种文化政治理论和批评方法的集合性话语,以其意识形态性和文化政治批评性纠正20世纪中叶纯文本形式研究的偏颇,具有更广阔的文化视域和研究策略。

五 自然科学方法

科学方法论是人类对客观对象进行科学分析、研究和论证的重要认识工具,它研究的是科学认识的一般过程、方法的形式,是具有一般、普遍意义的、能适应任何学科的基本方法,它几乎与科学研究同时出现。

早在古希腊,亚里士多德在他的《工具论》中就探讨了思维的形式和规律,创立了演绎逻辑,奠定了逻辑学的基础,为科学方法论登上科学舞台铺平了道路。英国哲学家弗兰西斯·培根则是第一个指出正确的方法学说对促进科学认识发展具有重要作用的人,他在其著名的哲学著作《新工具》一书中系统地阐述了实验方法和归纳方法的作用,创立了归纳逻辑。稍后的德国哲学家笛卡尔从另一个方向发展了方法论,在《方法谈》一书中提出演绎法是唯一普遍的科学认识方法,并制定了一系列方法论原则。此后,英国的牛顿和穆勒又进一步总结和补充了上述各种理论,而这些科学方法论更多的是以自然科学中的认识规律为依据的。

进入20世纪,科技的飞速发展引起了人类思维形式的改变,科学方法论发生了许多重大的变革,并产生了一系列新的方法论,如系统论、信息论、控制论、数学方法、范式理论、熵定律和耗散结构、"测不准原理"、模型方法等。较之以往的以自然界的某种物质结构及其运动形式为研究对象不同,它是以自然界和社会中的事物共同属性及普遍联系的某一特定的共同方面为研究对象,概括程度更高,适用范围更广,社会科学中的许多学科包括文学史研究都可以与之发生联系。这些方法我们称为横向方法,之所以出现在文学史研究领域,是因为这个领域中存在着一些复杂而又必须解决的问题,要想对文学史做出更为全面、精确且更具说服力的解释,就必须适当借鉴横向方法。当然,在文学史批评中出现了数学公式、复杂的术语、难懂的名词,使人困惑,但这绝非方法本身的错,而是使用者的问题。如系统论方法可以使我们避免固守某种模式框定的研究点,有利于我们全方位地研究文学史现象,达到一种整体上的把握;数学方法的运用又可使我们的文学史研究精确化、定量化,使批评更富于说服力。这有利于使文学史研究方法体现出一种当代性,亦即当代科学的共性:整体化、精确化和学科方法之间的相互转化。因为当代科学的总趋势之一就是各门学科不断相互影响或融汇,在这种良好的协同作用中携手并进,进而促进科学研究总水平的提高。

第三节 走向综合

20世纪中叶以前的西方哲学被称为"分析的时代",此后则是综合分析的时代,从现代到后现代,从知识话语到意识形态文本,从诗学文化到文化诗学,整体上呈现出从分析走向综合的趋向。无论在过程论、认识论、本体论,亦或是媒介论、方法论、价值论等方面均显示出从分析走向综合的发展趋势,并体现在文学史研究的方法论上。那种单调一元的文学史方法既无法充分揭示文学史的发展规律,最大可能地接近文学史本相,也不利于文学史著述风格与个性的多元化。"新经济"的浪潮席卷全球,信息交流的速度越来越快,地球已成为一个小小的"村落",人类的交往、文化的交流日益频繁和必要,文学史研究方法必然适应着时代的潮流,也走向融汇贯通、丰富多元。

一

在过程上,20世纪西方文学史研究方法具有从现代、后现代到后殖民的发展过程。在认识论方面,无论是人本主义和科学主义的知识话语,还是对理性、非理性、精神危机的表述,西方文学史方法又不同程度地走向了意识形态的综合分析,特别是1990年代以后许多有影响的文学史家不再仅接受某一思潮、流派的影响,而是"杂取种种",显示出从研究范围、内容、方法等方面的整体化趋向。本体论的转化则比较集中地体现在以作者、作品、读者、社会、文化等为研究对象和本体的变化方面,区分仅是相对的。特别是语言这一作为20世纪贯穿始终,议论最多，几乎须臾不能离开的文论母题，推动了 20 世纪文学史方法论的多次重大变革。

20 世纪文学史方法论的变化主要体现在从文论文本的建构、解构到创化的转变上，即从建构诗学到解构诗学。"建构"当指合理合法地建设、构筑、进取，包括重构乃至再次重构。"解构"在本质上也是一种建构，即在对传统理性否定、批判、挑剔、刨根问底、彻底推倒的基础上建构各自的主义和学说，可以说解构主义、后现代主义、后女性主义、新历史主义、后殖民主义的文学史批评均是在"解构"方法论的感召下构筑的文化诗学。"创化"则含有创办、进化、整合、创造的意义，正是在这种创化中，20 世纪西方文学史理论从知识论走向了价值论。也就是在将文学史视为观念或文明的历史或形式与结构的历史，亦即他律或自律的历史之外，出现了第三种倾向，即走向了综合与融通。事实上，无论是仅尝试用外在因素来解释文学史现象，或用内在因素来把握文学史显然都是不完整的，因为两者均不能孤立地解决文学史与人类历史之间的关系问题，这就需要进行综合的尝试，如阿诺德·豪泽尔在其所著《艺术史哲学》一书的导言中明确提出艺术作品的特殊性，即艺术的和审美的特征在于它的内部各形式要素的结构组织而不在外在的社会环境，艺术形式并不包含在社会本质之中，并不是社会条件导致的。他同时提出艺术与现实社会有着千丝万缕的联系，伟大的艺术总是为我们提供对于生活的解释。强调艺术与社会之关系的非直接性，提出了导致艺术发展的双重决定性，即艺术的产生和发展部分是由它的内在原因即形式发展规律决定，部分由外在原因即艺术以外的社会环境决定的，从而否定了传统的文学史社会学的机械一元论和单向因果论，走向了二元论和双重因果论。吕西安·戈德曼的文学史发生学结构主义方法则提出了文学史发展是建立在"同构论"基础上的，传统的文学史社会学眼睛盯着文学反映了什么，即从内容和表现对象的变化中建立社会决定文学的依据，戈德曼则将目光转向了形式、结构，从作品的文本结构与世界观结构、社会精神结构的同构中寻求社会决定论的新基础，实现了从内容社会学到形式社会学的转变，使社会学研究更为切近文学史的文本层次和语言层次，更为接近文学的特殊性，避免了庸俗的社会决定论将文学史还原到模仿层次。阿多尔诺则主张"艺术与社会的聚合是实质性的，而不是某种外在于艺术的东西，这一点也适用于艺术史"。①

但社会之进入艺术并不是以牺牲艺术的特殊性为代价的，它必须经由审美的力量，消溶于艺术中。文学史取决于世界状况，即具体的历史情境，艺术的"他者"是文学赖以产生的条件，文学的社会性取决于艺术是否能成功地将社会内容同化在自己的形式之中。这种综合的趋势还体现在西方马克思主义者如卢卡契、阿尔帕托夫、西格尔等人的文学史观中，包括（在文学史中）尝试运用心理分析方法，并吸收现象学的观念，实乃传统的传记研究方法的延展。这种鱼与熊掌皆吾所欲的价值取向正是当代文学理论、文学批评，当然也包括文学史研究在内的一个最新趋向，但问题是若想真正超越文学史自律论的封闭性和他律论的机械性，仅靠内因与外因的相加模式或自律与他律的并列模式是不够的，应当取消或超越这种二元论的简单对立观念，看到社会文化与意识形态等文学外在因素就存在于文学的文本结构之中，从文学话语本身出发去发现一种社会权力结构。以福柯为代表的新历史主义把文本的演变看作是权力的较量与意识形态之间的交锋，在历史的残酷及血腥对抗中把握文学史，明显有别于形式主义文论对政治与意识形态的拒斥与冷漠。阿尔都塞接受马歇雷的影响，认为文学与意识形态关系的特殊性在于：文学中的意识形态是被我们"看到"、"觉察到"、"感觉到"的，而不是认识到的，这正是它与科学的根本对立之处。也就是说：文学与科学都是意识形态，但其反映意识形态的方式不同，即艺术是以"看到"或"觉察到"、"感受到"的形式，科学则以认识到的形式。这种在文学形式、文本结构内部读出社会文化与意识形态的思路，在文学史的文本结构的变化中寻求这种连续性和社会文化意味，应当说为文学史模式的重建和文学史方法的运用提供了坚实的基础和广阔的前景。

二

但是，文本结构与社会文化的联系并非直接的、不经过渡或中介的，以往的机械他律论正是在这一点上陷入了误区。只有寻找到"中介"，在文学与社会文化之间插入第三项，才能将文学的外因转化为内

---

① 周宪编著：《当代西方艺术文化学》，北京大学出版社1988年版，第37页。

质,克服机械、封闭的文学史研究倾向,但是"中介"又是丰富多样的。

长期以来,许多文学史家提出了各种各样的中介,马克思和恩格斯就曾多次强调经济基础与意识形态之关系的复杂性,强调二者之间的相互影响,但经济基础最终或归根结底决定文学的发展,二者之间应当存在着许多中介,但由于马克思和恩格斯没有专门论述过文学中介,仅涉及所有意识形态部门的共同中介——"政治"。由于极左思潮的冲击和影响,导致我国解放后的文学史研究基本上没有突破政治中介论,将文学作品所反映的社会政治状况及作家的政治倾向与文学以外的实际社会生活及作家的出身与阶级立场画等号,没有看到文学作品中的"政治"已经通过形式的转化或经由中介的过渡已大大不同于实际政治。在对文学发展动因的考察上则把社会的政治背景与状况直接当作文学发展的决定性因素,表现出一种庸俗社会学的倾向。为此,苏联的一些文学理论家曾试图寻找到对中介更为细致、科学的解释。普列汉诺夫提出了著名的社会结构"五层次"说,即生产力状况、经济关系、社会政治制度、社会心理及反映这种社会心理的各种意识形态,五层次之间的关系是层层决定的。其中,普列汉诺夫还特别强调"社会心理"在沟通经济政治与意识形态的重要中介作用,提出了著名的"社会心理中介论"。巴赫金则提出了文学史研究四个环节的观点:"文学史在不断形成的文学环境的统一体中研究文学作品的具体生活;在包围着它的意识形态环境的形成中研究文学环境;最后,在渗透于其中的社会经济环境的形成中研究这种意识形态环境。因此,文学史家的工作应当在同其他意识形态的历史、同社会经济的历史的不断的相互影响中进行。"[①] 认为经济环境并不直接决定文学作品,而且意识形态包括政治、哲学、宗教等也不直接决定文学作品的产生,直接制约和决定文学作品生产和发展的是"文学环境",这一中介概念的提出明显地比泛泛地谈论"社会心理"更接近文学的特殊性。卡冈在《文化系统中的艺术》(1978年)一文中所提出的"艺术文化中介论"则更为深刻而具体,认为文化与艺术之间并不存在机械的、直接的决定关系,而是经过了转换中介,即文化先作用于艺

---

① 巴赫金等:《文艺学中的形式主义方法》,李辉凡等译,漓江出版社1989年版,第36页。

术文化，尔后才作用于艺术，反之亦然。艺术内容与形式直接由它最接近的环节——艺术文化所决定，艺术文化是由艺术的环境决定的。此外，还有人提出了"形式中介论"，主张文学的中介环节只能是文学的形式。

我国解放后的文学理论所提出的内容与形式的二分法，"内容是一部文学作品所具体描写的客观现实生活的一定方面，而且是具有本质特征的方面"。"形式就是文学作品内容的组织构造或外在物质显现。"① 内容先于并决定形式等观点明显不够科学合理。从语言学角度看，内容是语言的意义层面，包括语言符号的物质属性、情感意味，形式是语言符号的物质形式及排列组合，语言的意义层面不可能脱离语言的形式层面而存在，自然也就谈不上孰先孰后、谁决定谁的问题。因而，克莱夫·贝尔的"有意味的形式"说、苏珊·朗格的"人类情感的表现性形式"说更为科学准确。文学史研究首先面对的当是由文学语言构成的文本，文学史的存在方式是历史上诸多文本所组成的整体系列，而文学的构成应包括形式——结构与内容——意义这两个最为基本的层面。前者是指语言的组织方式，后者则是指由语言的特定组织方式所决定的语言的内涵。实际上二者是合而为一、不可分离的。基于上述论点，陶东风提出"可以把文学史首先看作是形式——结构的动态史。也就是说，文学发展的存在方式首先是历史上各种文本形式——结构不断地建构与解构的历史"。②

文学史的任务就是描述和建构这一发展历程。而内容——意义层面的文学史与形式——结构层面的文学史实际上是重合的，因此理想的文学史研究在方法运用上的形式结构分析应当就是内容意义分析。有时仅仅为了相对突出研究重点而将两者分开，并不是说两者本来可以分离。以上两个意义上的文学史实际上仅涉及文本描述层面，涉及历史上诸多文本组成的一个系统，以及文本之间存在着可理解的连续性和关联性，但文本演变的动因是什么？是什么保证了处于不同时间之维上的文本间的关联？又是什么导致了文本延续过程中的裂变或中断？这就需要文学

---

① 十四院校《文学理论基础》编写组编：《文学理论基础》，上海文艺出版社1981年版，第109—171页。

② 陶东风：《文学史哲学》，河南人民出版社1994年版，第252页。

史家确立一种全局观念和总体眼光,超越文学史自律论和他律论的双重困境,强调社会文化环境与文学形式的互动,个体作家与形式惯例互动的辩证观使文学史研究方法真正实现融会贯通基础上的综合。

三

20世纪的西方文学理论相对于以前主要有三大转折:一是基本上完成了从文学言论向文学理论或文学学的转折,使文学学或文艺学包括文学史学从哲学和创作言论中走了出来自立门户,形成了相对独立的知识话语体系和科学形态;二是初步实现了文论建设从粗放型到集约型的转变,有了自己的结构规模、名牌作品,广泛的社会、文化和意识形态效应;三是努力实现了从一般专门知识话语向边缘的政治、哲学、历史、人类学、文化学、语言学、意识形态等诉诸自己思想感情的转折,可以直接与之沟通、交往、交流、对话乃至斗争,取得了相应的发言权和一定的社会地位。这三个转折亦可看作是从文学理论站起来到文学理论开始成长壮大再到文学理论开始有发言权这样一个三部曲,进而推动了文学史研究和文学史理论建设。20世纪的中国文论史是一部西方文论的接受史,既有西欧和北美的文论,又有苏联的文论,亦可看作是个不断扬弃、广泛吸收、努力创造的文论史,具有"所处地位非主流性"、"升沉消长不稳定性"、"发展形态不完整性"[①] 等特点,它极大地改变了中国传统文论的思维习惯和基本面貌,有力地推动了中国的文学理论、文学批评和文学史的研究和写作。这种"拿来"既意谓着占有和挑选,也意谓着一种潜对话和对话,对话就是交流、谈判、批判和建构,它需要一种平等意识,任何的盲从、机械照搬乃至抄袭性运用不仅软弱无力,而且毫无前途。

四

作为"路径"的文学史研究方法可以使研究活动变得明晰起来,同时也使研究对象成为一种多维透视的活生生的对象。文学史研究通过方法论的"三棱镜",一方面可以还原出文学生命的原生意义,另一方面可以通过独特的视点生发或创造出新的意义。事实上,对文学史研究来

[①] 唐正序、陈厚诚主编:《20世纪中国文学与西方现代主义思潮》,四川人民出版社1992年版,第16—17页。

说,既没有凝固不变的方法,也不存在作为终极真理的方法论体系,真正具有生命力的文学史研究方法应是随着实践和思维的不断前进而发展的。在文学史研究中,运用各种方法应把握以下几个关键问题:

首先是必须具有广阔的文化视野和学术批判眼光。这是一个文化开放和寻求对话的时代,是整个文化艺术话语的转型时期,面对门类繁多的文学史研究的"新方法",必须加以具体分析和学术批判,在推动文学史研究不断更新和向前发展的前提下,应强调充分发挥各种研究方法的长处,避免其不足,根据具体情况进行多角度的综合性研究,为文学史研究获得一种宏观视野。特别是在后现代话语运作中,任何狭窄、单一的方法都难以碰触到文学史本文中的"意义链",任何拒斥新方法的狭窄文化视野都难以穿透文学史的迷雾而重新阐释作品的新意义,当然,任何唯"新"之举也只能随潮消长,对文学史研究难以提供真正有价值的方法模式。

其次是在运用一般的批评方法和批评模式时,应注意文学史对象的适用性和可行性,切不可盲目套用或照搬,仅仅满足于运用一些新名词、新术语、新范畴,或对文学作品进行字、义、句的量化分析,应尊重文学的审美特性,尊重其特有的"文学性"。这有利于打破我们原有的思维格局,拓展我们研究的领域和视野,进而更为科学、全面地理解和阐释文学史现象。

再就是注意文学史研究方法的互补性。在研究中既需要从某一具体方法模式出发对文学史现象的某一方面进行研究,又要把文学史视作一个有着有机联系的整体,将各种方法互相补充,互相协调,从作家作品、读者、社会文化等多维角度进行全面把握。毕竟,任何一种单一的方法要想揭示文学史进程之谜是不可能的,只有运用多种方法,在融会贯通加以综合的基础上才能对文学史进行总体把握,并最大可能地接受文学史本相,进而揭示出文学的审美特性和审美价值,揭示出文学史运行的种种规律。

当然,最高的文学史研究方法当属"至法无法",文学史研究需要运用各种方法,但又不可拘泥于方法,唯有充分了解并掌握各种方法,化为文学史家个人的、内在性的东西,才能不着痕迹地实现对文学史真正的审美把握,使文学史研究走向新的辉煌。

第九章　文学史教学论之一

文学史作为一种学术范型和大学课程在中国已有近百年的历史，回首百年文学史课程教学走过的历程，我们可以看出，它在积累了大量经验的同时，也存在着许多不足之处，明显不利于培养新世纪创新型人才，不能适应新形势的发展。因而重新审视这门传统的大学必修课程，进而重新解读伟大的文学传统已呈现出日甚一日的迫切性。这就需要我们尝试和运用各种治史模式和多元化的文学史研究与教学方法，注意在大文化的视野中把握文学史现象，树立对文学对象把握的独立品格，引进多种参照系统，拓展思维空间，使文学史课程教学在改革中获得新生。

第一节　体例范型

文学史作为一种学术范型和大学课程在中国的出现始于上世纪初。1904年，林传甲出任京师大学堂国文教师，编写了一部约七万字的《中国文学史》讲义，此为现在已知的开山之作，还有此后不久黄人所编的《中国文学史》，均是配合大学的有关课程编写的。从此，编写文学史著作并在大学课堂里讲授便成了一项经常性的学术研究和教学工作。据陈玉堂的《中国文学史书目提要》统计，截至1949年，我国出版的各类文学史（通史、断代史、分体史、断代分体史）约有346种。如果加上台港澳和世界其他各地的中国文学史著作，截至1994年，竟可达到

1600种以上，数量相当可观。对已有的各种文学史著作的探讨与研究是建构一门科学的文学史学的重要组成部分。国内外许多重要的文学史论述及文学史理论多蕴含在文学史著作之中，需要我们以深刻的文学与历史意识、科学的理性之光加以研究、挖掘与整理，如勃兰兑斯的《19世纪文学主流》、居斯塔夫·朗松的《法国文学史》、泰纳的《英国文学史》、席勒的《论素朴的诗与感伤的诗》等，以及我国20世纪出现的一系列文学史著作。

中国社科院少数民族文学研究所邓敏文先生在撰写《中国多民族文学史论》一书的过程中，花了近一年的时间对已出版的各种中国文学史进行收集和定量分析，列出了1882年到1993年《中国文学史著作出版情况统计表》、《20世纪中国文学史建设轨迹图》及《20世纪中国文学史建设兴衰图》三个统计图表，文献价值极高。从表中可见自1900年以来，中国文学史建设至今已出现过两次高潮，一次是1930年代，一次是1980—1990年代，且第二次高潮至今仍方兴未艾，保持着继续上升和发展的趋势。

邓敏文先生还将现存的诸多中国文学史著作分为八种基本类型：①

1. 综合性的文学通史。其中包括跨越若干个历史时代的具有综合性内容的文学史著作，如窦警凡的《历朝文学史》、林传甲的《中国文学史》、钱基厚的《中国文学史纲》、胡怀琛的《中国文学史略》、谭正璧的《中国文学进化史》、郑宾于的《中国文学流变史》、郑振铎的《插图本中国文学史》等。

2. 综合性的文学断代史。其中包括以某个或某几个历史时代的各种文学现象为主要研究对象的文学史著作，如游国恩的《先秦文学史》、刘师培的《中古文学史》、鲁迅的《汉文学史纲要》、陈钟凡的《汉魏六朝文学》、曹道衡和沈玉成的《南北朝文学史》、朱炳熙的《唐代文学概论》、杨荫深的《五代文学》、吕思勉的《宋代文学》、邓绍基主编的《元代文学史》、宋佩韦的《明文学史》、张宗祥的《清代文学》、任访秋主编的《中国近代文学史》、钱基博的《中国现代文学史》等。

3. 专体性的文学通史。其中包括以某种文学体裁为主要研究对象

---

① 邓敏文：《中国多民族文学史论》，社会科学文献出版社1995年版，第27—32页。

的文学通史，如鲁迅的《中国小说史略》、胡怀琛的《中国民歌研究》、李维的《诗史》、钱南扬的《谜史》、玄珠（茅盾）的《中国神话ABC》、刘毓盘的《词史》、王易的《乐府通史》、龙沐勋的《中国韵文史》、周贻白的《中国戏剧史略》、卢前的《八股文小史》、刘麟生的《中国骈文史》、陈柱的《中国散文史》、郑振铎的《中国俗文学史》、马积高的《赋史》、中国艺术研究院编写的《说唱艺术简史》、袁珂的《中国神话史》、邵传烈的《中国杂文史》、陈友高的《中国日记史略》、陈书良等人的《中国小品文史》、凝溪的《中国寓言文学史》等。

4. 专体性的文学断代史。其中包括以某种文学体裁为主要研究对象的文学断代史，如：王国维的《宋元戏曲史》、胡云翼的《宋词研究》、梁乙真的《元明散曲史》、刘叶秋的《魏晋南北朝小说》、阿英的《晚清小说史》、田仲济的《中国现代小说史》、金汉的《中国当代小说史》、韩兆琦的《汉代散文史稿》等。

5. 专题性的文学通史。其中包括以某种文学专题为主要研究对象的文学通史，如谢无量的《中国妇女文学史》、罗根泽的《中国文学批评史》、蓝海的《中国抗战文艺史》、徐青的《古典诗律史》、黄伟宗的《创作方法史》、陈玉刚的《中国翻译文学史稿》、易重廉的《中国楚辞学史》、陈翔祥的《诸葛亮形象史研究》、黄岩柏的《中国公案小说史》、宁稼雨的《中国志人小说史》、蓝少成的《中国散文写作史》、董建的《道教文学史》等。

6. 专题性的文学断代史。其中包括以某种文学专题为主要研究对象的文学断代史，如胡云翼的《唐代的战争文学》、陈仁安的《宋代的抗战文学》、梁乙真的《清代妇女文学史》、梁昆的《宋诗派别论》、李剑国的《唐前志怪小说》、魏季昌的《桐城古文学派小史》、韩进廉的《红学史稿》、黄中模的《现代楚辞批评史》、吴毓华的《中国现代乡土诗史略》等。

7. 地方文学史。其中包括各种类型的具有地方特色的文学通史、文学断代史、文学专体史、文学专题史等。如徐梦麟的《云南农村戏曲史》、李汉枢的《粤调说唱民歌沿革》、叶石涛的《台湾文学史纲》、刘登翰等人的《台湾文学史》（上卷）、赵图南的《台湾诗史》、古继堂的《台湾新诗发展史》和《台湾小说发展史》、白少帆等人的《现代台湾文学史》、内蒙古大学编写的《内蒙古自治区文学史》、江西师范学院编写的《江西苏区文学史稿》、屈毓秀等人的《山西抗战文学史》、王枝忠等人的《宁夏文学十年》、王鸿儒的《贵州当代文学概观》、东北现代文学史编写组编写的《东北现代文学史》、沈卫威的《东北流亡文学史论》、刘建勋的《延安文艺史论稿》等。

8. 民族文学史。其中包括各种类型的中国少数民族文学通史、文学简史或文学概况。如云南民间文学大理调查队编写的《白族文学史初稿》、云南民间文学丽江调查队编写的《纳西族文学史初稿》、齐木道吉等人的《蒙古族文学简史》、田兵等人的《苗族文学史》、毛星主编的《中国少数民族文学》、杨亮才等人编写的《中国少数民族文学》等。

随着时间的推移，对综合性文学通史的撰著渐趋减少，专体性和专题性的文学史著作所占比例在不断增加，由"大而全"向"小而专"的方向发展，这是中国文学史研究和编写工作不断深入的一种反映。从编写体例来说可谓多种多样，但最常见的主要有以下几种：分类合编体、作家纪传体、作品评论体、史话体、编年体、表解体等。邓敏文先生对此做了如下的论述：

1. 分类合编体。又称分体合编型，其主要特点是将各种类型的文学样式分派到各个历史时代当中去加以介绍，然后再按时代先后纵向排列，合编成书。其基本模式是：

编：以历史时代或历史朝代定名（依年代先后排列）；

章：以文学体裁或文学样式定名（可并列若干章，含概述）；

节：以具体作家或具体作品定名（可并列若干节，含概述）。

这种体例的优点是从目录上即可了解一个国家、一个民族或一个历史阶段文学发展的大体情况，如有哪些主要文学样式，有哪些重要作家和作品等。这种体例的主要缺点是：结构比较死板，对各种文体自身的历史演变不易阐述；对一些跨越时代的作家不好安排；对那些既是诗人又是小说家等"多能作家"的介绍也不太方便。所以，大多数文学史著作在运用这种体例的过程中也表现出自己的灵活性和机动性。

2. 作家纪传体。作家是文学创作的主体，没有作家就没有文学作品，就不可能产生各种各样的文学现象。所谓作家纪传体文学史，就是以介绍作家的生平、创作道路和创作成果为主要框架的文学史著作。这种体例比较注重对文学活动的介绍，其中也介绍有关人物的代表作品和重要作品，基本上按作家生存年代的先后排列；同时代的作家又可按其成就和影响的大小排列。谢无量所著《中国大文学史》自第三编"中古文学"及其以后基本上是以各个历史时代的著名作家为中心。杨荫深所著《中国文学家列传》、白音那木尔所著《中国蒙古族作家传》等也属于作家纪传体性质的文学史著作。用这种体例编写的文学史著作，突出文学创作的主体，使读者对各个历史时代的重要作家及其重要成就印象深刻，历史感比较强，也有利于对"多能作家"的介绍。但是，这种体例也存在一个很大的弱点，即对各种文学现象之间的相互关系难于阐述，尤其不利于对各种文学体裁的共性及其演变规律的整体研究。为了克服这个弱点，有些文学史著作也将作家纪传体与分类合编体结合起来，并对作家与作家之间的相互关系进行论述，使读者对各个历史时代的文学有整体印象。

3. 作品评论体。作品是文学创作的现实成果，也是文学现象中的主要现象。没有作品，也就没有文学和文学史。所谓文学的产生、发展和演变，归根到底，就是指文学作品的产生、发展和演变。对文学作品的研究是文学史研究的头等大事，研究作家的目的也是为了更深刻地了解作品。作品可以离开作家而存在，而作家却不能离开作品而生存。历史给我们留下了无以数计的、不知作者姓名的文学作品，但历史并没有给我们留下一位没有作品的文学家。由此可知，文学的历史实际上就是文学作品产生、发展和演变的历史。用作品评论体编写的文学史著作就是以介绍和评论各个历史时代的重要文学作品为主要内容，如草川未雨（谢采江）所著《中国新诗坛的昨日今日和明日》就是一部作品评论体性质的文学史著作。如该书第二章"草创时期"第二节"诗集的分评"，其中有：胡适《尝试集》、康白情《草儿》、郭沫若《女神》、汪静之《蕙的风》、徐玉诺《将来之花园》、冰心《繁星》和《春水》、谢采江《野火》、宗白华《流云》、胡思永《胡思永遗诗》。用作品评论体编写的文学史著作突出文学作品在文学发展史中的地位，使读者感受到各个历史时代所产生的实实在在的"文学"，而不是那种经过抽象了的、概念化的"文学"，这对人们认识文学发展的历史无疑是大有帮助的。但是，如果仅局限于介绍单篇或单部作品，忽视对各个历史时代文学整体形象的介绍,又会使读者产生"不识庐山真面目"的感觉。所以,评论作品必须同介绍作者、作品产生的历史背景和文化环境以及其他有关文学现象结合起来进行。单独的作品评论很难将文学发展的历史实际真实地反映出来。

4. 史话体。亦可称"故事体",就是像讲故事一样将文学史的一些重要片段介绍给读者。历史就是一个大故事:有时间、地点、人物、情节。文学史也是如此,要将文学史上所发生的故事全讲出来,那是任何人都难以办到的。史话体文学史著作只能讲那些比较重要的、与文学发展有关的故事。如谭正璧的《中国女性文学史话》(亦名《中国女性的文学生活》)就属于这种性质的文学史。用文学手段编写文学史也是一种创造,它生动形象,耐人寻味,比起"说教式"的文学史只讲"规律",它也许更受读者的欢迎。

5. 编年体。历史是按时间顺序排列的史事。编年体文学史就是将历史上所发生的与文学有关的事件按年代先后排列下来。如郑方泽编著的《中国近代文学史事编年》、陆侃如编著的《中古文学系年》、吴文治编著的《中国文学史大事年表》、刘德重编著的《中国文学编年录》、杨笙鸣编著的《山西文艺大事记》等。这些著作能使读者产生强烈的时间观念,对文学史的研究和编写都有重要的参考价值。

6. 表解体。就是将一些最重要的文学史资料按表格的形式排列出来,使读者一目了解。如刘宇光的《中国文学史表解》、张雪蕾的《中国文学史表解》等。这种体例简单明白,能起到纲目性的作用,对文学史研究领域中的定量分析和数据库设计带来了许多方便。[1]

这些众多的文学史著作均蕴含着文学史家们对文学史学科丰富而独特的理解与建构,并体现在他们的种种实践之中。如郑宾于在其所著的《中国文学流变史·前论》中对中国文学向来无"史"的反思,胡云翼在《中国文学史·自序》中对已有的各种文学史的评述,及其对文学的广义与狭义之分、文学史分期的看法及对建构一部活的脉络一致的文学史的渴望,均很有见地。还有郑振铎、朱自清、林庚等对文学史著述的各种观点及体例范型的探索。对此加以系统而深刻的梳理与整合可谓是

---

[1] 邓敏文:《中国多民族文学史论》,社会科学文献出版社1995年版,第27—32页。

一项浩繁艰巨但又极有必要的工作。

第二节 传统反思

根据文学史著作本身发展变化的实际，同时结合社会性质、思潮流向，特别是文学史观念的变化，陈伯海先生在《中国文学史学史编写刍议》一文中把这百年历史划分为四个阶段：

20世纪头20年，中国文学史学科的草创期，是传统文学史学向近现代历史科学过渡阶段。开始逐步形成它独立的学科意识和完整、系统的编纂形式，从而能将史料、史观、史纂三个层面有机结合，这是传统的文学史学不能具备的。在文学史观上受传统的源流正变影响很深，但已适当引入文学进化的观念。

1920至1940年代，中国文学史学科的成长期。进化的文学史观深入人心，并成为文学史研究的主导范式，文学史研究的繁荣多样既为文学通史的编纂打下坚实的基础，更推动了文学史理论的建树，诸如上世纪30年代兴起的关于文学史方法论的探讨，关于"白话文学正宗"、"民间文学本源"、"外来文化促变"等命题的确立，还有国外文学史家如泰纳、勃兰兑斯、朗松等人理论观点的译介和引用。

1950至1970年代，是中国文学史学科的演变期，也是百年文学史历程中的一个转折期。马克思主义的阶级观点和阶级分析方法广泛应用于文学史研究；重视以政治斗争视角观察文学现象，进而揭示文学流变与社会的经济、政治变化的内在联系，但两极对立的思维模式明显将复杂的文学运动变化过程简单化。

上世纪1970年代末开始的文学史学科创新期。此为文学史学科发展的又一繁荣期。文学史的学科建设受到普遍重视，文学史著作样式丰富多元，文学史研究领域不断拓展，更出现了文学史学一般原理原则的归纳和分析。这一切均标志着文学史学科已从潜学科发展成为一门显学科。

但规范并指导今天大学文学史教学的文学史观主要来自第三个阶段。1952年，全国高等院校进行院系调整，中国文学史课程便成为中文系、历史系甚至外文系等文学教育的重要组成部分，文学史教材不仅体现着我国的文学教学和文学史研究的状况和水平，还肩负着体现党的文艺政策和开展政治运动的重任，大量新编的文学史著作把生动活泼的中国文学史演绎成了阶级斗争史和文艺斗争史，且30年来没有太大的变化，对文学史的研究和教学产生了深远的影响。在文学史研究方法上，这一阶段主要承受了两脉来源：一是乾嘉传统，比较重视考据、校勘、注释以及材料的辑、辨析；二是从苏联文学理论中移用过来的，主要从政治、经济等社会条件上进行分析的方法。重视社会→作品→读者之间反映与被反映的顺向影响，相对忽视三者之间反馈与制约的逆向作用。"前者证实，多从罗列材料中引发议论，虽有精当之言却语焉不详；后者凌空，爱作政治思想的价值评判；"① 三是在以上两者结合基础上产生的偏重于政治思想价值评判，以乾嘉学派方法为适当补充的社会学研究方法，从反映论的立场出发，联系时代背景、社会状况来分析评论文学现象、文学思潮、文学流派、作家作品。宁宗一先生归纳出文学史研究的四条基本经验，即文学与社会的关系，强调了任何一种文学样式的兴衰都是与社会的发展分不开的；文学与政治的关系，强调文学与政治的关系既表现出作家的政治立场、意识与自身创作的关系，也表现为政治家与文学家的关系、政治运动与文学运动的关系；反对就文学研究文学，认为那是无法揭示文学深层规律的；文学与人民的关系，"强调任何重要的文学现象出现，重要的作家的出现和杰出的作品的出现，都与人民群众的精神状态分不开"。② 人民群众的社会心理、时代情绪和审美风尚不仅影响到作家的精神面貌，而且还影响到题材的选择乃至影响到文学作品的欣赏和传播；文学与文化的关系注意到了文学与时代的总体文化水平、文化氛围的联系。

上述观念和方法对总结文学史规律及课堂讲授中的要点归纳应当说是很有效的，但文学史毕竟是一种极为复杂的社会和精神现象，仅采用一种方法是不可能穷尽其全部的真实面貌的，更何况在长期的实践中还暴露出庸俗社会学及线性的、平浅的、二元对立的简单化思维等问题。这对文学史著作的编写和文学史教学的不利影响极为显著。

---

① 王钟陵：《新时期以来文学史革新的逻辑进程及前景》，《中州学刊》1994年第4期。
② 宁宗一：《文学史构成：一种模式，一种规范》，《文史知识》2000年第4期。

首先是这些挟政治之威的批评并不能真正解决中国文学史中存在的诸多复杂的问题。知识、思想的权力加上教育的权力使它在获得绝对合理性、权威性的同时产生了强烈的唯一性、排他性，即一批作家作品入选的同时，必然是一批不合政治标准的作家作品落选，如汉代"铺采摛文"的大赋，六朝色情唯美的宫廷文学，明代后期的才子佳人小说，现代文学史上的徐志摩、张爱玲、沈从文等游离于主流意识之外的作家，新感觉派的作品等等。呈现于学生面前的文学史干净、纯洁，却丧失了文学史原生状态的丰富多彩、生机灵动，也就谈不上吸引学生的兴趣。

其次是缺乏对文学作品形式流变、艺术特性的深入研究，机械理解所谓政治标准第一、艺术标准第二。忽视文学史和文学风格发展自身的阶段性特征，文学形式、艺术特性发展的内在逻辑被各种外在逻辑所取代，文学体裁、作品风格、创作母题、人物形象、形式技巧乃至语言传统的变化完全淹没在外在文化的范畴之中，这使得广大学生不能掌握文学史的全部面貌，难以获得审美愉悦，美学鉴赏力自然也就谈不上提高。

再就是忽略创作主体即作家个人的生命体验和个性特征。其实从生活到艺术中间需经历一个巨大的飞跃，在这个飞跃中，审美主体对生活中审美对象的把握、摄取、改造以至铸成新的意象，对作品的形成起着决定性的影响，也正是这一环节打开了艺术奥秘的大门，其中交织着感受与创造、想象与思维、天才与灵感、意识与无意识、表现与再现等一系列的矛盾。所以，文学史绝非遗留至今的死的材料，研究文学史首先要重构这些过去的生命，包括作家在创造作品时积蓄的大量的生命体验，他们的痛苦、欢乐、思想、欲望，洞察其真实的、隐秘的、幽深的内心世界。

此处还有语言表述的社论化，不够鲜活生动，研究方法的单一化，不够丰富多元，缺乏综合，等等。这就需要我们建构一种科学的、多元化的文学史观，努力编写出切合文学本性，且适宜于大学课堂教学，提高学生兴趣，有利于培养跨世纪创新型人才的文学史著作，进而更新文学史的教学模式。

第三节 现实重构

英国历史学家爱德华·卡尔认为:"历史学家的世界,正像科学家的世界一样,并不是这个真实世界的一张照片,而是照原机器运转的一个模型。"① "真实世界"这架"原机器"何其复杂!文学史家要让自己对文学史的阐述如同仿真模型,能向人们动态地演示历史长河中文学运动的轨迹,这是多么诱人的目标。但仅有文学史料,指望"论"从"史"中自然产生是远远不够的。对史料的不同组织必然会产生不同的评价和结论,所以为了最大限度地接近历史本相,为了文学史著述的丰富多元,为了开拓广大学生的思维空间,就需要广大的文学史工作者尝试运用各种治史模式和研究方法。

新时期以来,随着我国思想解放运动的开展和西方哲学与文艺思潮的涌入,文学史著述出现了许多颇具探索精神的作品,并被运用到大学文学史课程的教学之中,如王钟陵的《中国中古诗歌史》、林继中的《文化建构文学史纲(中唐——北宋)》、葛晓音的《八代诗史》、曹道衡和沈玉成的《南北朝文学史》、邓绍基的《元代文学史》、罗宗强的《隋唐五代文学史》、赵明的《先秦大文学史》、章培恒的《中国文学史》。现当代文学方面如黄修已的《中国现代文学简史》、钱理群等的《中国现代文学三十年》、杨义的《中国现代小说史》、孙玉石的《中国现代主义诗潮史论》、洪子诚的《中国当代文学史》、丁帆的《中国西部现代文学史》、陈思和的《中国当代文学史教程》、陈辽与曹惠民主编的《百年中华文学史论》等。或在作家的取舍评论上克服"左"的影响,或在文学史观上加以更新,或是运用丰富多彩的研究方法,且这种探索伴随着文学史理论研究的深入有进一步深化的趋势,这一切均昭示着文学史研究与教学光明的前景。

适应着文学史教材的不断探索与更新,文学史教学也应跟上其前行的步伐,积极推动课程教学改革,使文学史这门传统的大学必修课程在

---

① [英]爱德华·卡尔:《历史是什么?》,吴柱存译,商务印书馆1981年版,第112页。

改革中获得新生。在教学中首先应注意在大文化视野中把握文学史现象，努力克服庸俗社会学的简单化、机械化倾向，将文艺生态学的理论与方法渗透进对文学史规律的探索和对文学发展历程的追溯之中。形成对文学世界的总体与个体、宏观与微观相互融合的自觉把握，力图向学生展示出作用于文学的政治、经济、文化、自然和种族等各种因素的相互交叉、制约和影响，勾画出环绕文学的各种外部因素组成一种所谓环境力量是怎样起着主导作用而使不同时期国家或地区的文学千姿百态、各呈异彩的。丹麦文学史家勃兰兑斯的《十九世纪文学主流》一书就成功地运用了这一方法。①

同时还应树立文学史教学中对文学现象把握的独立品格，使其具有对于其他意识形态部门、种类、分支的独立性，避免在依傍和服务中消融掉自身的存在。充分把握文学史是文学发展的历史，文学史研究和教学的出发点应是文学自身。马克思在《〈政治经济学批判〉导言》中论及艺术发展的一定阶段并不与社会经济的发展成比例地相适应，艺术发展同物质生产的发展有着一种不平衡关系时，一再强调艺术"在艺术本身的领域内部"的情形。雨果在《秋叶集·序》中更是明确宣称艺术有其自己所遵循的法则，就像其余的事物有各自的法则一样。所以，把中国文学发展史当作一个连续的、具有趋向性的序列，揭示各种文学现象出现的历史必然性，在其内在联系中看到文学发展的趋势，从而归纳出其中所具有的规律性和中国文学的性质，亦即以文学史观演变为经，以文学现象、作家作品、读者为纬，构成中国文学史既完整又开放、即严谨又灵活的教学结构体系，对文学史教学来说至为重要。

针对前述的纷繁多元的文学史研究方法和治史模式，在教学中既应弄清其各自的特性，还应努力将它运用到文学史实际中接受实践的检验。由于文学史教学所面对的对象的多侧面性和复杂性，运用此方法时一方面强调对症下药，以便最大可能地切合文学的本性，同时强调一种综合。任何一种方法如欲真正行之有效且具有进一步的发展前景，还必须具有一种开放性和兼容性，那种在一元之中自足自存的做法只能导致自我的凝固，毕竟各种方法在功能和效果上是不一致的，研究对象也有

---

① 参见温潘亚：《心理史？精神史？——论勃兰兑斯的文学史观》，《江海学刊》1996年第3期。

不同的层次，这些层次不是分割的、平列的，它们之间亦有主次深浅之别，不同的研究方法正是适应了批评对象范围和程度上的差异。对方法的多元整合则应依据研究对象本身多侧面、多层次的相互关系，将对象物质的恒定性与个体研究的独特性有机融合。既非多元的平等排列，亦非分割多元后的拼凑。在多元整合中，由于融合了多种因素，这些因素既相互制约又相辅相成，由此构成一个研究方法的整体，既避免了单一性，又具有长远的生命力。

努力拓展中国文学史教学的思维空间，引进多种参照系统，也是一个亟待解决的问题。传统的文学史教学仅注意到了作家作品，接受美学为我们引入了第三维的空间——读者，精神分析、神话原型则将思维的触角伸向了无意识和集体无意识层面，结构主义唯文学内部结构独尊，等等，不一而足，所以这种拓展应包括面的拓展和点的掘进两方面。所谓引进参照系也有纵横两个方面，垂直方向是指加强中国古代、近代、现代、当代文学之间的融会贯通、追本溯源。水平方向是指以中国文学为轴心，与世界各地区、各民族共时态的文学相比较，在世界文学发展的大潮中，在宏阔的文化背景上认识和把握中国文学，从而确定中国文学在文学历史长河中的位置与自身特质，树立教学的整体观，这对更新传统的教学观念与自足意识，进一步开拓学生的视野，提高学生的宏观把握能力，无疑是极为有益和极为必要的。

新世纪的钟声渐行渐远，知识经济的浪潮席卷全球，回首百年文学史之路，回顾中国文学史课程走过的历程，我们深深感到文学史教学同样面临适应新世纪的问题。党中央和国务院在《中国教育改革和发展纲要》及《关于深化教育改革，全面推进素质教育的决定》中明确提出了教育应致力于培养创新型人才，而现行的文学史教材及教学模式显然是难以承担这一重任的，这就需要我国全体文学史研究和教学工作者积极思考，大胆探索，建构一种具有中国特色的文学史学，去重新解读伟大的文学传统。

第十章 文学史教学论之二

波澜壮阔、风云变幻的 20 世纪已渐行渐远,回眸百年中华的文学沧桑,在高等教育教学中如何总结这份珍贵的文学遗产并传达给学生便成为中国现代文学史课程教学全体教师们共同面对的学术难题。20 世纪中国文学从外延上讲既是一个时间概念,更是一个空间概念,它是指自 19 世纪末到 2000 年前后,在中国(大陆、台湾、香港、澳门两岸四地)存在的,包括"新文学"和"通俗文学"、文人文学和民间文学、汉民族文学和其他少数民族文学这些不同形态文学在内的,用现代中文书写的中国文学,是一个有机联系的整体。① 这种理解和实践在文学史的具体操作上至少完成了两个超越:一是对意识形态壁垒的超越;二是对文学史判断和评价双重标准的超越。没有前一个超越,文学史教学便无法完成文学史写作由国家话语向个人话语,意识形态话语向文学或美学话语的真正转变;没有后一个超越,文学史教学便不能真正改变诸多文学史教材中无视台港澳和民族文学的存在或作为一种附录的地位而获得主体性的身份。

中国现代文学史课程教学需要全体教师们穿越意识形态的歧异和文学陆块的切割,从整体的视野寻见百年中国各地、各体文学共享的时空。在大文化的视野中把握文学史现象,将文艺生态学的理论和方法渗透进对文学史规律的探寻和文学发展历程的追溯之中,从文学内在因素出发,致力于近代、现代、当代文学,大陆与台港澳、少数民族文学,

---

① 曹惠民:《多元共生的现代中华文学》,中国华侨出版社 1997 年版,第 3 页。

雅文学与俗文学之间的融会贯通，而非简单叠加，形成对百年中华文学总体与个体、宏观与微观相互融合的自觉把握，力图展示出作用于文学的政治、经济、文化、自然和种族等各种因素的相互交叉、制约和影响，勾画出环绕文学的各种外部因素组成的一种合力是怎样起着主导作用，而在不同时期、地域的中国文学千姿百态、各呈异彩的。

第一节 回归自身

丰富多彩、复杂多变的中国现代文学前后虽仅 30 年，可如何对其进行科学合理的分期却是近年来现代文学研究者们时常争论的一个问题，这是由于文学观念的变化而带来的精神上的解放，综观我国解放后出版的一系列现代文学史教材，多强调与社会史、政治史、革命史的分期划一，按照年代编排和缕述作家作品、流派、思潮的演进序列。这种体例作为文学史研究中一个不可偏废的视角，明显是受纪传体正史的影响，所谓"以时代为序，以人物为纲"，在具体论析中基本采用社会的、历史的审视角度和以叙为主、叙中有议的方法。这在勾勒文学史的基本轮廓、描画文学史的发展线索方面是有其长处的，其局限性在于史实的叙述与理论的评析不易结合得好，"以论带史"往往流于空泛，在文字表述上易形成"一时代、二生平、三思想、四艺术"的僵化模式和呆板套路，把无限丰富的现代文学史化成了有数的几张标签。今后的问题不是要抛弃这种类型的文学史及其常用的社会——历史批评方法，而是要在吸取经验教训的基础上把文学史的外在研究与内在研究妥善地结合起来，把握特点，回到自身。

一

早在 1952 年，蔡仪先生在《中国新文学史讲话》中就已明确指出："要考察新文学运动发展的阶段，只有根据新文学运动自身的发展规律。"即对中国现代文学史的分期应从它本身的特点出发，在科学的文学史观指导下进行。

1917 年开始的中国文学革命是真正意义上的革命，此后诞生的现代文学是与旧文学彻底决裂的"全新的文学"。

现代文学是白话文学自 1917 年 1 月旧文学发难之后，文学革命者们拿起了笔开始创作"引车卖浆者流"所读的白话文学，白话文学从此登上了中国文坛。《新青年》1918 年 1 月号（4 卷 1 期）上发表了第一批白话诗，宣告新文学的诞生，以胡适尝试白话诗为开始，白话诗狂飙突起。刊登在 1918 年 5 月号《新青年》上鲁迅的《狂人日记》以其"内容的深切、格式的特别"震撼文坛，开了白话小说的先河。周作人提倡的"小品散文"的成功彻底打破了"美文不能用白话"的迷信，从此，在白话散文的园地里开满了奇葩异卉，芬芳四溢的白话渗透到了文学的各个领域替代文言，担负起文学的崭新使命。语言是文学的媒介，白话文学的意义远远超出了语言本身，语言的革命是艺术思维的突破口，基于这一点，我们可以说，白话文学是不同于以往的新的文学。

现代文学是人的文学，如上所述，文学革命绝不止于在文学中引进白话，现代文学与古代中国文学的根本割裂点是文学观念的变更。中国传统思想中的儒、道、释三家都禁锢人的个性，与此相适应的旧文学也总是道貌岸然。"中国旧有的文学观念不外乎（一）文以载道、（二）游戏态度两种。文以载道是极严重的限制；游戏态度是散漫无羁，二者恰恰相反，便成了中国旧有文学中的两个相敌的极端。"[1] 站在传统边缘的挣扎反抗构成了现代文学的特点，但在反抗的同时它并未忘记自己的使命。在本世纪初，鲁迅与许寿裳在东京求学时就讨论过"一、怎样才是最理想的人性？二、中国国民性中最缺乏的是什么？三、它的病根何在？"[2] 这三大问题，其中改造国民性成为现代文学最响亮的主题。鲁迅一开始他的文学创作生涯就以"立人"为目的，刻画"国民的魂灵"，以疗救病态的社会，鲁迅正是代表了现代文学努力的综合与高峰。现代文学一方面承担起"启蒙的重任"，关心国家民族的命运；另一方面注重人的命运及其心灵的文学特点，既走出象牙之塔，又摆脱"文以载道"的枷锁，走上了新的道路。

值得强调的是中国现代文学中人的觉醒是伴随着对国家民族命运的

---

[1] 茅盾：《什么是文学？——我对于现代文坛的感想》，《茅盾文艺杂论集》上，上海文艺出版社 1981 年版，第 147 页。

[2] 许寿裳：《亡友鲁迅印象记》，人民文学出版社 1953 年版，第 19 页。

沉思的，所以不同于欧洲文艺复兴时冲破中世纪黑暗所带来的文学充满个性、激情、浪漫。《狂人日记》由于封建礼教的压迫喊出了"救救孩子"的呼声，《沉沦》由于外强凌弱发出"落后就要挨打"的呼喊，内忧外患给中国现代文学烙上了特有的印记。反对"文以载道"，反对"游戏态度"，提倡"人的文学"，而这个"人"渗透着我们民族的意识，这正是现代文学崭新的文学观念，而且这一旷古之音一直迴响在现代文学几番曲折、几番风雨的大道上。

不了解现代文学的特点就无法认识它的发展历史，或者说认识研究中国现代文学的历史必须以掌握它为基点，否则，一切叙述与分析都将是苍白无力的。

长期以来，由于对唯心主义文学史观的批判和反拨，出现了另一种片面的观点，强调文学与社会、作家与生活的对应关系，忽视或者轻视文学自身的特点，推崇甚至独尊泰纳的文学总是受到种族、环境、时代三种因素制约的理论，忽视文学是人与世界的双向关系，必须以人的情感体验为中介这两个方面。这就十分自然地导致我们重点分析和高度评价的主要限于革命的、进步的作家作品，对于他们也大多只是着眼于直接反映和讴歌人民革命的方面，现代文学史上许多客观存在的丰富内容和光辉成就被贬低甚至遗忘了。诸如老舍先生的长篇小说《四世同堂》，作者多次表示此乃他解放前所写作品中最为满意的一部，日本有些学者甚至比之于托尔斯泰的《战争与和平》，视为日本国民进行"历史反省"不可多得的读物，解放后却在诸多现代文学史教材中受到了冷落。巴金的现实主义力作《寒夜》，其艺术功力绝不逊色于《家》、《春》、《秋》，还有被郭沫若称为"中国左拉"的李劼人、上世纪30年代初期左翼作家彭家煌的优秀现实主义小说、骆宾基富有特色的短篇、姚雪垠另辟蹊径的《长夜》、王统照、蹇先艾、李健吾等人的创作，以及"七月诗派"、"九叶诗人"等等，在大多数的现代文学史教材中几乎不占有任何篇幅，虽然这一切与分期不能构成直接的因果关系，但却都是一种文学观念指导的结果。所以托尔斯泰积自己长达半个世纪之久的文学创作体验得出这样的结论：作者所体验过的感情感染了观众或听众，这就是艺术。在他的《艺术论》里该否定的是至高无上的宗教意识，绝不是文学的"情感说"。亚里士多德也认为诗（指史诗和戏剧）比较起来更接近哲学，而不是历史。文学的演进是一个复杂的过程，既有内在的原因诸如其既定规范的衰退和对变化的渴望，也有外在的原因。中国现代文学是在内忧外患的背景下，在血与泪的沃土上成长起来的，在其三十年的历史长河中，时时闪烁着两岸世界的倒影，投射着政治的风云。正因此，中国现代文学的发展是曲折的，步伐是凝重的，且与外在世界有着极为密切的关系，所以，现代文学史的研究不应排斥对文学与社会、文学和生活等外部关系的研究，但更不应忽视对文学本身的研究，文学规律的探寻。

二

新时期所出版的几十种中国现代文学史教材虽然学术水平参差不齐，但它们都力求恢复中国现代文学的本来面目，也确实呈现出各种新的姿态。其中，许多著述在打破旧有格局、尊重文学个性方面做了许多有价值的探索和尝试。在为其进行文学分期的过程中，我认为有必要把中国现代文学放在 20 世纪中国文学这个宏观系统中考察。在 30 年历史中，虽然曾出现鲁迅、郭沫若、茅盾、巴金、老舍、曹禺、郁达夫、沈从文、赵树理、丁玲等文学大家，散文、短篇小说等领域硕果累累，但就整个现代文学而言，它还有待于继续发展，并非臻于成熟，更谈不上达到了创作的高潮，诸如对人的心灵剖析明显缺乏哲学深度，长篇小说在把握一个时代的广度上还明显不足，等等。所以我支持黄修己的《中国现代文学发展史》把 30 年的中国现代文学划分成发生、发展两个时期。现对它的分期略加论析。

1. 现代文学的发生期（1917—1920）

1917 年 1 月号《新青年》杂志刊出《文学改良刍议》，其后陈独秀《文学革命论》以及钱玄同、刘半农的响应掀起了新文学运动。1918 年 1 月号《新青年》杂志第一次登载了胡适等人的白话诗，新文学从此诞生了。然而，这个时期毕竟是现代文学的发轫期，虽然鲁迅的《狂人日记》一开始就不同凡响，但对整个小说界来说却是空谷足音。郭沫若的新诗纵然气势磅礴、掷地有声，但更多的新诗只是一种尝试，难免露出"放脚"后的印记。小品散文虽然一出现就非同一般，但真正的成熟、繁荣还在这一时期之后。戏剧的幼稚更不别论，胡适的《终身大事》只为尝试。无论何种文学体裁的创作均呈现出裹脚者刚放脚后的蹒跚和颤巍。故以"发生"名之是符合其内在特点的。

2. 现代文学的发展期（1921—1949）

①发展期的第一阶段（1921—1927）

1921年到1927年，出现了众多的新文学团体和"纯文艺"刊物。新文学的四大团体均在这个时期出现，"文学研究会"成立于1921年1月，"创造社"成立于1921年7月，"新月社"成立于1923年，《语丝》周刊创刊于1924年11月。《小说月报》、《创造季刊》、《语丝》等均在1921年以后陆续出版或革新内容。

现代文学作品从幼稚渐趋成熟，虽然各种文学样式的发展水平参差不齐。以鲁迅《呐喊》、《彷徨》为代表的和以郁达夫的《沉沦》为代表的作品形成了现代文学的两种不同风格，短篇小说园地欣欣向荣。散文园地名卉竞秀，一派生机，鲁迅之凝练、周作人之自如、郁达夫之忧郁、徐志摩之浓艳、朱自清之优美、冰心之雅洁等等各呈佳态。在诗歌领域，自由诗派不再独步诗坛，格律诗派、象征诗派各显魅力与特色。相形之下，戏剧的发展显得比较缓慢。此一时期，现代文学的发展可谓蓬蓬勃勃。

②发展期第二阶段（1928—1937.7）

这一阶段的特点是提倡无产阶级革命文学，现代文学从"文学革命"发展到"革命文学"，左翼作家群在创作上取得了巨大的成就。长篇小说和多幕剧开始繁荣，它标志着现代文学又向前发展了一步。出现了《子夜》、《家》、《骆驼祥子》等长篇杰作和《雷雨》、《日出》等现代话剧的成功。应该指出的是，由于黑暗的政治压迫，进步作家们积极提倡"革命文学"并努力付诸实践，在当时的环境下其进步性是勿庸置疑的，正因之，文学肩负起一种政治的使命，它给文学的发展带来了复杂的影响。而现代派小说的崛起对文学自身的发展来说可谓是一大进步。

③发展期的第三阶段（1937.7—1949.9）

由于政治与环境的原因，解放区和国统区的文学呈现出了不同的风貌。然而，文学的民族化应是两个不同地域文学的共同收获，这也是中国现代文学发展并走向成熟的标志。在解放区，毛泽东同志《在延安文艺座谈会上的讲话》的伟大贡献就在于极大地推动了文学民族化，促进了文学与工农兵相结合。此后，《李有才板话》、《小二黑结婚》、《太阳照在桑干河上》、《暴风骤雨》、《王贵与李香香》、《白毛女》等一大批优秀作品如雨后春笋般涌现。在国统区，以艾青为代表的"七月"诗派和以辛笛、穆旦、陈敬容、郑敏、杜运燮、杭约赫、唐祈、唐湜、袁可嘉组成的"九叶"诗人群的出现意味着中国现代诗歌的一番新天地。他们的作品既抛却了"放脚"后的印记，又挣脱了格律这一镣铐的束缚，走向了诗的自由世界。他们既认真学习我国古典诗歌和新诗的优秀传统，也注意借鉴和吸收现代欧美诗歌的某些手法，努力在生活的土壤里生根发芽，为新诗艺术开辟了一条新的途径。当一种倾向产生了影响并起了积极的推动作用时，往往潜伏着另一种消极的因素。诸如在强调文学民族化的时候就潜伏着简单化的因素，虽然这种现象在当时并未清晰地显现出来。解放后特别是1960、1970年代文学的"假、大、空"、"高、大、全"式的样板戏创作模式并非突兀出现的，它需要我们进行深刻反思。

  一个民族的灿烂文化是值得子孙后代骄傲自豪并加以继承学习的，但绝不可因之而沾沾自喜。中国现代文学就是对古代文学批判继承，在中国的土壤上成长起来的新的文学，它的真正涵义应该是：文学的、现代的、又是中国的。可以得出这样的结论：中国现代文学从它诞生的那天起就显示出了蓬勃的、强大的生命力。虽然强烈的政治意识和历史使命感对它产生过深刻的影响，但并未影响其不屈不挠的成长、坚定不移的前行。所以，对其分期就须以理论为基点，以方法论为指导，尊重文学特点，回归文学自身，去追寻中国现代文学这棵大树生长的年轮、前进的轨迹。

第二节　困难与超越

  30年来，随着我国改革开放事业的蓬勃发展，日益行进着的中国当代文学正不断丰富、充实着《中国当代文学史》这一门课程，同时也给这门课程的教学带来了许多困难，如何克服这些困难，实现新的超越，已成为摆在我们每一个《中国当代文学史》课程老师面前的问题。

一

概括起来看，我认为困难主要有以下三个方面：

首先是教学内容的求稳定性与当代文学自身发展的不确定性之间的矛盾。中国当代文学始于 1949 年的第一次文代会，却无迄止年代。在我们的生活中每时每刻都在产生着新的作家作品。在新时期，仅小说一体就经历了伤痕、反思、改革、知青、寻根、意识流、探索、纪实、新潮、实验、新写实、新历史、新体验、乡土、新状态、女性主义、新现实主义等阶段和近几年来新世纪文学失却轰动效应；诗有传统的、朦胧的、新生代、后现代的种种"崛起"；还有文化散文、话剧创新、探索电影、身体写作、网络文学、博客文学、手机文学等等。信息如潮涌来，内容形式日新月异，新潮作家快速更迭，作品缺少一定历史沉淀，过去的作家作品尚可"各领风骚三五年"，而今只能"各领风骚三五天"，甚至是发表即归沉寂。传统的课堂教学多是联系时代背景，从社会学角度分析作品的思想内容兼及艺术特色，如今随着西方种种现代哲学和文艺思潮的破门而入，文学作品的分析不再拘泥于一种范式、一个视角，同一作品不同的教师就可能采用不同的视角进行观照把握，得出不同的结论，各擅所长，各取所需，各据其理，莫衷一是。教学内容难以稳定，令许多当代文学教师目不暇接，难以适应。

其次是新旧观念之间的矛盾。在传统观念指导下创作的文学作品与各种新观念之间的矛盾也时刻困扰着当代文学教学。如曾引起轰动的长篇小说《新星》，作为改革文学的代表作，其观念却是陈旧的，所以说李向南的改革即使获得成功，他所建构的政治结构依然在传统框架之中。又如，十七年中，几乎所有成功的农村题材小说都表现了中国广大农民在党的领导下，义无反顾地沿着集体化的道路前进，而新时期改革的第一个亦即最成功的步骤就是在农村迈出的联产承包责任制。在教学中如何把握这些现象就涉及了观念问题。

再就是传统的教学模式与教学现代化之间的矛盾。当代文学教学模式不外乎这么几种：封闭式，一切唯教材与教学大纲是从，课堂讲授程序化，重外在罗列，少内在挖掘，重共性，轻个性；自由式，无视教材与教学大纲，大量抖出逸闻趣事、内情闲语、信息动态，天马行空，描述多于分析，肯定少于否定，分析作品浮光掠影，仓促了事，教学重点从兴趣、爱好出发，不做合理分配；自卑式，这在课堂上表现为对当代文学课缺乏信心，牢骚满腹，无精打采，言不由衷，等等。这一切显然已不适应教学观念现代化的要求，需要更新、充实和提高。

二

我认为解决这些问题的途径有：

1. 保持清醒头脑，坚持正确的政治方向，贯彻《讲话》精神，做到教书育人。

在所有的课程中，当代文学可谓是与时代风云联系最密切的，在佳作迭出的同时，劣质作品也会掺杂其中，进入学生的阅读视野，这就需要当代文学教师不断提高自身的政治素质，坚持四项基本原则，学习党的文艺政策和教育方针，保持清醒头脑，在课堂上能准确引导学生鉴别美丑、指导学生在阅读中能辩证客观地分析作品和各种文学现象。当代文学 60 年风风雨雨，文艺界曾发生过无数次的思想斗争，极左思潮多次冲击并阻碍了当代文学的发展。岁月流逝，可毛泽东《在延安文艺座谈会上的讲话》那岩石般坚固的基本真理却未因时间的销蚀而褪色，这篇划时代的文艺理论文献以马克思主义的世界观和方法论深刻地阐明了有关社会主义文艺的一系列规律性问题，为我国当代文学的发展指明了方向。一代又一代的作家在《讲话》精神指引下步入文坛，尤其是十七年中，几乎所有的进入当代文学史的作家都是在党的文艺方针指引下进入创作状态的。所以，我们当代文学教师在坚持改革开放和"双百"方针的同时，还应深刻领会并掌握《讲话》精神。

2. 尊重文学特性，加强文学审美的和历史的批评。

以农村题材作品为例，党的十一届三中全会以来，党在农村的政策做了大幅度的调整，农村生产组织和经济结构发生了很大的变化。于是对十七年中生产的农村题材小说在不同时期也就出现了迥然相异的评价，甚至作者本人对自己的作品也进行了再认识。李准的《不能走那条路》在 1953 年是伴随着掌声和鲜花发表的，可在今天却被打上了问号。柳青的《创业史》在当代文学史上有"里程碑"和"史诗"之誉，现在却有一种评价说它是极左路线的产物,等等。党的农村现行政策是否应主宰作品的命运,成为决定作品价值的唯一标尺?恩格斯曾提出过评价作品的"美学观点和历史观点",这是一种科学的批评方法,它既抓住了文学反映生活的特性,又符合文学自身的发展规律。十七年中的农村题材小说几乎可以构成我国农村社会主义革命的一部编年史,表现了千千万万的中国农民在党的领导下从私有制向公有制转变的全过程,蔚为壮观。在教学中,我们就应运用这种批评方法,从它们对我国农村各个时期主要矛盾的准确把握和认识出发,把作品置于一定历史范围内加以重新评价。恩格斯说我们只能在我们时代的条件下进行认识,而且这些条件达到什么程度,我们便认识到什么程度。生活对文学的召唤是难以抗拒的,今天的人们应尊重社会实践对作家强大的制约和影响作用。不可否认,有些作品带有一定空泛的政治热情,在历史真实性和反映生活的深度方面尚有缺陷,如周立波的《山乡巨变》、李准的《李双双小传》、浩然的《艳阳天》以及其他体裁的作品如《红旗歌谣》、郭小川的《县委书记的浪漫主义》等,但更多的作品表现了作家们对农业合作社运动历史真实的忠诚,我们应以美学的、历史的眼光重新审视这一切,指出作品思想与艺术方面的是与非。

3. 适应改革开放形势,摒弃落后价值观念。

党的十一届三中全会公报指出:"在创立充满生机和活力的社会主义经济体制的同时,要努力在全社会形成适应现代生产力发展和社会进步要求的、文明的、健康的生活方式,摒弃那些落后的、愚昧的、腐朽的东西;要努力在全社会中振奋起积极的、向上的、进取的精神,克服那些安于现状、思想懒惰、惧怕改革、墨守成规的习惯势力。"中国有几千年的封建文化传统,大量落后的价值观念或多或少地也体现在当代文学的一些作品中。如对财富的看法,如今党的政策是鼓励人民劳动致富,允许一部分人先富起来,但在过去却有另一番描写,如成语"有钱能使鬼推磨"、"脑满肠肥"、"无商不奸"、"商人自古轻离别"等,《创业史》有一条民谚说"劳动把人们联合起来,财富把人们分开来"。劳动就是为了创造财富,在此却是两者对立,劳动本身成了目的。又如随着社会的迅速发展,盛行于1960年代西方的女权主义运动也影响着中国千千万万的女性,她们纷纷走出家庭,进入社会,参与竞争,中国妇女的忍耐、善良、温柔、贤惠、勤劳等种种令许多人津津乐道并引以为自豪的传统美德也面临着变化与发展，新的时代已不允许妇女们再回到"家庭——丈夫——事业"的单向性输出链条之中。而我们现时的许多文学作品却仍未跳出女性"阴柔美"的怪圈，如叶文玲的《哑女》、王安忆的《流逝》、航鹰的《东方女性》、电影《乡音》、电视剧《渴望》等，女性观念已明显落后于时代前进的节奏。这就需要老师在教学中努力提供符合时代精神的东西，彻底摒弃落后的价值观念。

4. 把握时代脉搏，更新教学观念。

首先是加强开放性教学。把中国当代文学局限于大陆文学60年来的自足封闭状态是当代文学教学的一大弊病。在教学中，它应有纵横两个方向的参照系统，垂直方向的参照系是以中国当代文学基点与中国的古代、近代、现代文学，外国古代、近代、现代文学相比较；水平方向的参照系是以中国当代文学为轴心与世界各地区、各民族共时态的文学相比较，在世界文学发展的大潮中，在大的文化背景上认识和把握当代文学，从而确立中国当代文学在文学历史长河中的位置与自身特质，树立教学的"整体观念"。这是一个信息时代，地球成了一个小小的"村落"，各地区、各民族的文化交汇融合，一方面，中国当代文学的发展已不可避免地受到外来文化的影响，如在标志新时期军事文学巨大突破的《西线轶事》中，我们依稀可见前苏联小说《这里的黎明静悄悄》的影子，高行健的《车站》明显脱胎于萨缪尔·贝克特的《等待戈多》，徐星的《无主题变奏》又是模仿美国作家塞林格的《麦田守望者》……这就要求我们在教学中把眼光伸延到更广阔的空间去了解作品的"来龙"与"去脉"，了解各自的继承关系。另一方面，还可以在世界文学发展的共同规律之中反观中国当代文学的发展脉络。即以新诗为例，当台湾新诗经过1950、1960年代的严重西化期进入1970年代的回归传统与乡土时，大陆诗坛正热热闹闹地进行着由朦胧诗引起的关于现实主义与现代主义的论争，台湾新诗历时十几年扎扎实实地兜了一个圈子，大陆新诗的圆圈也已画完，只是余韵未绝而已。从这种惊人的相似与重复之中我们不难归纳出中国当代文学也正循着文学自身所特有发展轨迹而前行，在教学中将这两方面结合起来讲授是有利于提高学生的宏观把握能力的。同时，我们还缺少一种语系文学的概念，事实上，这在国外非常流行，如英、法、德、意、西班牙、墨西哥等国的文学奖绝大多数是跨国界的语系文学奖。相比之下，作为全世界涵盖面最广的华文文学，它包括大陆文学、台港澳文学、马华文学、海外地域性文学等，大量的华文作家们跨越多重时间与空间，执著地追求表现中华民族的变迁、中华文化的演进、中国社会的发展、中国人的心态衍化。他们的作品不但是中国社会发展的一种文学阐释，而且是中国当代文学不可或缺、充满个性的一个个分支，但我们目前所有的教材绝口不提，这自然是不够的；当代文学更应加强自身发展衍化的比较分析，纵向如从十七年到新时期，我们既可以题材为轴线进行比较分析，如农村题材的创作，从《不能走那条路》、《三里湾》到《陈奂生上城》、《许茂和他的女儿们》、《古船》、《家族》、《九月寓言》等，战争题材的作品从《东方》、《黎明的河边》到《西线轶事》、《高山下的花环》和《亮剑》。也可以作家为轴线，它包括某一作家自身创作道路、创作风格的前后比较，如茹志鹃、王蒙、艾青、李瑛等和相同题材不同作家之间的前后比较，如赵树理与高晓声、闻捷和舒婷等，找出后者对前者的继承与创新。横向如贺敬之与郭小川、《三里湾》与《创业史》、《红日》与《保卫延安》等的比较分析。一句话，把中国当代文学作为开放的体系，基于语系、历史、文化背景、社会环境等共性与个性因素，考察其与别国文学在共时、异文化背景下的相互渗透影响，又各呈异态发展，对于更新传统的教学观念与自足意识，进一步开拓学生的视野无疑是极为有益和必要的。

为注意并科学地揭示尚未被认识到的文学规律，宏观研究还应顾及具体，回到个别，回到微观。面对每天产生的大量缺少历史沉淀的作家作品，当代文学既不能无视这一事实，也无力一网打尽，统统搬上三尺讲坛，教材应选择经过适当冷却，已有共识，技巧与内容俱佳的作家作品，在世界文学的视野中进行艺术的、美学的、心理学的、神话原型的甚至自然科学的条分缕析，细细玩味，带给学生实实在在的东西。

再就是基于开拓学生视野，培养和提高学生创造性思维能力的考虑，实现当代文学教学方法多元化。我们已处于一个知识迅速更新的现代社会，培养具有创造性的人才已是一种历史发展的必然趋势，迅速改变传统的教学观，从集体、灌输和记忆的教学逐步走向独立的、启发的、思考的教学，改注入式为启发式。要很好地实现这一转化，教师首先应具备一定的"自我意识"，具体于教学中表现为对学科的独立判断能力，然后再丰富教学内容，调整教学方式。如开放教学讲坛，教师主讲，辅以课堂讨论、咨询、答疑，伴以师生对话、课外辅导，请作家或评论家办讲座等形式；扩大信息交流，当代文学是一门信息量极为丰富的学科，一个学生读 1 篇小说，100 个学生就可能读了 100 篇小说，而教师可能读了一部分甚至很少，这就要求教师充分利用图书馆的资料，既有精读，又有泛览，每月筛选出一些代表作品推荐给学生，指导阅读。学生也可以把自己读到的好作品推荐给教师，教学相长，共同把握当代文学发展的脉络；拓宽教学范围，不恪守教材所划范围，适当补充新人新作、新观点、新思潮、新流派，包括港台与海外华文文学的作家作品，让学生及时了解文坛动态。把作家作品及时地置于共时态的大文学、文化系统中考察，开拓视野，启发思考。总之，当代文学的开放性决定了教学方法的不断发展、日趋完善，而这种完善与更新又应是在师生的相互平等、相互交流、相互信任、心同志合、共同探索的气氛中和谐进行的。

教学要讲究艺术，是按照美的规律进行的一种生产。"中国当代文学"作为一门新兴的不很成熟但充满希望的学科，它为这种美的创造提供了广阔的空间，尽管其中存在着许多一时难以克服的困难，但我们相信，只要全体同仁努力奋斗、共同探索，《中国当代文学史》的课程教学必将走向更加成熟的未来。

第三节　拓展空间

"我那祖国积雪的屋脊/三部四茹古老的土地呵[①]/你的久远，你的功绩/迫我千次地扩展胸臆/我像中秋沉重的紫色草穗/深深地、深深地一躬到地/我要拓一条心谷更为深邃/去盛你今日新的光辉。……"（《春

[①] 阿里三部、卫藏四茹系藏族古代区划，此处是指西藏自治区。

愿》）这是藏族诗人丹真贡布饱含深情唱出的一首祝愿民族新生的颂歌，奔放中带着婉约，沉吟中挟着惊雷，具有强烈而鲜明的民族特色。改革开放30多年来，中国当代少数民族文学在党的文艺政策的指引下取得了巨大的发展，为丰富和繁荣祖国文学做出了突出的贡献。各少数民族的文学遗产或文学现状均获得大量评介；55个少数民族的文学基本上都有了专门研究者；更为可喜的是，60%以上的少数民族均出版了列入国家社科规划的文学史或文学概况读本；在少数民族民间文学、古典文学、现当代文学、文艺理论等不同层面涌现出来一批研究专家和学术著述。少数民族文学研究与汉族文学研究的差距日益缩小，民族文学研究界声音微弱的情形已不复存在。文学史研究也逐步消除了中国文学史即汉族文学史的狭隘观念，重视并大规模地开展了对少数民族文学的研究。然而，在《中国当代文学》课教学中建构多民族性这一观念，把当代少数民族文学视为课堂教学的一个有机组成部分，引进并系统地加以讲授，则还是一个被严重忽视的问题。本节拟针对这一问题谈谈我的思考与理解。

一

少数民族文学是中国当代文学中一个极为重要的组成部分，其道理至为明显。高尔基在谈到前苏联文学时说："我认为必须指出：苏维埃的文学不仅是俄罗斯语言的文学，它乃是全苏联的文学……所以很明显，我们没有漠视少数民族文学创作的权利，虽然我们比他们的人多。艺术的价值不是用量而是用质来测度的。"[1] 邓小平同志在第四次文代会祝辞中也指出："我国历史悠久，地域辽阔，人口众多，不同民族、不同职业、不同年龄、不同经历和不同教育程度的人们，有着多样的生活习俗、文化传统和艺术爱好。雄伟和细腻，严肃和诙谐，抒情和哲理，只要能够使人们得到教育和启发，得到娱乐和美的享受，都应当在我们的文艺园地里占有自己的位置。"[2] 在五千年的历史长河中，各族人民共同创造了辉煌灿烂的中华文化，当然，汉族由于人口众多，地处中原，

---

[1] 高尔基：《高尔基论文学》，孟昌、曹葆华、戈宝权译，人民文学出版社1978年版，第128页。

[2] 《邓小平文选》（第二卷），人民出版社1994年版，第210页。

文化比较发达,文学成就也高,但其他各民族同样有着悠久而辉煌的历史,他们创造的文学作品,无论是从社会学、历史学角度,还是从民俗学、文艺学角度看,都有其无法取代的价值。仅就文学而言,全面传递当代中国社会的发展信息,完整反映中国大地上的深刻变革,历史地刻划整个中华民族的形象,不能只靠一个或几个民族的作家,而要依靠包括高山族在内的我国56个民族的作家来共同实现。生活于自己民族土壤上的作家,由于了解本民族的过去与现在,熟悉本民族人民的思想感情、心理素质和性格特征,掌握本民族的文化传统和传情达意的语言方式,在反映本民族生活的真切与深刻等方面是其他民族作家难以相比的。

新中国的诞生结束了我国历史上长期存在的民族压迫制度,使许多处于社会底层的民族登上了历史舞台,开始了一个民族团结和民族平等的时代,当代少数民族文学也进入了一个崭新的历史发展时期。少数民族作家像一株株幼苗破土而出,沐浴着和煦的阳光,和新中国一起迅速成长,壮大了当代文学作家队伍。现在,全国55个少数民族大多有了本民族自己的作家甚至作家群,有的已成为全国著名的作家,如蒙古族的萧乾、玛拉沁夫、李准、敖德斯尔、巴·布林贝赫,维吾尔族的包尔汉、铁衣甫江、克里木·霍加,藏族的饶阶巴桑、伊丹才让、益希丹增、降边嘉措、扎西达娃,回族的张承志、沙叶新、霍达、胡奇、沙蕾、木斧,满族的老舍、关沫南、胡昭、戈非,白族的杨明、杨苏、晓雪、张长、那家伦,壮族的韦其麟、陆地、莎红、周民震,彝族的李乔,土家族的汪承栋、黄永玉、孙健忠、蔡测海,东乡族的汪玉良,仫佬族的包玉堂,赫哲族的乌·白辛,朝鲜族的金哲、李根全、林元春,鄂温克族的乌热尔图,侗族的苗延秀,纳西族的杨世光,等等。他们以自己的文化智能、文学才华和创作实践为当代文坛奉献出大量具有独特艺术审美价值的传世之作,如《茶馆》(老舍)、《茫茫的草原》、《活佛的故事》(玛拉沁夫)、《瀑布》(陆地)、《幸存的人》(益希丹增)、《欢笑的金沙江》(李乔)、《百鸟衣》(韦其麟)、《遥远的戈壁》(敖德斯尔)、《刘三姐》(黄勇刹等)、《冰山上的来客》(白辛)、《黑骏马》(张承志)、《甜甜的刺莓》(孙健忠)、《琥珀色的篝火》(乌热尔图)、《没有织完的筒裙》(杨苏)等等。这些作品以其真切、朴实、深刻的笔触为我们刻画了各民族人民的形象,描绘了草原色彩、天山风情、壮乡生活、彝土藏区变革、白山黑水奇观和苍山洱海胜景等等,丰富了当代文学的形象系列,填补了我国文学史上一些从未反映过的空白,充实了读者的审美视野。

当代少数民族文学所体现的独特民族心理特征和民族气质,所表达的少数民族人民的愿望和理想,丰富和充实了我国当代文学多样化的风格和多元化的审美特征。正所谓"真正的民族性不在于描绘农妇穿的无袖长衫,而在于表现民族精神本身",[1] 而在于它理解事物的方式。民族的心理素质或者说民族的性格是长期历史发展过程中形成的,是一个民族赖以维系的主要条件,把握它并在文学中加以表现是作品从内容到形式民族化的重要保证。少数民族作者独特的审美心理决定着他们观察生活的眼光、选择题材的角度、理解问题的方法和独特的表达方式。但"不管诗人从什么世界为自己的作品吸取内容,不管他笔下的主人公隶属于什么民族,可是,他本人却永远始终是自己民族精神的代表人物,用自己的民族的眼睛去看事物,把自己民族的烙印镌刻在这些事物上面。"[2] 这使得作家们即使在描写异民族、异国的生活时,也不能不带有鲜明的民族特色。既然文学作品是民族心理的具象化,那它就不是不可捉摸的,维族诗人铁衣甫江的"柔巴依"写道:"如果艾沙神灵真的住在天上/而且天堂还将为我开放/那天堂的欢乐只是毒饵/因为离开祖国我不如死亡。"与别的爱国主题表现的诗作相比,该诗的意境、形象及维吾尔族特有的"柔巴依"形式均体现了浓郁的民族特色。还有回族的"花儿"、壮族的壮歌、白族的打歌、朝鲜族的阿里郎、侗族的琵琶歌、藏族的鲁体和谐体民歌、布依族的浪哨歌等均独具特色。同处于北方的自然环境,同以畜牧业为主要生产方式的蒙古族和哈萨克族在诗歌风格上表现出同中有异,前者高远粗犷,后者热情奔放。同样分布在南方的壮侗语和藏缅语各民族,前者文学气质上多带有水乡风韵,被称为"水的民族",后者则多高原特色,被称为"火的民族"。前者滨水而居,又

---

[1] 别林斯基:《一八四一年的俄国文学》,《别林斯基选集》第3卷,满涛译,上海译文出版社1980年版,第280页。

[2] 别林斯基:《对民间诗歌及其意义的总的看法》,《别林斯基选集》第3卷,满涛译,上海译文出版社1980年版,第204页。

是我国种植水稻最早的民族,他们的文学作品就与江湖河泽、水田水鸟以及蛙龙鱼蛇结下不解之缘;而后者虽亦是农耕民族,但自古生息在高原山地环境之中,早期农业主要靠刀耕火种,在他们的生产歌谣中又多有砍伐森林、燃火烧荒等情节。所以壮侗语各民族的歌谣有如行云流水,微波荡漾,多含清新纤丽气质;藏缅语各民族的歌谣有如松风月韵,波澜跌宕,更多深沉委婉气质。诚如恩格斯在论及莎士比亚戏剧时所说:"不管剧中的情节发生在什么地方——在意大利,在法国,或在纳瓦腊——其实展现在我们眼前的基本上总是欢乐的英国,莎士比亚笔下古怪的乡巴佬、精明过人的学校教师、可爱又乖癖的妇女全都是英国的,总之,你会感到,这样的情节只有在英国的天空下才能发生。"[1]《哈姆雷特》是英国文学而不是丹麦文学,正是在于它深刻的民族性。

当代少数民族口头或民间文学的创作、搜集、整理和研究取得了重大的成绩。我国的55个少数民族解放前绝大多数没有自己的文字,没有作家和文学,但有以口头方式流传的丰富的民间文学,其中的神话、史诗、叙事诗、传说、故事、歌谣、谚语等是整个中华民族的珍贵精神财富,新中国成立后,党和政府极为重视,各民族民间文学也进入了一个繁荣昌盛的时代。首先是涌现出一大批优秀的少数民族民间歌手,如傣族的四位"赞哈勐"、蒙古族的琶杰和毛一罕、土家族的田茂忠、傈僳族的李四益、锡伯族的高凤阁、赫哲族的吴连贵等,他们深深扎根于人民中间,创作出了一大批具有鲜明的时代和民族特色的诗作。其次是对民间文学作品的搜集整理,代表作如蒙古族的《嘎达梅林》和《江格尔》、藏族的《格萨尔王传》、撒尼族的《阿诗玛》、傈僳族的《逃婚调》、克尔克孜族的《玛纳斯》、苗族的《娘娴莎》和《古歌》、傣族的《娥并与桑洛》和《相勐》、土家族的《哭嫁歌》、瑶族的《密洛陀》、拉祜族的《牡帕密帕》、彝族的《我的幺表妹》和《阿细的先基》、维吾尔族的《阿凡提的故事》等,这些作品以其独特的内容、形式和风格反映了各族人民特定的历史和生活、理想和愿望、欢乐和痛苦,使人感受到各族人民不同的审美观点、道德观念、宗教信仰和风俗习惯,不仅丰富和充实了中国当代文学课堂教学的内容,同时也为研究各民族的政

---

[1] 恩格斯:《风景》,程代熙编:《马克思恩格斯论文学艺术》第四卷,中国社会科学出版社1985年版,第335页。

治、历史、哲学、语言、风俗等提供了极为珍贵的资料。

二

在《中国当代文学史》教学中讲授少数民族文学应注意以下几个问题：

首先是必须坚持中国当代少数民族文学的社会主义性质，这是各民族文学健康发展的前提。我国56个民族虽然存在着地区差别、民族差别，但时代赋予了各民族文学的基调和主旋律是基本一致的，即通过血肉丰满的艺术形象真实地表现各族人民丰富的社会生活，表现历史的流向、人民的意愿，满足多方面的精神需要。

其次是尊重和发扬各民族文学自身的特色。每个民族在政治、经济、文化传统、心理素质、风俗习惯和地理环境等方面都与其他民族存在一定的差异。在文学上，各民族之间也是既有共性，又有特色，这种特色就是一个民族文学有别于其他民族文学的标志，是其赖以生存的基础。我们的许多老师在向学生们讲授老舍（满族）、沈从文（苗族）、端木蕻良（满族）、玛拉沁夫（蒙古族）、铁衣甫江（维吾尔族）、张承志（回族）、乌热尔图（鄂温克族）、扎西达娃（藏族）、阿来（藏族）、吉狄马加（彝族）、叶广芩（满族）等文学名家的时候，多没有注意或顾及到他们各自深刻的民族文化背景，以及这些作家在近一个世纪中华民族多元文化折冲、流变中的具体站位，没有参考民族文学研究界对这些作家特有的或许也是更加准确的诠释。即以老舍和张承志为例，在大学讲堂上，往往把前者界定为"人民艺术家"与"自由主义作家"，把后者界定为"知青作家"和"理想主义作家"，恰恰淡忘了民族作家深厚的文化背景，使得许多说法都有"隔靴搔痒"与"舍本逐末"之嫌。所以，在教学中，切不可用一种风格去规范或代替另一种甚至所有文学的风格，这既不符合党的民族政策和文艺政策，也不利于文学的发展和社会主义文苑的百花齐放。特色或风格是文学成熟的标志，应允许其有一个发展探索的过程，在教学中我们应将其置于一定的历史环境、文化背景和时代条件下进行审美观照。

第三是正确把握少数民族文学中存在的宗教因素。宗教在本质上是人们头脑中对客观世界颠倒的反映，它对文学的影响非常复杂。一方面，宗教作为一种意识形态、一种消极的力量，它使人类改造世界的斗争黯然失色，也使文学的生命之光蒙上灰暗的阴影；另一方面，宗教作为人类的一种社会活动，从人们刻意追求的理想寄托来说，又能使文学的意境变得超逸，并在客观上促进并推动文学的发展和完善。少数民族文学中存在的大量宗教因素，既有各民族自己的宗教内容，又有道教、佛教、伊斯兰教甚至基督教等外来宗教的影响，在教学中讲清楚这一点并进行客观准确的评价至关重要。

最后是应弄清各民族文学之间的影响传承关系。文学不是一种孤立的现象，相互之间的交流与传播是普遍存在的。一方面汉族文学对少数民族文学的影响比较显著，另一方面少数民族文学也影响了汉族文学，如王蒙的《在伊犁》系列小说，徐怀中、闻捷、彭荆风、高缨、马原等的创作。而新时期少数民族的许多青年作家同时还强调借鉴和学习西方现代派文学的技巧和方法，如张承志、扎西达娃、蔡测海等。一个前进向上的民族既能够对各民族文学的发展做出贡献，又敢于和善于接受其他民族文学的滋养，包括外国文学的滋养，把自己封闭在一个狭小的天地里是很难发展本民族的文学的。诚如鲁迅先生所言："一切事物，虽说以独创为贵，但中国既然是在世界上的一国，则受点别国的影响，即自然难免。似乎倒也无须如此娇嫩，因而脸红。单就文艺而言，我们实在还知道得太少，吸收得太少。"[1]

中国当代文学既包括汉族文学，又包括各少数民族的文学。我国民族学家费孝通在他晚年的学术活动中提出了"中华民族多元一体格局"的理论命题。近年来，我国学术界有感于中国当代民族文学研究面临的种种困惑，先后举办了五届"中国多民族文学论坛"，围绕着诸如"民族社会及民族文化裂变形势下的民族文学命运"、"多民族文学会通场景中的民族作家'身份'"、"全球化文化语境与少数民族文学抉择"、"兼容共创：21世纪中国多民族文学的发展走向"、"西方后殖民批评理论与中国多民族文学研究"、"少数民族的作家身份认同（族群认同危机的起源和原因及其可能的发展趋向）"、"繁荣多民族文学与构建和谐社

---

[1] 鲁迅：《集外集·附录·〈奔流〉编校后记》，《鲁迅全集》第七卷，人民文学出版社1981年版，第521—522页。

会"、"文化多样性守望与少数民族文学空间"、"传统与现代接轨下的少数民族文艺理论"等等话题展开讨论,积极倡导确立中华多民族文学史观。目前,这一观点已获得了学术界较为普遍的服膺与呼应。自2007年上半年起,国家级学术刊物《民族文学研究》率先发起了关于"创建中华多民族文学史观"的专题笔谈,迄今已连续7期辟出栏目予以切磋研讨。同时,又有《西南民族大学学报》、《西北第二民族大学学报》、《广西民族大学学报》等学术期刊相继载文投入讨论。仅一年多时间,已发表了约40篇响应创建中华多民族文学史观的文章,大家见仁见智,阐发了许多学术灼见。随着时代的演进、历史的前行,各民族文学之间的联系、影响、交流、融合将越来越频繁密切,而各民族文学的共存竞荣、相互融汇必将使中国当代文学的多民族色彩显得更加艳丽多姿。在教学中加强少数民族文学的讲授既是尊重客观的存在,也是时代发展的必然,同时还需要全体《中国当代文学史》教师共同的探索与努力。

主要参考文献

1. 马克思恩格斯选集．北京：人民出版社，1995
2. 列宁选集．北京：人民出版社，1972
3. 毛泽东选集．北京：人民出版社，1991
4. 党和国家领导人论文艺．北京：文化艺术出版社，1982
5. 邓小平文选．北京：人民出版社，1994
6. 程代熙编．马克思恩格斯论文学艺术．北京：中国社会科学出版社，1985
7. 复旦大学中文系文艺理论教研室编著．马克思主义文艺理论发展史．北京：中国文联出版公司，1995
8. ［英］罗素．西方哲学史（上、下）．何兆武、李约瑟译．北京：商务印书馆，1982
9. 李志逵主编．欧洲哲学史（上、下）．北京：中国人民大学出版社，1981
10. 西方现代资产阶级哲学论著选辑．北京：商务印书馆，1964
11. 刘放桐等编著．现代西方哲学．北京：人民出版社，1981
12. 江怡主编．走向新世纪的西方哲学．北京：中国社会科学出版社，1998
13. 王治河．扑朔迷离的游戏——后现代哲学思潮研究．北京：社会科学文献出版社，1998
14. 赵一凡．欧美新学赏析．北京：中央编译出版社，1996
15. 王岳川．后现代主义文化研究．北京：北京大学出版社，1992

16．徐贲．走向后现代与后殖民．北京：中国社会科学出版社，1996

17．盛宁．人文困惑与反思——西方后现代主义思潮批判．北京：三联书店，1997

18．［美］托马斯·库恩．科学革命的结构．金吾伦、胡新和译．北京：北京大学出版社，2003

19．中国社会科学、社会科学杂志社编．当代社会科学研究新工具．北京：华夏出版社，1988

20．［美］托马斯·库恩．必要的张力——科学的传统和变革论文选．纪树立、范岱年、罗慧生译．福建：福建人民出版社，1981

21．［美］约翰·洛西．科学哲学历史导论．邱仁宗、金吾伦、林夏水等译．华中工学院出版社，1982

22．江天骥．当代西方科学哲学．北京：中国社会科学出版社，1984

23．舒炜光．科学哲学简论．山西：山西人民出版社，1985

24．纪树立编译．科学知识进化论——波普尔科学哲学选集．北京：三联书店，1987

25．墨菲、柯瓦奇．近代心理学历史导引．林方、王景和译．北京：商务印书馆，1982

26．柯林武德．历史的观念．何兆武译．北京：中国社会科学出版社，1986

27．［美］海登·怀特．元史学：十九世纪欧洲的历史想象．陈新译．上海：译林出版社，2004

28．雷戈．历史与意义——论作为时代精神基础的元史学．河南：河南人民出版社，1993

29．罗凤礼主编．现代西方史学思潮评析．北京：中央编译出版社，1996

30．［法］马克·布洛赫．历史学家的技艺．张和声、程郁译．上海：上海社科院出版社，1997

31．严建强、王渊明．西方历史哲学．浙江：浙江人民出版社，1997

32. ［英］爱德华·卡尔．历史是什么？．吴柱存译．北京：商务印书馆，1981

33. 梁启超．中国历史研究法．北京：东方出版社，1996

34. 董进泉等编著．历史学．成孝：四川人民出版社，1989

35. 宁可、汪征鲁编著．史学理论与方法．北京：中央广播电视大学出版社，1991

36. ［英］埃里克·霍布斯鲍姆著．史学家——历史神话的终结者．马俊亚、郭英剑译．上海：上海人民出版社，2002

37. 黑格尔．美学．朱光潜译．北京：商务印书馆，1982

38. 朱光潜．西方美学史（上、下）．北京：人民文学出版社，1963

39. ［苏］斯托洛维奇．审美价值的本质．凌继尧译．北京：中国社会科学出版社，1984

40. 现代美英资产阶级文艺理论文选．北京：作家出版社，1962

41. 伍蠡甫主编．西方文论选（上、下）．上海：上海译文出版社，1979

42. 伍蠡甫主编．现代西方文论选．上海：上海译文出版社，1983

43. 段宝林编．西方古典作家谈文艺创作．春风文艺出版社，1980

44. 雷纳·韦勒克．近代文学批评史．杨自伍译．上海：上海译文出版社，1991

45. 郭宏安、章国锋、王逢振．20世纪西方文论研究．北京：中国社会科学出版社，1997

46. 王逢振、盛宁、李自修编．最新西方文论选．柳州：漓江出版社，1991

47. 波斯彼洛夫．文学原理．王忠琪等译．北京：三联书店，1985

48. 韦勒克、沃沦．文学理论．刘象愚等译．北京：三联书店，1984

49. A·杰弗逊、D·罗比等著．现代西方文学理论流派．李广成译．北京：北京大学出版社，1992

50. 朱立元主编．当代西方文艺理论．上海：华东师范大学出版社，1997

51．［英］安纳·杰弗森、戴维·罗比等．西方现代文学理论概述与比较．陈昭全、樊锦鑫、包华富译．长沙：湖南文艺出版社，1986

52．罗里·赖安、苏珊·范·齐尔编．当代西方文学理论导引．李敏儒、伍子恺等译．成都：四川文艺出版社，1986

53．张隆溪．20世纪西方文论述评．北京：三联书店，1986

54．花建．文艺新学科导论．北京：人民文学出版社，1992

55．［英］罗吉·福勒主编．现代西方文学批评术语辞典．袁德成译．成都：四川人民出版社，1987

56．胡经之主编．西方文艺理论名著教程（上、下）．北京：北京大学出版社，1988

57．豪泽尔．艺术史的哲学．陈超南、刘元华译．北京：中国社会科学出版社，1992

58．莫·卡冈．艺术形态学．凌继尧、金亚娜译．北京：三联书店，1986

59．盛宁．文学：鉴赏与思考．北京：三联书店，1997

60．周宪．超越文学——文学的文化哲学思考．上海：上海三联书店，1997

61．周宪编著．当代西方艺术文化学．北京：北京大学出版社，1988

62．江西省文联文艺理论室等编．外国现代文艺批评方法论．江西：江西人民出版社，1985

63．魏伯·司各特编著．西方文艺批评的五种模式．蓝仁哲译．重庆：重庆出版社，1983

64．江西省文联文学理论研究室等编．外国现代文艺批评方法论．江西：北京人民出版社，1985

65．赖干坚编著．西方文学批评方法评介．厦门：厦门大学出版社，1986

66．［美］雷纳·威莱克编．西方四大批评家．林镶华译．上海：复旦大学出版社，1983

67．江西省文联文艺理论研究室编．文学研究新方法论．江西：江西人民出版社，1985

68. 许汝祉主编. 国外文学新观念——借鉴与探讨. 北京：中国人民大学出版社，1988

69. 傅修延、夏汉宁编著. 文学批评方法论基础. 江西：江西人民出版社，1986

70. 陈鸣树. 文艺学方法概论. 上海：上海文艺出版社，1991

71. 花建. 文艺新学科导论. 北京：人民文学出版社，1992

72. 胡经之、王岳川主编. 文艺学美学方法论. 北京：北京大学出版社，1994

73. 史达尔夫人. 论文学. 徐继曾译. 北京：人民文学出版社，1986

74. 泰纳. 艺术哲学. 傅雷译. 北京：人民文学出版社，1963

75. ［丹麦］勃兰兑斯. 19世纪文学主流（第一分册流亡文学，第二分册德国的浪漫派，第三分册法国的反动，第四分册英国的自然主义，第五分册法国的浪漫派，第六分册青年德意志）. 张道真、刘半九等译. 北京：人民文学出版社，1980、1981、1982、1984、1986、1988

76. 朱寿桐. 宽容的魔床. 南京：江苏教育出版社，1993

77. 雨果. 雨果论文学. 柳鸣九译. 上海：上海译文出版社，1980

78. 别林斯基. 别林斯基选集. 满涛译. 上海：上海译文出版社，1980

79. 高尔基. 高尔基论文学. 孟昌、曹葆华、戈宝权译. 北京：人民文学出版社，1978

80. 中国社会科学院外国文学研究所、外国文学研究资料丛刊编委会编. 卢卡契文学论文集（一、二）. 北京：中国社会科学出版社，1980、1981

81. ［法］罗贝尔·埃斯卡皮. 文学社会学. 于沛等译. 杭州：浙江人民出版社，1987

82. ［法］吕西安·戈德曼. 文学社会学方法论. 段毅、牛宏宝译. 北京：工人出版社，1989

83. 张英进、于沛编. 现当代西方文艺社会学探索. 海峡文艺出版社，1987

84. ［德］阿尔方斯·西尔伯曼. 文学社会学引论. 魏育青、于汛

译．合肥：安徽文艺出版社，1988

85．［瑞士］沃尔夫冈·凯塞尔．语言的艺术作品．陈铨译．上海：上海译文出版社，1984

86．［英］艾·柯·瑞恰慈．文学批评原理．李自伍译．百花洲文艺出版社，1992

87．［美］约翰·克罗·兰色姆．新批评．王腊宝、张哲译．南京：江苏教育出版社，2006

88．赵毅衡．新批评———一种独特的形式主义文论．北京：中国社会科学出版社，1986

89．赵毅衡编．"新批评"文集．北京：中国社会科学出版社，1988

90．史亮编．新批评．成都：四川文艺出版社，1989

91．王恩衷编译．艾略特诗学文集．北京：国际文化出版公司，1989

92．［瑞士］皮亚杰．结构主义．倪连生、王琳译．北京：商务印书馆，1984

93．［英］特伦斯·霍克斯．结构主义和符号学．瞿铁鹏译．上海：上海译文出版社，1987

94．［俄］波利亚科夫编．结构——符号学文艺学．佟景韩译．北京：文化艺术出版社，1994

95．［法］路易—让·卡尔韦．结构与符号——罗兰·巴尔特传．车槿山译．北京：北京大学出版社，1997

96．［英］约翰·斯特罗克编．结构主义以来——从列维—斯特劳斯到德里达．渠东、李康、李猛译．沈阳：辽宁教育出版社、牛津大学出版社，1998

97．什克洛夫斯基等．俄国形式主义文论选．方珊等译．北京：三联书店，1989

98．巴赫金等．文艺学中的形式主义方法．漓江出版社，1989

99．［德国］H．R．姚斯、［美］R．C．霍拉勃．接受美学与接受理论．周宁、金元浦译．沈阳：辽宁人民出版社，1987

100．［德］W．伊泽尔．审美过程研究——阅读活动：审美响应理

论．霍桂桓、李宝彦译．北京：中国人民大学出版社，1988

101．金元浦．接受反应文论．济南：山东教育出版社，1998

102．［法］罗兰·巴尔特．符号学美学．董学文、王葵译．沈阳：辽宁人民出版社，1987

103．任继愈主编．中国哲学史（一、二、三、四），北京：人民出版社，1979

104．北京大学中国文学史教研室选注．先秦文学史参考资料．北京：中华书局，1980

105．北京大学中国文学史教研室选注．两汉文学史参考资料．北京：中华书局，1980

106．北京大学中国文学史教研室选注．魏晋南北朝文学史参考资料．北京：中华书局，1980

107．郭绍虞主编．中国历代文论选（一——四）．上海：上海古籍出版社，1979

108．郭绍虞、罗根泽主编．中国近代文论选（上、下）．北京：人民文学出版社，1981

109．王运熙、顾易生．中国文学批评通史．上海：上海古籍出版社，1996

110．罗宗强．魏晋南北朝文学思想史．北京：中华书局，1996

111．杨伯峻．孟子译注．北京：中华书局，1960

112．司马迁．史记．北京：中华书局，1982

113．班固．汉书．北京：中华书局，1962

114．萧统．文选．北京：中华书局，1977

115．范文澜．文心雕龙注．北京：人民文学出版社，1958

116．周振甫．文心雕龙今译．北京：中华书局，1986

117．王元化．文心雕龙创作论．上海：上海古籍出版社，1984

118．郭晋稀注译．文心雕龙注译．兰州：甘肃人民出版社，1982

119．张文勋．刘勰的文学史论．北京：人民文学出版社，1984

120．徐震堮．世说新语校笺．北京：中华书局，1984

121．许总．唐诗史．南京：江苏教育出版社，1994

122．叶燮．原诗·一瓢诗话·说诗晬语．北京：人民文学出版

社，1979

123．顾炎武．日知录集释．花山文艺出版社，1991

124．顾炎武．顾亭林诗文集．北京：中华书局，1983

125．梁启超．梁启超论清学史二种．上海：复旦大学出版社，1985

126．刘师培．中古文学史·论文杂记．北京：人民文学出版社，1984

127．杨犁编．胡适文萃．北京：作家出版社，1991

128．姜义华主编．胡适学术文集．北京：中华书局，1993

129．鲁迅．鲁迅全集．北京：人民文学出版社，1981

130．鲁迅．鲁迅全集．北京：中国人事出版社，1998

131．鲁迅．中国小说史略．上海：上海古籍出版社，1998

132．李宗英、张梦阳编．六十年来鲁迅研究论文选（上、下）．北京：中国社会科学出版社，1981

133．甘竞存主编．鲁迅研究概论．南京：江苏教育出版社，1987

134．纪念鲁迅110周年诞辰学术讨论会论文选．兰州：陕西人民教育出版社，1991

135．朱晓进．鲁迅文学观综论．兰州：陕西人民教育出版社，1996

136．许寿裳．亡友鲁迅印象记．北京：人民文学出版社，1953

137．茅盾．茅盾文艺杂论集．上海：上海文艺出版社，1981

138．朱乔森编．朱自清全集．南京：江苏教育出版社，1988

139．阿英．小说三谈．上海：上海古籍出版社，1979

140．中国社科院外国文学研究所、世界文论编委会编．重新解读伟大的传统——文学史论研究．北京：社会科学文献出版社，1993

141．董乃斌、陈伯海、刘扬忠主编．中国文学史学史（共三卷）石家庄：河北人民出版社，2003

142．陈平原、陈国球主编．文学史（一、二、三），北京：北京大学出版社，1993、1995、1996

143．陶东风．文学史哲学．郑州：河南人民出版社，1994

144．王瑶主编．中国文学研究现代化进程．北京：北京大学出版社，1996

145．陈平原主编．中国文学研究现代化进程二编．北京：北京大学

出版社，2002

146．北京大学中文系编．缀玉二集．北京：北京大学出版社，1994

147．陈伯海．中国文学史之宏观．北京：中国社会科学出版社，1995

148．朱德发．主体思维与文学史观．济南：山东教育出版社，1997

149．李明滨、陈东主编．文学史重构与名著重读．北京：北京大学出版社，1996

150．邓敏文．中国多民族文学史论．北京：社会科学文献出版社，1995

151．王钟陵．文学史新方法论．苏州：苏州大学出版社，1993

152．［德］瑙曼等．作品、文学史与读者．范大灿等译．北京：文化艺术出版社，1997

153．刘再复．文学的反思．北京：人民文学出版社，1986

154．陈平原．文学史的形成与建构．柳州：广西教育出版社，1999

155．林继中．文学史新视野．北京：北京大学出版社，2000

156．戴燕．文学史的权力．北京：北京大学出版社，2002

157．陈国球．文学史的书写形态与文化政治．北京：北京大学出版社，2004

158．葛红兵、温潘亚．文学史形态学．上海：上海大学出版社，2001

159．朱德发、贾振勇．评判与建构——现代中国文学史学．山东：山东大学出版社，2002

160．姚楠．文学史学探索．北京：中国文联出版社，1999

161．董乃斌、薛天纬、石昌渝主编．中国古典文学学术史研究．乌鲁木齐：新疆人民出版社，1997

162．包忠文主编．现代文学观念史．南京：江苏教育出版社，1992

163．任天石．中国现代文学史学发展史．南京：江苏文艺出版社，2002

164．曹惠民著．多元共生的现代中华文学．北京：中国华侨出版社，1997

后 记

岁月易逝人易老,人生有涯学无涯。我自 1984 年初登教坛至今已有 25 个年头,一个大学毕业时年方 20 的风华青年现在竟已跨入奔五的阶段。回首漫漫来时路,追寻自己走过的学术之路,不禁感慨万千,千言万语一时之间竟纷纷涌上心头。

我对文学史理论问题的关注始于 1985 年。1985 年 9 月,我来到中国社科院研究生院与中国当代文学研究会联合举办的中国现当代文学硕士研究生课程班学习,相较于当今各种混文凭的办班形式,当时的办学风气是比较朴实的,我所在的班级课程严谨而充实,内容丰富而多样。当年在京各高校、科研机构的中国现当代文学方面以及相关方面的副教授以上的专家和博士多被邀请到班级讲课,包括戈宝权、唐弢、蔡仪、吴元迈、严家炎、林非、钱中文、谢冕、张炯、孙绍振、杨匡汉、孙玉石等众多大家、名家,甚至包括正在读博士的王富仁、许明、金宏达、艾晓明,当时还是讲师的仲呈祥、曾镇南等先生,兹不一一列举,还有每周一篇文章形式的作业,等等。一年的学习使我这个刚刚走出大学校门一年的本科生明白了学术研究的基本路径和基本规范,大大开拓了我的学术视野,也基本确定了我今后的学术致思方向——文学史理论研究。记得当时的班级负责人张炯老师布置大家以"中国现代文学史分期研究"为题写一篇文章,并组织全班研讨。由分期研究我追溯到了文学史观、文学史模式、文学史评价标准、文学史方法等文学史理论中的基本问题,联系 1983 年《光明日报》"文学史编写问题"的专栏讨论文章,我发现作为文学理论三个板块之一的文学史理论研究尚处于基本空白阶段，是一个亟待开拓的学术空间，由此，我走上了文学史理论研究之路。

经过一段时间的学术积累和理论准备，1994年至2004年，我的文学史理论研究进入了爆发期，先后在《文学评论》、《文艺研究》、《文艺理论研究》、《江海学刊》等刊物上发表相关文章30余篇，主持并完成江苏省哲社规划办基金项目两个，两次应邀为《江海学刊》"文学史观和文学史理论"栏目撰写论文。1998年我应邀出席在福建莆田召开的全国文学史学研讨会，我的研究成果得到了与会专家们的充分肯定。2000年我进入南京师范大学文学院攻读中国现当代文学研究博士学位，2006年进入南京大学中文系中国语言文学博士后流动站。由于业已建构的文学史理论研究的宏阔视野和学术积累，我在确立博士论文和博士后出站报告选题和撰写的过程中，其推动和支撑作用极为明显，二者之间起到了相互推进、相得益彰的作用。

当然，如果没有许多前辈学者、当代学人的筚路蓝缕、辛勤耕耘、大胆探索，没有他们打下的良好基础，我的文学史理论研究肯定不会取得这样的进展。这些名家主要是陈伯海、黄修己、徐公持、包忠文、董乃斌、丁帆、王钟陵、陈平原、许总、林继中、陶东风、张荣翼、周宪、顾农、朱晓进、杨洪承、邓敏文、佴荣本、葛红兵、旷新年等，他们关于文学史理论研究的各种论述均给我以深刻而具体的启示。感谢江苏省委宣传部的孙学玉部长，江苏省哲学社会科学规划办的徐之顺主任、宣云凤副主任、高洪福副主任、王道勋同志，以及我院科研处的各位同志，是他们的鼓励和支持使我能先后申报成功江苏省九五和十五哲学社会科学规划项目并能顺利结项。

感谢我的家人们，多年来，是他们为我的学习和研究提供了最大的支持和帮助。

由于文学史理论研究基础的相对薄弱，可供学习和借鉴的学术前提又明显不足，可以肯定的是我的文学史理论研究在系统性和科学性方面存在的不足与疏漏之处一定很多，我期待着学术界同行专家们的批评与指教。

屈指算来，我走在文学史理论研究之路上至今已近24个年头，一个学术问题的研究伴随我从青年到中年。回首往事，沧桑之感油然而生。在时间的长河中，人生不过是一个瞬间，在人生的旅途上，这个瞬间又显得格外漫长，因为它需要每个人一步一个脚印地走过。《追寻文学流变的轨迹——文学史理论研究》既是我以前学术工作的一个总结，又是我学术研究新的起点，我有信心将这项研究工作开展得更好！

2008 年 12 月于江苏盐城师范学院